O vampiro estendeu as mãos depressa, em direção ao pescoço dela.

Pelo visto, ele concluíra que, como não podia sugar o sangue da moça, estrangulá-la seria uma alternativa razoável. A srta. Tarabotti recuou e, ao mesmo tempo, fincou o palito de cabelo na pele branca da criatura. O prendedor penetrou apenas um centímetro.

O vampiro reagiu com um meneio frenético, que, mesmo sem o uso de sua força descomunal, fez a jovem se desequilibrar nos sapatos altos de veludo. Ela retrocedeu. Ele ficou parado, urrando de dor, com o objeto parcialmente cravado no peito.

Então, a srta. Tarabotti tateou em busca da sombrinha, procurando-a atabalhoadamente em meio às iguarias esparramadas, torcendo para que não sujassem seu vestido novo. Encontrou-a e, enquanto se endireitava, fez um amplo movimento circular com ela. Por puro acaso, a pesada ponteira da sombrinha bateu na ponta do palito de madeira, fazendo-o penetrar direto no coração do vampiro.

A criatura ficou paralisada, com expressão de total assombro no rosto bonito. Então, caiu para trás, em cima da torta de melado já destroçada, tombando feito um aspargo mole, cozido demais. Seu rosto cor de alabastro adquiriu um tom amarelo-acinzentado, como se ele estivesse com icterícia; em seguida, o ser ficou imóvel. Os livros da srta. Tarabotti davam o nome de *inanimação* a esse fim do ciclo de vida de um vampiro. Como ela achou aquela cena muito parecida com um suflê murchando, resolveu naquele momento passar a chamá-lo de Grande Colapso.

GAIL CARRIGER
Alma?

Um romance sobre vampiros, lobisomens e sombrinhas

O PROTETORADO DA SOMBRINHA

Tradução
Flávia Carneiro Anderson

valentina
Rio de Janeiro, 2015
2ª Edição

Copyright © 2009 *by* Tofa Borregaard
Publicado mediante contrato com Little, Brown and Company, Nova York.

TÍTULO ORIGINAL
Soulless

ADAPTAÇÃO DE CAPA
Diana Cordeiro

FOTO DE CAPA
Express/Getty Images

FOTO DA AUTORA
Vanessa Applegate

Foto da modelo gentilmente cedida por
DONNA RICCI, CLOCKWORK COUTURE

DIAGRAMAÇÃO
editoriârte

Impresso no Brasil
Printed in Brazil
2015

CIP–BRASIL. CATALOGAÇÃO NA FONTE
SINDICATO NACIONAL DOS EDITORES DE LIVROS, RJ

C312a
2. ed.

Carriger, Gail
  Alma? / Gail Carriger; tradução de Flávia Carneiro Anderson. - 2. ed. - Rio de Janeiro:
Valentina, 2015.
  308p.: 23 cm.   (O protetorado da sombrinha; 1)

  Tradução de: Soulless

  ISBN 978-85-65859-04-2

  1. Ficção fantástica inglesa. I. Anderson, Flávia Carneiro. II. Título. III. Série.

CDD: 823
CDU: 821.111-3

12-9387

Todos os livros da Editora Valentina estão em conformidade com
o novo Acordo Ortográfico da Língua Portuguesa.

Todos os direitos desta edição reservados à

EDITORA VALENTINA
Rua Santa Clara 50/1107 – Copacabana
Rio de Janeiro – 22041-012
Tel/Fax: (21) 3208-8777
www.editoravalentina.com.br

Agradecimentos

Meus mais profundos agradecimentos às senhoras do WCWC e às suas Canetas Implacáveis, multicoloridas: sua crítica resulta em sabedoria e, tomara, muito chá. Aos meus pais, que tiveram a excelente ideia de recompensar bons comportamentos com idas à livraria. E também a G e E: pessoas de boas vibrações e patronos da fera escrevinhadora, por mais diabólica que ela seja.

Alma?

Capítulo 1

Em que a Sombrinha Demonstra sua Utilidade

A srta. Alexia Tarabotti não estava se divertindo naquela noite. Os bailes da sociedade não passavam de distrações medíocres para solteironas e, embora ela fosse uma delas, não era do tipo que via graça neles. Então, quando fora para a biblioteca, seu refúgio favorito em qualquer residência, a cereja que faltava no bolo: deparara com um vampiro.

Ela o fuzilara com os olhos.

O vampiro, por sua vez, deixara claro que aquele encontro tornara a festa bem mais interessante, pois ali estava aquela mulher, sozinha, com um vestido de gala decotado.

Ocorre que, naquela situação específica, o que ele ignorava *poderia* ser sua derrocada. A srta. Tarabotti nascera sem alma, e qualquer vampiro de boa linhagem sabia que uma dama assim devia ser evitada a qualquer custo.

Não obstante, ele se aproximou dela, surgindo das sombras da biblioteca com as presas prontas para entrar em ação. Mas, assim que tocou nela, viu-se misteriosamente paralisado. Ficou ali inerte, ao som distante de um quarteto de cordas, buscando sem sucesso, com a língua, as presas que haviam sumido de forma inexplicável.

A srta. Tarabotti não ficou nem um pouco surpresa; a ausência de alma tinha o poder de neutralizar as forças sobrenaturais. Ela lançou um olhar sisudo para o vampiro. Sem dúvida alguma a maioria dos mortais a veria apenas como uma típica inglesa arrogante; contudo, como era possível aquele sujeito nem se ter dado ao trabalho de *checar* a lista oficial de aberrações de Londres e arredores?

A criatura recobrou depressa a compostura. Mas, quando se afastou da srta. Tarabotti, derrubou o carrinho de chá perto de si. Assim que deixou de tocá-la, suas presas reapareceram. Pelo visto, não eram das mais afiadas. Ele, então, deu um bote de serpente, tentando mordê-la de novo.

— Mas que topete! — exclamou a moça. — Ainda nem fomos apresentados!

Jamais um vampiro tentara mordê-la. Ela conhecia alguns apenas pela reputação, claro, e era amiga de Lorde Akeldama. *Mas, também, quem não era amigo de Lorde Akeldama?* Só que nunca antes um vampiro tentara *se alimentar* dela!

Então, apesar de abominar a violência, a srta. Tarabotti se viu obrigada a agarrar as narinas do degenerado — uma parte delicada e sensível do corpo — e a empurrá-lo. Ele tropeçou no carrinho de chá derrubado, perdeu o equilíbrio de um jeito surpreendentemente deselegante para um vampiro e despencou no chão. Caiu estatelado em cima da bandeja com torta de melado.

A jovem sentiu grande desânimo. Adorava torta e viera ansiando comer justamente aquela, inteirinha. Pegou a sombrinha. Não era de bom tom usá-la em um baile da sociedade, mas quase nunca saía sem levá-la. Ela própria a idealizara: preta, componentes de bronze, ponteira de prata em forma de cápsula, babados e amores-perfeitos de cetim, de tom roxo, com bordados aqui e ali.

A srta. Tarabotti a usou para golpear o vampiro bem em cima da cabeça, enquanto ele tentava se desvencilhar do contato íntimo que acabara de travar com o carrinho de chá. A cápsula deu lastro suficiente à sombrinha de bronze para que provocasse um baque bastante satisfatório.

— Comporte-se! — advertiu ela.

O vampiro urrou de dor e caiu de novo na torta de melado.

A jovem aproveitou a oportunidade e o golpeou com força entre as pernas. O uivo vampiresco aumentou, e a criatura se encolheu em posição fetal. A moça, uma jovem inglesa digna, apesar de não ter alma e ser meio

italiana, dedicara-se, ao contrário de outras moças, a longas caminhadas e cavalgadas, o que a deixara mais forte do que se imaginava.

Ela deu um salto à frente — tão grande quanto alguém poderia com três camadas de anáguas, anquinhas drapeadas e saia de tafetá plissado — e se inclinou sobre o vampiro. Ele continuava a se contorcer, segurando as partes íntimas. Embora a dor não devesse se prolongar por muito tempo, em virtude do poder de recuperação sobrenatural dos vampiros, naquele momento ele sofria bastante.

A srta. Tarabotti tirou o longo palito de madeira que sustentava seu penteado esmerado. Enrubescendo ante a própria ousadia, rasgou a camisa dele, por sinal, vulgar e engomada demais, e deu uma espetada no peito, em cima do coração. Aquele palito de cabelo era bem comprido e pontudo. Com a mão livre, ela fez questão de tocar no peito dele, pois somente por meio de contato físico conseguiria anular os poderes sobrenaturais do sujeito.

— Pare já com essa gritaria horrorosa — ordenou ela à criatura.

O vampiro parou de grunhir e ficou imóvel. Seus lindos olhos azuis se marejaram um pouco enquanto ele fitava o palito de madeira, ou, como a srta. Tarabotti gostava de chamá-lo, a *estaca* de cabelo.

— Faça o favor de se explicar! — exigiu a moça, pressionando-o mais.

— Mil perdões. — O vampiro pareceu confuso. — Quem é a senhorita? — Ele procurou as presas, com hesitação. Tinham sumido.

Para deixar bem clara sua posição, parou de tocá-lo (mantendo, no entanto, o palito de cabelo no mesmo lugar). As presas dele ressurgiram.

Ele abafou um grito de assombro.

— *O que* é a fenhorita? Penfei que fôfe uma dama, folitária. Eu teria o direito de me alimentar, pois a deifaram fó, por pura neglivênfia. Creia-me, não foi de propófito — ceceou ele com as presas, o pânico transparecendo nos olhos.

Contendo-se para não rir do ceceio, a srta. Tarabotti disse:

— Não precisa fazer tanto drama. Tenho certeza de que sua abelha-rainha já lhe falou sobre a minha espécie. — Ela voltou a tocar no peito dele. Os caninos do vampiro se retraíram.

Ele a encarou como se um bigode animalesco tivesse crescido no rosto da srta. Tarabotti e ela houvesse rosnado para ele.

A moça ficou pasma. Os sobrenaturais, fossem eles vampiros, lobiso-mens ou fantasmas, só existiam em virtude da superabundância de almas, um excedente que se recusava a morrer. A maioria sabia que havia outros como ela, que nasciam totalmente sem alma. O renomado Departamento de Arquivos Sobrenaturais (DAS), um setor da Administração Civil de Sua Majestade, denominava seu tipo *preternatural*. A srta. Tarabotti achava a expressão digna. Já os termos usados pelos vampiros para designar gente como ela eram bem menos lisonjeiros. Afinal de contas, tinham memória longa e haviam sido caçados pelos preternaturais. Se por um lado os sim-ples mortais eram mantidos no escuro, por assim dizer, por outro, qual-quer vampiro digno de respeito tinha obrigação de reconhecer o toque de um preternatural. A ignorância daquele podia ser considerada inaceitável. A srta. Tarabotti informou, como se ele fosse uma criancinha:

— Eu sou *preternatural*.

O vampiro pareceu constrangido.

— Claro que sim — concordou, sem cecear mais e sem compreender bem o que ela dissera. — Minhas sinceras desculpas, formosa dama. Estou deveras encantado em conhecê-la. A senhorita é minha primeira — hesi-tou em pronunciar a palavra — preternatural. — Em seguida, franziu o cenho. — Nem sobrenatural, nem natural, claro! Que tolice a minha não perceber a dicotomia. — Ele semicerrou os olhos, com malícia. Passou a ignorar, deliberadamente, o palito de cabelo e a olhar com ternura para a srta. Tarabotti.

A moça tinha plena consciência de seus atrativos femininos. Pode-ria, no máximo, esperar ser chamada de "exótica", mas jamais de "for-mosa". Não que já tivesse recebido esses elogios antes. Ela concluiu que os vampiros, como quaisquer predadores, usavam todo o seu charme quando acuados.

O vampiro estendeu as mãos depressa, em direção ao pescoço dela. Pelo visto, ele concluíra que, como não podia sugar o sangue da moça, estrangulá-la seria uma alternativa razoável. A srta. Tarabotti recuou e, ao mesmo tempo, fincou o palito de cabelo na pele branca da criatura. O prendedor penetrou apenas um centímetro. O vampiro reagiu com um meneio frenético, que, mesmo sem o uso de sua força descomunal, fez a

jovem se desequilibrar nos sapatos altos de veludo. Ela retrocedeu. Ele ficou parado, urrando de dor, com o objeto parcialmente cravado no peito.

Então, a srta. Tarabotti tateou em busca da sombrinha, procurando-a atabalhoadamente em meio às iguarias esparramadas, torcendo para que não sujassem seu vestido novo. Encontrou-a e, enquanto se endireitava, fez um amplo movimento circular com ela. Por puro acaso, a pesada ponteira da sombrinha bateu na ponta do palito de madeira, fazendo-o penetrar direto no coração do vampiro.

A criatura ficou paralisada, com expressão de total assombro no rosto bonito. Então, caiu para trás, em cima da torta de melado já destroçada, tombando feito um aspargo mole, cozido demais. Seu rosto cor de alabastro adquiriu um tom amarelo-acinzentado, como se ele estivesse com icterícia; em seguida, o ser ficou imóvel. Os livros da srta. Tarabotti davam o nome de *inanimação* a esse fim do ciclo de vida de um vampiro. Como ela achou aquela cena muito parecida com um suflê murchando, resolveu naquele momento passar a chamá-lo de Grande Colapso.

Ela pretendia sair de fininho do recinto, sem que ninguém tomasse conhecimento de sua presença. Com isso deixaria para trás seu melhor palito de cabelo e o tão merecido chá, além de uma boa dose de drama. Mas, infelizmente, alguns jovens dândis resolveram entrar naquele exato momento. O que aqueles sujeitos vestidos daquele jeito pretendiam fazer na *biblioteca* era uma incógnita. A srta. Tarabotti supôs que tinham se perdido enquanto procuravam o salão de jogos. Fosse como fosse, a presença deles obrigou-a a fingir que ela, também, tinha acabado de encontrar o vampiro morto. Encolhendo os ombros, resignada, a srta. Tarabotti deu um grito e desmaiou.

Continuou desacordada, com determinação, apesar de lhe administrarem grande quantidade de sais aromáticos — o que fez seus olhos lacrimejarem muito —, da câimbra na parte posterior do joelho e de o novo vestido de baile estar ficando todo amassado. As várias camadas de bainhas verdes, em tons brilhantes, que estavam no auge da moda, para complementar o corpete de couraça, tombavam no anonimato, amarrotadas sob o peso de seu corpo. Seguiu-se a inevitável algazarra: gritaria e grande alvoroço, juntamente com os tinidos barulhentos provocados por uma das criadas, que ajeitava a louça e as iguarias esparramadas.

Em seguida, a srta. Tarabotti escutou o som que, por um lado, meio que previra e, por outro, receara. Uma voz autoritária expulsou tanto os dândis quanto os demais curiosos, que haviam ido até lá assim que ficaram sabendo da cena dramática. Em um tom que não dava margem a protestos, o sujeito bradou um "saiam daqui" para que pudesse "se inteirar dos detalhes com a moça".

Faz-se silêncio no ambiente.

— Escute bem. Vou recorrer a algo bem mais forte do que sais aromáticos — resmungou ele à orelha esquerda da jovem. O tom de voz era baixo, com leve sotaque escocês. Teria provocado calafrios e primitivos pensamentos simiescos sobre luares e longas fugas na srta. Tarabotti, tivesse ela alma. Em vez disso, fez com que a moça suspirasse, exasperada, e se sentasse.

— Boa noite para o senhor também, Lorde Maccon. O clima está ótimo para esta época do ano, não está? — Ela levou as mãos aos cabelos, que ameaçavam despencar sem o palito no lugar certo. Procurou disfarçadamente o professor Lyall, segundo em comando de Lorde Conall Maccon. Este costumava ficar bem mais calmo quando o seu Beta estava por perto. A srta. Tarabotti já percebera que aquele devia ser o principal papel de um número dois, sobretudo de um que fosse ligado a Lorde Maccon. — Ah, que bom vê-lo de novo, professor Lyall — prosseguiu ela, sorrindo, aliviada.

O Beta em questão, professor Lyall, era um sujeito magro e alourado, bem-humorado, de idade indeterminada, tão agradável quanto o Alfa se mostrava carrancudo. Deu um largo sorriso e cumprimentou-a, tirando o chapéu, de tecido clássico e modelagem impecável. Sua gravata plastrom era igualmente discreta, pois, embora tivesse sido feita com destreza, o modelo do nó era modesto.

— Srta. Tarabotti, é uma satisfação desfrutar de sua companhia outra vez — disse, em tom de voz suave e delicado.

— Pare de adular a moça, Randolph — repreendeu-o Lorde Maccon. O quarto Conde de Woolsey era bem mais alto que o professor Lyall e andava quase sempre de cenho franzido. Ou, ao menos, parecia manter uma eterna expressão carrancuda na presença da srta. Tarabotti, desde o incidente com o porco-espinho (que, sinceramente, não ocorrera por culpa dela). Tinha olhos de tom castanho-amarelado incrivelmente belos, cabelos castanho-avermelhados e nariz muito bem-feito. Naquele momento, fuzilava a moça com os olhos a uma distância escandalosamente curta.

— Por quê, srta. Tarabotti, sempre que eu chego para resolver uma desordem numa biblioteca, a senhorita está envolvida? — perguntou o conde.

Ela lançou-lhe um olhar ferino e alisou a parte frontal do vestido de tafetá verde, procurando alguma mancha de sangue.

Lorde Maccon observou-a, com admiração. A srta. Tarabotti podia ter uma visão crítica do próprio rosto sempre que se olhava no espelho de manhã, mas não havia nada de errado com sua aparência. O conde só deixaria de notar esse detalhe tentador se tivesse bem menos alma e desejos sexuais. Mas é óbvio que ela sempre estragava o momento sedutor ao abrir a boca. Na humilde opinião dele, ainda estava por nascer uma mulher mais irritantemente tagarela.

— Louvável, porém desnecessária — comentou Lorde Maccon, referindo-se à tentativa da moça de remover manchas inexistentes.

A srta. Tarabotti lembrou-se de que ele e sua espécie exibiam um grau de civilidade *ínfimo*. Não se podia esperar muito deles, ainda mais em circunstâncias tão delicadas como aquelas. Naturalmente, o professor Lyall era uma honrosa exceção à regra, sempre bastante refinado. Ela olhou-o de soslaio, com admiração.

Lorde Maccon franziu ainda mais o cenho.

Naquele caso, a falta de civilidade era só do conde, mesmo. De acordo com os boatos, ele vivia em Londres havia relativamente pouco tempo — viera da Escócia, dentre todos os lugares mais primitivos.

O professor deu uma leve tossida para chamar a atenção do Alfa. Os olhos castanho-amarelados do conde o fitaram com tanta intensidade que deveriam ter queimado.

— O que foi?

O Beta se curvara sobre o vampiro e passara a examinar o palito de cabelo com interesse. Apalpou o ferimento, com a mão envolta em um lenço impecavelmente branco.

— Pouquíssimo estrago, na verdade. Quase não há respingos de sangue. — Ele se inclinou e respirou fundo. — Sem dúvida alguma Westminster — concluiu.

O Conde de Woolsey pareceu entender. Dirigiu o olhar penetrante ao vampiro morto.

— Devia estar faminto.

O professor virou o corpo.

— O que foi que aconteceu aqui? — O Beta pegou uma série de pequenas pinças de madeira no bolso do colete e, com uma delas, examinou a parte de trás da calça do vampiro. Em seguida, fez uma pausa, vasculhou de novo os próprios bolsos e tirou um estojinho de couro. Abriu-o com um clique e pegou um dispositivo estranhíssimo, similar a um par de óculos de proteção. O objeto era dourado, com lentes múltiplas em um dos lados, entre as quais parecia haver algum tipo de líquido. Vinha também equipado com uma série de botões e mostradores. Após colocar a geringonça ridícula no nariz, o professor se inclinou de novo sobre o vampiro, girando os mostradores com habilidade.

— Pelo amor de Deus — exclamou a srta. Tarabotti —, o que é *isso* na sua cara? Mais parece uma mistura falsificada de binóculo com vários óculos de ópera. Qual é o nome desse troço, binóptico ou lunetoscópio?

O conde deixou escapar uma risadinha, mas, em seguida, tentou fingir que não o fizera.

— O que acha de lunóticos? — sugeriu, não podendo resistir a dar um palpite. Seus olhos brilharam de tal forma quando ele o disse, que a srta. Tarabotti ficou meio desconcertada.

O professor desviou os olhos de seu objeto de estudo e encarou os dois. Seu olho direito se mostrou terrivelmente ampliado. Uma visão tão grotesca que a moça teve um sobressalto involuntário.

— São minhas lentes monoculares de ampliação cruzada, com dispositivo modificador de espectro, de valor inestimável. Agradeço se não zombarem delas tão escancaradamente. — Ele voltou a se concentrar na tarefa.

— Ah. — A srta. Tarabotti ficou bastante impressionada. — Como funcionam?

O professor a olhou, de súbito, animado.

— Bom, sabe, é muito interessante mesmo. Quando se gira esse botãozinho aqui, a distância entre essas duas placas de vidro muda, permitindo que o líquido...

Um resmungo do conde o interrompeu.

— Não o encoraje, srta. Tarabotti, ou passaremos a noite inteira aqui.

Meio desapontado, o professor dirigiu a atenção outra vez ao corpo do vampiro, parecendo desconfiado.

— Mas, afinal, que substância é *essa* espalhada na roupa dele?

O chefe, optando pela abordagem direta, fechou a cara de novo e lançou um olhar acusatório para a srta. Tarabotti.

— Mas que diabo é essa gosma?

— Ah, infelizmente, torta de melado. Uma perda trágica, ouso dizer — respondeu a moça. Seu estômago escolheu aquele exato momento para roncar, concordando. Ela teria corado de vergonha, de um jeito gracioso, se não tivesse a tez dos "italianos pagãos", que, como dizia a mãe, nunca enrubesciam, com ou sem garbo. (Tentar convencer a progenitora de que, na verdade, o cristianismo se originara na Itália, o que tornava o povo italiano oposto aos pagãos, era uma perda de tempo e fôlego.) A srta. Tarabotti recusou-se a lamentar a impetuosidade de seu estômago e encarou desafiadoramente Lorde Maccon. Fora por causa da fome que saíra de fininho, mais cedo. Sua mãe garantira que haveria o que comer no baile. Entretanto, quando chegaram lá, só viram uma tigela de ponche e um punhado de agrião murcho. Como nunca fora do tipo que deixava o estômago levar a melhor, a srta. Tarabotti pedira chá e lanche ao mordomo e se dirigira à biblioteca. Considerando que quando ia a um baile costumava se esconder nos arredores da pista de dança, tentando deixar claro que não desejava ser tirada para dançar valsa, o chá podia ser encarado como uma alternativa bem-vinda. Embora fosse deselegante fazer esse tipo de pedido aos criados dos outros, quando a pessoa recebia promessas de sanduíches e deparava apenas com um punhado de agrião, o jeito era ela resolver o assunto à sua moda!

O professor, homem bondoso, tagarelava ao léu, fingindo não perceber o ronco de seu estômago. Embora o houvesse percebido, claro. Escutava muito bem. Por sinal, *todos* tinham escutado. Ele ergueu os olhos, o rosto totalmente distorcido por causa dos lunóticos.

— A inanição explicaria por que o vampiro entrou em desespero a ponto de atacar a srta. Tarabotti num baile, em vez de ir aos cortiços, como fazem os mais espertos em situação de penúria.

A srta. Tarabotti fez uma careta.

— Tampouco pertencia a uma colmeia.

Lorde Maccon arqueou uma das sobrancelhas escuras, deixando claro que não estava impressionado.

— E como sabe *disso*? — perguntou o conde à preternatural.

O professor explicou:

— Não precisa ser tão direto com a moça. Uma abelha-rainha jamais permitiria que um membro de sua prole ficasse tão esfomeado. É provável que este fosse um errante, completamente desgarrado da colmeia local.

A srta. Tarabotti se levantou, mostrando ao conde que desmaiara com todo o conforto numa almofada de sofá, caída no chão. Ele deu um largo sorriso, mas fechou a cara assim que a moça o olhou com desconfiança.

— Tenho outra teoria. — Ela apontou para as roupas da criatura. — Um nó de gravata plastrom malfeito e uma camisa barata? Nenhuma colmeia digna de respeito permitiria que uma larva dessas saísse em público sem trajes apropriados. É surpreendente que ele não tenha sido barrado na entrada. O lacaio da duquesa deveria ter reparado *nesse* plastrom antes mesmo que o indivíduo entrasse na fila, e o expulsado à força. Suponho que cada dia esteja mais difícil encontrar empregados competentes, com os melhores se tornando zangões, mas uma camisa dessas!

O Conde de Woolsey a encarou.

— Roupas baratas não são desculpa para cometer homicídio.

— Hã, é o que o senhor pensa. — A srta. Tarabotti analisou a camisa de corte impecável de Lorde Maccon e o laço primoroso de sua gravata plastrom. O cabelo escuro estava um pouco longo e desalinhado demais para atender aos ditames da moda e o rosto, mal barbeado, mas ele era altivo o bastante para manter aquela rudeza de proletário sem parecer desmazelado. A jovem tinha certeza de que o nó de sua gravata de lã escocesa, em tons de preto e prateado, havia sido dado a duras penas. Era bem provável que ele gostasse de andar sem camisa pela casa. O pensamento provocou-lhe um arrepio como jamais sentira antes. Devia ser bastante difícil manter

um sujeito daqueles asseado. Sem falar bem-vestido. Era mais alto e forte que a maioria dos homens. A srta. Tarabotti precisava dar crédito ao criado pessoal dele, que, na certa, devia ser um zelador muito tolerante.

Lorde Maccon costumava ser bastante paciente. Como a maioria de sua espécie, tinha aprendido a sê-lo no convívio com a sociedade refinada. Entretanto, a srta. Tarabotti parecia trazer à tona seus piores instintos animais.

— Pare de tentar mudar de assunto — disse o conde, exasperado e incomodado com o olhar perscrutador da moça. — Conte o que aconteceu. — Ele assumiu a expressão de dirigente do DAS, pegou um tubinho de metal, uma pena e um frasco de líquido transparente. Em seguida, desenrolou o tubo com um pequeno dispositivo acionado por manivela, abriu a tampa do frasco e mergulhou a pena ali. O líquido crepitou de forma ameaçadora.

A srta. Tarabotti se indignou com seu jeito despótico.

— Não venha me dar ordens nesse tom de voz, seu... — ela procurou uma expressão particularmente insultante — ...cachorro! Felizmente não faço parte da sua matilha.

Lorde Conall Maccon, o Conde de Woolsey, era o Alfa dos lobisomens da região e, portanto, tinha acesso a uma ampla gama de métodos extremamente cruéis de lidar com a srta. Tarabotti. Em vez de recuar ante o insulto dela (cachorro, mesmo!) ele lançou mão de sua arma mais ofensiva, desenvolvida após décadas de experiência com várias lobas Alfas. Podia ser escocês, mas isso só o tornava mais preparado para lidar com fêmeas de temperamento forte.

— Pare de brincar com as palavras à minha custa, madame, ou me verei obrigado a ir procurar sua mãe no salão de baile e trazê-la aqui.

A moça torceu o nariz.

— Hã, era só o que faltava! Isso não é jogar limpo. Quanta crueldade gratuita — censurou-o. A mãe dela não sabia que tinha uma filha preternatural. A sra. Loontwill, sobrenome que adquirira após se casar de novo, tendia demais à frivolidade em qualquer situação. Era propensa a ataques de histeria e a usar amarelo. Fazê-la se confrontar com um vampiro morto e a verdadeira identidade da filha podia ser considerado uma receita perfeita para o desastre, em todos os sentidos.

A srta. Tarabotti tinha sido informada de *sua* condição de preternatural aos seis anos de idade, por um gentil cavalheiro de cabelos grisalhos e bengala de prata, da Administração Civil — um especialista em lobisomens. Assim como o cabelo escuro e o nariz grande, ela herdara a preternaturalidade do pai italiano, já falecido. Isso significava, na prática, que palavras como *eu* e *para mim* eram por demais teóricas para ela. Sem dúvida possuía uma identidade, um coração que se emocionava e tudo o mais; só não tinha alma. Então, aos seis anos, anuíra educadamente para o senhor grisalho. E passara a ler um monte de livros de filósofos gregos a respeito de razão, lógica e ética. Se não tinha alma, tampouco possuía moral, o que a levara a buscar uma alternativa plausível. A mãe a considerava uma literata, o que já lhe parecia desalmado o bastante, e se sentia profundamente desgostosa com a predileção da filha mais velha por bibliotecas. Seria enfadonho ter que enfrentar a progenitora bem naquela hora, dentro de uma.

Lorde Maccon se dirigiu à porta com determinação, deixando claro que pretendia chamar a sra. Loontwill.

A srta. Tarabotti cedeu, sem jeito.

— Ah, está bom! — exclamou e, com as saias verdes farfalhando, acomodou-se em um sofá de brocados cor de pêssego, perto da janela.

O conde ficara ao mesmo tempo satisfeito e irritado quando percebera que a moça pegara a almofada, em que tinha desmaiado, e a colocara de volta no sofá, sem que ele percebesse seu movimento ao fazê-lo.

— Eu vim tomar chá e fazer um lanche na biblioteca. Tinham me prometido que haveria o que comer no baile, mas, caso não tenha notado, não tem comida nesta casa.

Lorde Maccon, que precisava de uma grande quantidade de alimentos, sobretudo de proteínas, já percebera.

— O Duque de Snodgrove é famoso pela parcimônia com o orçamento dos bailes da esposa. Alimentos na certa não fizeram parte da lista de serviços oferecidos. — Ele soltou um suspiro. — O homem é dono da metade de Berkshire e nem sequer oferece um sanduíche decente.

A srta. Tarabotti fez um gesto solidário com as mãos.

— Exato! Então entende por que tive de pedir meu próprio repasto? Queria que eu ficasse com fome?

O conde correu os olhos insolentemente por suas curvas generosas, notando que ela era bem provida nos lugares certos, mas recusou-se a lhe dar confiança, mostrando-se compassivo. Manteve a cara fechada.

— Acho que é exatamente o que pensou o vampiro quando a encontrou *desacompanhada*. Uma mulher solteira, sozinha num recinto, nesta época tão civilizada! Ora, se fosse lua cheia, até eu a teria atacado!

A srta. Tarabotti olhou-o de cima a baixo e pegou a sombrinha de bronze.

— Meu caro senhor, bem que gostaria de tê-lo visto tentar.

Como era um Alfa, Lorde Maccon mostrava certo despreparo ante desafios tão ousados, apesar de sua origem escocesa. Ele a olhou por um instante, surpreso, e, em seguida, retomou o ataque verbal.

— Sabe que as normas sociais modernas têm uma razão de ser, não sabe?

— Toda regra tem uma exceção: eu estava esfomeada — ressaltou ela, como quem dava um basta ao assunto, sem entender por que ele batia na mesma tecla.

O professor Lyall, ignorado por ambos, buscava, compenetrado, algo no próprio colete. Por fim, encontrou um sanduíche meio esmagado, de presunto com picles, enrolado em um saquinho de papel pardo. Sempre cortês, ele o ofereceu à srta. Tarabotti.

Em circunstâncias normais, ela teria recusado a oferta, devido ao estado lastimável do lanche, mas o gesto foi tão amável, feito com tamanho acanhamento, que não lhe restou alternativa senão aceitar. Na verdade, estava ótimo.

— Que delícia! — elogiou, surpresa.

Ele sorriu.

— Sempre trago alguns desses, para usar quando Sua Senhoria se irrita. Na maioria das vezes, essas oferendas mantêm a fera sob controle. — Ele franziu a testa e fez a ressalva: — Exceto nas noites de lua cheia, claro. Quem dera que um sanduíche de presunto com picles bastasse nessas horas.

A srta. Tarabotti se empertigou, interessada.

— Mas o que é que *fazem* na lua cheia?

Lorde Maccon tinha plena consciência de que ela mudava de assunto de propósito. Com a paciência esgotada, resolveu chamá-la pelo primeiro nome.

— Alexia! — Fora um rugido longo e contínuo, polissilábico.

Ela agitou o sanduíche diante do conde.

— Hum... Aceita uma metade, milorde?

Lorde Maccon franziu ainda mais o cenho, se é que era possível.

O professor tirou os lunóticos do rosto, colocou-os na aba da cartola, na qual pareceram estranhos olhos mecânicos sobressalentes, e comentou, aproveitando o ensejo:

— Srta. Tarabotti, não creio que tenha se dado conta da gravidade da situação. Se não comprovarmos que agiu em legítima defesa porque o vampiro se comportava de modo totalmente irracional, pode ser acusada de homicídio.

Ela engoliu tão rápido o pedaço de sanduíche que engasgou e começou a tossir.

— O quê? Como assim?

O conde dirigiu o olhar ferino ao seu segundo em comando.

— Agora quem é que está sendo direto demais com a moça? — indagou.

Lorde Maccon era relativamente novo no cenário londrino; chegara como um total desconhecido, entrara na disputa para se tornar o Alfa do Castelo de Woolsey e ganhara. Mesmo quando não assumia a forma de lobisomem, causava palpitações nas jovens, em virtude da combinação irresistível de mistério, prestígio e periculosidade. Como tinha obtido do ex-líder da alcateia o cargo no DAS, no Castelo de Woolsey, e o título de nobreza, seu nome sempre constava nas listas de convidados de jantares da sociedade. O Beta, que ele herdara do bando de lobos, passava por maus bocados: fazia malabarismos para seguir os protocolos e acobertar as diversas gafes de Lorde Maccon. Até então, a franqueza excessiva era o maior problema do professor Lyall que, às vezes, passava dos limites. Ele não quisera assustar a srta. Tarabotti, mas, naquele momento, ela pareceu totalmente vencida.

— Só estava sentada aqui — explicou a srta. Tarabotti, deixando o sanduíche de lado, ao perder o apetite. — Ele me atacou do nada, sem motivo algum. Suas presas estavam à mostra. Tenho certeza de que, se eu fosse uma simples mortal, ele teria sugado todo o meu sangue. Fui obrigada a me defender.

O professor anuiu. Havia duas alternativas socialmente aceitáveis para um vampiro esfomeado ao extremo: tomar uns goles de vários zangões pertencentes a ele ou à sua colmeia, ou pagar pelo privilégio de recorrer às prostitutas de sangue nas docas. Afinal, estavam no século XIX e não se atacavam os outros assim, sem mais nem menos, sem pedir permissão! Até mesmo os lobisomens, que perdiam o autocontrole nas noites de lua cheia, faziam questão de manter vários zeladores por perto, para trancafiá-los. O próprio professor tinha três; já para controlar Lorde Maccon, eram necessários cinco.

— Será que algo ou alguém o levou a ficar naquele estado? — indagou o professor.

— Acha que o prenderam até ele ficar faminto e perder o controle das faculdades? — Lorde Maccon considerou a ideia.

O professor Lyall pegou os lunóticos na cartola, colocou-os de novo e examinou, de perto, os pulsos e o pescoço da criatura.

— Não há sinais de confinamento nem de tortura, mas é difícil ter certeza, em se tratando de um vampiro. Mesmo em estado agudo de hematopenia, as feridas superficiais teriam cicatrizado em... — Ele pegou a pena e o tubo de metal da mão de Lorde Maccon, mergulhou a ponta no líquido transparente e crepitante e fez algumas contas com rapidez. — ... pouco mais de uma hora. — Os cálculos ficaram gravados no metal.

— E depois, o que aconteceu? Ele escapou ou deixaram que fugisse de propósito?

— Pareceu bastante lúcido para mim — ponderou a srta. Tarabotti. — Afora a parte do ataque, claro. Foi capaz de conversar normalmente comigo. Tentou até me seduzir. Devia ser um vampiro bastante jovem. Além do mais — fez uma pausa dramática, baixou a voz e disse em um tom sepulcral —, ele ceceava com os caninos.

O professor mostrou-se chocado e olhou para ela, pestanejando através das lentes assimétricas; entre os vampiros, cecear era considerado o suprassumo da vulgaridade.

A srta. Tarabotti prosseguiu:

— Agiu como se nunca tivesse tido aulas de etiqueta na colmeia nem pertencesse a uma classe social. Era praticamente um bárbaro. — Ela nunca pensou que usaria aquele termo para se referir a um vampiro.

O professor tirou os lunóticos e os guardou no pequeno estojo com um ar de quem concluiu o assunto. Lançou um olhar grave para o seu Alfa.

— Sabe, então, o que isso significa, não sabe, milorde?

Lorde Maccon já não franzia o cenho, e sua expressão mostrava-se séria. A srta. Tarabotti achou que aquele semblante combinava mais com ele, deixando sua boca retilínea e trazendo um brilho resoluto aos olhos de tom castanho-amarelado. Ela imaginou, distraída, como ele ficaria se desse um sorriso franco. Mas, em seguida, pensou consigo mesma que talvez fosse melhor nem saber.

O foco de suas divagações respondeu à pergunta:

— Significa que alguma abelha-rainha anda fazendo, deliberadamente, metamorfoses fora das normas do DAS.

— Não crê que se trata apenas de um caso isolado? — indagou o professor, tirando um pedaço de tecido branco dobrado do colete. Ele sacudiu o pano, que revelou ser um grande lençol de seda fina. A srta. Tarabotti estava começando a se impressionar com a quantidade de objetos que ele guardava na vestimenta.

— Pode ser o início de algo bem maior — prosseguiu Lorde Maccon. — É melhor voltarmos para o DAS. Precisamos interrogar as colmeias locais. As rainhas não vão gostar nada disso. Independentemente de todo o resto, esse incidente é muito constrangedor para elas.

— Ainda mais quando souberem do uso da camisa de má qualidade — concordou ela.

Os dois cavalheiros enrolaram o corpo do vampiro no lençol de seda. O professor conseguiu carregá-lo, com facilidade, num dos ombros. Mesmo quando assumiam a forma humana, os lobisomens eram bem mais fortes que os mortais.

O conde fixou os olhos de tom castanho-amarelado na moça. Ela estava sentada, com recato, no sofá estofado. Uma de suas mãos, enluvada, segurava o cabo de ébano de uma sombrinha ridícula. A srta. Tarabotti estava com os olhos castanhos semicerrados, pensativa. Ele daria cem libras para saber o que ela pensava naquele momento. Tinha certeza de que, se perguntasse, ela lhe contaria exatamente o que lhe passava pela cabeça, mas não queria lhe dar esse gostinho. Em vez disso, declarou:

— Tentaremos manter seu nome fora disso, srta. Tarabotti. No meu relatório constará apenas que uma moça comum teve sorte e conseguiu escapar de um ataque descabido. Ninguém precisa saber do envolvimento de uma preternatural.

Então, foi a vez de a srta. Tarabotti encará-lo.

— Por que vocês do DAS sempre *fazem* isso?

Os dois homens pararam, confusos, para fitá-la.

— *Fazemos* o quê, srta. Tarabotti? — perguntou o professor.

— Costumam me dispensar como se eu fosse uma criança. Será que não veem que posso ser útil?

Lorde Maccon soltou um resmungo.

— Quer dizer que poderia sair por aí se metendo legalmente em enrascadas, em vez de só nos aborrecer o tempo todo?

A srta. Tarabotti se esforçou para não se ofender.

— O DAS emprega mulheres; eu soube até que vocês tem um preternatural na folha de pagamento lá no Norte, trabalhando no monitoramento de fantasmas e nos casos de exorcismo.

Lorde Maccon estreitou, de imediato, os olhos cor de caramelo.

— Quem exatamente lhe contou isso?

A moça arqueou as sobrancelhas. Claro que ela jamais trairia o informante que lhe passara tais informações em confiança!

O conde entendeu bem sua expressão.

— Está bem, esqueça a pergunta.

— Não esqueço — retrucou a srta. Tarabotti, altiva.

O professor Lyall, que ainda carregava o corpo num dos ombros, se apiedou dela.

— É verdade, há mulheres e preternaturais no DAS — admitiu.

Lorde Maccon tentou cutucar o Beta, mas ele se esquivou com uma agilidade que deixava clara sua prática.

— Mas não temos nenhuma preternatural *mulh*er, nem fidalga. Todas as que trabalham no DAS são representantes típicas da classe operária — disse o conde.

— Você ainda está aborrecido por causa da questão do porco-espinho — murmurou ela, ao mesmo tempo em que inclinava a cabeça com deferência. Já tratara daquele assunto antes, com o chefe de Lorde Maccon no DAS, para ser mais exata. Um sujeito de quem ela sempre se lembraria como o Senhor Amável de Cabelos Grisalhos. A simples ideia de uma dama de sua estirpe pensar em *trabalhar* era chocante demais. "Minha querida, e se sua mãe descobrir?", perguntara o chefe do conde.

— O DAS não é um órgão secreto? Posso trabalhar como agente secreta. — A srta. Tarabotti precisava tentar de novo. Ao menos o professor demonstrava um pouco de simpatia por ela. Talvez pudesse colaborar elogiando-a por lá.

Lorde Maccon caiu na risada.

— Agente secreta? A senhorita? Tão sutil quanto um elefante numa loja de cristais. — Mas logo se maldisse por suas palavras, ao perceber a consternação da jovem. Ela se apressou em disfarçar, embora tivesse ficado magoada.

O Beta o agarrou pelo braço, com a mão livre.

— Por favor, tenha modos.

O conde pigarreou, dando a impressão de ter se arrependido.

— Não quis ofendê-la, srta. Tarabotti. — A entonação escocesa voltou à voz.

A srta. Tarabotti assentiu, sem erguer os olhos. Brincou com um dos amores-perfeitos de sua sombrinha.

— Senhores — disse ela, com um brilho sutil nos olhos —, eu gostaria muito de ser útil.

Lorde Maccon esperou até ele e o Beta chegarem ao saguão — depois de terem se despedido da srta. Tarabotti com polidez, ao menos no caso do professor Lyall — para fazer a pergunta que de fato o incomodava.

— Minha nossa, Randolph, por que ela simplesmente não se casa? — A pergunta foi feita em tom frustrado.

Randolph Lyall encarou o Alfa, bastante confuso. Em geral, o conde era um homem muito perspicaz, apesar de toda a arrogância e da impertinência escocesa.

— Ela já passou um pouco da idade, senhor.

— Tolice! — exclamou Lorde Maccon. — Não deve ter mais que um quarto de século.

— E, além disso, é muito... — o professor procurou uma forma cortês de dizê-lo — ... contundente.

— Bah. — O aristocrata agitou uma das mãos, desconsiderando a ideia. — Só tem a personalidade um pouco mais forte que a maioria das mulheres deste século. Deve haver inúmeros cavalheiros esclarecidos que saberiam apreciar o seu valor.

O professor, cujo instinto de sobrevivência era forte, sentiu que se fizesse algum comentário desabonador sobre a aparência da jovem talvez acabasse com a cabeça arrancada. Ele e a maioria dos membros da alta sociedade podiam até achar que a srta. Tarabotti tinha a pele um pouco escura demais e o nariz maior que o ideal, mas o Beta não acreditava que o Alfa compartilhasse da mesma opinião. O professor atuava como Beta do quarto Conde de Woolsey desde que Conall Maccon atacara todos eles. Considerando que isso ocorrera havia apenas vinte anos e que a lembrança sangrenta continuava vívida, nenhum lobisomem, tampouco o professor Lyall, ousava questionar por que Lorde Maccon se dera ao trabalho de lutar pelo complicado território londrino. O conde era um sujeito enigmático, com um gosto igualmente misterioso no que dizia respeito às mulheres. O professor deduzira que seu Alfa parecia realmente *gostar* de narizes aquilinos, peles bronzeadas e atitudes ousadas. Portanto, preferira apenas comentar:

— Talvez seja o sobrenome italiano, senhor, que a mantenha solteira.

— Hum, pode ser — concordou ele, sem dar a impressão de ter se convencido.

Os dois lobisomens saíram da residência do duque rumo à noite londrina, um com o corpo do vampiro, o outro com uma expressão intrigada.

Capítulo 2

Um Convite Inesperado

A srta. Tarabotti costumava manter sua condição de não ter alma em segredo, até mesmo para a própria família. Contudo, não era uma morta-viva, e sim um ser humano, que respirava e simplesmente... carecia de algo. Nem os parentes mais próximos nem os membros dos círculos sociais que frequentava percebiam que lhe faltava alguma coisa. Eles a encaravam apenas como uma solteirona, cuja situação desfavorável resultava sem dúvida alguma de um misto de personalidade forte, compleição escura e traços faciais marcantes. A srta. Tarabotti achava que seria um transtorno ter de dar explicações a torto e a direito sobre ausência de alma para as massas mal informadas. Podia ser considerado quase tão constrangedor quanto ter de dizer que seu pai, por um lado, tinha falecido e, por outro, era italiano.

As massas mal informadas incluíam seus próprios parentes, uma família especializada nas atitudes inconvenientes e tolas.

— Vejam só isso! — Felicity Loontwill agitou uma cópia do *Morning Post* para o grupo reunido à mesa do café da manhã. Seu pai, o Excelentíssimo Senhor Loontwill, continuou a se concentrar no consumo do ovo, cozido por oito minutos, com torrada. Sua irmã Evylin, no entanto, ergueu os olhos, de modo inquiridor, e sua mãe parou de tomar a orchata medicinal e perguntou:

— O que foi, querida?

Felicity apontou para um trecho na coluna social do jornal.

— Estão dizendo aqui que houve um terrível incidente no baile da noite passada! Vocês ficaram sabendo *disso*? Eu não me lembro de ter visto um.

Alexia franziu o cenho, aborrecida, enquanto comia o ovo. Achara que Lorde Maccon conseguiria manter tudo em sigilo, longe das colunas sociais. Recusava-se a admitir que o número considerável de pessoas que a haviam visto com o vampiro morto tornava tal esforço praticamente inútil. Afinal de contas, a suposta especialidade do conde era realizar o impossível até o amanhecer.

Felicity deu mais detalhes:

— Parece que alguém morreu. Não divulgaram nenhum nome, mas ocorreu uma morte de verdade, e eu perdi tudo! Uma jovem deparou com o sujeito na biblioteca e desmaiou de susto. Coitada, deve ter sido horrível para ela.

Evylin, a mais nova, deu um muxoxo, compadecida, e estendeu a mão para pegar o pote de geleia de groselha.

— E estão dizendo quem era a tal moça?

Felicity coçou o nariz com delicadeza e checou.

— Infelizmente, não.

A srta. Tarabotti arqueou as sobrancelhas e sorveu o chá, com um silêncio fora do normal. Fez uma careta ao sentir o sabor, semicerrou os olhos ao fitar a xícara e se esticou para pegar o pote de nata.

Evylin passou a geleia na torrada, esforçando-se para formar uma camada homogênea.

— Que chato! Eu adoraria saber dos mínimos detalhes. Parece algo saído de um romance gótico. Mais algum fato interessante?

— Bom, o autor dá mais detalhes do baile. Minha nossa, até critica a Duquesa de Snodgrove por ela não ter providenciado aperitivos.

— E fez bem — concordou plenamente Evylin. — Até no clube Almack's servem aqueles sanduichinhos insípidos. Até parece que o duque não tem condições de arcar com a despesa.

— É verdade, querida — disse a sra. Loontwill.

Felicity verificou a autoria do artigo.

— Escrito por "anônimo". Não faz qualquer comentário sobre a roupa de ninguém. Bom, para mim, deixou a desejar. Ele nem cita o meu nome, nem o da Evylin.

As jovens Loontwill eram presença constante nos jornais, em parte pela elegância, em parte por terem reunido à sua volta um número notável de admiradores. Toda a família, exceto a srta. Tarabotti, adorava aquela popularidade, ao que tudo indicava sem se importar se os comentários eram elogiosos ou não — desde que dissessem *algo*.

Evylin mostrou-se aborrecida. Uma pequena ruga surgiu entre as sobrancelhas bem-feitas.

— Usei o meu novo vestido verde-claro com enfeites de ninfeias cor-de-rosa, e eles simplesmente não comentaram nada.

A srta. Tarabotti estremeceu. Preferia não se lembrar daquele vestido — *era babado que não acabava mais.*

Desastrosos frutos do segundo casamento da sra. Loontwill, Felicity e Evylin eram totalmente diferentes da meia-irmã mais velha. Quem conhecesse as três jamais imaginaria que a srta. Tarabotti tivesse qualquer relação de parentesco com as outras duas. Felicity e Evylin eram igualmente belas: ambas loiras, de tez pálida e sem viço, com grandes olhos azuis e lábios em forma de botão de rosa. Infelizmente, tal como a querida mãe, não iam além de "belas". Portanto, a conversa à mesa do café da manhã nunca estava destinada a ter o alto teor intelectual aspirado pela srta. Tarabotti. Não obstante, ela se sentiu aliviada ao perceber que o colóquio tinha passado da esfera criminal para algo mais mundano.

— Bom, é tudo o que ele comentou sobre o baile. — Felicity fez uma pausa e passou a se concentrar nos anúncios sociais. — Que interessante! Aquele salão de chá agradável perto de Bond Street vai ficar aberto até as duas da madrugada para receber e incentivar os clientes sobrenaturais. Só falta agora oferecerem carne crua e taças de sangue no cardápio. A senhora acha que devemos continuar frequentando esse lugar, mamãe?

A sra. Loontwill ergueu os olhos de novo da orchata medicinal.

— Não creio que nos prejudique em nada, querida.

— Alguns dos nossos melhores partidos também saem às altas horas da noite, minha pérola — acrescentou o senhor Loontwill, engolindo um pedaço de torrada. — Tem gente fazendo muito pior quando se trata de fisgar um pretendente para uma donzela.

— Ora, vamos, pai — repreendeu-o Evylin. — Desse jeito o senhor faz a mamãe parecer um lobisomem enfurecido.

A sra. Loontwill olhou para o marido com desconfiança.

— Não andou frequentando o Claret's nem o Sangria nas últimas noites, andou? — indagou ela, como se suspeitasse de que Londres tivesse sido invadida de repente por lobisomens, fantasmas e vampiros e o marido confraternizasse com eles.

O fidalgo apressou-se em mudar de assunto.

— Claro que não, minha pérola. Só o Boodles. Sabe que gosto de ir ao meu próprio clube e não aos das comunidades sobrenaturais.

— Por falar em clubes de cavalheiros — interrompeu Felicity, ainda concentrada no jornal —, acabaram de abrir um novo em Mayfair na semana passada. É voltado para intelectuais, filósofos, cientistas e outros do gênero, por incrível que pareça. O nome é Clube Hypocras. Que absurdo. Por que esses sujeitos precisam de um clube? Já não frequentam os museus públicos? — A jovem franziu o cenho quando viu o endereço. — Mas o local está na última moda. — Ela mostrou a folha impressa à mãe. — Não fica do lado da residência urbana do Duque de Snodgrove?

A sra. Loontwill anuiu.

— Fica, querida. É provável que o vaivém incessante de um bando de cientistas dia e noite acabe desvalorizando *aquele* bairro. Imagino que a duquesa tenha tido um ataque ao saber da novidade. Pensei em enviar um cartão de agradecimento pela festa de ontem à noite, mas acho que vou visitá-la pessoalmente hoje à tarde. Como amiga prestativa, é meu dever me preocupar com seu estado emocional.

— Muito desgastante mesmo para ela — opinou a srta. Tarabotti, que não resistiu à tentação de fazer um comentário. — Pessoas que realmente pensam, bem ao lado da casa dela. Pela madrugada!

— Eu vou com a senhora, mãe — disse Evylin.

Sorrindo para a filha mais nova, a sra. Loontwill ignorou totalmente a mais velha.

Felicity continuou a ler.

— A última moda da primavera de Paris são cintos largos em cores contrastantes. Que lástima. Claro que vão cair muito bem em você, Evylin, mas em mim...

Infelizmente, apesar da invasão de cientistas, da oportunidade de regozijo com a desgraça da amiga e da iminente mudança nos cintos, a mãe da srta. Tarabotti continuava a pensar no homem morto no baile dos Snodgrove.

— Teve uma hora ontem em que você simplesmente sumiu, Alexia. Não está escondendo nada importante de nós, está, querida?

A filha a olhou com tranquilidade.

— Para falar a verdade, tive sim um desentendimento com Lorde Maccon. — *Sempre as despiste*, pensou.

O comentário atraiu a atenção de todos, inclusive do padrasto. O senhor Loontwill raramente se dava ao trabalho de abrir a boca. Como era muito difícil conseguir fazer um aparte com as mulheres da família, ele tendia a deixar a conversa à mesa do café da manhã fluir por ele como água sobre folhas de chá, prestando apenas uma atenção parcial aos diálogos. Mas era um homem sensato e ciente das normas de decoro e ficou em estado de alerta diante da declaração da srta. Tarabotti. O Conde de Woolsey podia ser um lobisomem, mas era dono de riqueza e poder consideráveis.

A sra. Loontwill empalideceu e passou a falar com maior brandura.

— Você não faltou com o respeito ao conde, faltou, querida?

A srta. Tarabotti relembrou o encontro.

— Não cheguei a tanto.

A mãe afastou o copo de orchata e serviu-se, trêmula, de uma xícara de chá.

— Minha nossa! — exclamou ela, baixinho.

A sra. Loontwill nunca conseguira entender a filha mais velha. Imaginou que, se a mantivesse longe do altar, a moça irritante não se meteria em confusões. Mas, ao agir assim inadvertidamente, dera mais liberdade a ela. Pensando melhor, considerou que deveria ter arranjado um casamento para a filha. Naquele momento, a família inteira seria obrigada a aturar seu comportamento ultrajante, que parecia piorar à medida que envelhecia.

A srta. Tarabotti prosseguiu, com petulância:

— Hoje de manhã, acordei pensando em todos os desaforos que *poderia* ter dito, o que me deixou extremamente irritada.

O senhor Loontwill soltou um longuíssimo suspiro.

A mais velha colocou as mãos na mesa.

— E tem mais, acho que vou passear no parque hoje de manhã. Estou com os nervos à flor da pele desde esse encontro. — Ela não se referia indiretamente, tal como se poderia supor, ao ataque do vampiro. Não era uma moça do tipo água com açúcar, muito pelo contrário. Vários cavalheiros compararam o primeiro encontro com ela à ingestão de um conhaque dos mais fortes quando se esperava um suco de frutas, ou seja, surpreendente e propenso a deixar a pessoa com uma nítida sensação de azia. Mas os nervos da srta. Tarabotti estavam em frangalhos porque ela continuava aborrecidíssima com o Conde de Woolsey. Ficara furiosa quando ele a deixara na biblioteca. Passara a noite inquieta e revoltada, sem poder fazer nada, e acordara com os olhos inchados e os sentimentos nobres à flor da pele.

— Espere aí — disse Evylin. — O que aconteceu? Alexia, você tem de contar tudo! Como foi que encontrou Lorde Maccon no baile, se nós não o vimos? O nome dele não constava na lista de convidados. Se constasse, eu saberia. Espiei por sobre o ombro do criado na entrada.

— Não acredito que fez isso, Evy — comentou Felicity, chocada.

A srta. Tarabotti as ignorou e saiu da copa para pegar o xale favorito. A sra. Loontwill poderia ter feito o esforço de impedi-la, mas sabia que seria em vão. Tentar arrancar algo da mais velha quando ela não queria era como tentar tirar sangue de um fantasma. Então, a esposa pegou a mão do marido e a apertou, consoladora.

— Não se preocupe, Herbert. Acho que Lorde Maccon até gosta da falta de papas na língua de Alexia. Ao menos, nunca a repreendeu abertamente. Só isso já é uma bênção.

O senhor Loontwill anuiu.

— Será que um lobisomem da idade dele acha esse tipo de comportamento revigorante? — perguntou, esperançoso.

A sra. Loontwill aprovou o otimismo dele com um carinhoso tapinha nas costas. Sabia como era difícil para o segundo marido lidar com sua filha mais velha. Francamente, onde é que ela *estava* com a cabeça quando se casara com um italiano? Bom, era muito jovem, e Alessandro Tarabotti, muito bonito... Mas havia algo mais na srta. Tarabotti, uma... independência revoltante que a mãe não podia atribuir de todo ao primeiro casamento, nem a si mesma. Fosse lá o que fosse, a menina já nascera daquele jeito, espertalhona, dona da verdade e dotada de uma língua afiada. Não pela primeira vez, a mãe lamentou não ter tido um primogênito, o que teria facilitado muito a vida da família.

Em circunstâncias normais, uma jovem solteira, de boa estirpe, jamais passearia no Hyde Park sem a companhia da mãe ou de uma ou duas parentas mais velhas. A srta. Tarabotti achava que tais regras não se aplicavam a ela, por já ser uma solteirona de carteirinha. Nos momentos mais difíceis, chegara até a achar que não nascera mesmo para se casar. A sra. Loontwill nem se dera ao trabalho de oferecer um baile de debutante à filha mais velha ou de apresentá-la de forma apropriada à sociedade. "Minha querida", dissera, à época, em tom de profunda condescendência, "com esse seu nariz e essa sua cor de pele, nem adianta gastarmos dinheiro. Tenho de pensar nas suas irmãs". Portanto, a srta. Tarabotti, que não era nem tão morena nem tão nariguda assim, tinha sido colocada para escanteio aos quinze anos. Não que houvesse chegado a sonhar com o fardo de um marido, mas teria gostado de saber se poderia conquistar alguém um dia, caso mudasse de ideia. Como adorava dançar, teria apreciado a oportunidade de ir a pelo menos um baile como uma solteira disponível, em vez de sempre acabar saindo de fininho para as bibliotecas. Atualmente, ela frequentava os bailes apenas como acompanhante das irmãs, mas nas casas sempre havia áreas de leitura. O celibato, porém, dava-lhe liberdade para os passeios no Hyde Park sozinha, sem a mãe, e só os mais retrógrados se oporiam a isso. Felizmente, gente assim, como os colaboradores do *Morning Post*, não sabia o nome da srta. Alexia Tarabotti.

Não obstante, com as duras críticas de Lorde Maccon ainda ressoando em seus ouvidos, ela achou melhor não sair totalmente desacompanhada, mesmo em plena manhã, com os raios de sol antissobrenaturais brilhando intensamente. Então, lançou mão da inseparável sombrinha de

bronze, por causa da claridade, e da srta. Ivy Hisselpenny, em virtude dos melindres de Lorde Maccon.

A srta. Ivy Hisselpenny era uma grande amiga da srta. Tarabotti. As duas conheciam-se havia tempo suficiente para ultrapassar o território fortificado da familiaridade. Então, quando a srta. Tarabotti passou pela residência da srta. Hisselpenny e convidou-a para dar uma volta, esta soubera de imediato que a caminhada não passava de uma desculpa.

A amiga podia ser considerada uma triste vítima dos padrões vigentes, segundo os quais ela era quase feinha e quase pobretona, com abominável propensão ao uso de chapéus ultrarridículos. A srta. Tarabotti, por sinal, tinha muita dificuldade em aceitar essa última faceta da personalidade da amiga. Mas, fora isso, considerava-a tranquila, agradável e, sobretudo, uma companhia animada em qualquer ocasião.

Já a srta. Hisselpenny considerava a srta. Tarabotti uma mulher sábia e inteligente, por vezes direta demais para uma pessoa sensível como ela, mas fiel e amável mesmo nas circunstâncias mais difíceis.

A srta. Hisselpenny aprendera a apreciar a falta de tato da srta. Tarabotti, que, por sua vez, compreendera que nem sempre se devia prestar atenção nos chapéus das amigas. Portanto, como logo no início do relacionamento uma aprendeu a fazer vista grossa para os aspectos mais desagradáveis da personalidade da outra, as duas cultivaram uma amizade proveitosa para ambas. A conversa que tiveram em Hyde Park refletiu bem sua típica forma de comunicação.

— Ivy, querida — disse a srta. Tarabotti, enquanto a amiga apressava-se em acompanhá-la —, que ótimo você ter dado um jeito de vir passear, apesar de eu ter avisado na última hora! Que chapelete horrível. Espero que não tenha custado muito caro.

— Alexia! Que péssimo de sua parte criticar assim o meu chapéu. E por que eu não haveria de poder passear agora? Sabe muito bem que não tenho nada melhor para fazer às quintas-feiras. Este dia é monótono demais, não acha? — comentou a amiga.

— Para falar a verdade, Ivy, bem que eu gostaria que me chamasse para fazer compras com você. Aí poderíamos evitar muitas atrocidades. E por que quinta-feira é diferente dos outros dias da semana?

E assim por diante.

O dia estava bastante agradável, e as duas damas passearam de braços dados, com as saias longas farfalhando e as anquinhas mais curtas e flexíveis, que tinham entrado na moda na temporada passada, tornando a caminhada um pouco mais fácil. Segundo os boatos, algumas damas francesas tinham abolido de vez as anquinhas, só que essa moda escandalosa ainda não chegara a Londres. As duas usavam as sombrinhas para se protegerem do sol, mas, como a srta. Tarabotti costumava dizer, era uma perda de tempo em virtude da sua compleição. Mas por que diabos a palidez vampiresca tinha que estar tão na moda? Elas continuaram a caminhar, formando um par chamativo: a srta. Hisselpenny usando musseline creme estampada com rosas e a srta. Tarabotti, o vestido azul de passeio favorito, com arremate de veludo. Ambos os trajes eram enfeitados com várias camadas de renda, babados de pregas profundas e pences, que só as mais estilosas usavam. Se a srta. Hisselpenny ostentava uma superabundância desses quesitos, subentenda-se que pecava por se esforçar demais, não de menos.

Devido em parte ao tempo agradável e em parte à última moda de vestidos de passeio, Hyde Park estava cheio. Alguns cavalheiros, vindos na direção de ambas, inclinaram o chapéu para as duas, irritando a srta. Tarabotti com as constantes interrupções e envaidecendo a srta. Hisselpenny com tanta atenção.

— Nossa! O que deu em todo mundo hoje? — quis saber a amiga. — Parece até que somos solteironas tentadoras.

— Alexia! Você pode até se considerar fora do páreo — protestou a outra, ao mesmo tempo em que sorria com timidez para um cavalheiro de aparência respeitável, em um imponente cavalo baio castrado —, mas eu me recuso a aceitar um destino tão cruel.

A srta. Tarabotti torceu o nariz.

— Por falar nisso, como é que foi o baile da duquesa ontem à noite? — A srta. Hisselpenny adorava se pôr a par de todas as fofocas. Como sua família por demais quase classe média, ela só recebia convites para festas menos exclusivas e precisava recorrer à srta. Tarabotti para se inteirar dos pormenores não publicados no *Morning Post*. Infelizmente, sua querida

amiga não era das fontes mais fidedignas e loquazes. — Foi um horror? Quem estava lá? Que roupas usavam?

A amiga revirou os olhos.

— Ivy, por favor, uma pergunta de cada vez.

— Bem, a noite foi agradável?

— Nem um pouco. Você acredita que não tinha nada para beliscar? Nada a não ser um ponche! Tive que ir até a biblioteca e pedir um chá — contou a srta. Tarabotti, girando a sombrinha, agitada.

— Não acredito que fez isso! — exclamou Ivy, chocada.

A amiga arqueou as sobrancelhas negras.

— Fiz, sim. Você não imagina a confusão que deu. E, como se isso não bastasse, Lorde Maccon resolveu dar as caras.

A srta. Hisselpenny parou de caminhar para fitar a amiga. A expressão da srta. Tarabotti não revelava nada além de irritação, mas havia algo na forma como ela costumava se referir ao Conde de Woolsey que deixava a outra desconfiada.

Ainda assim, a amiga fingiu ser solidária.

— Ah, querida, ele foi terrível demais? — Cá com seus botões, a srta. Hisselpenny considerava Lorde Maccon bastante respeitável para um lobisomem, embora fosse, ao mesmo tempo, um pouco *excessivo* para o gosto dela. Era tão grandalhão e brusco que a apavorava, apesar de sempre ter se comportado muito bem em público. Além disso, ganhava muitos pontos por trajar paletós de belo corte... ainda que uma vez por mês se transformasse numa besta feroz.

A srta. Tarabotti deu uma risada desdenhosa.

— Bah. Não mais do que o normal. Acho que talvez por ser um Alfa. Está acostumado demais a ter as ordens acatadas o tempo todo. Isso me tira do sério. — Ela fez uma pausa. — Um vampiro me atacou na noite passada.

A srta. Hisselpenny simulou um desmaio.

A srta. Tarabotti a obrigou a se manter de pé, enrijecendo o braço apoiado no dela.

— Pare de fazer corpo mole — disse. — Não tem ninguém interessante por perto para pegá-la.

A srta. Hisselpenny ser recuperou e comentou, com veemência:

— Francamente, Alexia. Como *faz* para se meter em tantas confusões?

A amiga deu de ombros e começou a andar mais depressa, de modo que a srta. Hisselpenny teve de apertar o passo para alcançá-la.

— Então, o que foi que você fez? — Ela não se deixaria dissuadir facilmente.

— Bati nele com a minha sombrinha, claro.

— Não!

— Bem no cocuruto. Faria o mesmo com qualquer um que me atacasse, sobrenatural ou não. Ele partiu direto para cima de mim, sem se apresentar, nem nada! — A srta. Tarabotti teve a impressão de estar um pouco na defensiva.

— Mas isso não se faz, bater num vampiro, com sombrinha ou seja lá o que for!

A srta. Tarabotti soltou um suspiro, mas, no fundo, concordou com a amiga. Não havia muitos vampiros à espreita em Londres, nunca houvera, mas as poucas colmeias instaladas na região tinham como membros políticos, proprietários de terras e representantes importantes da nobreza. Sair por aí indiscriminadamente dando golpes em pessoas conspícuas com uma sombrinha era suicídio social.

— É ultrajante demais — prosseguiu a srta. Hisselpenny. — Agora só falta o quê? Você ir atacar a Câmara dos Lordes e criar caso com os sobrenaturais daqui, na sessão noturna?

A srta. Tarabotti riu da imaginação fértil da amiga.

— Essa não. Agora eu estou lhe dando ideias novas. — A srta. Hisselpenny levou uma das mãos enluvadas à testa, teatralmente. — O que aconteceu, de verdade?

Ela lhe contou.

— Você o matou? — perguntou a amiga, dando a impressão de que, daquela vez, ia desmaiar mesmo.

— Foi um acidente! — insistiu a outra, apertando o braço da srta. Hisselpenny com mais força.

— Então foi de você que falaram no *Morning Post*? A dama que encontrou o homem morto no baile da Duquesa de Snodgrove ontem à noite? — Ela estava empolgadíssima.

A srta. Tarabotti assentiu.

— Bom, pelo visto, Lorde Maccon soube mesmo abafar o caso. Não tocaram no seu nome nem no da sua família. — A srta. Hisselpenny mostrou-se aliviada pela outra.

— Nem mencionaram o fato de que o homem morto era um vampiro, felizmente! Você pode imaginar o que a coitada da minha mãe diria? — perguntou a srta. Tarabotti, olhando para o céu.

— Imagine o efeito negativo que surtiria sobre sua perspectiva de casamento se tivessem dito que foi encontrada sozinha, numa biblioteca, com um vampiro morto!

A expressão da srta. Tarabotti deixou claro para a amiga o que ela pensava *daquele* comentário.

A srta. Hisselpenny prosseguiu:

— Você tem noção do quanto deveria ser grata a Lorde Maccon?

A srta. Tarabotti fez cara de quem tinha comido e não gostado.

— Não penso assim, Ivy. Faz parte do trabalho dele manter esses acontecimentos em segredo, como diretor encarregado das Relações Sobrenaturais da Região Metropolitana de Londres ou sabe-se lá qual título ele tenha no DAS. Eu com certeza não devo nenhum favor a um sujeito que estava apenas cumprindo o dever. Além do mais, pelo que sei da dinâmica social da Alcateia de Woolsey, foi o professor Lyall, e não Lorde Maccon, que atendeu aos jornalistas.

A srta. Hisselpenny achava, no fundo, que a amiga não dava o devido valor ao conde. Só porque a srta. Tarabotti era imune ao charme dele não significava que o resto do mundo devesse agir igual. Tudo bem que o Conde de Woolsey fosse escocês, mas já se tornara Alfa havia quanto tempo, uns vinte anos? Não muito para os padrões sobrenaturais, mas o suficiente para os menos preconceituosos da sociedade dos mortais. Havia muitos boatos sobre como ele derrotara o último Alfa de Woolsey. Diziam que fora violento demais para os padrões modernos, ainda que a atitude tivesse sido lícita, de acordo com os protocolos da alcateia. Não obstante, seu predecessor possuía fama de depravado, deixando a desejar em todos os aspectos relativos à civilidade e ao decoro. A forma como Lorde Maccon surgira do nada e o eliminara, mesmo recorrendo a métodos draconianos, deixara a sociedade londrina a um só tempo chocada e emocionada. A verdade era que a maioria dos Alfas e das abelhas-rainhas dos tempos modernos mantinha o poder recorrendo aos mesmos métodos civilizados de quaisquer sociedades: dinheiro, prestígio social e política. Lorde Maccon podia estar lidando com isso há relativamente pouco tempo, mas, após vinte anos, mostrava-se melhor que a maioria. A srta. Hisselpenny era jovem o bastante para se impressionar, mas sábia o suficiente para não se deter em suas origens setentrionais.

— Eu realmente acho que você é dura demais com o conde, Alexia — comentou Ivy, enquanto as duas enveredavam por uma via secundária, afastando-se do passeio principal.

— Não posso evitar. Jamais gostei daquele homem.

— É o que pensa — retrucou Ivy.

As duas contornaram um bosque de bétulas e diminuíram o passo para fazer uma pausa, próximo a uma ampla área gramada. Recentemente aquele prado, a céu aberto e afastado da trilha principal, começara a ser usado por uma empresa de dirigíveis. Ali alçavam voos aeróstatos a gás, ao estilo de Giffard, com propulsores de Lome. Era o que havia de mais moderno em viagens de lazer. Os mais abastados, principalmente, lançavam-se aos céus cheios de entusiasmo. O voo no dirigível quase ofuscara a caça como passatempo favorito da aristocracia. As aeronaves eram uma visão impressionante, e a srta. Tarabotti as apreciava muito. Tinha esperanças de um dia voar numa delas. A vista do alto devia ser estonteante; ademais, comentava-se que serviam um excelente chá completo a bordo.

Ambas as amigas observaram um dirigível iniciar o procedimento de pouso. A distância, o aerostato não passava de um balão bastante comprido e afilado, com uma cesta pendurada. De perto, porém, ficava claro que o balão fora reforçado para ficar parcialmente rígido e que a cesta assemelhava-se a uma barca de dimensões descomunais. Nesta, presa ao balão por milhares de cabos, via-se, em preto e branco, o logotipo da empresa Giffard. O dirigível manobrou em direção ao prado e, em seguida, enquanto as duas damas observavam, desligou o propulsor antes de pousar suavemente.

— Que época incrível esta em que vivemos — comentou a srta. Tarabotti, com os olhos brilhando ante aquela magnífica visão.

A srta. Hisselpenny não pareceu se impressionar.

— Não é natural o homem dominar os céus.

A srta. Tarabotti deu um muxoxo, irritada.

— Por que tem que ser sempre tão antiquada? Estamos na era das grandes invenções e da ciência extraordinária. Essas engenhocas funcionam de um jeito fascinante. Imagine que só os cálculos para a decolagem são...

Ela foi interrompida por uma suave voz feminina.

A srta. Hisselpenny suspirou, aliviada — qualquer coisa era melhor que as intermináveis e confusas lucubrações intelectuais de Alexia.

Ambas — a srta. Tarabotti com pesar e a srta. Hisselpenny de bom grado — desviaram a atenção do dirigível e de suas maravilhas. Viram-se diante de um espetáculo totalmente diferente.

A voz provinha de um fabuloso faetonte, que parara atrás das duas amigas sem que elas percebessem. Aquele tipo de carruagem fazia sucesso: um veículo perigoso, sem capota, raramente conduzido por uma mulher. Ainda assim, atrás de cavalos negros idênticos, sentava-se uma senhora loura, meio rechonchuda, de sorriso simpático. Nada combinava ali: desde a dama, que, em vez de um vestido de carruagem, usava um vestido de tarde em um vistoso tom de rosa-acinzentado, com debrum cor de vinho, até os fogosos cavalos de montaria, que pareciam bem mais apropriados para conduzir algum janota envolvido em esporte amador. Apesar da expressão agradável e dos cachos que balançavam, a senhora segurava as rédeas com mãos de ferro. Como as duas jovens não reconheceram a mulher, estavam prestes a dar as costas ao seu objeto de escrutínio, supondo que ela as tivesse abordado por tê-las confundido, quando a bela moça se dirigiu a elas de novo.

— Tenho o prazer de falar com a srta. Tarabotti?

A srta. Hisselpenny e a srta. Tarabotti se entreolharam. Embora aquela abordagem fosse bastante incomum — no meio do parque, perto do aeródromo *e* sem quaisquer apresentações —, a srta. Tarabotti respondeu:

— Isso mesmo. Como vai?

— O dia está perfeito para isso, não acham? — A mulher apontou com o chicote para o dirigível, que, àquela altura, já pousara e estava prestes a regurgitar os passageiros.

— Sem dúvida — respondeu a srta. Tarabotti, com vivacidade, um tanto contrariada pela ousadia e o tom íntimo da mulher. — Já nos conhecemos? — perguntou, sem esconder o desagrado.

A mulher deu uma risada, de um jeito meio estridente.

— Sou a srta. Mabel Dair e, agora, já nos conhecemos.

A srta. Tarabotti concluiu que devia estar lidando com *uma original*.

— Prazer em conhecê-la — disse, com cautela. — Srta. Dair, posso apresentá-la à srta. Ivy Hisselpenny?

A moça fez uma reverência, ao mesmo tempo em que puxava a manga com acabamento de veludo do vestido da srta. Tarabotti.

— É a *atriz* — sussurrou no ouvido da amiga. — Você a conhece! Ou, ao menos, deveria conhecer.

A srta. Tarabotti, que não sabia de quem se tratava, agiu como se soubesse.

— Ah — disse, sem expressão e, em seguida, perguntou à srta. Hisselpenny em voz baixa: — Deveríamos estar conversando com uma atriz no meio do Hyde Park? — Ela observou com discrição os passageiros que desciam do dirigível. Ninguém prestava atenção nelas.

A srta. Hisselpenny disfarçou um sorriso com a mão enluvada.

— Essa é a atitude da mulher que... — ela fez uma pausa — ... sem querer deu uma sombrinhada num vampiro ontem à noite...? Seria de supor que conversar com uma atriz em público fosse a última de suas preocupações.

A srta. Dair acompanhara aquele diálogo com os brilhantes olhos azuis. Ela riu de novo.

— Esse incidente, minhas queridas, é o verdadeiro motivo deste encontro pouco cortês.

As duas amigas se surpreenderam ao perceber que a outra mulher se dera conta do que cochicharam.

— Perdoem-me por ousar me intrometer em sua conversa particular.

— Devemos fazê-lo? — perguntou a srta. Tarabotti, em voz baixa.

A srta. Hisselpenny deu uma cotovelada na amiga.

— Sabem, minha soberana gostaria de conversar com a srta. Tarabotti — explicou-se a srta. Dair, por fim.

— Sua soberana?

A atriz assentiu, meneando os cachos dourados.

— Ah, eu sei que eles geralmente não escolhem gente ousada, da área artística. Acho que as atrizes costumam se tornar zeladoras, pois os lobisomens se sentem mais atraídos pelas artes dramáticas.

A srta. Tarabotti se deu conta do que ocorria.

— Minha nossa, a senhorita é um zangão.

A srta. Dair sorriu e confirmou, anuindo com a cabeça. Tinha covinhas, além dos cachos, o que era bastante desolador.

A preternatural continuava confusa. Os zangões eram companheiros, servos e assistentes dos vampiros, pagos com a promessa de talvez um dia se tornarem, também, imortais. Mas raramente acabavam escolhidos entre os representantes da ribalta. Os vampiros preferiam caçar almas nos bastidores: recrutavam pintores, poetas, escultores e similares. O lado mais chamativo da criatividade era sabidamente território dos lobisomens, que escolhiam atores dramáticos, cantores de ópera e bailarinas como zeladores. Obviamente, ambos os círculos de sobrenaturais apreciavam o toque artístico em um companheiro, pois sempre havia maior probabilidade de o excesso de alma ocorrer numa pessoa criativa e, portanto, mais chance de ele ou ela sobreviver à metamorfose. No entanto, um vampiro escolher uma atriz era bastante incomum.

— Mas a senhorita é uma mulher! — protestou a srta. Hisselpenny, chocada. Um fato ainda mais conhecido a respeito de zangões e zeladores era que, em geral, tratava-se de machos. As mulheres tinham menos chances de sobreviver à transformação. Ninguém sabia por quê, apesar de os cientistas terem sugerido a constituição mais frágil do sexo feminino.

A atriz sorriu.

— Nem todos os zangões querem a vida eterna, sabiam? Alguns de nós simplesmente desfrutam da proteção. Embora não tenha interesse específico em me tornar sobrenatural, minha soberana me recompensa de várias outras formas. Por falar nela, a srta. Tarabotti estaria disponível hoje à noite?

A srta. Tarabotti se recuperou, por fim, da surpresa e franziu o cenho. Não tinha nada programado para mais tarde, mas não queria entrar na colmeia vampiresca desinformada. Então, respondeu com firmeza:

— Infelizmente, hoje não posso. — Ela resolveu, naquele momento, enviar um cartão para Lorde Akeldama, convidando-o para jantar em sua casa. Ele poderia colocá-la a par dos últimos acontecimentos nas colmeias locais. Podia adorar lenços perfumados e gravatas cor-de-rosa, mas também gostava de *saber das novidades*.

— Amanhã à noite, então? — indagou a atriz, esperançosa. Aquele pedido devia ser muito importante para sua soberana.

A srta. Tarabotti assentiu, meneando a cabeça. A longa pluma arqueada de seu chapéu de feltro fez cócegas na sua nuca.

— Onde será o encontro? — perguntou ela.

A srta. Dair inclinou-se para a frente, em seu assento na boleia, segurando com firmeza as rédeas dos cavalos ariscos, e entregou à srta. Tarabotti um pequeno envelope lacrado.

— Devo pedir que não mostre o endereço a ninguém. Lamento, srta. Hisselpenny. Tenho certeza de que compreende a delicadeza da situação.

A srta. Hisselpenny levantou as mãos, em gesto conciliatório, e corou levemente.

— Não me senti ofendida, srta. Dair. Esse assunto não me diz respeito. — Ela sabia muito bem que não devia se intrometer nos problemas das colmeias.

— A quem devo me dirigir? — indagou a preternatural, revirando o envelope nas mãos, sem abri-lo.

— À Condessa Nadasdy.

A srta. Tarabotti conhecia aquele nome. A Condessa Nadasdy era famosa por ser uma das vampiras mais antigas, belíssima, impiedosíssima e educadíssima. Atuava como abelha-rainha da Colmeia de Westminster. Lorde Maccon podia ter aprendido a se mover no tabuleiro social com desenvoltura, mas a Condessa Nadasdy era mestra nesse jogo.

Ela encarou a atriz loira e expansiva. Em seguida, comentou:

— A senhorita é enigmática. — A preternatural não deveria saber de diversos aspectos do que ocorria no círculo de amizades da Condessa Nadasdy, muito menos em sua colmeia, mas tinha o hábito de ler demais. A maioria dos livros da biblioteca dos Loontwill era do tempo de seu pai. Como obviamente Alessandro Tarabotti se interessara muito pela literatura relacionada ao sobrenatural, a srta. Tarabotti tinha uma boa noção do que acontecia em uma colmeia vampiresca. Sem dúvida, havia mais sobre a srta. Dair do que apenas cachos loiros, covinhas e um vestido cor-de-rosa impecável.

A srta. Dair agitou os cachos.

— Independentemente do que as colunas sociais dizem, a Condessa Nadasdy é uma boa soberana. — Sorriu de um jeito peculiar. — Se é que gostam de fofocas. Foi um prazer conhecê-las, senhoritas. — Ela puxou as rédeas e açoitou os cavalos negros com elegância. Embora o faetonte tenha partido aos solavancos no gramado irregular, a srta. Dair mantivera-se no lugar. Em questão de instantes, o estiloso veículo sumira de vista, chacoalhando pela trilha e desaparecendo atrás do pequeno bosque de bétulas.

As duas moças logo foram embora também, pois o dirigível, apesar de toda a sua glória tecnológica, perdera, de repente, o encanto. Outros eventos mais emocionantes estavam por vir. Elas caminharam um pouco mais devagar, conversando em voz baixa. A srta. Tarabotti ainda revirava o pequeno envelope nas mãos.

A rápida volta pelo Hyde Park, ao que tudo indicava, surtira efeito, pelo menos no que dizia respeito à ira da srta. Tarabotti. Toda a raiva que sentira de Lorde Maccon se dissipara, dando lugar a um sentimento de apreensão.

A srta. Hisselpenny estava pálida. Isto é, mais pálida do que o normal. Por fim, apontou para o envelope lacrado que a amiga manuseava com nervosismo.

— Sabe o que significa?

A srta. Tarabotti engoliu em seco.

— Claro que sim. — Mas respondeu tão baixinho que a amiga não a ouviu.

— Acabaram de lhe dar o endereço de uma colmeia, Alexia. Das duas, uma: ou vão recrutá-la, ou beber todo o seu sangue. Nenhum mortal, exceto os zangões, recebe esse tipo de informação.

A srta. Tarabotti pareceu pouco à vontade.

— Eu sei disso! — Perguntou-se qual seria a reação da colmeia a uma preternatural em seu meio. Na certa, pouco amigável, dizia-lhe a intuição. Ela mordeu o lábio inferior. — Tenho que falar com Lorde Akeldama.

A srta. Hisselpenny deu a impressão de ter ficado, se é que era possível, ainda mais preocupada.

— Sério? Tem certeza disso? Ele é tão extravagante.

A palavra *extravagante* definia muito bem Lorde Akeldama. A srta. Tarabotti, no entanto, não receava nem um pouco gente assim, tampouco vampiros, e ele era ambos.

Lorde Akeldama entrou na sala com afetação, equilibrando-se nos sapatos de saltos de oito centímetros com fivelas de ouro e rubis.

— Minha querida, *querida* Alexia. — Ele passara a chamá-la pelo primeiro nome minutos depois de se conhecerem. Comentara que intuíra que se tornariam amigos e que não havia motivo para fazerem cerimônia. — *Querida!* — Parecia falar quase o tempo todo em itálico. — Que ideia perfeita, agradável e *prazerosa* a sua *me* convidar para jantar, *querida*.

A srta. Tarabotti sorriu para ele. Era impossível deixar de fazê-lo ao lado de Lorde Akeldama, que sempre se vestia de modo absurdo. Usava, além dos saltos altos, polainas de xadrez amarelo, calções até a altura dos joelhos em cetim dourado, colete listrado em tons de laranja e limão e paletó de brocado rosa-shocking. Sua pomposa gravata plastrom, nas cores laranja, amarelo e rosa, de seda chinesa, caía em cascata, mal contida por um esplêndido broche de rubi. E seu rosto etéreo fora empoado sem a menor necessidade, pois ele já era totalmente branco, devido à tendência inerente à sua espécie. Para completar, ele acrescentara dois círculos de rouge nas maçãs do rosto, como se fosse uma marionete do espetáculo Punch e Judy. Além disso, usava um monóculo de ouro, embora tivesse a visão perfeita, como todos os vampiros.

Ele sentou-se com elegância no sofá em frente à srta. Tarabotti, à pequena mesa bem posta com a ceia, entre os dois.

A preternatural resolvera recebê-lo a sós, apesar do constrangimento da mãe, na sala de visitas privativa. Tentou explicar a ela que a suposta incapacidade dos vampiros de ingressar em residências privadas sem serem convidados era um mito baseado em sua obsessão coletiva pelas regras de etiqueta. Depois de alguns pequenos ataques de histeria, a sra. Loontwill preferiu reconsiderar. Percebendo que o jantar ocorreria quer quisesse quer não, já que a srta. Tarabotti tinha personalidade forte — sangue italiano —, ela decidira levar as duas filhas mais novas e o sr. Loontwill para jogar cartas na residência de Lady Blingchester. Era adepta da teoria de que o que os olhos não veem o coração não sente, sobretudo no que dizia respeito à filha mais velha e ao sobrenatural.

Assim sendo, a srta. Tarabotti ficara com a casa só para si, e Lorde Akeldama fora recebido apenas por Floote, o estoico mordomo dos Loontwill. Tal situação angustiara o vampiro, que, sentando-se de um jeito tão teatral e acomodando-se com tanta graça, deixara transparecer sua expectativa de uma plateia bem maior.

Lorde Akeldama pegou um lenço perfumado e bateu-o de leve no ombro da srta. Tarabotti.

— Ouvi dizer, docinho, que foi danada, *danadíssima*, ontem à noite, no baile da duquesa.

Lorde Akeldama podia agir como um bufão arrogante da mais alta categoria e até se parecer com um, mas possuía uma das mentes mais perspicazes de toda Londres. O *Morning Post* seria capaz de gastar metade de sua renda semanal para conseguir o tipo de informação que ele obtinha a qualquer hora da noite. A srta. Tarabotti suspeitava que ele tivesse zangões infiltrados como criados nas residências da maioria das famílias importantes, sem falar nos espiões fantasmas ligados às principais instituições públicas.

A moça recusou-se a lhe dar o gostinho de perguntar como soubera do episódio da noite anterior. Em vez disso, sorriu de um modo que, esperava, fosse enigmático, e serviu o champanhe.

Lorde Akeldama não bebia nada além de champanhe. Bom, claro que só quando não estava bebendo sangue. Diziam que ele comentara, certa vez, que o melhor drinque era uma mistura dos dois, que ele chamava de Trago Rosé.

— Então já sabe qual é o motivo do meu convite? — preferiu perguntar a srta. Tarabotti, enquanto lhe oferecia um aperitivo de queijo.

O vampiro faz um gesto de desdém dobrando o punho flacidamente, antes de aceitar o aperitivo e mordiscá-lo de leve.

— Ora, minha queridíssima *jovem,* convidou-me porque não conseguiu ficar longe de mim nem mais um *segundo.* Que a essência de minh'alma eterna seja dilacerada se o motivo houver sido *outro.*

A srta. Tarabotti acenou para o mordomo. Floote lançou-lhe um olhar um tanto desaprovador e desapareceu em busca do primeiro prato.

— Claro que foi exatamente por isso que o convidei. Além do mais, tenho certeza de que sentiu muito a minha falta, já que faz tempo que não nos encontramos. É óbvio que sua visita não tem nada a ver com a curiosidade mórbida de saber como consegui matar um vampiro ontem à noite — disse ela, com suavidade.

Lorde Akeldama ergueu uma das mãos.

— Um momento, por favor, querida. — Em seguida, remexeu num dos bolsos do colete e pegou um pequeno dispositivo pontudo. Era como se fossem dois diapasões fixados em um cristal facetado. Ele tocou no primeiro diapasão com a unha do polegar, esperou um instante e, em seguida, no segundo. Os dois emitiram um som dissonante, grave e desafinado que, como o zumbido de duas abelhas de espécies diferentes se confrontando, parecia ser amplificado pelo cristal. Lorde Akeldama colocou o aparelho com cuidado no centro da mesa, no qual o objeto continuou a fazer o zumbido dissonante. O ruído não chegava a ser irritante, mas, ao que tudo indicava, passaria a ser. — A gente acaba se acostumando depois de um tempo — explicou ele, em tom de desculpas.

— O que é isso? — perguntou a srta. Tarabotti.

— Essa pequena pedra preciosa é um interruptor de ressonância auditiva harmônica. Um dos meus rapazes a conseguiu recentemente na divertida Paris. Adorável, não acha?

— Acho, mas o que faz? — quis saber ela.

— Não muito nesta sala, mas se alguém estiver tentando ouvir algo a distância com, digamos, uma corneta acústica ou outro artefato de escuta clandestina, ela vai gerar um som ensurdecedor que provocará no indiscreto uma tremenda dor de cabeça. Já fiz o teste.

— Incrível — disse a srta. Tarabotti, impressionada, contra sua vontade. — Acha que podemos tratar de algo que outras pessoas queiram ouvir?

— Bom, falamos sobre como conseguiu matar um vampiro, não falamos? E, apesar de eu saber *exatamente* como o fez, *minha flor*, talvez não queira que o resto do mundo fique sabendo também.

A srta. Tarabotti ficou ultrajada.

— É mesmo? E como foi que o fiz?

Lorde Akeldama deu uma risada, mostrando os dentes branquíssimos e as presas bastante afiadas.

— Ah, princesa. — E, com um daqueles movimentos vertiginosos, que apenas os melhores atletas ou um sobrenatural conseguiam fazer, ele agarrou a mão livre da preternatural. Suas presas mortíferas desapareceram. A beleza delicada de seu rosto foi se tornando meio efeminada demais e sua força se dissipou. — Foi *assim*.

A srta. Tarabotti anuiu. Lorde Akeldama deduzira que ela era uma preternatural após quatro encontros. Como vivia afastado da colmeia, nunca recebera um comunicado oficial de sua existência. Considerava o sucedido um lapso em sua longa carreira de bisbilhoteiro. Sua única desculpa plausível para o erro crasso fora que, se os homens preternaturais eram raros, quase não havia mulheres dessa categoria. Nunca imaginara que encontraria um deles na forma de uma solteirona de personalidade forte demais, vivendo no coração da alta sociedade londrina, acompanhada de duas irmãs tolas e de uma mãe mais idiotizada ainda. Sendo assim, aproveitava todas as oportunidades para lembrar a si mesmo quem ela era, agarrando a mão ou o braço da moça por puro capricho.

Naquele momento, afagou com carinho a mão da srta. Tarabotti. Não havia qualquer conotação sensual em seu gesto. "*Doçura*", dissera, certa vez, "você corre tanto risco comigo *nesse* quesito quanto o de receber uma mordida inesperada — duas situações impossíveis. Por um lado, não tenho a ferramenta necessária ao tocá-la, por outro, você não a tem." A biblioteca do pai fornecera à filha todas as informações adicionais de que ela precisava. Alessandro Tarabotti levara uma vida aventurosa antes de se casar e colecionara livros dos quatro cantos do Império, alguns dos quais com gravuras realmente fascinantes. Tivera especial predileção por pesquisas a respeito de povos primitivos, que resultaram numa documentação que encorajaria até Evylin a entrar em uma biblioteca — se tomasse conhecimento de sua existência. Felizmente, toda a família da srta. Tarabotti acreditava que tudo o que não estivesse na coluna de fofocas do *Morning Post* não merecia ser lido. Por conseguinte, ela entendia muito mais de desejos carnais que uma solteirona inglesa comum e, com certeza, o suficiente para não se importar com os gestos afetuosos de Lorde Akeldama.

"Você não tem noção de como o milagre de sua companhia é deveras *relaxante* para mim", comentara, na primeira vez em que a tocara. "É como nadar a maior parte da vida numa banheira com água quente demais e, de repente, mergulhar num riacho gelado da montanha. Apesar do choque, acredito que faça bem à alma." Ele dera de ombros, com delicadeza. "Gosto de me sentir mortal de novo, mesmo que apenas por uns instantes e só na *sua gloriosa* presença." A srta. Tarabotti, ignorando totalmente sua condição de solteirona, concedera-lhe permissão para pegar sua mão sempre que bem lhe aprouvesse — desde que em total privacidade.

Ela sorveu o champanhe.

— Aquele vampiro na biblioteca ontem não sabia o que eu era — disse ela. — Partiu para cima de mim, vindo direto para o meu pescoço e, em seguida, perdeu as presas. Pensei que a maioria de vocês já soubesse, a essa altura. Sem sombra de dúvida, o DAS acompanha cada um dos meus movimentos. Lorde Maccon apareceu ontem mais rápido do que seria de esperar. Até mesmo em se tratando dele.

Lorde Akeldama concordou. Seu cabelo cintilou à chama bruxuleante de uma vela ali perto. Embora a residência dos Loontwill contasse com o que havia de mais moderno em iluminação a gás, a srta. Tarabotti preferia cera de abelha, a menos que estivesse lendo. À luz da vela, o cabelo de Lorde Akeldama se mostrava tão dourado quanto as fivelas de seu sapato. Sempre se julgava que os vampiros fossem mais morenos e um tanto ameaçadores. Mas Lorde Akeldama era a antítese disso. Usava o longo cabelo louro preso em uma trança, um estilo que saíra de moda havia

séculos. Ele olhou para a moça, e sua face ficou, de repente, séria e envelhecida, destoando bastante da aparência ridícula que seus trajes lhe davam.

— A maioria deles sabe de você *sim*, minha pérola. Todas as quatro colmeias oficiais contam às suas larvas, logo após a metamorfose, que existe uma sugadora de almas morando em Londres.

A moça estremeceu. Lorde Akeldama costumava lembrar que a srta. Tarabotti não gostava do termo. Ele fora o primeiro a usá-lo na sua presença, na noite em que, por fim, soubera o que ela era. Pela primeira vez em sua longa vida, perdera o charme e entrara em choque ao descobrir uma preternatural sob a forma de solteirona sem rodeios. A srta. Tarabotti, evidentemente, não gostava nada da ideia de ser chamada de sugadora de almas. Lorde Akeldama procurara não usar mais a expressão, exceto quando queria pôr algo em destaque. Naquele momento, teve de fazê-lo.

Floote chegou com a sopa, um creme de pepino com agrião. Lorde Akeldama não se nutria ao consumir alimentos, mas apreciava o sabor. Ao contrário de alguns dos membros mais repulsivos de seu grupo, não adotara a tradição estabelecida pelos vampiros da Roma Antiga. A srta. Tarabotti não precisava pedir um balde de purgação. Ele apenas provava um pouco de cada prato com polidez, deixando o resto para os criados aproveitarem depois. Não havia motivo para desperdiçar uma boa sopa. E aquela estava muito saborosa. Podiam-se fazer críticas indelicadas aos Loontwill, mas eles nunca foram acusados de ser parcimoniosos. Até a srta. Tarabotti, solteirona, recebia uma mesada generosa o bastante para se vestir no auge da moda — embora seguisse um pouco demais os últimos lançamentos. A coitada não podia evitar. Faltava alma na escolha das roupas. Independentemente disso, a extravagância dos Loontwill incluía a manutenção de um excelente cozinheiro.

Floote se retirou com discrição para providenciar o próximo prato.

A srta. Tarabotti soltou a mão do amigo e, como nunca fora dissimulada, foi direto ao assunto.

— Lorde Akeldama, diga-me, por favor, o que está acontecendo? Quem foi aquele vampiro que me atacou ontem à noite? Como era possível que não soubesse da minha existência? Não sabia nem *o que* eu era, como se nunca tivessem lhe contado sobre os preternaturais. Sei muito bem que o DAS não menciona nossa existência para o público em geral, mas as alcateias e as colmeias costumam ser bem informadas.

Lorde Akeldama inclinou-se para frente e tocou nos dois diapasões do ressonador de novo.

— Minha *queridíssima* amiga. Acredito que seja *essa* a grande questão. Infelizmente para você, desde que eliminou o dito cujo, todos os grupos de sobrenaturais interessados estão começando a acreditar que só *você* pode responder a essas perguntas. Há muita especulação, e os vampiros são um bando de desconfiados. Alguns estão até dizendo que você ou o DAS ou *provavelmente* ambos estão mantendo as colmeias desinformadas *de propósito*. — Ele sorriu com as presas à mostra e sorveu o champanhe.

A srta. Tarabotti se recostou, soltando um longo suspiro.

— Bom, isso explica o convite peremptório que ela me fez.

O vampiro continuou relaxado, sentado na mesma posição, mas pareceu se empertigar um pouco.

— Ela? Ela quem? Quem a convidou, minha *caríssima* flor de petúnia?

— A Condessa Nadasdy.

Daquela vez, Lorde Akeldama de fato se empertigou. Sua agitação foi tal que fez tremer as cascatas de seda de sua gravata.

— A rainha da colmeia de Westminster — sibilou ele, com os caninos de fora. — *Existem* muitos termos para defini-la, minha *querida*, só que *não* podem ser ditos em ambientes refinados.

Floote se aproximou com o prato seguinte, um simples filé de linguado com limão e tomilho. Ele olhou, com as sobrancelhas erguidas, para o aparelho auditivo que zumbia e, em seguida, o agitado Lorde Akeldama. A srta. Tarabotti balançou a cabeça de leve ao perceber que o mordomo pretendia ficar no recinto, para protegê-la.

A srta. Tarabotti observou o semblante de Lorde Akeldama de perto. Ele era um errante — um vampiro sem colmeia. Os errantes eram raros entre os grupos de sugadores de sangue. Era preciso muita influência política e psicológica, além de grande poder sobrenatural, para um vampiro se desgarrar da colmeia. Depois que se tornavam unidades independentes, os errantes perdiam um pouco a cabeça e descambavam para a excentricidade, no limiar da aceitação social. Em consideração ao seu status, Lorde

Akeldama costumava manter os documentos rigorosamente em ordem, com registro completo no DAS. Entretanto, aquela atitude denotava certo preconceito em relação às colmeias.

O vampiro provou o peixe, mas o sabor delicioso não pareceu melhorar seu estado de ânimo. Ele afastou o prato com impaciência, recostou-se e ficou batendo de leve um dos caros sapatos contra o outro.

— Não gosta da rainha da colmeia de Westminster? — quis saber a srta. Tarabotti, arregalando os grandes olhos escuros e fingindo ingenuidade.

Lorde Akeldama deu a impressão de ter se recordado de algo. Voltou a agir afetadamente. Deixou as mãos penderem oscilantes.

— Ora, *minha querida flor de narciso*, a abelha-rainha e eu, bom... temos nossas diferenças. Tenho a estranha sensação de que ela me acha *meio*... — ele fez uma pausa, como se buscasse a palavra correta — ... exuberante.

A srta. Tarabotti olhou para ele, analisando a um só tempo suas palavras e o significado por trás delas.

— E eu pensei que era você que não gostava da Condessa Nadasdy.

— Agora me diga uma coisa, *amoreco*, quem andou lhe contando esses *detalhes*?

A srta. Tarabotti concentrou-se no peixe, em uma clara indicação de que não revelaria sua fonte. Depois que terminou, fez-se um breve silêncio, enquanto Floote retirava os pratos e servia a refeição principal: uma apetitosa combinação de costeletas de porco guisadas, compota de maçã e batatinhas assadas. Assim que o mordomo saiu novamente, ela resolveu abordar a questão que a levara a convidar o vampiro para jantar.

— O que acha que ela quer de mim, milorde?

Lorde Akeldama semicerrou os olhos. Ignorou a costeleta e brincou distraidamente com seu enorme prendedor de gravata de rubi.

— Pelo que vejo, há dois pontos a se considerar. Ou ela sabe exatamente o que aconteceu no baile de ontem e quer comprar seu silêncio, ou não tem a menor ideia de quem era aquele vampiro ou do que fazia no território dela e acha que você sabe.

— Em ambos os casos, seria conveniente que eu soubesse mais do que sei — disse a srta. Tarabotti, comendo uma batatinha amanteigada.

Ele anuiu, compreensivo.

— Tem certeza de que não sabe de mais nada? — perguntou ela.

— Minha querida *menina*, *quem* pensa que eu sou? Lorde Maccon, talvez? — Lorde Akeldama segurou a taça de champanhe pela haste, girou a bebida e observou, pensativo, as minúsculas bolhas. — Mas isso me *deu* uma ideia, meu tesouro. Por que não procura os lobisomens? É provável que eles tenham mais informações sobre os fatos *relevantes*. Lorde Maccon, como funcionário do DAS, deve saber *mais* que todo mundo.

A srta. Tarabotti tentou se mostrar impassível.

— Mas como diretor encarregado dos segredos do DAS, acho difícil que ele revele algum detalhe importante.

Lorde Akeldama deu uma risada estridente, mais artificial que sincera.

— Então, não resta outra alternativa para *a mais doce* das Alexias, a não ser recorrer à sua profusão de *estratagemas* femininos para persuadi-lo. Desde que me entendo por vampiro, o que faz *muitíssimo* tempo, os lobisomens sempre tiveram uma queda pelo sexo *frágil*. — Ele meneou as sobrancelhas, ciente de que não aparentava sequer um dia a mais que vinte e três anos, sua idade original na metamorfose. — Têm uma queda pelas mulheres, aqueles animaizinhos *adoráveis*, apesar de serem um bocadinho rudes. — Ele estremeceu de um jeito lascivo. — Sobretudo Lorde Maccon. Tão grande e *bruto*. — O vampiro deu um leve rosnado.

A srta. Tarabotti riu. Não havia nada mais engraçado que ver um vampiro tentando imitar um lobisomem.

— Recomendo *com veemência* que se reúna com ele amanhã, *antes* de se reunir com a rainha de Westminster. — Lorde Akeldama inclinou-se para a frente e segurou o pulso dela. Suas presas desapareceram e seus olhos deixaram transparecer sua verdadeira idade. Ele nunca contara à srta. Tarabotti quantos anos tinha de verdade. "*Ai*, querida", dizia sempre, "os vampiros, como as damas, jamais revelam sua verdadeira idade." Porém, tinha detalhado os dias sombrios antes da revelação da existência do mundo sobrenatural para os mortais. Antes de as colmeias e as alcateias se tornarem conhecidas nas Ilhas Britânicas. Antes da célebre revolução na filosofia e na ciência, desencadeada pelo surgimento deles, conhecida por alguns como Renascença, mas como Idade das Luzes para os vampiros.

Por motivos óbvios, os sobrenaturais chamavam o período anterior de Idade das Trevas. Uma época em que eles viveram se escondendo no meio da noite. Lorde Akeldama precisava de várias garrafas de champanhe para contar a história toda. Com isso, pelos cálculos da srta. Tarabotti, ele devia ter mais de quatrocentos anos.

Ela encarou o amigo mais de perto. Estaria com medo?

Ele ficou realmente sério e disse:

— Minha pombinha, *eu* não sei o que está acontecendo neste momento. *Eu*, desinformado! Por favor, tome o máximo de cuidado neste caso.

Naquele momento, a srta. Tarabotti deu-se conta do verdadeiro motivo do temor de seu amigo. Lorde Akeldama não tinha noção do que estava ocorrendo. Durante anos, a situação estivera sob controle para ele em todas as grandes questões políticas de Londres. O vampiro estava acostumado a ficar sabendo de todos os fatos relevantes antes de todo mundo. Não obstante, lá estava ele, tão perplexo quanto ela.

— *Prometa* — solicitou, encarecidamente — que vai tentar arrancar informações de Lorde Maccon sobre esse caso *antes* de entrar naquela colmeia.

A srta. Tarabotti sorriu.

— Para que você entenda melhor?

Ele balançou os cabelos louros.

— Não, querida, para que *você* entenda melhor.

Capítulo 3

Nossa Heroína Dá Ouvidos a um Bom Conselho

— Maldição! — exclamou Lorde Maccon ao se dar conta de quem estava à sua frente. — O que foi que eu fiz para merecer uma visita sua logo pela manhã? Ainda nem tomei minha segunda xícara de chá. — Ele estava parado à entrada do escritório.

A srta. Tarabotti ignorou a saudação pouco calorosa e passou por ele, entrando no recinto. Ao fazê-lo, como a porta era bastante reduzida e os seios dela não (apesar do espartilho), travara um contato íntimo com o conde. Ficara constrangida ao sentir o próprio frêmito, na certa em virtude do lamentável estado em que se encontrava o escritório do homem.

Havia papéis por todos os lados, empilhados nos cantos e espalhados em cima do que parecia ser uma escrivaninha — difícil dizer, diante de tamanha bagunça. Além disso, viam-se rolos de metal gravados e pilhas de tubos, que ela supôs conterem a mesma coisa. A srta. Tarabotti ficou imaginando por que ele precisaria fazer gravações em metal; pela quantidade absurda, suspeitou que devia ter um bom motivo. A moça vira pelo menos seis xícaras e pires usados, além de uma bandeja com os restos de uma grande posta de carne crua. Já estivera no escritório de Lorde Maccon algumas vezes antes. Sempre tivera a impressão de que era um pouco masculino demais para o seu gosto, mas nunca o achara tão desagradável quanto daquela vez.

— Minha nossa! — exclamou, tentando controlar os estremecimentos. Em seguida fez a pergunta óbvia: — Então, onde está o professor Lyall?

Lorde Maccon coçou o rosto, pegou com ânsia um bule de chá próximo a si e bebeu dele pelo bico.

A srta. Tarabotti desviou o olhar daquela imagem hedionda. *Quem fora mesmo que dissera "um grau ínfimo de civilidade"?* A moça fechou os olhos, pensou bem e concluiu que devia ter sido ela mesma. Levou uma das mãos ao pescoço.

— Por favor, Lorde Maccon, use uma das xícaras. Para não ofender minha suscetibilidade.

O conde resfolegou.

— Minha cara, se a senhorita é suscetível, nunca o demonstrou para mim. — Mas colocou o bule de volta no lugar.

A srta. Tarabotti examinou Lorde Maccon. Ele não dava a impressão de estar muito bem. Ela sentiu um leve sobressalto no coração. Os cabelos cor de mogno dele estavam arrepiados na frente, como se ele tivesse passado a mão ali diversas vezes. Tudo o que dizia respeito à aparência do conde mostrava-se mais desleixado do que nunca. Sob a luz tênue, ela achou também que os caninos estavam à mostra — um indício claro de contrariedade. A srta. Tarabotti forçou a visão para se certificar do que via. Perguntou-se se a época da lua cheia se aproximava. A preocupação nos olhos escuros dela, expressivos apesar da ausência de alma, abrandou seu semblante de censura em virtude do bule de chá.

— Assuntos do DAS — foi o esforço feito por Lorde Maccon para explicar a ausência do professor Lyall e o estado precário de seu escritório em uma frase curta. Em seguida, ele pressionou a parte superior do nariz com o polegar e o dedo indicador.

A srta. Tarabotti anuiu.

— Na verdade, não esperava encontrá-lo aqui durante o dia, milorde. Não deveria estar dormindo agora?

O lobisomem meneou a cabeça.

— Posso aguentar o sol forte por alguns dias seguidos, ainda mais diante de um mistério desses. O título de Alfa não é uma designação qualquer, sabia? Temos *poderes* que os lobisomens comuns não têm. Ademais, a Rainha Vitória está curiosa. — Além de ser o coordenador dos sobrenaturais no DAS e o Alfa da alcateia do Castelo de Woolsey, era também agente do Parlamento Paralelo da Rainha Vitória.

— Bom, seja como for, está com péssima aparência — comentou a srta. Tarabotti, sem a menor cerimônia.

— Puxa, agradeço a preocupação, srta. Tarabotti — disse o conde, endireitando-se e arregalando os olhos na tentativa de parecer mais alerta.

— O que *anda* aprontando com sua pessoa? — perguntou a convidada, com a costumeira brusquidão.

— Não prego no sono desde que a senhorita foi atacada — explicou Lorde Maccon.

A srta. Tarabotti enrubesceu um pouco.

— Preocupado com o meu bem-estar? Puxa, Lorde Maccon, agora quem ficou comovida fui eu.

— Não é bem assim — retrucou ele, descortês. — Na maior parte do tempo, estive supervisionando as investigações. Minha preocupação tem a ver com a possibilidade de outra pessoa ser atacada. É óbvio que pode cuidar muito bem de si mesma.

A srta. Tarabotti não sabia se ficava magoada por ele não se importar nem um pouco com sua segurança ou se exultava por ele confiar em sua competência.

Ela pegou uma pequena pilha de chapas de metal de uma cadeira ao lado e sentou-se. Ergueu um rolo de metal fino e o desenrolou para examiná-lo com interesse. Precisou incliná-lo para a luz de modo a decifrar as inscrições gravadas.

— Registros de licença de vampiros errantes — disse a moça. — Acha que o homem que me atacou a noite passada tinha licença?

Lorde Maccon, com expressão irritada, aproximou-se dela e agarrou a pilha de rolos. Eles caíram no chão, ruidosamente, e ele amaldiçoou sua falta de jeito diurna. Mas, apesar da irritação simulada com a presença da srta. Tarabotti, sentia-se, no fundo, satisfeito por ter alguém com quem discutir suas teorias. Costumava recorrer ao seu Beta, porém, com o professor fora da cidade, estivera andando de um lado para o outro, falando sozinho.

— Ele pode ter tido uma, mas não consta no cartório de Londres.

— Será que a criatura veio de fora da capital? — aventou a srta. Tarabotti.

Lorde Maccon deu de ombros.

— Sabe como os vampiros são territoriais. Mesmo sem ligação com uma colmeia, tendem a ficar na área em que ocorreu a metamorfose. É possível que estivesse viajando, mas de onde teria vindo e por quê? O que haveria sido tão grave a ponto de tirá-lo de seu hábitat? Pedi que Lyall tentasse obter essas respostas.

A srta. Tarabotti entendia. A sede do DAS ficava em Londres, mas eles mantinham filiais em toda a Inglaterra, para controlar os grupos de sobrenaturais de outras regiões do país. Durante a Idade das Luzes, quando os sobrenaturais deixaram de ser perseguidos e começaram a ser aceitos, o que surgira como forma de controle acabara se convertendo numa forma de compreensão. O DAS, fruto desse entendimento, passou a empregar lobisomens e vampiros, assim como mortais e até mesmo alguns fantasmas. A srta. Tarabotti suspeitava que ainda restassem alguns notívagos no grupo, apesar de não serem mais empregados com frequência.

Lorde Maccon prosseguiu:

— Durante o dia, ele vai viajar de diligência e, à noite, na forma de lobo. Deve voltar antes da lua cheia com um relatório sobre as seis cidades mais próximas. Pelo menos, é o que eu espero.

— O professor Lyall começou em Canterbury? — adivinhou a srta. Tarabotti.

Lorde Maccon se virou para encará-la, sério. Seus olhos tendiam mais para o amarelo que o castanho-amarelado e eram especialmente penetrantes na sala mal-iluminada.

— Detesto quando faz isso — queixou-se.

— O quê? Acertar em cheio? — A srta. Tarabotti semicerrou os olhos, satisfeita.

— Não, fazer com que me sinta previsível.

Ela sorriu.

— Canterbury é uma cidade portuária e um centro de viagens. Se nosso vampiro misterioso veio de algum lugar, é provável que tenha sido de lá. Mas não acha que ele veio de fora de Londres, acha?

O conde balançou a cabeça.

— Não, minha intuição me diz que não. Ele cheirava a alguém daqui. Todos os vampiros têm um aroma indicativo do seu criador, ainda mais se tiverem sido transformados há pouco tempo. O nosso amiguinho exalava o odor de morte da colmeia de Westminster.

A srta. Tarabotti pestanejou, assustada. Os livros do seu pai não mencionaram nada a respeito disso. *Os lobisomens conseguiam farejar as diferentes linhagens dos vampiros? E será que os vampiros também podiam identificar as diversas alcateias de lobisomens?*

— Você conversou com a rainha local? — perguntou ela.

O conde assentiu.

— Fui direto para o endereço da colmeia depois de deixá-la naquela noite. Ela negou veementemente qualquer ligação com o seu agressor. Se é que é possível a Condessa Nadasdy se mostrar surpresa, eu diria que ficou chocada ao ouvir a notícia. Claro que, de qualquer forma, precisaria ter se fingido surpresa se tivesse transformado um vampiro novo sem a documentação necessária. Mas, em geral, a colmeia se orgulha da produção de uma nova larva. Costumam dar bailes, pedir presentes no dia da metamorfose, convidar os zangões da região e outras extravagâncias do gênero. Os funcionários do cartório do DAS em geral participam da cerimônia. Os lobisomens da região são até convidados. — Ele fez um beicinho, mostrando vários dentes pontudos. — É uma espécie de "alfinetada" nas alcateias. Faz mais de uma década que não recebemos um novo membro.

Todos sabiam da dificuldade de gerar novos seres extranaturais. Como era impossível saber de antemão a quantidade de alma que um ser humano normal possuía, a tentativa de transformação podia ser fatal. Como muitos zangões e zeladores tentavam se transformar cedo, para que sua imortalidade fosse também abençoada com a juventude, suas mortes eram motivo de grande pesar. Evidentemente, tanto o DAS quanto a srta. Tarabotti tinham consciência de que a população reduzida contribuía para salvaguardar os círculos de sobrenaturais do protesto do público. Quando eles finalmente se apresentaram ao mundo moderno, os simples mortais só conseguiram superar o pavor milenar ao se darem conta de que havia pouquíssimos povos sobrenaturais. Na alcateia de Lorde Maccon eram

onze membros no total, e na colmeia de Westminster, menos ainda; ambas eram consideradas bastante grandes.

A srta. Tarabotti inclinou a cabeça.

— Diante disso, qual é sua teoria, milorde?

— Creio que alguma rainha errante anda fazendo vampiros ilegalmente, sem a autorização da colmeia nem do DAS.

A srta. Tarabotti engoliu em seco.

— Dentro do território de Westminster?

O conde anuiu.

— E faz parte da linhagem da Condessa Nadasdy.

— Ela deve estar se mordendo de raiva.

— No mínimo, minha cara. É natural que, como rainha, ela insista que seu amigo homicida veio de fora de Londres. Não sabe dos odores peculiares das linhagens. Mas Lyall reconheceu o corpo como sendo da criação dela, sem dúvida alguma. Ele tem gerações de experiência com a colmeia de Westminster e o faro mais apurado de todos nós. Sabia que faz parte da alcateia de Woolsey há muito mais tempo do que eu?

A srta. Tarabotti assentiu. Todos sabiam, de fato, que a ascensão de Lorde Maccon fora bastante recente. Ela costumava se perguntar por que o professor Lyall não tentara se tornar, ele próprio, Alfa. Então, analisou a figura sem dúvida musculosa e imponente de Lorde Maccon e deduziu o motivo. O professor Lyall não era covarde, mas tampouco idiota.

O Alfa prosseguiu:

— Ele pode ser um metamórfico gerado diretamente por uma das filhas mordazes da Condessa Nadasdy. Mas, por outro lado, Lyall também ressaltou que, desde que se entende por lobisomem, a condessa não conseguiu transformar um zangão fêmea. Ela se sente muito amargurada por causa disso.

A srta. Tarabotti franziu o cenho.

— Sendo assim, tem um verdadeiro mistério diante de si. Só uma vampiresa, uma rainha, pode fazer a metamorfose de um vampiro novo. Mas cá estamos nós, com uma criatura nova sem o criador. Das duas uma: ou o faro do professor Lyall falhou ou a língua da Condessa Nadasdy está enrolada. — Aquela situação explicava muito bem o cansaço de Lorde Maccon. Nada podia ser pior que um desentendimento entre lobisomens e vampiros, ainda mais numa investigação daquele tipo. — Vamos torcer para que o professor Lyall consiga algumas respostas às perguntas — disse, com sinceridade.

O conde puxou a campainha, pedindo mais chá.

— Isso mesmo. Agora chega de conversar sobre os meus problemas. Talvez fosse melhor tratarmos do que a trouxe aqui, neste horário medonho.

A srta. Tarabotti, que remexia em uma outra pilha de documentos sobre errantes que catara no chão, mostrou uma das chapas de metal que segurava.

— *Ele* me trouxe aqui.

Lorde Maccon tomou-a dela, leu-a e bufou de raiva.

— Por que insiste em se relacionar com essa criatura?

A srta. Tarabotti alisou a saia, ajeitando a bainha plissada com cuidado sobre as botinas, e protestou:

— Eu *gosto* do Lorde Akeldama.

De súbito, o conde pareceu mais furioso que cansado.

— Ah, gosta, é? Não faltava mais nada. Que artimanhas ele tem usado para envolvê-la em suas tramas? Aquele miserável insignificante, vou arrancar o couro dele.

— Acho que ele pode até gostar — sussurrou a srta. Tarabotti, tomando como referência o pouco que sabia sobre as inclinações do amigo vampiro. O lobisomem não lhe deu ouvidos. Ou simplesmente preferiu não usar suas habilidades auditivas sobrenaturais. Andou de um lado para o outro, com certa imponência. Naquele momento, seus dentes estavam completamente à mostra.

A srta. Tarabotti se levantou, caminhou até Lorde Maccon e agarrou-o pelo pulso. Os dentes dele se retraíram no mesmo instante. Os olhos do conde passaram de um tom amarelado para castanho-âmbar. Aquela devia ser sua cor natural, anos atrás, antes de ele sucumbir à mordida que o transformara em sobrenatural. O Alfa também pareceu à srta. Tarabotti um pouco menos descuidado, apesar de não menos grandalhão e colérico. Lembrando-se do conselho de Lorde Akeldama quanto aos estratagemas femininos, ela pôs a mão, suplicante, sobre a que segurava o braço dele.

O que ela queria dizer era *Não seja bobo*. Mas o que disse, de fato, foi:

— Eu precisava do conselho de Lorde Akeldama com relação a certos assuntos sobrenaturais. Não queria incomodá-lo com questões triviais. — Como se algum dia fosse pedir, de livre e espontânea vontade, ajuda a Lorde Maccon. Só se encontrava ali, em seu escritório, por força das circunstâncias. Ela inclinou a cabeça para — assim esperava — deixar o nariz menor, arregalou os grandes olhos castanhos e, em seguida, bateu de modo suplicante os cílios, os quais eram muito longos. Por sinal, suas sobrancelhas também eram marcantes demais, mas Lorde Maccon parecia se sentir mais atraído pelo quesito anterior do que repelido por este. Ele cobriu a mão pequenina e morena da srta. Tarabotti com a mão enorme.

Ela sentiu a sua se aquecer e se deu conta de que seus joelhos sem dúvida ficavam bambos perto do conde. *Parem!*, ordenou-lhes, furiosa. O que deveria dizer agora? Certo: *Não seja bobo*. E depois: *Como precisava da orientação de um vampiro, procurei um para me ajudar. Não, isso não ia cair bem. O que Ivy diria? Ah, já sei.*

— Eu estava angustiada demais, entende? Encontrei-me com um zangão ontem no parque e a Condessa Nadasdy pediu que eu a visitasse hoje.

Aquilo desviou a atenção de Lorde Maccon de seus pensamentos homicidas em relação a Lorde Akeldama. Ele se recusava a entender por que se opunha tanto à ideia de a srta. Tarabotti gostar do vampiro. Lorde Akeldama era um errante muito bem-comportado, apesar de meio tolo; tanto ele quanto seus zangões viviam na mais perfeita harmonia. Às vezes, até perfeita demais. A srta. Tarabotti *deveria* ter toda a liberdade de gostar daquele indivíduo. Ele fez um beicinho ante aquele pensamento. Estremeceu e voltou a se concentrar na ideia, também perturbadora, embora de um jeito diferente, da srta. Alexia Tarabotti e da Condessa Nadasdy, juntas, no mesmo recinto.

Ele levou a moça até um pequeno sofá, e os dois se sentaram, provocando um farfalhar sobre os mapas de viagem de dirigíveis espalhados ali.

— Comece do princípio — instruiu ele.

A srta. Tarabotti iniciou contando que Felicity lera o jornal em voz alta, depois relatou o passeio com a srta. Hisselpenny e o encontro com a srta. Dair e terminou revelando o ponto de vista de Lorde Akeldama a respeito da situação.

— E tem mais — acrescentou, percebendo que o conde ficara tenso ao escutar o nome do vampiro. — Foi ele que sugeriu que eu o procurasse.

— Como é?

— Preciso me inteirar ao máximo dessa situação antes de entrar em uma colmeia sozinha. A maioria das vezes que os sobrenaturais travam uma batalha é para adquirir informações. Se a Condessa Nadasdy quer saber algo de mim, é muito melhor que eu tome conhecimento do que se trata e veja se posso fornecer o que ela pede.

Lorde Maccon se levantou e, meio assustado, disse exatamente o que não devia:

— Eu a proíbo de ir! — Não tinha a menor ideia do que acontecia com aquela mulher em particular, que o fazia perder todo o controle verbal. Mas não havia mais jeito: as palavras infelizes tinham escapulido.

A srta. Tarabotti também se levantou, furiosa, com o peito arfando de agitação.

— Não tem esse direito!

Ele apertou os pulsos dela com punhos de ferro.

— Sou o notívago-chefe do DAS, caso não saiba. Todos os preternaturais estão sob a minha jurisdição.

— Mas, na qualidade de membros dos círculos sobrenaturais, temos direito à liberdade de escolha, não temos? À integração social total, entre outras coisas. A condessa só me convidou para ir à sua casa uma noite e nada mais.

— Alexia! — reclamou Lorde Maccon, frustrado.

Ela percebeu que o fato de ele chamá-la pelo primeiro nome indicava certo grau de irritação de sua parte.

O lobisomem respirou fundo, tentando se acalmar. Não deu certo, porque ele estava muito perto da srta. Tarabotti. Os vampiros cheiravam a sangue estagnado e a linhagens familiares. Os companheiros lobisomens do conde, a pele animal e a noites úmidas. E os seres humanos? Mesmo depois de tanto tempo de confinamento na lua cheia e da proibição de caçar, eles continuavam cheirando a comida para Lorde Maccon. Porém, a srta. Tarabotti tinha

cheiro de algo mais... algo que não era carne. Seu aroma era agradável, quente e condimentado, como o de uma torta italiana tradicional, que seu corpo não podia mais processar, mas de cujo gosto se lembrava e tinha saudades.

Ele se inclinou na direção dela.

A srta. Tarabotti o golpeou, como de costume.

— Lorde Maccon! Comporte-se!

Ali residia justamente o problema, pensou Lorde Maccon. Ele soltou os pulsos da jovem e sentiu a forma de lobisomem voltar: a força e os sentidos aguçados que uma morte parcial lhe dera tantas décadas atrás.

— A colmeia não vai confiar na senhorita. Precisa entender uma coisa: eles a consideram um inimigo natural. Por acaso está a par das últimas descobertas científicas? — Ele vasculhou a mesa e encontrou um tabloide com as notícias semanais. A manchete dizia: A TEORIA DO CONTRAPESO APLICADA À HORTICULTURA.

A srta. Tarabotti pestanejou, sem entender. Virou a página do jornal: *publicado pela Editora Hypocras*. Aquilo tampouco adiantou. Claro que conhecia a teoria do contrapeso. Na verdade, achava as doutrinas, em princípio, bastante interessantes.

Ela disse:

— O contrapeso é uma proposição científica que afirma que para uma determinada força existe sempre uma oposta. Por exemplo, para todo veneno que existe na forma natural, há um antídoto igualmente natural, em geral encontrado perto dele. Assim como o sumo de folhas amassadas de urtiga aplicado à pele alivia o ardor da queimadura provocada pela própria urtiga. O que é que isso tem a ver comigo?

— Bom, os vampiros acreditam que os preternaturais são seus contrapesos. Que o seu objetivo primário é neutralizá-los.

Então, foi a vez de a srta. Tarabotti irritar-se.

— Que absurdo!

— Os vampiros têm memórias longas, minha querida. Muito mais que as dos lobisomens, pois brigamos demais uns com os outros e acabamos morrendo muito jovens, com poucos séculos de idade. Quando nós, os sobrenaturais, costumávamos nos esconder à noite e caçar seres humanos, eram os *seus* antepassados preternaturais que nos perseguiam. Tratava-se de um equilíbrio brutal. Os vampiros sempre os odiarão e os fantasmas os temerão. Nós lobisomens não sabemos ao certo. Encaramos a metamorfose, em parte, como uma maldição, que nos obriga a ficar trancafiados uma vez por mês para a segurança de todos. Alguns de nossa espécie encaram os preternaturais como a cura para a maldição da lua cheia. Existem relatos de lobisomens que se transformaram em animais de estimação, caçando sua própria gente para receber, como pagamento, o toque de um preternatural. — Ele pareceu desgostoso. — Tudo isso ficou mais fácil de entender depois que o conceito de medição de alma foi desenvolvido na Era da Razão e que a Igreja Anglicana rompeu com Roma. Mas as novas propostas científicas, como é o caso dessa teoria, trazem à tona velhas recordações para os vampiros. Eles chamaram os preternaturais de *sugadores de almas* por um bom motivo. Você é a única com registro nesta área. E acabou de matar um vampiro.

A expressão da srta. Tarabotti era séria.

— Já aceitei o convite da Condessa Nadasdy. Seria grosseiro da minha parte recusá-lo agora.

— Por que precisa ser assim, sempre tão difícil? — perguntou Lorde Maccon, bastante exasperado.

Ela sorriu.

— Ausência de alma? — sugeriu.

— Falta de juízo! — corrigiu o conde.

— Seja como for — prosseguiu a moça —, alguém tem que investigar o que está acontecendo. Se a colmeia tiver alguma informação sobre o vampiro morto, vou descobrir. Lorde Akeldama disse que eles queriam avaliar o quanto eu sabia, seja porque estavam a par de muito, seja porque estavam a par de pouco. É para o meu próprio benefício que tenho que ir a fundo nessa história.

— Outra vez Lorde Akeldama.

— O conselho dele é sensato, e ele considera minha companhia relaxante.

Aquele comentário surpreendeu o lobisomem.

— Bom, alguém tinha que achar isso. Que peculiar da parte dele.

A srta. Tarabotti, sentindo-se ultrajada, pegou a sombrinha de bronze e fez menção de sair.

Lorde Maccon atrasou-a com uma pergunta.

— Por que *está* tão curiosa com relação a esse assunto? Por que faz tanta questão de se envolver?

— Porque alguém morreu, e pelas minhas próprias mãos — respondeu ela, com um ar sombrio. — Bem, na verdade, pela minha própria sombrinha — retificou.

Lorde Maccon suspirou. Imaginou que um dia, talvez, conseguisse ganhar uma discussão com aquela mulher extraordinária, mas era óbvio que aquele não seria o momento.

— Veio na própria carruagem? — perguntou ele, admitindo a derrota.

— Não se preocupe, vou chamar uma de aluguel.

O Conde de Woolsey pegou o chapéu e o sobretudo, com determinação.

— Estou com a carruagem de Woolsey aqui, além de outras quatro. Ao menos, deixe-me levá-la até sua residência.

A srta. Tarabotti concluiu que já obtivera concessões suficientes de Lorde Maccon por uma manhã.

— Já que insiste, milorde. Mas devo pedir que me deixe saltar um pouco antes. Minha mãe não tem a menor noção do meu envolvimento nesse caso, entende?

— Sem falar em como ficaria chocada ao vê-la descendo da minha carruagem desacompanhada. Não temos o menor interesse de macular sua reputação a esta altura, temos? — Lorde Maccon pareceu ter se irritado com a ideia.

A srta. Tarabotti achou que ele insinuava algo. Riu.

— Milorde, não está achando que estou querendo conquistá-*lo*, está?

— E o que é que tem de engraçado nisso?

Os olhos da srta. Tarabotti brilharam de satisfação.

— Eu sou uma solteirona que já ficou para titia e o senhor, um cotadíssimo bom partido. Imagine só!

Lorde Maccon andou até a porta, com ela no encalço.

— Não entendi o que lhe pareceu tão engraçado — disse, por entre os dentes. — Pelo menos tem a idade mais próxima à minha que a maioria das moças supostamente incomparáveis que as matronas da sociedade insistem em empurrar para cima de mim.

A srta. Tarabotti deu outra risadinha.

— Ah, milorde, não seja ridículo. Quantos anos tem? Duzentos? Como se fizesse alguma diferença eu ser oito ou dez anos mais velha que as mocinhas casadouras disponíveis no mercado, nestas circunstâncias. Que absurdo. — Ela lhe deu um tapinha no braço, bem-humorada.

Lorde Maccon fez uma pausa, irritado com a forma como a moça menosprezara tanto a ele quanto a si própria. Então, percebeu como era ridícula a conversa que travavam e como se tornara quase perigosa. Recuperou um pouco do traquejo social adquirido a duras penas em Londres, e se calou, determinado. Mas lhe ocorreu que, quando dissera "uma idade mais próxima à minha", não se referira aos anos, mas à capacidade de entendimento. Então, considerou imprudente pensar daquele jeito. O que havia de errado com ele naquele dia? Não suportava Alexia Tarabotti, embora seus adoráveis olhos de tom castanho brilhassem quando sorria, ela cheirasse bem e tivesse um belo físico.

Ele conduziu depressa sua convidada pelo corredor, com a intenção de colocá-la na carruagem e afastá-la de sua presença o mais rápido possível.

Randolph Lyall não era professor de nada específico, mas de rudimentos de várias matérias. Uma dessas generalidades consistia no estudo a longo prazo da reação comportamental típica do ser humano quando deparado com a transformação de um lobisomem. Sua pesquisa o levara à concluir que era melhor sair da forma de lobo longe da presença de pessoas refinadas, de preferência num beco bem escuro, onde o único indivíduo com chance de encontrá-lo estaria, assim como ele, enlouquecido ou bêbado.

Embora a população da área metropolitana de Londres, em particular, e das Ilhas Britânicas, em geral, tivesse aprendido a aceitar os lobisomens, dar de cara com um, no ato da transformação, era algo bem diferente. O professor Lyall considerava que se saía bem nesse processo — com elegância e graça, apesar da dor. Os jovens da alcateia tendiam a se contorcer e a girar a coluna excessivamente, além de ganirem, às vezes. Já o professor passava com suavidade de uma forma para a outra. Porém, a transformação era, por si só, *antinatural*. É preciso ressaltar que não ocorria clarão, névoa

nem magia naquele momento. A pele, os ossos e os pelos simplesmente se reorganizavam, o que já bastava para provocar na maioria dos mortais uma gritaria histérica. Sendo *gritaria* a palavra-chave.

O professor Lyall chegou às instalações do escritório do DAS em Canterbury antes do crepúsculo, ainda na forma de lobo. Esta se mostrava simples, mas elegante, um pouco como o colete preferido dele: a pelagem possuía a mesma tonalidade dos cabelos cor de areia, porém com um toque negro na face e no pescoço. Ele não era grandalhão, sobretudo por não ser um humano muito grande — os princípios básicos da conservação da matéria ainda se aplicavam, fosse a criatura sobrenatural ou não. Lobisomens estavam sujeitos às leis da física como todo mundo.

A transmutação ocorreu em poucos minutos: a pelagem recuou para se transformar em cabelo, os ossos se partiram e se reconstituíram para passar do modo quadrúpede ao bípede, os olhos de tom amarelo-claro ficaram castanho-claros. Ele carregara um sobretudo na boca durante todo o percurso e, assim que voltou à forma humana, cobriu-se com ele. Saiu de uma aleia sem que ninguém notasse a chegada de um lobisomem a Canterbury.

Ele se recostou no umbral da porta do escritório do DAS e cochilou de leve, até que, com a manhã, chegasse o primeiro de seus típicos funcionários.

— Quem é o senhor? — quis saber o homem.

O professor Lyall afastou-se da porta para que o funcionário pudesse destrancá-la.

— E então? — insistiu o sujeito, barrando sua passagem quando ele tentou entrar.

O professor revelou os caninos. Não era algo fácil à luz da manhã, mas ele era um lobisomem com idade bastante para fazer aquilo parecer descomplicado.

— Beta da alcateia do Castelo de Woolsey, agente do DAS. Quem é o responsável pelos registros de vampiros neste escritório?

O homem, pouco impressionado com a demonstração de poderio sobrenatural do professor, respondeu sem titubear:

— George Greemes. Ele deve chegar em torno das nove. O vestiário fica logo ali. Devo mandar o criado ao açougue para o senhor, quando ele chegar?

O professor tomou a direção indicada.

— Sim, faça isso: três dúzias de linguiças, por gentileza. Não precisam ser cozidas.

A maioria dos escritórios do DAS mantinha roupas extras no vestiário, cujo conceito arquitetônico resultara da experiência de várias gerações de lobisomens indo e vindo. Ele achou alguns trajes relativamente decentes, apesar de não satisfazerem seu gosto exigente, e um colete sem sombra de dúvida bastante aquém do esperado. Então, devorou vários cordões de linguiça e se acomodou numa confortável otomana para tirar uma imprescindível soneca. Acordou pouco antes das nove sentindo-se mais humano — ou tão humano quanto sobrenaturalmente possível.

George Greemes era um agente da ativa do DAS, porém não sobrenatural. Seu parceiro fantasma compensava essa desvantagem, embora, por razões óbvias, só trabalhasse após o pôr do sol. Portanto, estava acostumado a passar os dias tranquilamente em meio às funções administrativas, com poucas emoções, e não gostou de encontrar o professor Lyall à sua espera.

— Como disse que era seu nome? — perguntou Greemes, quando entrou no escritório e encontrou o professor ali instalado. Ele jogou o chapéu surrado, de copa baixa, num pote repleto do que parecia ser uma série de entranhas de diversos relógios de pêndulo arrebentados.

— Sou o professor Randolph Lyall, segundo em comando da alcateia do Castelo de Woolsey e administrador-assistente de relações sobrenaturais da central londrina — respondeu, olhando com desdém para o outro homem.

— Não é meio magricela para ser o Beta de alguém tão imponente quanto Lorde Maccon? — O agente do DAS alisou, distraído, as costeletas, como se para verificar se ainda estavam em seu rosto.

O professor Lyall soltou um suspiro. Sua estrutura física franzina sempre provocava aquela reação. Lorde Maccon era tão grandalhão e notável que as pessoas esperavam que o seu segundo em comando tivesse estatura e natureza similares. Poucos compreendiam a importância para a alcateia de ter um representante que sempre ficava na ribalta, enquanto outro nunca o fazia. O Beta preferiu não esclarecer o assunto para aquele ignorante. Disse apenas:

— Felizmente, até agora não tive que recorrer à força bruta para exercer meu papel. Poucos desafiam Lorde Maccon e, os que o fazem, perdem. Mas consegui o cargo de Beta satisfazendo todos os pré-requisitos do protocolo da alcateia. Posso não ser muito musculoso, mas tenho outras qualidades importantes.

Greemes deixou escapar um suspiro.

— Do que precisa saber? Em que posso ajudá-lo? Como não temos alcateias locais, deve ter vindo aqui a serviço do DAS.

Lyall assentiu.

— Canterbury tem uma colmeia oficial, não tem? — Ele não esperou a resposta. — A rainha, por acaso, comunicou novos acréscimos recentemente? Alguma comemoração por causa de metamorfoses de sangue?

— De jeito nenhum! A colmeia de Canterbury é muito antiga, honrada e pouco afeita a exibicionismos tolos — respondeu Greemes, dando a impressão de ter ficado meio ofendido.

— Soube de algum acontecimento fora do comum? Como o aparecimento inesperado de algum vampiro sem aviso de metamorfose ou o devido registro? Ou algo do gênero? — perguntou o professor, com semblante tranquilo, mas olhar penetrante.

Greemes pareceu irritado.

— Para o seu governo, a colmeia local se comporta muito bem: não há registros de irregularidades. Os vampiros tendem a ser bastante cautelosos por estas bandas. Não é nada fácil ser sobrenatural numa cidade portuária; agitada e inconstante demais. Nossas colmeias tendem a criar vampiros *muito* cuidadosos. Sem falar que o vaivém dos marinheiros proporciona um suprimento, sempre à mão, de prostitutas de sangue *voluntárias* no cais. A colmeia praticamente não causa problemas no que se refere aos assuntos do DAS. Felizmente, meu trabalho aqui é tranquilo.

— Teve notícia de algum errante sem registro? — quis saber o professor, insistindo no assunto.

Greemes se levantou e se agachou diante de um engradado de vinho cheio de documentos. Vasculhou-os, parando de vez em quando para ler uma ou outra ficha de registro.

— Tivemos um há uns cinco anos. A abelha-rainha o obrigou a se registrar; depois disso, não houve mais qualquer problema.

Lyall assentiu. Colocou a cartola emprestada na cabeça e se virou para sair. Precisava pegar a diligência para Brighton.

Greemes colocou as resmas de papel de novo no engradado e continuou a falar.

— E faz tempo que não recebo notícias dos errantes registrados.

O professor Lyall parou à soleira da porta.

— O que foi que disse?

— Eles andam desaparecendo.

Lyall tornou a tirar o chapéu.

— Deixou isso claro no recenseamento deste ano?

Greemes anuiu.

— Enviei um relatório a respeito para Londres na última primavera. Não o leu?

O professor encarou o homem.

— É óbvio que não. Conte-me, o que a rainha da colmeia local tem a dizer sobre essa questão?

Greemes arqueou as sobrancelhas.

— Por que ela deveria se preocupar com errantes em sua área de alimentação, a não ser pelo fato de que, quando vão embora, deixam o caminho aberto para as crias da casa?

O professor franziu o cenho.

— Quantos já desapareceram?

Greemes olhou-o e arqueou as sobrancelhas.

— Bom, todos eles.

Lyall rangeu os dentes. Os vampiros eram por demais ligados aos seus territórios para perambularem longe de casa por muito tempo. Ambos os homens sabiam que os errantes desaparecidos provavelmente estavam mortos. O professor precisou recorrer a todo o seu traquejo social para disfarçar a profunda irritação que sentia. O assunto poderia não ser do interesse da colmeia local, mas, com certeza, era um dado importante, e o DAS deveria ter sido informado na hora. A maior parte dos problemas do departamento com vampiros envolvia errantes, assim como as questões com lobisomens envolviam lobos solitários. O professor decidiu pedir a transferência de Greemes. Suspeitou que aquele homem estivesse sendo vítima da Síndrome de Zangão, aqueles estágios iniciais caracterizados por uma excessiva fascinação pelos mistérios ancestrais dos sobrenaturais. Não se devia manter alguém totalmente envolvido com a facção dos vampiros encarregado das relações com aquelas criaturas.

Apesar da indignação, o Beta conseguiu se despedir do indivíduo repugnante com um aceno de cabeça neutro, e passou pelo corredor com a cabeça imersa em pensamentos.

Um senhor estranho o esperava no vestiário. Um sujeito que o professor não conhecia, mas que cheirava a pele de animal e a noites úmidas.

O homem segurava um chapéu de feltro marrom na frente do peito, como um escudo. Quando deparou com Lyall, fez um gesto com a cabeça, o que pareceu menos um cumprimento que uma desculpa para expor a lateral do pescoço, servilmente.

Lyall foi o primeiro a falar.

Os jogos de domínio de uma alcateia podiam parecer complicados para um estranho, mas, na verdade, poucos lobisomens tinham uma posição hierárquica mais alta que o professor Lyall, e ele conhecia o cheiro e a face de todos. Como aquele indivíduo não era um deles, o professor estava no controle.

— Esse escritório não tem nenhum funcionário lobisomem — disse o professor Lyall, com aspereza.

— Não, senhor. Eu não sou do DAS, senhor. Não existe nenhuma alcateia nesta cidade, como Vossa Eminência deve saber. Nós estamos dentro da alçada do seu lorde.

Lyall assentiu e cruzou os braços.

— Mas você não é um dos filhotes do Castelo de Woolsey. Eu saberia.

— Não, senhor. Eu não tenho alcateia.

Lyall mordeu os lábios.

— Um lobo solitário.

Instintivamente, os pelos de seu pescoço se arrepiaram. Os solitários eram perigosos: animais criados para viver em comunidade, afastados da própria estrutura social que deveria mantê-los saudáveis e controlados.

O desafio pelo posto de Alfa vinha apenas do interior da alcateia, de acordo com as normas oficiais; a inesperada ascensão de Conall Maccon ao poder fora uma recente exceção à regra. Contudo, lutas, violência, banquetes de carne humana e outras carnificinas irracionais faziam parte do esquema do lobo solitário. Eles eram mais comuns que os vampiros errantes e muito mais perigosos.

O lobo solitário apertou o chapéu com mais força ante o sorriso de escárnio de Lyall e se inclinou. Se estivesse na forma de lobo, seu rabo estaria enfiado entre as pernas.

— Isso mesmo, senhor. Montei guarda nesta filial esperando o Alfa de Woolsey mandar alguém até aqui para fazer uma investigação. Meu zelador me avisou que o senhor tinha chegado. Achei melhor vir pessoalmente, para verificar se queria um relatório completo. Tenho idade bastante para suportar a luz do dia por um tempo.

— Estou aqui resolvendo o problema de uma colmeia, não de uma alcateia — esclareceu Lyall, impaciente por ir direto ao assunto.

O homem pareceu genuinamente surpreso.

— Senhor?

O professor Lyall não gostava de ficar confuso. Não tinha ideia do que estava acontecendo e não apreciava a posição desvantajosa, sobretudo diante de um solitário.

— Inicie o relato! — ordenou, ríspido.

O homem se endireitou, tentando não se acovardar com o tom de voz colérico do Beta. Ao contrário de Greemes, não tinha a menor dúvida da capacidade de luta do professor Lyall.

— Eles não estão acontecendo mais, senhor.

— O quê? — A voz de Lyall adquirira um timbre suave e mortal.

O homem engoliu em seco e torceu o chapéu.

O professor começou a suspeitar de que o chapéu não resistiria àquele diálogo.

— Os desaparecimentos, senhor.

Lyall ficou irritado.

— Já sei disso! Greemes acabou de me contar.

O sujeito pareceu confuso.

— Mas ele é o encarregado dos vampiros.
— Sim, e daí...?
— Os lobisomens é que estão sumindo, senhor. O Alfa manteve a maioria de nós, os solitários, escondida ao longo da costa nesta região, deixando-nos bem longe de Londres. Também se certificou de nos manter ocupados, lutando com piratas, em vez de uns com os outros.
— E?
O homem se encolheu, acovardado.
— Achei que soubesse, senhor. Pensei que o Alfa tivesse iniciado isso e, depois, interrompido. Faz meses que vem acontecendo.
— Você achou que Lorde Maccon estava fazendo uma redução controlada?
— As alcateias não gostam dos lobos solitários, senhor. Ele é o novo Alfa, precisa impor sua autoridade.
O professor não podia questionar aquele raciocínio.
— Tenho que ir. Se ocorrerem novos desaparecimentos, venha nos contar imediatamente.
O homem pigarreou, subserviente.
— Não posso fazer isso, senhor. Sinto muito.
Lyall o encarou, com frieza.
O homem afrouxou o plastrom com o dedo e expôs o pescoço, na defensiva.
— Mil perdões, senhor. Mas sou o único que sobrou.
Um calafrio gelado arrepiou todos os pelos do corpo do professor.
Em vez de ir para Brighton, ele pegou a primeira diligência de volta para Londres.

Capítulo 4

Nossa Heroína Ignora um Bom Conselho

A srta. Tarabotti se sentiu constrangida quando se deu conta de que, por incrível que parecesse, teria de sair de fininho da própria casa. Não podia contar à mãe que visitaria uma colmeia de vampiros de madrugada. Floote, apesar de condenar aquela atitude, mostrou-se um valioso aliado na transgressão. Ele trabalhara como criado de Alessandro Tarabotti antes mesmo de Alexia sonhar em ser a menina dos olhos daquele cavalheiro extravagante. Portanto, sabia muito mais do que só o ofício de mordomo, o que incluía noções de como cometer pequenas faltas. Ele escoltou apressadamente a "jovem senhorinha" até a saída dos empregados, nos fundos da casa. Fez com que saísse disfarçada com o manto puído da copeira e conseguiu colocá-la num coche de aluguel, em silêncio, apesar da tensão.

O veículo trilhou seu caminho pelas ruas escuras. A srta. Tarabotti abaixou o vidro e, protegendo o chapéu e o cabelo, meteu a cabeça para fora, no meio da noite. A lua estava quase cheia e ainda não subira acima dos prédios. A jovem julgou ter visto, lá no alto, um dirigível solitário tirando proveito da escuridão para fazer um passeio em meio às estrelas, acima das luzes da cidade, antes de pegar o último lote de passageiros. Pela primeira vez, a srta. Tarabotti não invejou os que se encontravam a bordo. O ar estava frio e provavelmente gélido lá em cima, o que já era de esperar, pois noites agradáveis não eram o forte de Londres. Ela tremeu de frio e fechou a janela.

A carruagem parou, por fim, diante de um endereço razoavelmente bom, num dos bairros mais em voga da periferia da cidade, que, apesar disso, não costumava ser frequentado pelo círculo de amizades da srta. Tarabotti. Considerando que aquele encontro seria rápido, ela pagou ao cocheiro para que a esperasse e subiu rápido a escadaria da frente, levantando a barra do seu melhor vestido de visita, xadrez, nos tons verde e cinza.

Uma jovem criada abriu a porta assim que ela se aproximou, fazendo uma reverência. Era quase bonita demais, com cabelo loiro-escuro e olhos enormes, cor de violeta, e impecável como uma moeda nova, de uniforme preto e avental branco.

— Senhorrita Tarabotti? — perguntou, com forte sotaque francês.

A srta. Tarabotti assentiu, enquanto alisava o vestido para desamassá-lo da viagem.

— A condessa está aguarrdando a senhorrita. Venha, porr favorr. — A empregada a conduziu por um corredor comprido. Parecia flutuar, deslocando-se com movimentos suaves e a graciosidade de uma bailarina. A srta. Tarabotti se sentiu pesada, sombria e canhestra perto dela.

A casa não se distinguia muito das outras do mesmo estilo, embora fosse talvez mais luxuosa que a maioria, contando com o que havia de mais moderno em termos de conforto. A srta. Tarabotti não conseguiu evitar a comparação com a residência palaciana da Duquesa de Snodgrove. Ali havia grandiosidade e verdadeira afluência, do tipo que não precisava ser ostentada — era um simples *fato*. Os tapetes felpudos e macios, em diferentes matizes de vermelho, tinham, na certa, sido importados de alguma região do Império Otomano trezentos anos antes. Havia obras de arte deslumbrantes penduradas nas paredes. Algumas muito antigas, outras, mais recentes, assinadas por artistas cujos nomes a srta. Tarabotti costumava ver nos anúncios de jornais das galerias. Estátuas magníficas decoravam o suntuoso mobiliário de mogno: bustos romanos de mármore branco-amarelado, deuses egípcios incrustados de lápis-lazúli e peças modernas de granito e ônix. Virando no final do corredor, a srta. Tarabotti ingressou em um saguão dedicado inteiramente a maquinaria, exposta da mesma forma que as esculturas, com o mesmo bom gosto. Havia a primeira máquina a vapor inventada, depois dela, uma monorroda dourada e prateada e, em seguida, algo que a deixou boquiaberta: *seria aquele um exemplar da máquina de Babbage?* Tudo estava na mais perfeita ordem e limpeza, cada objeto ocupando seu respectivo espaço com pompa. O lugar era mais imponente que qualquer museu que a srta. Tarabotti já visitara — e ela gostava deles. Havia zangões por toda parte, todos atraentes e bem-vestidos, concentrados no controle eficaz das interferências diurnas e no lazer noturno da colmeia. Selecionados com cuidado, eles também podiam ser considerados obras de artes, vestidos com discreta elegância, em sintonia com o estilo da casa.

A srta. Tarabotti não possuía alma para apreciar de verdade todas aquelas raridades. Entretanto, tinha noção suficiente de estilo para saber que estava rodeada por ele. O que a deixou nervosa. Arrumou o vestido, constrangida, pensando que talvez fosse considerado simples demais. Então, empertigou-se toda. Uma solteirona singela e morena como ela nunca poderia competir com tamanha grandiosidade; era melhor tirar partido de seus pontos fortes. Estufou um pouco o peito e respirou fundo.

A criada francesa abriu a porta que dava para uma ampla sala de visitas e fez uma reverência, antes de sair, deslizando com suavidade no tapete vermelho e balançando os quadris de um lado para o outro.

— Ah, srta. Tarabotti! Seja bem-vinda à colmeia de Westminster.

A mulher que se aproximou para cumprimentá-la não correspondia em nada ao que esperava. Era uma dama baixinha, rechonchuda, de aparência tranquila, bochechas coradas e brilhantes olhos cor de centáureaazul. Parecia mais uma pastora saída de uma pintura renascentista. A srta. Tarabotti deu uma olhada ao redor, à procura do rebanho dela. Estavam ali, todos da mesma estirpe.

— Condessa Nadasdy? — perguntou a preternatural, com hesitação.

— Isso mesmo, minha querida! E esse é Lorde Ambrose. Aquele, dr. Caedes. O cavalheiro mais adiante, Sua Graça, o Duque de Hematol, e já conhece a srta. Dair. — Ela gesticulava ao falar, movimentando-se, a um só tempo, de um jeito gracioso e artificial. Como se seus gestos tivessem sido cuidadosamente estudados, de um modo articulado, como um linguista falando um idioma estrangeiro.

Ninguém demonstrou satisfação ao ver a visitante, exceto a srta. Dair, sentada no sofá, a única representante dos zangões no recinto. A srta. Tarabotti tinha certeza de que os outros três eram vampiros. Apesar de não conhecê-los socialmente, lera algumas das pesquisas do dr. Caedes em suas incursões acadêmicas mais arrojadas.

— Como vão? — perguntou ela, com educação.

O grupo murmurou as habituais saudações.

Lorde Ambrose, um homem alto e belíssimo, era o que qualquer jovem estudante romântica esperaria de um vampiro — sombrio, com altivez ameaçadora, traços aquilinos, e olhar penetrante e expressivo. O dr. Caedes também era alto, porém magro como um palito, com um cabelo que começara a escassear acima da testa e deixara de cair pela metamorfose. Levava consigo uma maletinha de médico, entretanto, a srta. Tarabotti descobrira, em suas leituras, que ele se tornara membro da Real Sociedade pelas pesquisas abrangentes na área da engenharia, e não pelo diploma de doutor. O último integrante da colmeia, o Duque de Hematol, parecia intencionalmente banal, levando-a a se lembrar do professor Lyall. Portanto, ela o encarou com grande respeito e cautela.

— Importa-se de trocar um aperto de mãos, minha querida? — indagou a rainha de Westminster, movendo-se na sua direção com a típica rapidez e suavidade sobrenatural.

A srta. Tarabotti se surpreendeu.

De perto, a Condessa Nadasdy parecia menos simpática, e se via que as bochechas coradas eram fruto de algum artifício e não da luz solar. Sua pele, sob várias camadas de creme e de pó, possuía um tom branco-acinzentado. Seu olhar não cintilava. Seu brilho era tão opaco quanto as lentes escuras usadas pelos astrônomos para observar o sol.

A srta. Tarabotti recuou.

— Precisamos nos certificar de sua condição — explicou a anfitriã, continuando a se aproximar.

Ela segurou o pulso da srta. Tarabotti com firmeza. As mãozinhas da condessa tinham uma força descomunal. No instante em que se tocaram, porém, boa parte do poder da rainha da colmeia evanesceu, e a preternatural ficou imaginando se alguma vez, muito, muito tempo atrás, a Condessa Nadasdy não havia *sido* de fato uma pastora.

A vampira sorriu para ela. Sem presas.

— Discordo radicalmente desse método, minha rainha. Quero deixar bem claro para a colmeia que desaprovo essa maneira de lidar com a nossa situação — protestou Lorde Ambrose, bruscamente.

A srta. Tarabotti não sabia dizer se ele se irritara por causa de sua condição de preternatural ou pelo efeito que ela causara na rainha.

A Condessa Nadasdy soltou o pulso dela. As presas reapareceram. Eram finas e compridas, quase biologicamente espinhosas, aparentando ter pontas irregulares. Então, rápida como um raio, ela partiu para o ataque com as unhas afiadas como garras. Uma delgada linha vermelha apareceu no rosto de Lorde Ambrose.

— Está ultrapassando suas obrigações de cativo, filho de meu sangue.

Lorde Ambrose curvou a cabeça sombria, enquanto a ferida superficial cicatrizava, fechando-se.

— Lamento, minha rainha; só me preocupa a sua segurança.

— Por isso mesmo é o meu *praetoriani*. — Com uma mudança repentina de humor, a Condessa Nadasdy estendeu a mão para acariciar o rosto de Lorde Ambrose, que acabara de dilacerar.

— Ele tem toda razão. Você permitiu que uma sugadora de almas a tocasse e a tornasse mortal, ficando sujeita a um golpe fatal. — Foi a vez de o dr. Caedes falar. Seu tom de voz era meio estridente, com certa falta de clareza entre as palavras, como o zumbido das vespas antes de formarem um enxame.

Para surpresa da srta. Tarabotti, a condessa não arranhou o rosto dele. Em vez disso, sorriu, mostrando por completo as presas irregulares e afiadas. A convidada se perguntou se não haviam sido lixadas para adquirir aquele formato extraordinário.

— Não obstante, essa mulher nada faz de ameaçador, além de ficar parada à nossa frente. Vocês todos são jovens demais para entender o verdadeiro perigo inerente à espécie dela.

— Lembramos o suficiente — sentenciou o Duque de Hematol. Falou com mais calma que os outros dois, mas com uma cadência bem maliciosa: suave e sibilante como o vapor que sai de uma chaleira em ebulição.

A anfitriã tomou a srta. Tarabotti pelo braço. Parecia respirar fundo, como se a visitante exalasse um cheiro que lhe causava aversão, mas que desejava desesperadamente identificar.

— Nunca estivemos em situação de risco com preternaturais do sexo feminino; isso sempre ocorreu com os machos. — Ela se dirigiu à srta. Tarabotti em um tom conspiratório. — Os homens gostam de caçar, não gostam?

— Não é a capacidade de matar dela que me preocupa. Muito pelo contrário — disse o duque brandamente.

— Nesse caso, vocês cavalheiros é que deviam evitá-la, e não eu — rebateu a condessa, com astúcia.

Lorde Ambrose deu um sorrisinho falso ante o comentário.

A srta. Tarabotti estreitou os olhos.

— Foram *os senhores* que me convidaram para vir aqui. Não quero me impor, mas não admito que me façam sentir importuna. — Ela puxou o braço com força suficiente para se libertar do domínio da outra e virou-se para ir embora.

— Espere! — O tom de voz da rainha da colmeia foi estridente.

A srta. Tarabotti continuou andando em direção à porta. Garganta apertada, de tanto medo. Compreendeu como uma criatura peluda devia se sentir ao cair num covil de répteis. Parou quando sua passagem foi bloqueada. Lorde Ambrose se locomovera com a típica agilidade vampiresca, para impedir sua saída. Alto e irritantemente bonito, ele a encarou com desprezo. Ela concluiu que preferia muito mais o tipo de imponência de Lorde Maccon, meio desmazelado e brusco, ao dele.

— Saia da minha frente, senhor! — exclamou a srta. Tarabotti, desejando estar com a sombrinha de bronze à mão. Por que tinha se esquecido de levá-la? Aquele homem precisava mesmo era de um bom golpe nas partes íntimas.

A srta. Dair se levantou e se aproximou dela com os cachos loiros e os olhos azuis perturbados.

— Por favor, srta. Tarabotti. Não vá embora ainda. É que eles têm o pavio bem mais curto que a memória. — A rainha dirigiu um olhar ferino a Lorde Ambrose. Segurou a moça pelo braço e conduziu-a, solícita, a uma cadeira.

A srta. Tarabotti concordou e se sentou em meio a um farfalhar de tafetá verde e cinza, sentindo estar em desvantagem até a rainha da colmeia fazer o mesmo, diante dela.

A srta. Dair puxou o cordão da campainha. A bela criada de olhos cor de violeta surgiu à entrada.

— Chá, por favor, Angelique.

A francesa sumiu e reapareceu momentos depois, empurrando um carrinho de chá cheio de sanduíches de pepino, picles, cascas de limão cristalizadas e um bolo Battenberg.

A Condessa Nadasdy serviu o chá. A srta. Tarabotti preferiu o seu com leite, a srta. Dair, com limão, e os vampiros tomaram os seus com uma colher de sangue ainda quente, vindo de um jarro de cristal. A visitante tentou não especular muito sobre a origem do produto. Então, seu lado científico a levou a se perguntar o que aconteceria se aquele cântaro contivesse sangue preternatural. Seria tóxico ou apenas os converteria à condição humana por certo período de tempo?

A srta. Tarabotti e a srta. Dair se serviram dos petiscos, mas nenhum dos demais presentes se deu ao trabalho de acompanhá-las. Diferentemente de Lorde Akeldama, aquelas criaturas não apreciavam o sabor dos alimentos nem se dignavam, por cortesia, a simular seu consumo. A srta. Tarabotti se sentiu pouco à vontade, pois sua anfitriã não tocava na comida servida, mas não era do tipo de rejeitar iguarias deliciosas e chá, pois estes, como tudo o mais na colmeia, era da mais alta qualidade. Ela não quis se apressar e sorveu com calma a infusão da bela xícara de porcelana, azul e branca, chegando a se servir de novo.

A Condessa Nadasdy esperou a srta. Tarabotti comer a metade de seu sanduíche de pepino para reiniciar a conversa. Conversaram sobre assuntos banais e neutros: uma nova peça em cartaz em West End, a última exposição de arte e a chegada iminente da lua cheia. Esse período lunar era um feriado em que os vampiros trabalhavam, uma vez que os lobisomens *tinham* de se ausentar.

— Ouvi dizer que abriram um novo clube de cavalheiros nas cercanias da residência urbana dos Snodgrove — comentou a srta. Tarabotti, entrando no espírito da conversa fiada.

A Condessa Nadasdy sorriu.

— Pelo que soube, a duquesa ficou passada. Ao que parece, o clube baixará o nível do bairro. Mas ela não deveria se queixar, pois poderia ser muito pior.

— Poderia ser o Boodles — acrescentou a srta. Dair, dando uma risadinha nervosa, decerto imaginando como a duquesa ficaria consternada com os proprietários rurais perambulando por ali, dia e noite.

— Ou, escândalo dos escândalos, poderia ser o Claret's — disse o duque, citando o clube de cavalheiros que atendia aos lobisomens.

Os vampiros caíram na gargalhada ao ouvir aquilo. Sua falta de decoro era assustadora.

A srta. Tarabotti concluiu depressa que não gostava nada, nada do Duque de Hematol.

— Por falar na duquesa Snodgrove... — A rainha da colmeia aproveitou para tocar no assunto que realmente a levara a convocar a moça à sua casa. — O que aconteceu no baile na noite de anteontem, srta. Tarabotti?

A visitante colocou a xícara cuidadosamente no pires e, em seguida, no carrinho de chá, com um suave ruído.

— Os jornais descreveram o incidente com clareza suficiente.

— Só que o seu nome não foi citado em nenhum deles — ressaltou Lorde Ambrose.

— Tampouco mencionaram que o jovem morto era um sobrenatural — acrescentou o dr. Caedes.

— Nem se comentou que foi você que deu o golpe mortal. — A Condessa Nadasdy se recostou, esboçando um sorriso no rosto simpático e arredondado. O gesto não lhe caía bem, pois as quatro presas deixavam marcas nos seus lábios carnudos de pastora.

A srta. Tarabotti cruzou os braços.

— Pelo visto, está muito bem informada. Por que precisou me chamar aqui?

Não houve qualquer resposta.

— Foi um acidente — lamentou-se a visitante, com uma postura menos defensiva. Ela provou um pedaço do bolo, sem apreciá-lo, o que foi um absurdo, pois ele costumava ser delicioso e digno de ser apreciado: uma massa com geleia de laranja e cobertura de marzipã. Aquele lhe pareceu ressecado, com o glacê açucarado.

— Na verdade, um golpe certeiro no coração — o dr. Caedes a corrigiu.

A srta. Tarabotti se pôs na defensiva.

— Certeiro até demais: ele quase não sangrou. Não tentem me surpreender com suas acusações, veneráveis amigos. Não fui *eu* que o deixei faminto. — Ninguém em sã consciência descreveria a srta. Tarabotti como uma covarde. Quando ameaçada, ela revidava prontamente. Talvez por ser preternatural ou por sua péssima tendência à teimosia. A moça prosseguiu com determinação, como quem fala com uma criança malcriada. — Aquele vampiro foi muito negligenciado por sua colmeia. Nem sequer recebeu um treinamento apropriado ao sair da fase larval, pois não reconheceu minha condição. — Se estivesse perto o bastante, decerto teria cutucado o esterno da rainha. *Venha me arranhar*, pensou. *Quero vê-la tentar!* No entanto, decidiu apenas fechar a cara.

A Condessa Nadasdy, que não esperava uma mudança tão brusca, pareceu surpresa.

— Ele não era um dos meus! — exclamou, na defensiva.

A srta. Tarabotti ficou de pé e empertigou-se, satisfeita, ao menos daquela vez, por ter uma figura imponente: alta o bastante para se destacar em relação a todos, exceto Lorde Ambrose e o dr. Caedes.

— Por que está tentando me enganar, venerável senhora? Lorde Maccon disse que farejou sua linhagem no corpo daquele rapaz. Ele *só pode* ter sido transformado pela senhora ou por uma de suas crias. Não tem o direito de me culpar por *seu* descaso e *sua* incapacidade de salvaguardar os próprios interesses, ainda mais quando agi em legítima defesa. — Ela levantou uma das mãos, sinalizando que não desejava ser interrompida. — É verdade que tenho mecanismos defensivos mais poderosos que a maioria dos mortais, mas não sou *eu* que venho sendo descuidada com a linhagem da colmeia.

— Está indo longe demais, sua sem alma — sibilou Lorde Ambrose, com as presas inteiramente à mostra.

A srta. Dair se levantou e levou uma das mãos à boca, chocada com a indelicadeza. Arregalou os grandes olhos azuis, ora fitando a srta. Tarabotti, ora a Condessa Nadasdy, como um bichinho assustado.

A srta. Tarabotti ignorou Lorde Ambrose, o que não foi nada fácil, pois sentiu a pele formigar, e o lado de sua mente que se via como presa ansiou por fugir e se esconder atrás da espreguiçadeira. Controlou os impulsos. Os preternaturais caçavam vampiros e não o contrário. Tecnicamente, Lorde Ambrose era *sua* presa por direito. Ele, sim, deveria estar tremendo de medo atrás do sofá. A srta. Tarabotti se curvou em direção à rainha, apoiando-se no carrinho de chá. Tentou parecer intimidante como Lorde Maccon, mas teve a impressão de que seu vestido xadrez em verde e cinza e seus seios fartos mitigavam qualquer possível aspecto ameaçador.

Então, com indiferença fingida, espetou o garfo em mais uma fatia de bolo. O metal tiniu ao bater no prato. A srta. Dair se sobressaltou.

— Tem razão no que diz respeito a um aspecto, srta. Tarabotti. Trata-se de um problema *nosso* — salientou a rainha —, de um assunto da colmeia. A senhorita não deveria estar envolvida nisso, e tampouco o DAS, embora seja óbvio que eles vão continuar interferindo. Pelo menos até que *nós* tenhamos uma ideia melhor das circunstâncias. Os lobisomens tinham mais é que manter aqueles focinhos peludos fora disso!

A srta. Tarabotti se aproveitou da indiscrição da anfitriã.

— Quer dizer que outros vampiros já apareceram misteriosamente?

A Condessa Nadasdy riu dela com desdém.

— Quanto mais informações o DAS tiver, mais fácil será entender como e por que tudo isso está acontecendo — acrescentou a visitante.

— Isso é da conta da colmeia e não do Departamento de Arquivos Sobrenaturais — reiterou a rainha, sem dizer mais nada.

— Não se houver errantes sem registro circulando por Londres fora do domínio da colmeia. Aí o assunto passa a ser da alçada do DAS. Querem voltar para a Idade Média, temidos pelos humanos e caçados pelos preternaturais? Os vampiros devem ao menos *aparentar* ser controlados pelo governo, o que faz parte das normas do DAS. Eu e a senhora sabemos disso, e todos os demais aqui presentes também deveriam saber! — disse a srta. Tarabotti, com firmeza.

— Errantes! Nem me fale deles, um bando de alienados rebeldes e sórdidos — comentou a Condessa Nadasdy, mordendo o lábio. Foi um gesto estranhamente enternecedor por parte de uma das imortais mais antigas da Inglaterra.

Aquele indício de desorientação fez com que a srta. Tarabotti por fim se desse conta do que realmente acontecia. A rainha da colmeia estava amedrontada. Tal como no caso de Lorde Akeldama, esperava estar a par de tudo o que ocorria em seu território. Centenas de anos de experiência tornavam cada nova ocorrência previsível e tediosa. No entanto, aquilo era uma novidade e, portanto, ia além de sua compreensão. E os vampiros não gostavam de surpresas.

— Conte-me, por favor... — A srta. Tarabotti suavizou seu tom da voz. Tinha funcionado com Lorde Maccon. Talvez o segredo para lidar com os sobrenaturais fosse simplesmente demonstrar submissão. — Quantos vampiros já apareceram inesperadamente?

— Minha rainha, tome cuidado — aconselhou o Duque de Hematol.

A Condessa Nadasdy soltou um suspiro. Olhou para cada um dos presentes.

— Três nas últimas duas semanas — respondeu. — Conseguimos capturar dois deles. Não sabiam nada sobre as regras de etiqueta dos vampiros, estavam confusos e desorientados e morreram poucos dias depois, apesar dos nossos esforços. Como a senhorita disse, não têm noção do perigo dos preternaturais, nem o devido respeito para com a rainha da colmeia e o gabinete do potentado. Também não sabem quase nada sobre o DAS e as normas de registro. É como se tivessem surgido do nada, já formados, nas ruas de Londres; como Atena da mente de Zeus.

— Atena era a deusa da guerra — comentou a srta. Tarabotti, nervosa.

— Em todos os meus séculos de existência, nada semelhante ocorreu. Já havia colmeias de vampiros nessa ilha minúscula antes mesmo de existirem as formas de governo dos seres humanos. O sistema feudal foi baseado na dinâmica das colmeias e das alcateias. O Império Romano se inspirou em nossa espécie para criar seu modelo de ordem e funcionamento. A estrutura da nossa comunidade vai além da organização social. Tem a ver com o instinto sobrenatural. Nenhum vampiro nasce fora da colmeia, porque somente uma rainha pode fazer a metamorfose. O controle da procriação tem sido a um só tempo o nosso maior trunfo e a nossa maior fraqueza. — A condessa fixou o olhar nas próprias mãos diminutas.

A srta. Tarabotti ficou sentada, em silêncio, enquanto a rainha falava, observando-a. Embora a Condessa Nadasdy estivesse, sem sombra de dúvida, assustada, deixara transparecer certa ganância. Gerar vampiros sem uma rainha! A colmeia queria descobrir como isso funcionava, para desenvolver a técnica. Controlar um processo tão avançado era o sonho de qualquer vampiro. Essa fora uma das razões pelas quais esses sobrenaturais tinham investido tanto na ciência moderna. A parafernália na sala se destinava a outras finalidades além de deleitar e impressionar os visitantes. A colmeia devia se orgulhar de contar com vários zangões inventores entre seus membros. Havia rumores de que Westminster era a principal acionista da companhia de dirigíveis Giffard. Não obstante, o objetivo principal fora chegar a um único avanço científico — o nascimento de sobrenaturais sem a mordida da rainha. Um verdadeiro milagre.

— O que pretende fazer? — indagou a srta. Tarabotti.

— Já tomei minhas providências. Envolvi uma preternatural nessa questão.

— O potentado não vai gostar nada disso. — O Duque de Hematol parecia mais resignado que aborrecido. Afinal, era seu dever apoiar a rainha e suas decisões.

O potentado desempenhava o papel de conselheiro da Rainha Vitória, sendo um representante vampiro equivalente a primeiro-ministro regional. Em geral se tratava de um errante de renome, muito articulado na política, eleito por meio da votação de todas as colmeias do Reino Unido, um indivíduo que permanecia no posto até que uma opção melhor surgisse. Era a única maneira de um errante conquistar uma posição social importante entre os vampiros de prestígio. O detentor do título em exercício ocupava o cargo desde que Elizabeth I assumira o trono da Inglaterra. Comentava-se que a Rainha Vitória considerava seus conselhos inestimáveis, e havia até rumores de que o sucesso do Império Britânico se devia muito aos seus talentos. Evidentemente, dizia-se o mesmo do primeiro-ministro regional, o lobisomem conselheiro de Sua Majestade. Era um lobo solitário, que atuava havia quase tanto tempo quanto o potentado e ocupava-se sobretudo das questões militares, ficando de fora das rixas das alcateias. Os dois se destacavam em relação aos demais indivíduos estranhos às colmeias e às alcateias, sendo contatos políticos essenciais à facção dos mortais. Entretanto, como todos os estranhos bem relacionados com as instituições, tendiam a se esquecer das raízes revolucionárias e a tomar o partido do sistema. No fim das contas, o potentado se submeteria às colmeias.

— Ele não é rei. Esse assunto é do interesse da nossa coletividade e não dos políticos — salientou a condessa Nadasdy, com rispidez.

— Ainda assim, deverá ser informado — insistiu o duque, passando a mão ossuda pelo cabelo escasso.

— Por quê? — Lorde Ambrose deixou claro que não era a favor de revelar nada a ninguém. Obviamente não concordava com a participação da srta. Tarabotti, nem via com bons olhos o envolvimento de um político.

A srta. Dair pigarreou com delicadeza, interrompendo-os.

— Cavalheiros, tenho certeza de que podemos discutir esse assunto em outra ocasião. — Meneou a cabeça, indicando a srta. Tarabotti, que por alguns momentos havia sido esquecida.

A visitante engoliu uma porção de sua terceira fatia de bolo e tentou adotar uma expressão sagaz.

O dr. Caedes se virou para ela e a fitou com severidade.

— *A senhorita* — seu tom de voz era acusador — me cheira a problemas. Como todos os preternaturais. Trate de manter os olhos bem abertos quando estiver com aqueles seres que uivam para a lua com quem costuma andar. Os lobisomens também têm seus próprios interesses. Sabe disso, não sabe?

— Já, vocês, sugadores de sangue, são o retrato da pureza e da candura e, no fundo, só estão preocupados com meu bem-estar — retrucou a srta. Tarabotti, tirando casualmente algumas migalhas de bolo do colo.

— Mas que criaturinha mais ousada! Está tentando bancar a engraçadinha! — exclamou Lorde Ambrose, com malícia.

A srta. Tarabotti ficou de pé e fez uma reverência para o grupo. A troca de grosserias começou a se tornar perigosa. Grosserias que, se ela não estivesse enganada, logo poderiam provocar revides. Era melhor interromper a visita e deixar o assunto morrer. Aquele parecia ser o momento certo para sair dali.

— Obrigada por esta noite agradável — disse ela, sorrindo de uma forma que esperava parecer destemida. — Foi extremamente... — fez uma pausa deliberada, para escolher a expressão mais apropriada — ... educativa.

A srta. Dair olhou para a rainha da colmeia. Com um aceno da condessa, puxou o cordão da campainha a seu lado, escondido com discrição atrás de uma pesada cortina de veludo. A bela criada loira apareceu mais uma vez à entrada. A srta. Tarabotti a acompanhou até a porta sentindo-se vagamente como se tivesse escapado das mandíbulas de uma fera desprezível.

Ela mal começara a descer os primeiros degraus da escadaria da frente em direção ao carro de aluguel, quando foi detida por um vigoroso aperto em seu braço. A adorável Angelique era bem mais forte do que parecia. Mas não chegava a ter o poder de um sobrenatural, por não passar de um zangão.

— Pois não? — A srta. Tarabotti tentou ser educada.

— Trrabalha no DAS? — Os grandes olhos violeta da criada aparentavam sinceridade.

A visitante ficou sem saber o que responder. Não queria mentir, já que não tinha uma autorização oficial. Às favas com Lorde Maccon e seus princípios arcaicos!

— Não oficialmente, mas...

— Poderria levarr uma mensagem, não poderria?

A srta. Tarabotti assentiu, inclinando-se para a frente. De certa forma, queria mostrar interesse, mas também libertar o braço da pressão brutal com que a segurava. *Amanhã vou ficar cheia de hematomas,* pensou.

— Pode contar.

Angelique olhou ao redor.

— Peça, porr favorr, que prrocurrem os desaparrecidos. Meu mestrre é um errante. Desaparreceu na semana passada. *Puf.* — Ela estalou os dedos. — Assim mesmo. Eles me trrouxerram parra a colmeia porque sou bonita e trrabalhadorra, mas a condessa mal me tolerra. Sem a prroteção dele, não sei quanto tempo vou durrarr.

A srta. Tarabotti não tinha noção do que a criada estava falando. Certa feita, Lorde Akeldama dissera que a engrenagem política das colmeias sobrepujava em muito o funcionamento do governo britânico, tanto o oficial quanto o secreto. A jovem estava começando a entender o significado daquelas palavras.

— Hum, não sei se estou compreendendo.

— Prrecisa tentarr, porr favorr.

Bem, pensou a srta. Tarabotti, *não custa nada mesmo.*

— O que exatamente?

— Descobrrirr o que aconteceu com os errantes. E também porr que aparrecerram outrros. — Ficou claro que Angelique tinha o hábito de escutar atrás das portas.

A srta. Tarabotti pestanejou e tentou acompanhar o raciocínio da outra.

— Enquanto alguns vampiros desaparecem, outros estão surgindo do nada? Tem certeza de que não se trata dos mesmos, sei lá, com um monte de maquiagem e roupas de extremo mau gosto, para fazer com que eles se pareçam com larvas novas?

— Tenho, senhorrita. — A criada lançou um olhar de censura à srta. Tarabotti, deixando claro que achara sua piada sem graça.

— Tem razão, acho que nem mesmo por disfarce eles se vestiriam tão mal. — A visitante soltou um suspiro e assentiu com a cabeça. — Está bem, vou tentar descobrir o que está acontecendo. — Para ela, tudo ficava cada vez mais complicado e, se a colmeia não tinha a menor noção do que estava acontecendo, nem o DAS, como é que *ela* poderia esclarecer tudo?

Ainda assim, a criada pareceu se dar por satisfeita. Obviamente, não compartilhava das ressalvas da srta. Tarabotti. Soltou o braço da visitante, e voltou em passos furtivos para a casa, fechando a pesada porta.

A srta. Tarabotti franziu o cenho, intrigada, desceu a escadaria e entrou no coche que a aguardava. Não notou que o transporte era diferente do que a levara nem que o cocheiro era outro.

No entanto, percebeu, de imediato, que havia mais alguém ali dentro.

— Puxa, sinto muito! Pensei que esta carruagem estivesse desocupada — disse ela ao indivíduo corpulento, esparramado no canto do assento à sua frente. — Pedi que meu condutor ficasse aguardando, e

eis que o senhor estava parado aqui, no mesmo lugar, com a porta da carruagem aberta. Simplesmente achei... Mil perdões. Eu... — Ela parou de falar.

O rosto do homem estava imerso na sombra, e suas feições indistinguíveis, sob o grande chapéu de cocheiro. Pelo visto, não tinha nada a dizer. Não a cumprimentou nem pareceu aceitar seu pedido de desculpas. Nem sequer se deu ao trabalho de tocar a aba daquele chapéu medonho com a mão enluvada para saudar a dama desconhecida, que cometera a gafe de entrar no seu veículo de aluguel.

— Bom — disse a srta. Tarabotti, ultrajada com aquela grosseria —, vou descer, então.

Ela se virou para sair, mas o cocheiro tinha descido da boleia e estava de pé, na rua, impedindo sua passagem. O semblante *dele* era perfeitamente visível. Um poste com iluminação a gás, ao lado, lançou-lhe um brilho dourado. A srta. Tarabotti se sobressaltou, horrorizada. *Aquele rosto!* Mais parecia uma réplica de cera de algo não totalmente humano, liso e pálido, sem manchas, cicatrizes e pelos. Quatro letras haviam sido gravadas em sua testa, com alguma substância preta esfumaçada: VIXI. *E aqueles olhos!* Escuros e estranhamente vazios, mortiços e inexpressivos, como se não houvesse vida na mente por trás deles. Ali estava um homem que observava o mundo sem piscar, mas que, de alguma forma, não olhava diretamente para nada.

A srta. Tarabotti se afastou do rosto liso com repugnância. O espectro estendeu o braço e bateu a porta do coche, erguendo a maçaneta para travá-la. Só então sua rígida expressão facial mudou. Deu um sorriso moroso que progrediu lentamente no rosto de cera, como óleo se espalhando em água. Sua boca estava repleta de quadrados brancos retos, em vez de dentes. A srta. Tarabotti teve certeza de que aquele sorriso aterrorizaria seus sonhos por muitos anos.

O homem do rosto de cera desapareceu da janela, na certa para subir na boleia, pois, momentos depois, a carruagem deu um solavanco e começou a se movimentar. Partiu chacoalhando e rangendo pelas ruas de paralelepípedos de Londres, rumo a um lugar que a srta. Tarabotti suspeitava seriamente que não queria visitar.

Ela forçou a maçaneta, agitando-a em vão. Apoiou um dos ombros nela e empurrou com força, usando todo o peso do corpo. Nada.

— Ora, minha querida — disse o homem sombrio —, não há razão para agir assim. — Seu rosto permanecia obscuro, apesar de ele ter se inclinado em direção a ela. Havia um cheiro estranho no ar, que lembrava terebintina adocicada. Um odor bastante desagradável.

A srta. Tarabotti espirrou.

— Só queremos saber quem você é e por que está visitando a colmeia de Westminster. Isso não vai doer nada.

Ele partiu para cima dela. Segurava um lenço úmido numa das mãos — aparentemente, a origem do mau cheiro.

A srta. Tarabotti não costumava dar ataques de histeria. Porém, não era do tipo que se continha quando as circunstâncias exigiam ação. Berrou o mais alto que pôde. Deu um daqueles gritos longos e estridentes, do tipo que somente mulheres apavoradas ou atrizes talentosas conseguem dar. O som atravessou as paredes do carro de aluguel, como se não houvesse obstáculos, invadindo a noite londrina e sobrepujando o ruído dos cascos dos cavalos. Fez estremecer as janelas com caixilhos de chumbo das casas com residentes adormecidos. Fez os gatos de rua ficarem alertas, olhando ao redor, assustados.

Ao mesmo tempo, a srta. Tarabotti se recostou na porta trancada. Sem a sombrinha, sua melhor defesa seria uma boa pancada com o salto do sapato. Estava usando sua bota de passeio favorita, com charmosos saltos Luís XV, de madeira, que a deixavam um pouco alta demais para o padrão da época. No entanto, o calçado era bonito o suficiente para fazer com que se sentisse quase elegante. Também era o sapato de bico mais fino que possuía. Quando sua mãe o viu, comentou que parecia chocantemente francês. A srta. Tarabotti golpeou o joelho do homem sombrio com o sapato.

— Não precisava chegar a tanto! — exclamou ele, desviando-se do chute.

A srta. Tarabotti não soube dizer se o sujeito protestava por causa do chute ou do grito, mas chutou e gritou de novo — e com vontade. O homem não conseguiu lidar direito com as várias camadas de saias e babados da roupa da moça, que formaram uma barreira bastante eficaz

no reduzido espaço da cabine. Infelizmente, os próprios movimentos de defesa da moça ficaram, também, limitados. Ela se inclinou para trás, com teimosia, e chutou de novo. Suas saias esvoaçaram e farfalharam.

Apesar do esforço da srta. Tarabotti, o lenço do homem se aproximava cada vez mais de sua face. A jovem virou o rosto, sentindo-se tonta. O odor adocicado era avassalador. Os olhos da preternatural começaram a lacrimejar um pouco.

O tempo pareceu desacelerar. A srta. Tarabotti ficou imaginando o que teria feito de tão errado para ser atacada duas vezes no curto espaço de uma semana.

Quando achou que não restavam mais esperanças e sucumbiria àquele cheiro, ouviu um ruído inesperado. Pensou que fosse um daqueles sons desenvolvidos em consonância com o novo conceito de evolução, para provocar calafrios no ser humano. Tratou-se de um uivo, alto, prolongado e furioso. Um de tirar o fôlego e provocar estremecimentos e arrepios da cabeça aos pés. O que o predador só dá uma vez, quando encurrala a presa, cuja morte é certa. Naquele caso, o uivo foi seguido de uma pancada barulhenta quando algo atingiu a dianteira do coche com força suficiente para chacoalhar as duas pessoas que brigavam no seu interior.

O coche, que atingira uma velocidade considerável, parou com um solavanco. A srta. Tarabotti ouviu o relinchar de um cavalo horrorizado. Em seguida, houve um estalo assim que o animal se libertou dos arreios e, então, o som de cascos galopando quando ele partiu, solitário, pelas ruas de Londres.

Outra pancada forte reverberou — um corpo batendo em madeira. O coche balançou de novo.

O atacante da srta. Tarabotti se desconcentrou. Desistiu de pressionar o lenço contra o seu rosto, abriu o vidro da janela, inclinou-se para fora e perguntou ao cocheiro:

— O que é que está acontecendo aí?

Não houve resposta.

A srta. Tarabotti chutou a articulação da perna dele.

O homem se virou, agarrou-a pela bota e lhe deu um puxão violento.

Ela caiu de encontro à porta, com força o bastante para machucar a coluna na maçaneta; nem mesmo as várias camadas de roupa e o corpete conseguiram protegê-la.

— Você está começando a me irritar — queixou-se o homem sombrio. Ele puxou o pé da srta. Tarabotti com toda a força para cima. Ela se esforçou corajosamente para se manter erguida numa perna só e gritou de novo, daquela vez berrando mais de raiva e de frustração que de angústia.

Como que em resposta, a porta em que estava apoiada se abriu.

Com um gritinho alarmado, a srta. Tarabotti caiu para fora do coche de costas, agitando os braços e as pernas. Estatelou-se com um "ai" sobre algo sólido, mas corpulento o bastante para amortizar o tombo.

A moça respirou profundamente o ar estagnado da cidade e tossiu em seguida. Bem, pelo menos, não era clorofórmio. Nunca tivera contato com aquela substância química, que apenas começara a circular entre os profissionais da área médica, mais voltados para a ciência, mas imaginava que deveria ser a tal substância impregnada no lenço sinistro daquele homem.

Seu colchão amortizador se contorceu e deu um rosnado.

— Caramba, mulher! Saia de cima de mim!

A srta. Tarabotti não era um peso-leve. Não titubeava na hora de comer — o que costumava fazer regularmente, em geral com pratos bem saborosos. Para manter a forma, sempre fazia exercícios e não uma dieta rigorosa. Mas Lorde Maccon, pois fora ele que se contorcera sob ela, era forte o bastante para movê-la com facilidade. Ainda assim, aparentava estar com certa dificuldade para tirá-la de cima dele. Considerando seu tamanho, precisou de um tempo enorme para fazê-lo, mesmo que um contato tão íntimo com uma preternatural houvesse anulado sua força sobrenatural.

Em geral, Lorde Maccon apreciava mulheres voluptuosas. Gostava de ver curvas nas formas femininas, algo mais para agarrar — e morder. A voz, irritada como sempre, foi de encontro aos gestos delicados das mãos pesadas enquanto ele se aproveitava da desculpa de tirar a srta. Tarabotti de cima de si para verificar se ocorrera alguma lesão.

— Está ferida?

— Quer dizer, afora o meu orgulho? — A srta. Tarabotti suspeitou que Lorde Maccon a estava tocando um pouco mais que o necessário naquelas circunstâncias; porém, no íntimo, gostou da sensação. Afinal, com que frequência uma solteirona inveterada como ela era revistada por um conde como Lorde Maccon, da mais nobre estirpe? Era melhor aproveitar. Achou graça da própria ousadia e se perguntou quem estava tirando proveito de quem!

Por fim, Lorde Maccon conseguiu deixá-la sentada. Então, rolou para o lado, levantou-se e, sem um pingo de modos, puxou-a para que ficasse de pé.

— Lorde Maccon — disse a srta. Tarabotti —, por que sempre que estou perto do senhor acabo ficando numa posição comprometedora?

O conde arqueou a sobrancelha atraente.

— Na primeira vez que nos encontramos, acho que fui eu que levei um tombo humilhante.

— Como lhe disse antes — a srta. Tarabotti alisou o vestido —, não deixei o porco-espinho lá de propósito. Como poderia adivinhar que você se sentaria bem em cima da pobre criatura? — Ela parou de se ajeitar e o fitou. Engoliu em seco, chocada. — Seu rosto está todo ensanguentado!

O conde limpou a face apressadamente com a manga do paletó como se fosse uma criança travessa flagrada suja de geleia, mas não deu explicações. Em vez disso, reclamou, apontando para o coche:

— Está vendo o que fez? Ele conseguiu fugir!

A srta. Tarabotti não viu nada, porque a carruagem estava vazia. O homem sombrio aproveitara o momento da queda infeliz da jovem para escapulir.

— Acontece que *eu* não fiz nada. Foi *o senhor* que abriu a porta. Por isso caí. Tinha um homem me atacando com um lenço encharcado. O que esperava que eu fizesse?

Não havia muito o que ele pudesse dizer ante uma explicação tão bizarra. Então, repetiu as palavras da jovem:

— Um lenço *encharcado*?

A srta. Tarabotti cruzou os braços e assentiu, com rebeldia. Em seguida, como era de esperar, resolveu partir para o ataque. Não sabia por que sempre que estava perto de Lorde Maccon se punha na defensiva, mas prosseguiu de forma impulsiva, talvez encorajada pelo sangue latino.

— Espere aí! Como foi que me encontrou aqui? Estava me seguindo?

Lorde Maccon teve a delicadeza de se mostrar envergonhado — se é possível dizer que um lobisomem *sinta alguma vergonha.*

— Não confio nas colmeias de vampiros — respondeu ele, como se isso servisse de desculpa. — Eu avisei que não era para vir, não avisei? Bem, veja só o que aconteceu.

— Pois saiba que fiquei em perfeita segurança na colmeia. Foi só quando saí que tudo — ela fez um gesto com uma das mãos — foi por água abaixo.

— Exato! — exclamou o conde. — Deve voltar para casa e não arredar o pé de lá, nunca mais.

Ele falou com tanta seriedade que a srta. Tarabotti não conteve uma risada.

— Ficou me esperando esse tempo todo?

Ela olhou para a lua com curiosidade. Estava quase cheia — uma lua que mudaria rápido. A jovem se lembrou do sangue na boca do conde e somou dois e dois.

— A noite está gelada. O senhor estava na forma de lobo?

Lorde Maccon cruzou os braços e semicerrou os olhos.

— Como se transformou e se vestiu tão depressa? Ouvi o seu grito de ataque; não estava na forma humana naquela hora. — A srta. Tarabotti tinha uma boa noção de como os lobisomens agiam, embora nunca tivesse visto o conde mudar de forma. Na verdade, além dos desenhos detalhados em alguns dos livros na biblioteca de seu pai, nunca vira uma transformação. Ainda assim, lá estava o conde, diante dela, inteirinho, com o cabelo desgrenhado e os olhos amarelos famintos, como sempre fora; tirando o estranho detalhe do sangue.

Ele sorriu, orgulhoso, como se fosse um aluno de colégio que tivesse acabado de fazer uma tradução perfeita do latim. Em vez de responder à pergunta, fez algo assustador. Tomou a forma de lobo — mas somente da cabeça para cima — e rosnou para ela. Foi extremamente bizarro: tanto o ato em si (uma estranha fusão de carne derretida e ossos estalados, muito

desagradável de ver e escutar) quanto a visão de um cavalheiro vestido de forma impecável, mas com uma cabeça perfeita de lobo sobre a gravata plastrom de seda cinza.

— Mas que asco! — exclamou a srta. Tarabotti, desconcertada. Deu um passo à frente e tocou no ombro do conde para que ele tivesse de voltar à forma humana. — Todos os lobisomens podem fazer isso ou só os Alfas?

Lorde Maccon se sentiu um pouco insultado pelo descaso com que ela assumira o controle de sua transformação.

— Só os Alfas — admitiu ele. — E com o tempo. Os mais experientes conseguem controlar melhor as mutações. Essa é a que denominamos Forma de Anúbis, inspirada nos tempos antigos. — Trazido de volta à condição humana pela mão da srta. Tarabotti, que continuava em seu ombro, ele pareceu observar o ambiente que os circundava com outros olhos. Com a partida desenfreada do coche e sua parada repentina, eles tinham ido parar num bairro residencial de Londres, não tão sofisticado quanto o da colmeia, mas não muito ruim.

— É melhor eu levá-la para casa — decidiu Lorde Maccon, olhando ao redor furtivamente. Tirou a mão de Alexia, com gentileza, do ombro, enlaçou o braço dela ao seu e conduziu a moça em passos rápidos pela rua afora. — O Sangria fica a apenas alguns quarteirões daqui. Acho que ainda conseguiremos pegar um coche de aluguel naquela área, a esta hora da noite.

— E, por algum motivo, acha que é uma boa ideia um lobisomem e uma preternatural aparecerem juntos na frente do clube de vampiros mais famoso de Londres à procura de um coche de aluguel?

— Fique quieta. — O conde se mostrou meio ofendido, como se com aquele comentário ela tivesse duvidado de sua capacidade de protegê-la.

— Posso concluir, então, que não tem interesse em saber o que descobri na colmeia de vampiros? — indagou a srta. Tarabotti.

Ele soltou um suspiro ruidoso.

— E eu posso concluir que quer me contar?

Alexia anuiu, enquanto puxava mais para baixo as mangas do paletó. Estava tiritando no sereno. Tinha se vestido para fazer o percurso de volta a casa de carruagem, não caminhando em plena madrugada.

— A condessa parece ser uma rainha esquisita. — A srta. Tarabotti começou a contar a história.

— Não se deixou enganar pela aparência dela, deixou? É uma anciã nem um pouco simpática, que só pensa em resolver os assuntos que lhe interessam. — Ele tirou o paletó e cobriu os ombros da jovem.

— A rainha está com medo. Três vampiros desconhecidos invadiram o território de Westminster, sem explicação, nas últimas duas semanas — comentou a srta. Tarabotti, agasalhando-se com o paletó. Era confeccionado com a mais fina seda mista de Bond Street, tinha corte impecável, mas cheirava a pasto. Ela gostou daquilo.

Lorde Maccon fez um comentário bastante grosseiro, porém provavelmente verdadeiro, sobre os antepassados da Condessa Nadasdy.

— Então, ela não tinha informado nada para o DAS?

Lorde Maccon deixou escapar um grunhido baixo e ameaçador.

— Não, com toda a certeza, não disse nada!

A srta. Tarabotti anuiu e fitou o conde com grandes olhos inocentes, tentando imitar a srta. Hisselpenny o melhor que podia. Era mais difícil do que imaginara.

— A condessa me deu sua permissão tácita para envolver o governo neste caso. — E as pestanas entraram em ação: piscadela, piscadela, piscadela.

O comentário e o vaivém dos cílios da moça pareceram irritar mais ainda Lorde Maccon.

— Como se essa decisão dependesse dela! Deveríamos ter sido informados desde o início.

A srta. Tarabotti tocou no braço dele, num gesto apaziguador.

— A condessa se comportou de um jeito quase digno de pena. Demonstrou estar bastante assustada, embora não tenha admitido abertamente que a situação fugiu do seu controle. Mas afirmou que a colmeia conseguira capturar dois dos errantes misteriosos e que eles morreram logo em seguida.

A expressão de Lorde Maccon deixou claro que ele não descartava a possibilidade de vampiros matarem outros da própria espécie.

A srta. Tarabotti prosseguiu:

— Ao que tudo indica, os misteriosos recém-chegados são totais desconhecidos. A rainha disse que eles chegam sem saber nada a respeito de convenções, leis e política.

Lorde Maccon continuou caminhando em silêncio, processando as informações por um tempo. Odiava ter de admitir, mas a srta. Tarabotti, sozinha, apurara mais sobre aqueles acontecimentos que qualquer um de seus agentes. Ele se via compelido a sentir... Que tipo de sentimento seria aquele? Admiração? Claro que não.

— Sabe o que mais esses recém-chegados ignoram? — perguntou a moça, com apreensão.

E, de repente, o conde assumiu uma expressão bastante confusa. Observou-a como se ela tivesse se transformado em algo totalmente anti-alexiana.

— Parece estar mais bem informada que todo mundo, agora — comentou o conde, fungando com nervosismo.

A srta. Tarabotti ajeitou o cabelo, constrangida com seu olhar apreciador e, então, respondeu à própria pergunta:

— Não fazem ideia da minha condição.

Lorde Maccon anuiu.

— Tanto o DAS quanto as alcateias e as colmeias se esforçam para manter a identidade preternatural em segredo. Se esses vampiros estão sendo transformados fora da colmeia, não teriam mesmo como saber da existência de sua espécie.

Um pensamento ocorreu à srta. Tarabotti. Ela parou de caminhar.

— Aquele sujeito... ele disse que queria saber *quem* eu era.

— Que sujeito?

— O homem do lenço.

Lorde Maccon soltou um resmungo.

— Então eles *estavam* especificamente atrás de você, aqueles malditos! Pensei que estivessem procurando algum zangão ou vampiro e que você apenas tivesse saído da colmeia na hora errada. Sabe que vão tentar de novo, não sabe?

A srta. Tarabotti olhou para ele, encolhendo-se ainda mais no paletó.

— Acho melhor não lhes dar outra oportunidade.

Lorde Maccon pensava igual. Ele se aproximou e entrelaçou o braço dela com firmeza no seu. Fez com que os dois voltassem a caminhar em direção ao Sangria, às luzes e a companhia de outras pessoas, afastando-se das desérticas ruelas.

— Vou ter que vigiá-la.

A srta. Tarabotti soltou um resmungo.

— E o que vai acontecer quando for lua cheia?

Lorde Maccon estremeceu.

— O DAS tem, entre seus agentes, mortais e vampiros, além de lobisomens.

A moça retomou sua famosa arrogância.

— Eu *não* vou permitir que um bando de estranhos controle os meus passos, muito obrigada, mas não. O senhor, certamente, e professor Lyall, se for preciso, mas os outros...

Lorde Maccon deu um sorriso bobo ao se ver incluído. Sua companhia havia sido honrada com um "certamente". O que ela disse em seguida, no entanto, fez com que o sorriso desaparecesse de seu rosto.

— E se eu me organizar para ficar com Lorde Akeldama na época da lua cheia?

O conde lhe lançou um olhar furioso.

— Tenho certeza de que ele seria *muito* útil numa luta. Bajularia sem piedade todos os seus agressores para que se entregassem.

A srta. Tarabotti deu um largo sorriso.

— Pois saiba que sua intensa antipatia por meu amigo vampiro me pareceria ciúme, se a ideia não fosse um tremendo absurdo. Milorde, preste atenção, se ao menos me deixasse...

Lorde Maccon soltou o braço da moça, parou, virou-se e, para total surpresa dela, beijou-a na boca com intensidade.

Capítulo 5

Jantar com um Norte-Americano

O conde segurou o queixo da srta. Tarabotti com uma das mãos enormes e, com a outra, puxou-a pela cintura, com firmeza em sua direção. Seus lábios tocaram os dela quase com violência.

Ela recuou.

— O que está...?

— Só desse jeito você fica quieta — resmungou ele, segurando o queixo dela ainda com mais força e colando a boca na da moça uma vez mais.

A srta. Tarabotti nunca recebera um beijo daqueles. Não que tivesse sido beijada com frequência antes. Algumas aberrações já tinham acontecido em sua juventude, na época em que alguns cafajestes cometeram o erro de pensar que uma acompanhante morena e jovem fosse um alvo fácil. Nesses casos, a experiência havia sido piegas, porém breve, graças ao uso pontual da sua inseparável sombrinha. Lorde Maccon beijava com habilidade. Pelo entusiasmo dele, a srta. Tarabotti concluiu que devia estar tentando compensá-la por seu déficit anterior no quesito beijo. E fazia um ótimo trabalho. O que era de esperar, levando-se em conta seus anos, provavelmente séculos, de experiência. Como ela segurava o paletó sobre si, seus braços ficaram presos pelo abraço repentino, dando a ele total acesso, sem impedimento. Não que estivesse inclinada, pensou a srta. Tarabotti, a reagir.

O beijo propriamente dito foi, a princípio, bastante suave: lento e delicado. A srta. Tarabotti ficou surpresa, considerando a impetuosidade com que o conde a abraçara. Então, decepcionou-se um pouco. Deixou escapar um gemido frustrado e se aproximou dele. Em seguida, o beijo mudou. Tornou-se mais intenso e rude, e Lorde Maccon apartou seus lábios com vontade. E o que foi mais chocante, as línguas se tocaram. A srta. Tarabotti não sabia o que pensar *daquilo*. Um troço meio gosmento, mas, por outro lado, aquele calor intenso... Seu ego preternatural pragmático avaliou a situação e concluiu que ela com certeza poderia aprender a apreciar o sabor dele, que lembrava o daquelas sopas francesas caras, escuras e encorpadas. Ela arqueou as costas. Sua respiração ficou irregular, talvez por sua boca estar sendo coberta de beijos. A srta. Tarabotti começava a aceitar a ideia da língua e a sentir que começava a esquentar demais para manter o paletó do conde, quando ele parou de beijá-la, puxou o paletó bruscamente para baixo e passou a mordiscar seu pescoço.

Não precisou pensar naquele quesito nem por um instante. Ela notou, de imediato, que adorava a sensação. Aproximou-se mais dele, tão absorta nos novos sentimentos que não tomou conhecimento da mão esquerda dele, que, antes apoiada em sua cintura, tinha descido um pouco mais e, pelo visto, sem o empecilho das anquinhas, entrara em contato íntimo com seu traseiro.

Lorde Maccon inclinou o corpo da moça enquanto a mordiscava, tirando as fitas de seu chapéu vitoriano do caminho para chegar à sua nuca. Ele parou, a certa altura, para murmurar algo em seu ouvido, parecendo extasiado.

— Que condimento *é* esse que você sempre exala?

A srta. Tarabotti pestanejou.

— Canela e baunilha — confessou. — É o que uso para enxaguar o cabelo. — Apesar de não costumar enrubescer, mesmo nas circunstâncias mais constrangedoras, ela se sentiu estranhamente acalorada e satisfeita.

O conde não disse nada. Apenas continuou a mordiscá-la.

A srta. Tarabotti moveu a cabeça com languidez, mas franziu as sobrancelhas por um instante, certa de que havia algo que não devia estar fazendo. Como estar num abraço apaixonado, com alguém da mais alta nobreza, em plena via pública, não lhe pareceu, naquele momento, inapropriado, ela se deixou mordiscar. Os carinhos se tornavam cada vez

mais intensos e insistentes. A srta. Tarabotti notou que gostava de uma ou duas mordidas. Como se em resposta a esse pensamento, Lorde Maccon fincou seus dentes humanos — dado o seu abraço escandalosamente informal e o fato de ela ser preternatural — na curva entre o pescoço e o ombro da moça.

Aquilo enviou ondas sensuais por todo o corpo da srta. Tarabotti — uma deliciosa sensação, mais prazerosa que uma xícara de chá quente numa manhã gelada. Ela gemeu, esfregou-se nele, deleitou-se com o corpo grande de lobisomem, e pressionou o pescoço contra a boca dele.

Alguém pigarreou com delicadeza.

Lorde Maccon intensificou ainda mais a mordida.

A srta. Tarabotti ficou com as pernas bambas e contentou-se por ter as mãos enormes do conde apoiando seu traseiro.

— Perdão, milorde — disse uma voz polida.

Lorde Maccon parou de morder a srta. Tarabotti. Afastou-se alguns milímetros, embora parecesse um metro. Sacudiu a cabeça, olhou para ela, chocado, largou seu traseiro, fitou as mãos como se as acusasse de terem agido de forma independente e, em seguida, mostrou-se bastante envergonhado.

Infelizmente, a preternatural estava embotada demais para apreciar a expressão incomum de desapontamento do conde.

Ele se recompôs com rapidez, soltando uma série de impropérios que a srta. Tarabotti tinha certeza de que um cavalheiro nunca deveria dizer perto de uma dama, independentemente da provocação que sofresse. Em seguida, Lorde Maccon se virou para ficar na frente dela, acobertando sua aparência desalinhada.

A moça, ciente de que precisava arrumar o chapéu e, na certa, o corpete do vestido, bem como as anquinhas arriadas, não fez nada além de se apoiar debilmente nas costas de Lorde Maccon.

— Randolph, você poderia ter escolhido um momento melhor — disse o conde, exasperado.

O professor Lyall continuou na frente do Alfa, com humildade.

— É provável que sim. Mas o que tenho a dizer é do interesse da alcateia e muito importante.

A srta. Tarabotti olhou, desnorteada, para o Beta, ao lado do braço do conde. Seu coração batia descompassado, e ela continuava a não sentir as pernas. Ela respirou fundo e tentou encontrá-las.

— Boa noite, srta. Tarabotti — cumprimentou o professor, que não demonstrava qualquer surpresa por constatar que ela era o alvo das atenções amorosas do chefe.

— Eu não lhe dei uma missão há pouco? — Lorde Maccon, de volta ao seu estado de irritação crônica, pareceu transferir, pelo menos uma vez, toda a sua exasperação para o Beta, em vez da srta. Tarabotti.

A jovem concluiu, naquele exato momento, que Lorde Maccon possuía dois modos de operação: irritado e excitado. Perguntou a si mesma com qual deles preferiria lidar no dia a dia. Seu corpo se meteu no debate sem o menor constrangimento, levando-a a uma escolha tão chocante que ela ficou muda por muito tempo.

Pelo visto, o professor Lyall não esperava que a srta. Tarabotti retribuísse a saudação. Em vez disso, respondeu à pergunta de Lorde Maccon:

— Descobri algo em Canterbury. Foi uma situação tão inusitada, que interrompi a busca para voltar a Londres.

— E então? — indagou Lorde Maccon, impaciente.

A srta. Tarabotti por fim se recompôs e endireitou o chapéu. Puxou o decote do vestido para cima e ajeitou a armação da anquinha. Só então se conscientizou de que acabara de se entregar à luxúria, quase consumando o ato conjugal em plena via pública, com Lorde Maccon! Desejou ardentemente que um buraco se abrisse sob ela, ali mesmo, na rua, e a engolisse. Ficou ainda mais acalorada que alguns minutos antes, dessa vez, porém, em virtude do mais absoluto constrangimento. Foi obrigada a reconhecer que essa sensação era bem menos agradável.

Enquanto a srta. Tarabotti se perguntava se uma situação totalmente vergonhosa poderia provocar a combustão humana espontânea, o professor Lyall continuou a falar.

— O senhor se lembra de que designou a região ao longo da costa de Canterbury para todos os lobos solitários? Bem, todos, exceto um, desapareceram. Além disso, alguns vampiros errantes também sumiram.

O conde se sobressaltou.

A srta. Tarabotti percebeu que ainda estava grudada nas costas dele. Deu um passo para trás e outro para o lado, depressa. Suas pernas voltaram a lhe obedecer, como de costume.

Lorde Maccon soltou um resmungo dominador e, esticando o longo braço, puxou-a com força novamente para o seu lado.

— Que interessante — comentou a srta. Tarabotti, tentando ignorar o resmungo e o puxão.

— O que é interessante? — quis saber o conde, parecendo carrancudo. Apesar do tom de voz áspero, usou a mão livre para ajeitar melhor o paletó nos ombros e no pescoço dela.

A srta. Tarabotti lhe deu um tapa, apesar da atitude solícita.

— Pare com isso — cochichou ela.

O professor acompanhou a interação dos dois com olhos brilhantes. Seu semblante manteve-se inalterado, mas a srta. Tarabotti teve a impressão de que, no fundo, ele ria de ambos.

— A criada zangão disse exatamente o mesmo sobre os errantes de *Londres* — comentou a moça. — Aparentemente, um número expressivo deles vem desaparecendo há várias semanas. — Ela fez uma pausa. — E quanto aos lobisomens solitários de Londres? Todos presentes?

— Não existe nenhum aqui, a não ser o primeiro-ministro regional. Mas, na verdade, é como se ele estivesse numa posição acima das alcateias e não fora delas. O Castelo de Woolsey sempre manteve normas rígidas com relação aos solitários, e nós as seguimos à risca — declarou o professor Lyall, com orgulho.

— O primeiro-ministro regional encara esse assunto com mais severidade do que eu — acrescentou Lorde Maccon. — Bem, vocês sabem como o Conselho Paralelo tende a ser conservador.

A srta. Tarabotti, que não estava a par do assunto, pois não tinha muita ligação com o governo da Rainha Vitória, assentia, como se soubesse exatamente do que falavam.

— Então, temos lobisomens e vampiros desaparecendo e vampiros novos surgindo — refletiu a moça.

— E tem alguém tentando dar um sumiço na senhorita também — acrescentou Lorde Maccon.

O professor Lyall mostrou-se preocupado ao ouvir aquilo.

— Como é?

A srta. Tarabotti ficou comovida com a preocupação dele.

— Vamos discutir isso depois — ordenou Lorde Maccon. — O que preciso agora é levá-la para casa, ou teremos de lidar com uma nova série de problemas.

— Quer que eu o acompanhe? — perguntou o segundo em comando.

— Nesse estado? Só vai piorar a situação — disse o conde, zombeteiro.

Só então a srta. Tarabotti percebeu, pois tinha ficado por demais constrangida com seu inesperado encontro amoroso, que o professor se enrolara em um sobretudo longo e estava sem chapéu e sapatos. Ela observou com mais atenção; ele tampouco usava calças! Escandalizada, tapou a boca com a mão.

— É melhor você ir logo para o covil — ordenou o conde.

O professor anuiu, deu as costas, saiu em silêncio, caminhando descalço, e virou na esquina de um edifício das proximidades. Momentos depois, um lobo cor de areia, pequeno e ligeiro, com olhos amarelados perspicazes e um sobretudo na boca, passou pela rua. Ele fez um aceno de cabeça para a srta. Tarabotti e partiu em uma corrida rápida pela rua de paralelepípedos.

O resto da noite transcorreu sem maiores problemas. Na frente do Sangria, a srta. Tarabotti e Lorde Maccon depararam com um bando de janotas de primeira linha, com colarinhos adornados e sapatos brilhantes, que lhes ofereceu uma carruagem. Os dândis eram de uma afetação tão inofensiva e estavam tão bêbados, que Lorde Maccon se sentiu à vontade para aceitar a oferta. Acompanhou a srta. Tarabotti, com segurança, até a porta da casa dela, na entrada dos fundos, claro, e deixou-a aos cuidados do diligente Floote, sem que a família tivesse noção da peregrinação noturna dela. Em seguida, o conde enveredou por uma esquina, após uma construção.

A srta. Tarabotti espiou pela janela logo depois de se vestir para dormir. Não sabia bem o que revelava sobre seu estilo de vida o fato de achar

muito reconfortante ver um lobo enorme, com pelo marrom, rajado de dourado e cinza, andando de um lado para o outro na ruela dos fundos abaixo de seu quarto.

— Lorde Maccon fez *o quê?* — A srta. Hisselpenny colocou as luvas e a bolsa de contas ruidosamente na mesa do saguão da residência dos Loontwill.

A srta. Tarabotti a conduziu até a sala de visitas da frente.

— Fale baixo, querida. E, pela madrugada, faça-me o favor de tirar esse chapéu. Está ofuscando minha visão.

A srta. Hisselpenny fez o que a amiga pediu sem desgrudar os olhos dela. Ficara tão surpresa com o que acabara de ouvir que nem se dera ao trabalho de se sentir ofendida com as usuais críticas abusivas da srta. Tarabotti ao seu estilo.

Floote apareceu com uma bandeja sortida e pegou o chapéu das mãos da visitante. Segurou o ofensivo artigo — de veludo roxo, coberto de flores amarelas e enfeitado com uma galinha-d'angola empalhada — com o polegar e o indicador e se retirou. A srta. Tarabotti fechou a porta com firmeza, assim que ele saiu... com o adereço bizarro.

A sra. Loontwill e suas duas pimpolhas tinham ido às compras, mas deviam chegar a qualquer momento. A srta. Hisselpenny levara um século para se mover naquela manhã, e a srta. Tarabotti só podia esperar que não fossem interrompidas, para que pudessem colocar as fofocas em dia.

A anfitriã serviu suco de framboesa.

— E então? — perguntou a srta. Hisselpenny, enquanto se sentava numa poltrona de vime e arrumava um dos cachos negros distraidamente.

A srta. Tarabotti lhe deu o copo de suco e disse sem rodeios:

— Você ouviu bem. Eu disse que Lorde Maccon me beijou ontem à noite.

A srta. Hisselpenny nem tomou o suco, de tão chocada que ficou. Em vez disso, colocou o copo numa mesinha de apoio, por via das dúvidas, e se inclinou para a frente, até onde o corpete permitia.

— Em que lugar? — Ela fez uma pausa. — Por quê? E como? Pensei que sentisse uma profunda aversão pelo conde. — A amiga a olhou com desaprovação, franzindo o cenho. — Pensei que *ele* sentisse uma profunda aversão por você.

A srta. Tarabotti bebericou o refresco, com tranquilidade e cautela. Adorava torturar a amiga. Sentiu um imenso prazer ao ver a expressão de avidez e curiosidade em seu rosto. Mas, por outro lado, ansiava por lhe contar cada pormenor.

A srta. Hisselpenny atiçou-a ainda mais.

— O que foi que aconteceu, exatamente? Conte todos os detalhes. Como o encontrou?

— Bom, a noite estava muita fria, mas ainda havia um dirigível no céu. Floote me ajudou a sair pelos fundos e...

A srta. Hisselpenny suspirou.

— Alexia!

— Mas você disse para eu não esquecer nenhum detalhe.

A amiga lhe lançou um olhar ferino.

A srta. Tarabotti sorriu.

— Depois que eu visitei a rainha da colmeia, alguém tentou me raptar.

A srta. Hisselpenny ficou de queixo caído.

— Hein?

A srta. Tarabotti passou a bandeja com biscoitos amanteigados para ela, prolongando o suspense. A srta. Hisselpenny agitou as mãos freneticamente e recusou os petiscos.

— Alexia, isso é uma tortura!

A anfitriã cedeu à ansiedade da amiga.

— Dois homens tentaram me raptar num falso coche de aluguel, quando eu saía da colmeia. Foi bastante assustador.

A srta. Hisselpenny ficou calada e fascinada enquanto a srta. Tarabotti contava a tentativa de rapto em detalhes. Por fim, exclamou:

— Alexia, você tem que contar isso para a polícia!

A amiga serviu mais um pouco de suco de framboesa, do decantador de vidro lapidado, para ambas.

— Lorde Maccon *é* policial, ou para ser mais clara, o equivalente do DAS. Está tomando conta de mim, caso eles tentem de novo.

A srta. Hisselpenny ficou ainda mais intrigada com essa última informação.

— Está mesmo? Sério? Onde?

A srta. Tarabotti a acompanhou até a janela. As duas olharam para a rua. Havia um homem de pé, na esquina, encostado em um poste de iluminação a gás, com o olhar fixo na entrada principal da residência dos Loontwill. Era um pouco mal-encarado, com um sobretudo cor de canela e uma ridícula cartola estilo John Bull, de abas largas. Parecia ser um item apreciado pelos apostadores norte-americanos.

— E você ainda acha os meus chapéus feios! — A srta. Hisselpenny deu uma risadinha.

— Eu sei — concordou a srta. Tarabotti, impaciente. — Mas o que se há de fazer? Os lobisomens não são nem um pouco sutis.

— Aquele homem não parece ser Lorde Maccon — disse a amiga, tentando distinguir as feições sob o chapéu. Só se encontrara com o conde algumas vezes, mas ainda assim... — É muito mais baixo.

— Isso porque não é mesmo ele. Ao que tudo indica, partiu esta manhã, antes de eu me levantar. Esse é o seu Beta, o professor Lyall, um ser de qualidades superiores no que se refere à educação. Segundo ele, Lorde Maccon foi para casa descansar. — O seu tom de voz denotava certa decepção, pois ela esperava que ele próprio tivesse lhe comunicado isso. — Bem, tivemos uma noite agitada.

A srta. Hisselpenny soltou as pesadas cortinas de veludo, deixando-as cobrir de novo a janela da frente, e se virou para a amiga.

— Imagino, com toda aquela beijação! Que, por sinal, você ainda tem que descrever. Simplesmente me conte tudo. Como é que foi? — A srta. Hisselpenny considerava a maioria dos livros na biblioteca de Alessandro Tarabotti obscenos demais para ler. Sempre tapava os ouvidos e começava a cantarolar quando a amiga mencionava o pai, mas nunca a ponto de não ouvir o que Alexia dizia. Porém, considerando que a amiga tivera uma experiência de primeira mão, estava curiosa demais para sentir vergonha.

— Ele simplesmente, por assim dizer, me agarrou. Acho que eu estava falando demais.

A srta. Hisselpenny soltou a esperada exclamação chocada ante uma ideia tão bizarra.

— Depois só me recordo que... — A srta. Tarabotti gesticulou e foi parando de falar.

— Continue, vamos — encorajou a amiga, com os olhos arregalados e cheios de curiosidade.

— Ele usou a língua. Acabei ficando acalorada, zonza e nem sei muito bem como descrever. — A srta. Tarabotti se sentiu pouco à vontade ao contar à amiga o que ocorrera. Não por ser um assunto inconveniente, mas porque, em parte, queria guardar aquela sensação para si.

Acordara naquela manhã se perguntando se tudo aquilo acontecera de verdade. Só quando encontrou uma grande mancha roxa em forma de mordida na base do seu pescoço é que considerou os eventos da noite anterior reais, não uma espécie de pesadelo torturante. Por causa da marca da mordida, ela se vira obrigada a usar um antigo vestido de passeio, cor de ardósia com listras azul-marinho, um dos poucos trajes em seu guarda-roupa com decote fechado. Concluiu que era melhor não mencionar a mancha para Ivy, sobretudo porque teria de lhe contar o motivo pelo qual Lorde Maccon jamais lhe daria uma mordida *de verdade*, de lobisomem.

A srta. Hisselpenny ficou vermelha feito um tomate, mas, mesmo assim, quis saber mais.

— Por que você acha que ele fez isso?

— Tenho a impressão de que a língua faz parte desse tipo de situação.

A amiga não se deixou persuadir.

— Sabe o que estou querendo dizer. Antes de mais nada, por que ele a beijou? E numa via pública!

A srta. Tarabotti refletira sobre aquela questão durante toda a manhã e, por isso, ficara atipicamente calada durante o desjejum com a família. As irmãs fizeram comentários que, até a véspera, teriam provocado observações mordazes de sua parte, mas que passaram despercebidos. Ficara tão quieta que a mãe lhe perguntara se não se sentia bem. A srta. Tarabotti dissera que acordara ligeiramente indisposta e, assim, conseguira uma desculpa para não ir comprar luvas naquela tarde.

Olhou para Ivy, absorta.

— Só posso concluir que ele agiu daquele jeito para me fazer calar a boca. Não consigo imaginar nenhum outro motivo. Como você mesma disse, sentimos extrema aversão um pelo outro, o que acontece desde que ele se sentou em cima do porco-espinho e jogou a culpa em mim. — Mas

o tom de voz da srta. Tarabotti não transmitia a mesma convicção de antes em relação ao assunto.

A srta. Tarabotti logo descobriria que aquele parecia ser mesmo o caso. Naquela noite, num grande banquete oferecido por Lorde Blingchester, Lorde Maccon fez de tudo para evitá-la. Ela ficou por demais chateada. Vestira-se com especial capricho. Devido à aparente queda do conde por seu físico, ela escolhera um vestido de noite rosa-escuro, com decote profundo e ousado e o que havia de mais moderno em minianquinhas. Penteara o cabelo de modo a deixá-lo de lado, no pescoço, cobrindo a marca da mordida, o que exigira horas de ferro quente para frisá-lo. A mãe chegara a comentar que ela estava muito bonita para uma solteirona.

— Claro que não há nada que se possa fazer quanto ao nariz, mas, fora isso, sua aparência está muito louvável, minha querida — dissera ela, enquanto empoava o próprio nariz arrebitado.

Felicity até sugerira que a tonalidade do vestido combinara com a cor da pele da irmã, em um tom de voz que dava a entender que qualquer tonalidade que combinasse com a pele azeitonada dela estaria operando um verdadeiro milagre.

Não adiantou nada. Mesmo se a srta. Tarabotti tivesse se vestido como uma vadia, Lorde Maccon nem teria percebido. Ele a cumprimentou com um constrangido "srta. Tarabotti" e, depois, ficou sem saber o que dizer. Não a ignorou solenemente, nem fez nada que comprometesse a posição social dela, mas deu a impressão de não ter nada a lhe dizer. Absolutamente nada. Durante toda a noite. A srta. Tarabotti quase chegou a desejar uma nova briga.

Ela concluiu que o conde ficara envergonhado por tê-la beijado e esperava que, algum dia, a jovem esquecesse o ocorrido. Embora soubesse que qualquer moça de boa família faria isso, a srta. Tarabotti gostara da experiência e não tinha a menor intenção de se comportar. Não obstante, acabou achando que aquelas sensações prazerosas haviam sido unilaterais e que Lorde Maccon, na verdade, não sentia nada por ela, exceto um evidente desejo de nunca mais vê-la na frente. Nesse ínterim, tratara-a com excruciante cortesia.

Também, pensou a srta. Tarabotti, o que mais esperava? Não passava de uma solteirona sem alma, desprovida de sutileza e graça. Lorde Maccon pertencia à mais alta nobreza, era o Alfa da alcateia, dono de uma quantidade considerável de propriedades e, bom, meio atraente. E apesar de toda a atenção que a srta. Tarabotti dera à própria aparência e de, mais cedo, naquela noite, ter se achado até bonita, mesmo aos seus olhos críticos, sentiu-se bastante inepta.

Precisava aceitar que Lorde Maccon, estava, à sua maneira, dando-lhe um fora, e de um jeito dolorosamente educado. Quando os aperitivos foram servidos na residência dos Blingchester, o conde deu um jeito para que ficassem juntos, mas, assim que se aproximaram um do outro, ficou sem palavras. Sua conduta mostrava-se constrangedora. Mal conseguia olhar na sua direção.

A srta. Tarabotti suportou aquele comportamento ridículo por cerca de meia hora e, em seguida, passou de confusa e triste a furiosa. Tinha o pavio curto. Era o sangue latino, costumava dizer a mãe. Ela, ao contrário de Lorde Maccon, não estava com a menor vontade de ser educada.

Dali em diante, sempre que Lorde Maccon entrava num lugar, a srta. Tarabotti saía. Quando ele atravessava o salão de festas em sua direção, ela se metia sorrateiramente na conversa de um grupo perto de si. Embora nesses círculos se costumasse tratar de temas fúteis, tal como o último perfume lançado em Paris, contavam com a participação de moças casadouras, o que levava Lorde Maccon a recuar. A srta. Tarabotti escolhia uma cadeira em meio a duas ocupadas quando se sentava e procurava não ficar em cantos isolados, sozinha.

Na hora do jantar, o cartão indicando o lugar de Lorde Maccon à mesa, originalmente ao lado do dela, havia, como que por encanto, migrado para o outro extremo. Lá ele passaria o resto da noite, entediado, conversando a respeito de uma série de assuntos frívolos com a srta. Wibbley.

A srta. Tarabotti, mesmo a meio mundo de distância — oito lugares! —, ainda conseguia ouvir o que os dois diziam. Seu parceiro à mesa, um cientista do gênero socialmente aceitável, costumava ser o tipo de pessoa que ela gostava de ter ao lado. Na verdade, seu talento para manter uma conversa no meio intelectual era sem dúvida a principal razão para uma solteirona inveterada como ela continuar a ser convidada para os banquetes. Acontece que a srta. Tarabotti não estava em condições de ajudar o pobre homem a vencer sua dificuldade de trocar ideias.

— Boa noite. Meu sobrenome é MacDougall. Deve ser a srta. Tarabotti, certo? — Foi a estratégia dele para iniciar a conversa.

Ó céus, pensou a srta. Tarabotti, *um norte-americano.* Ainda assim ela aquiesceu, com educação.

O jantar começou com um delicado arranjo de ostras, servido no gelo, acompanhado de um creme de limão leve. A srta. Tarabotti, que considerava ostras cruas muito parecidas com secreções nasais, deixou os moluscos de lado e observou, horrorizada, Lorde Maccon consumir uma dúzia delas.

— Seu nome não é meio italiano? — perguntou o cientista, com timidez.

A srta. Tarabotti, que sempre considerara a descendência italiana um estorvo maior que a condição de não ter alma, já achava o assunto tedioso por si — que diria puxado por um norte-americano.

— O meu pai — confessou — era de origem italiana. Infelizmente, um mal incurável. — Ela fez uma pausa. — Se bem que ele já morreu.

Pelo visto, o sr. MacDougall ficou sem saber o que dizer. Sorriu, nervoso.

— Ele não virou fantasma, virou?

A srta. Tarabotti torceu o nariz.

— Não tinha alma o bastante. — *Por sinal, nenhuma,* pensou ela.

As tendências preternaturais passavam dos pais para os filhos. Aliás, ela era o que era em virtude da ausência de alma do pai. Pela lógica, o planeta deveria estar infestado com os da sua espécie. Entretanto, o DAS ou, melhor dizendo, Lorde Maccon — a jovem estremeceu — dissera que havia pouquíssimos como ela. Além disso, os preternaturais tinham, em geral, vidas curtas.

Seu acompanhante deu outra risada nervosa à mesa.

— Que curioso o seu comentário; posso dizer que tenho certo interesse acadêmico pela natureza da alma humana.

A srta. Tarabotti não estava prestando muita atenção. No outro extremo da mesa, a srta. Wibbley dizia algo sobre uma prima de terceiro grau que passara a se dedicar de repente à horticultura. Lógico que sua família ficara apreensiva com aquela escolha. Lorde Maccon, depois de lançar algumas olhadelas para a srta. Tarabotti e seu cientista, do outro lado, passara a se concentrar na moça fútil, que o contemplava de um jeito afetuoso, sentada perto demais dele.

— O foco principal de minha pesquisa — prosseguiu o sr. MacDougall, aflito — é pesar e medir a alma humana.

A srta. Tarabotti fitou, angustiada, a sopa provençal, que estava saborosa, na medida do possível. Os Blingchester tinham um excelente cozinheiro francês.

— Como — perguntou a srta. Tarabotti, nem um pouco interessada — se faz a medição de almas?

O cientista mostrou-se desconcertado; ao que tudo indicava, aquele aspecto do seu trabalho não era assunto para ser tratado em um jantar civilizado.

A srta. Tarabotti ficou intrigada. Largou a colher, um sinal de sua inquietação, pois não tomara toda a sopa. Olhou para o sr. MacDougall de modo inquiridor. Era um jovem rechonchudo, de óculos de armação amassada e entradas na cabeça, que indicavam uma calvície iminente. O interesse repentino da moça pareceu constrangê-lo.

Ele balbuciou:

— Ainda não achei uma forma de chegar ao cerne da questão, por assim dizer. No entanto, já esbocei alguns planos.

O prato de peixe chegou. O sr. MacDougall livrou-se de ter que elucidar suas ideias por causa do lúcio empanado com alecrim e pimenta-do-reino.

A srta. Tarabotti provou um pedacinho, enquanto observava a srta. Wibbley pestanejar languidamente para Lorde Maccon. Ela conhecia bem aquela artimanha: era a mesma que a srta. Hisselpenny lhe ensinara. O que a deixou com raiva. A jovem empurrou o prato de peixe, irritada.

— Então, como faria esse estudo? — indagou a srta. Tarabotti.

— Pensei em usar uma balança grande da Fairbanks, feita sob encomenda, com correntes para sustentar um catre do tamanho de um homem — explicou o sr. MacDougall.

— E então faria o quê? Pesaria uma pessoa, depois a mataria e, em seguida, tornaria a pesá-la?

— Por favor, srta. Tarabotti! Não precisa ser grosseira! Ainda não pensei nos detalhes. — O homem pareceu meio indisposto.

Com pena do pobre coitado, a srta. Tarabotti partiu para uma abordagem hipotética.

— Por que esse interesse específico?

— "Os atributos da alma são formas que se realizam na matéria" — citou ele. — É exatamente por isso que o estudo da alma deve ser incluído no curso de Ciências Naturais.

A srta. Tarabotti não ficou impressionada.

— Aristóteles — disse.

O cientista se empolgou.

— Sabe ler grego?

— Leio traduções do grego — respondeu ela, com brusquidão, sem querer incentivar seu óbvio interesse.

— Bom, se pudéssemos desvendar a natureza da alma, provavelmente poderíamos quantificá-la. Então saberíamos, antes da mordida fatal, se a pessoa teria condições de se tornar sobrenatural ou não. Imagine quantas vidas poderiam ser salvas.

A srta. Tarabotti imaginou quanto ela pesaria na tal balança. *Nada? Na certa, seria uma experiência inédita.*

— Foi por isso que veio à Inglaterra? Por causa da integração entre vampiros e lobisomens na nossa sociedade?

O cientista balançou a cabeça.

— A situação não está tão ruim assim do outro lado do oceano Atlântico, agora. Na verdade, não. Estou aqui para apresentar um trabalho. A Real Sociedade me convidou para fazer o discurso inaugural de seu novo clube de cavalheiros, o Hypocras. Já ouviu falar?

A srta. Tarabotti já ouvira falar do lugar, mas não se lembrava da ocasião em que isso ocorrera, nem dos detalhes a respeito do local. Limitou-se a anuir.

O peixe foi retirado e o prato principal, servido à frente deles: costeletas assadas de carne bovina ao molho, com verduras sortidas.

No outro extremo da mesa, a companheira de Lorde Maccon deu uma risada estridente.

A srta. Tarabotti perguntou de supetão ao sr. MacDougall:

— A srta. Wibbley é muito atraente, não acha? — Ela inclinou as costelas de carne, desfazendo o arranjo, e cortou-as com força, irritada.

O norte-americano, sendo norte-americano, olhou sem o menor pudor para a moça em questão. Enrubesceu e, ao voltar a atenção para o jantar, comentou, com timidez:

— Prefiro mulheres de cabelos escuros e um pouco mais de personalidade.

A srta. Tarabotti, mesmo a contragosto, ficou lisonjeada. Decidiu que já perdera tempo demais naquela noite, sem falar da deliciosa comida, torturando-se por causa de Lorde Maccon. Dedicou a atenção ao infeliz do sr. MacDougall durante todo o resto do jantar. Uma atitude que ele encarou com um misto de pavor e encantamento.

Ela, que nunca perdia a oportunidade de mostrar seus interesses intelectuais, nivelava-se ao cientista em uma grande variedade de temas. Deixando a pesagem de almas para outra ocasião, os dois passaram a falar das mais recentes inovações nos designs de motores, enquanto comiam a salada. Em seguida, já degustando as frutas e os bombons, discutiram a correlação fisiológica entre os fenômenos comportamentais e mentais e como ela afetaria a dinâmica nas colmeias de vampiros. Na hora do café, servido na sala de visitas, o sr. MacDougall já pedira permissão e fora autorizado a visitar a srta. Tarabotti no dia seguinte. Lorde Maccon estava com um aspecto tão sombrio quanto uma nuvem carregada e, ao que tudo indicava, a srta. Wibbley não conseguia mais distraí-lo. Alexia não notou o descontentamento do lobisomem, pois as novas técnicas de captura de reflexos evanescentes lhe pareceram mais interessantes.

Quando saiu do banquete, a srta. Tarabotti continuava se sentindo rejeitada pelo conde, mas sabia que, no dia seguinte, outra conversa intelectual a aguardava. Estava orgulhosa de si mesma, pois, apesar de ter ficado aborrecida com Lorde Maccon, tinha certeza de que não deixara transparecer nada nem para ele nem para ninguém que valesse a pena.

Lorde Conall Maccon, o Conde de Woolsey, caminhava pelo escritório, como um... hã... lobo enjaulado.

— Não entendo aonde ela está querendo chegar — resmungou. Parecia mais desmazelado que o normal. Como continuava com o traje a rigor e acabara de sair do banquete dos Blingchester, o contraste era enorme. Sua gravata plastrom mostrava-se totalmente amarrotada, como se tivesse sido manuseada o tempo todo.

O professor Lyall, sentado à própria escrivaninha na extremidade do recinto, ergueu os olhos detrás de um monte de rolos de metal. Então, empurrou uma pilha de decalques em cera para o lado. Pensou, com tristeza, que o seu Alfa era um caso perdido no quesito moda. E, pelo visto, seguia o mesmo caminho no quesito romance.

Assim como a maioria dos lobisomens, o horário comercial deles era à noite. Na verdade, o banquete dos Blingchester fora o café da manhã de Lorde Maccon.

— Recebi um comunicado da colmeia de Westminster relatando o aparecimento de outro errante — disse o professor. — Ao menos nos *informaram* desta vez. É estranho que tenham descoberto isso antes de nós; eu não sabia que se interessavam pelas atividades dos errantes.

Seu chefe pareceu não ouvi-lo.

— Ela me ignorou por completo, aquela maldita mulher! Passou a noite inteira flertando com um cientista. Um pesquisador *norte-americano*, se é que se pode imaginar algo tão estarrecedor! — Em sua indignação, o Alfa se expressou de um modo especialmente escocês.

O professor Lyall foi obrigado a admitir que, naquele momento, o chefe não conseguiria trabalhar direito.

— Seja razoável, milorde. Foi você que a ignorou primeiro.

— Claro que sim! Era ela que tinha a obrigação de se aproximar, nesta fase. Deixei meu interesse inicial perfeitamente claro.

Fez-se silêncio.

— *Eu a* beijei — explicou, ressentido.

— Hum, sei, tive o duvidoso prazer de presenciar aquela, *hum-hum*, cena ostensiva, em local público. — O professor afiou o bico de pena da caneta com uma pequena lâmina de cobre, que estava acoplada a uma das extremidades de seus lunóticos.

— Pois então! Por que ela não tomou uma atitude? — quis saber o Alfa.

— Quer dizer, dar uma boa pancada na sua cabeça com aquela sombrinha mortífera dela? Se eu fosse você, prosseguiria com extrema cautela. Tenho quase certeza de que aquele para-sol com ponteira de prata foi feito sob medida.

A expressão de Lorde Maccon mostrava-se rabugenta.

— *Achei* que ela tentaria falar comigo ou, ao menos, que não falaria nada e me arrastaria para um lugar qualquer... — Ele se calou. — Um lugar escuro e aconchegante e... — O conde se sacudiu, como um cachorro molhado. — Doce ilusão! Em vez disso, ela me desprezou por completo, não disse uma só palavra. Eu preferia a época em que gritava comigo. — Fez uma pausa e assentiu, falando consigo mesmo: — Preferia sim.

O professor Lyall soltou um suspiro, deixou de lado a pena de escrever, concentrou a atenção no chefe e tentou dar uma explicação. Em geral, Lorde Maccon não era tão cabeça-dura assim.

— Alexia Tarabotti não vai se comportar de acordo com a dinâmica da alcateia. Você está cumprindo à risca o ritual de cortejo das fêmeas Alfas. Pode ser um padrão instintivo, mas estamos na era moderna; tudo mudou muito.

— Não tenho dúvidas de que aquela mulher — disse Lorde Maccon, com desprezo — é Alfa e, com certeza, feminina.

— Mas não é lobisomem. — O professor falou num tom suave, irritante.

O conde, que vinha se comportando de maneira impulsiva, mostrou-se, de súbito, abatido.

— Então, eu fiz tudo errado?

O professor Lyall se recordou das origens do Alfa. Mesmo sendo um lobisomem relativamente velho, passara a maior parte do tempo em uma cidade retrógrada, na região montanhosa da Escócia. A sociedade londrina considerava esse país um lugar primitivo. As alcateias locais pouco se importavam com as sutilezas sociais dos mortais. Os lobisomens escoceses tinham a reputação de cometer *atos* atrozes e injustificados, como usar o paletó típico da sala de fumo à mesa do jantar. O professor estremeceu ante o pensamento medonho.

— Fez. Eu diria até que se comportou muito mal. Acho que o melhor que tem a fazer é pensar num bom pedido de desculpas e rastejar aos pés da moça — opinou o Beta. O semblante continuou tranquilo, mas o olhar mantinha-se irredutível. O Alfa não encontraria comiseração ali.

Lorde Maccon levantou-se, empertigado. Teria ficado bem mais alto que o segundo em comando, mesmo que este não estivesse sentado.

— Eu *não* sou do tipo que rasteja!

— Ao longo da vida, podem-se adquirir habilidades novas e interessantes — aconselhou o professor, nem um pouco impressionado com a postura do outro.

Lorde Maccon pareceu revoltado.

O Beta deu de ombros.

— Bom, o melhor que tem a fazer, então, é desistir de tudo agora. De qualquer forma, nunca entendi muito bem o seu interesse pela moça. Tenho certeza de que o primeiro-ministro regional teria algum comentário a fazer sobre o relacionamento íntimo, não autorizado, entre um lobisomem e uma preternatural, independentemente de sua gafe com a srta. Tarabotti. — Claro que provocava o Alfa, talvez com imprudência.

Lorde Maccon ficou rubro e esbravejou. Na verdade, tampouco sabia como avaliar seus sentimentos por ela. É que havia algo de especial em Alexia Tarabotti que a tornava muito atraente. Talvez fosse a forma como virava a cabeça ou como sorria de um jeito disfarçado quando os dois discutiam, deixando subentendido que gritava com ele apenas para se divertir. Na opinião do conde, não havia nada pior do que uma mulher tímida. Com frequência sentia nostalgia por não encontrar ali as raparigas robustas das montanhas escocesas, de seus idos anos na juventude. Tinha a impressão de que Alexia se adaptaria muito bem aos rigorosos ventos, rochedos e tecidos xadrez da Escócia. Seria por isso que se sentia tão fascinado? Alexia, usando xadrez? Sua mente elaborou aquela imagem, indo além: ele tirava a roupa em estilo escocês dela e, em seguida, ambos se deitavam nela.

Com um suspiro, o conde sentou-se à escrivaninha. O silêncio reinou durante cerca de meia hora; nada interrompeu a quietude da noite, exceto o farfalhar de papéis, o tinido de placas de metal e os sorvos de chá.

Lorde Maccon, enfim, olhou para o Beta.

— Você disse "rastejar"?

O professor não desgrudou os olhos do relatório mais recente sobre vampiros que examinava.

— Rastejar, milorde.

Capítulo 6

Passeando com Cientistas, Aventurando-se com Alfas

Na manhã seguinte, o sr. MacDougall chegou pontualmente, às onze e trinta, para o passeio que prometera à srta. Tarabotti. A sua vinda causou certa comoção na residência dos Loontwill. Ela, claro, aguardara o cavalheiro. Enquanto o esperava, sentara-se, com tranquilidade e expressão reservada, na sala de visitas da frente, trajando um vestido de carruagem verde-floresta com botões filigranados em ouro e um elegante chapéu de palha com abas largas. A família deduziu que Alexia sairia, pelas luvas e pelo chapéu, mas não tinha a menor ideia de quem passaria para buscá-la. Com exceção de Ivy Hisselpenny, ela não recebia muitas visitas, e todos sabiam que a família de sua amiga tinha apenas uma carruagem, que não era luxuosa o bastante para exigir botões filigranados de ouro. Os Loontwill acabaram deduzindo que Alexia esperava um *homem*. Quase nada no mundo poderia tê-los deixado mais surpresos. Nem um possível retorno da crinolina os chocaria tanto. Eles a importunaram durante toda a manhã para que ela revelasse o nome do cavalheiro, sem sucesso. Por fim, conformaram-se em esperar com ela, cheios de curiosidade. Na hora em que alguém bateu à porta, o frenesi tomou conta de todos.

O sr. MacDougall sorriu, com timidez, para as quatro damas, que, pelo visto, tentaram abrir a porta da frente ao mesmo tempo. Fez uma série de saudações polidas à sra. Loontwill, à srta. Evylin Loontwill e à srta. Felicity Loontwill. A srta. Tarabotti as apresentou a contragosto e meio constrangida antes de aceitar depressa, com indisfarçável ar de desespero, entrelaçar o braço no dele. Sem delongas, ele a ajudou a descer a escada e a subir na carruagem e, em seguida, sentou-se perto dela. A srta. Tarabotti abriu sua fiel sombrinha e a inclinou de modo a não precisar olhar para sua família de novo.

Ele conduziu os dois alazões elegantes: animais calmos e pacatos, com cor e trote harmônicos, e vigorosos, embora não chegassem a ser fogosos. A carruagem se mostrara igualmente despretensiosa, nada de sensacional; um coche asseado, de duas rodas, mas equipado com o que havia de mais moderno. O cientista gorducho lidava com tudo aquilo com muita naturalidade, como se os animais e o veículo lhe pertencessem, e a srta. Tarabotti reavaliou a opinião que formara dele. O equipamento estava em excelentes condições, evidenciando que ele não poupara gastos, apesar de só estar visitando a Inglaterra por um breve período. O coche vinha equipado com uma espécie de chaleira que fervia água, acionada por manivela, para o serviço de chá, um aparelho monocular para observação a longa distância, de maneira que se apreciasse melhor a paisagem, e até um pequeno motor a vapor, ligado a um complexo sistema hidráulico, cujo propósito a srta. Tarabotti ainda não conseguira entender. Embora o sr. MacDougall fosse cientista, claro, e norte-americano, evidentemente, parecia ter refinamento e recursos para deixar essas condições transparecerem de forma criativa. Ela ficou impressionada. Em sua opinião, havia muita diferença entre ter dinheiro e saber exibi-lo da forma adequada.

Atrás deles, seus familiares formavam um grupinho animado. Empolgados por constatar que um *homem* fora, com efeito, buscar a filha mais velha para um passeio, ficaram duplamente satisfeitos ao descobrir que ele era o respeitável jovem cientista da noite anterior. Os ânimos melhoraram ainda mais (sobretudo o do sr. Loontwill) quando viram que o sujeito parecia ter mais condições financeiras do que se poderia esperar de qualquer membro do círculo de intelectuais (mesmo de um norte-americano).

— É possível que ele seja mesmo um ótimo partido — disse Evylin à irmã, enquanto acenavam para Alexia da varanda. — Meio corpulento demais para o meu gosto, mas ela não pode se dar ao luxo de ser exigente.

Não com a idade e a aparência que tem. — Evylin jogou um dos cachos dourados por sobre o ombro.

— E nós que achávamos que todos os candidatos dela tinham se esgotado. — Felicity balançou a cabeça, espantada com os prodígios da natureza.

— Eles combinam um com o outro — comentou a mãe. — É claro que ele gosta de ler. Não entendi nada do que diziam no banquete de ontem à noite, nadica de nada. Ele deve mesmo ser intelectual.

— E sabem qual é a melhor parte disso tudo? — perguntou Felicity, maldosa ao extremo. Então, ignorou a resposta sussurrada pelo pai "todo aquele dinheiro" e disse: — Se os dois realmente se casarem, ele vai levá-la junto, quando voltar para as Colônias.

— É verdade, mas vamos ter que aguentar o fato de todos os nossos amigos importantes ficarem sabendo que temos um *norte-americano* na família — observou Evylin, estreitando os olhos.

— As necessidades em primeiro lugar, minhas queridas, as necessidades em primeiro lugar — disse a mãe, levando-as para dentro da casa e fechando a porta, com firmeza. Ficou se perguntando como fariam para gastar pouco no futuro casamento de Alexia e foi ao escritório com o marido, para tratar do assunto.

É evidente que a família de Alexia estava pondo o carro diante dos bois. A intenção da moça com relação ao sr. MacDougall era de cunho absolutamente platônico. Ela queria apenas sair de casa e conversar com alguém, com qualquer um que tivesse algum miolo na cabeça, para variar. A intenção do cavalheiro podia até ser menos pura, mas ele era tão tímido que a srta. Tarabotti até podia ignorar qualquer investida romântica. Ela o fez, de início, ao lhe perguntar sobre as pesquisas científicas.

— Quando passou a se interessar pela medição de almas? — quis saber a srta. Tarabotti, satisfeita por ter saído de casa e disposta a ser gentil com o responsável por sua liberdade.

O dia estava bastante bonito, com uma temperatura agradável e uma brisa leve e amena. A sombrinha da preternatural estava sendo usada da forma como deveria, pois a capota da carruagem do sr. MacDougall fora arriada e, sem dúvida alguma, a moça não precisava se expor mais ao sol que o necessário. Bastava pegar um simples mormaço para que seu tom de pele já adquirisse um tom café e sua mãe ficasse histérica. Com o chapéu e o para-sol bem posicionados, os nervos da mãe ficariam sãos e salvos — pelo menos nesse quesito.

O cientista acalmou os cavalos, e eles reduziram o passo. Um cavalheiro com cabelo cor de areia e aparência vulpina, trajando uma capa de chuva comprida, deixou seu ponto de vigilância, sob um poste de rua em frente à porta de entrada da residência dos Loontwill, e os seguiu a uma distância discreta.

O sr. MacDougall olhou para a companheira de passeio. Não tinha uma beleza padrão, mas ele gostava do queixo proeminente e do brilho de determinação em seu olhar. Apreciava mulheres decididas, sobretudo quando tinham maxilar marcante, olhos grandes e escuros e, além disso, um físico atraente. Concluiu que ela parecia ser flexível o bastante para ficar a par da verdadeira razão pela qual queria medir almas e, de todo modo, a história era rica em dramaticidade.

— Acho que aqui não tem problema tratar disso; já no meu país, eu não tocaria no assunto. — O cientista tinha certo talento para o drama, bem disfarçado pelo cabelo ralo e os óculos.

A srta. Tarabotti tocou o braço dele, receptiva.

— Meu caro senhor, não tive a intenção de ser abelhuda! Na sua opinião, a minha pergunta foi indiscreta?

O cavalheiro enrubesceu e ajeitou os óculos, nervoso.

— Não, de forma alguma! Não é isso. É que o meu irmão foi transformado. Em vampiro, entende? O meu irmão mais velho.

A resposta da srta. Tarabotti foi tipicamente britânica.

— Parabéns por uma metamorfose bem-sucedida. Que ele deixe sua marca na história.

O norte-americano meneou a cabeça, com tristeza.

— Aqui, pelo que entendi do seu comentário, vê-se com bons olhos essa condição. Quer dizer, neste país.

— A imortalidade sempre será a imortalidade. — A srta. Tarabotti não quis ser antipática, mas já era tarde.

— Não à custa da própria alma.

— Seus familiares ainda alimentam essa velha crença? — Ela ficou surpresa. Afinal de contas, o sr. MacDougall era um cientista. E os pesquisadores, de modo geral, não eram chegados a ambientes religiosos demais.

O sr. MacDougall assentiu.

— São extremamente puritanos. Nem um pouco progressistas, de maneira que, para eles, *sobrenatural* significa "morto-vivo". John sobreviveu à mordida, mas minha família o rejeitou e o deserdou. Deu-lhe três dias e, em seguida, foram caçá-lo como um cão raivoso.

A srta. Tarabotti balançou a cabeça, lamentando. Que mentalidadezinha estreita! Ela conhecia bem a história. Os puritanos trocaram a Inglaterra elisabetana pelo Novo Mundo porque a rainha autorizara a presença dos sobrenaturais nas Ilhas Britânicas. As Colônias continuavam retrógradas desde então, com a interferência da religião sempre que lidavam com vampiros, lobisomens e fantasmas. Isso tornou os Estados Unidos um lugar profundamente supersticioso. Sabe-se lá o que pensariam de alguém como ela!

Curiosa ante a perspectiva de um homem de família conservadora optar pela metamorfose, a srta. Tarabotti perguntou:

— Mas por que cargas-d'água seu irmão se transformou?

— Foi contra a vontade dele. Acho que a rainha da colmeia fez aquilo visando o próprio interesse. Nós, os MacDougall, sempre votamos contra a metamorfose: antiprogressistas ao extremo, com poder de influir no governo nos aspectos mais importantes.

A moça anuiu. A rainha avaliara a influência política da família dele pelas óbvias condições financeiras que possuía. A srta. Tarabotti tocou o couro delicado do assento da carruagem. Aquele cientista não precisava ser tratado com condescendência. Que lugar estranho, aquela terra em além-mar, em que a riqueza e a religião ditavam tudo, e história e antiguidade quase não tinham apelo.

O cavalheiro prosseguiu:

— Creio que a colmeia achou que transformar o primogênito levaria os MacDougall a mudarem de opinião.

— E foi o que aconteceu?

— Não, exceto no meu caso. Eu amava o meu irmão, entende? Estive com ele apenas uma vez depois da metamorfose. Continuava o mesmo, se bem que mais forte, mais pálido e notívago, mas, no fundo, o mesmo. Na certa ainda votaria pelos conservadores, se lhe dessem a chance. — Esboçou um leve sorriso e, em seguida, seu rosto retomou a velha aparência insossa. — Foi então que me afastei dos negócios bancários e passei a me dedicar à biologia e ao estudo do sobrenatural.

A srta. Tarabotti balançou a cabeça, preocupada. Que maneira triste de se iniciar algo. Ela contemplou o dia ensolarado: o belo verde do Hyde Park, os chapéus e os vestidos coloridos das damas passeando de braços dados pelo gramado, os dois dirigíveis esféricos, planando serenamente sobre sua cabeça.

— O DAS jamais aceitaria que um vampiro se comportasse assim: morder sem autorização! Nem permitiria que a rainha da colmeia mordesse alguém que estivesse relutando em levar adiante a metamorfose! Que comportamento chocante.

O sr. MacDougall suspirou.

— O seu mundo é bem diferente do meu, srta. Tarabotti. Bem diferente. O povo da minha terra ainda está em guerra contra si mesmo. A decisão dos vampiros de se aliarem aos Confederados ainda não foi esquecida.

Como a srta. Tarabotti não queria ofender o novo amigo, preferiu não criticar o governo do país dele. Mas, fosse como fosse, o que é que os norte-americanos podiam esperar, se, por um lado, se recusavam a permitir que os seres sobrenaturais se integrassem à sociedade e, por outro, obrigavam vampiros e lobisomens a se esconderem e fugir, numa imitação vulgar da Era das Trevas europeia?

— O senhor renegou os princípios puritanos de sua família? — A srta. Tarabotti encarou o acompanhante, interessada. Pelo canto dos olhos vislumbrou, por um instante, um casaco cor de canela. Devia ser penoso para o professor Lyall se expor tanto ao sol, sobretudo com a aproximação da lua cheia. Por um momento sentiu pena dele, mas ficou aliviada ao saber que ele fora o encarregado de substituir o vigilante noturno, o que demonstrava que Lorde Maccon ainda pensava nela. Claro que pensava,

mas considerando-a um problema... Em todo caso, antes isso que nem se lembrar da sua existência, certo? A srta. Tarabotti tocou os lábios com a mão e depois se obrigou a abandonar as conjecturas sobre o que se passava pela mente do Conde de Woolsey.

O sr. MacDougall respondeu à sua pergunta:

— Quer saber se continuo acreditando que os seres sobrenaturais venderam a alma a Satã?

A srta. Tarabotti assentiu.

— Não continuo. Mas não necessariamente pelo infortúnio de meu irmão. A ideia nunca me pareceu científica o bastante. Meus pais não tinham noção de como se arriscaram quando me mandaram para Oxford. Eu estudei durante algum tempo neste país, sabe? Há vários vampiros entre os professores universitários. Acabei aderindo à linha de pensamento da Real Sociedade de que a alma deve representar uma entidade passível de quantificação. Os indivíduos possuem uma quantidade variável de matéria da alma. Os que têm mais podem se transformar em imortais e os que têm menos, não. Portanto, não é a carência de alma que preocupa os puritanos e sim o excesso dela. E até mesmo esse conceito é considerado heresia na minha família.

A srta. Tarabotti concordou. Lia sempre as publicações da Sociedade. Seus sócios ainda precisavam ficar sabendo dos preternaturais e verdadeiramente sem alma. O DAS se contentava em deixar os cientistas mortais fazerem suas desastradas especulações, sem, contudo, dar-lhes acesso às informações a respeito daquela questão específica. Não obstante, a srta. Tarabotti achava que era apenas uma questão de tempo, naquele período iluminista, sua espécie ser analisada e classificada.

— E o senhor vem tentando descobrir uma forma de medir a alma desde então? — Ela olhou à sua volta, despreocupada, e procurou seu acompanhante sobrenatural. O professor Lyall os seguia, alguns metros atrás, cumprimentando com o chapéu as damas que passavam: um cavalheiro de classe média comum, ao que tudo indicava alheio à carruagem que transitava por perto. A srta. Tarabotti, no entanto, sabia que ele a observava o tempo todo. O professor era ciente dos seus deveres.

O sr. MacDougall anuiu.

— Também não gostaria de descobrir? Ainda mais sendo mulher? Quer dizer, as mulheres têm menos chances de sobreviver à metamorfose.

A moça deu um sorriso.

— Muito obrigada, meu caro, mas sei muito bem a quantidade de alma que tenho. Não preciso que nenhum cientista me diga.

O cavalheiro sorriu, tomando a autoconfiança da acompanhante como uma brincadeira.

Um grupo ruidoso de jovens dândis passou por eles. Todos vestidos no auge da moda: fraques de três botões em vez de sobrecasaca, gravatas plastrom de seda com laços e colarinhos altos. A srta. Tarabotti podia jurar que conhecia vários deles de algum lugar, mas não o suficiente para lembrar seus nomes. Eles inclinaram o chapéu para cumprimentá-la. Um rapaz meio alto, com calça curta de cetim roxo reduziu o passo para observar com interesse inexplicável o sr. MacDougall, antes de ser levado pelos amigos. De longe, o professor Lyall acompanhou com atenção a movimentação dos rapazes.

A srta. Tarabotti olhou de relance para o seu acompanhante.

— Se descobrir um método para medir a alma, sr. MacDougall, não acha que alguém poderia fazer mau uso dessa técnica?

— Os cientistas?

— Os cientistas, as colmeias, as alcateias, os governos. Neste momento, o poder dos sobrenaturais está limitado justamente por causa do seu número reduzido. Se eles pudessem saber, de antemão, a quem recrutar, poderiam transformar mais fêmeas, o que, por um lado, aumentaria drasticamente sua população e, por outro, modificaria a própria estrutura da nossa sociedade.

— Mas, como eles precisam de nós, os mortais, para procriar, acabamos ganhando algum terreno — objetou ele.

Ocorreu à srta. Tarabotti que, na certa, as colmeias e as alcateias deviam estar buscando uma maneira de medir a alma humana havia séculos. Se várias gerações de pesquisadores sobrenaturais ultra-avançados malograram na tentativa, aquele homem tinha pouquíssimas chances de sucesso. Não obstante, ela se conteve. Quem era ela para destruir os sonhos de alguém?

Ela fingiu interesse por um bando de cisnes que nadava em um lago, ao lado da trilha, mas, na verdade, fora o professor Lyall que atraíra a sua atenção. Ele tinha tropeçado? Parecia que sim; dera um encontrão noutro cavalheiro, fazendo com que o sujeito deixasse cair algum tipo de dispositivo metálico.

— E então, sobre que tema vai discursar na inauguração do Hypocras? — indagou ela.

O sr. MacDougall tossiu.

— Bom — parecia constrangido —, vou começar discorrendo a respeito do que a alma *não* é. Minha pesquisa inicial parece indicar que não representa nenhum tipo de aura nem uma pigmentação da pele. Há várias teorias por aí: algumas dizem que a alma fica numa parte do cérebro, outras afirmam que é um elemento fluido, talvez nos olhos, ou elétrico por natureza.

— E o senhor, o que acha? — A srta. Tarabotti continuava a fingir interesse pelos cisnes. O professor Lyall parecia ter se reequilibrado. Era difícil dizer daquela distância, mas sob a cartola estilo John Bull, seu rosto anguloso aparentava estar estranhamente pálido.

— Pelo que sei a respeito da metamorfose, embora jamais tenha tido o privilégio de presenciá-la, creio que a conversão seja causada por um patógeno transmitido pelo sangue. O mesmo tipo que causou os mais recentes surtos de cólera, segundo o dr. Snow.

— Discorda da hipótese miasmática de transmissão de doenças?

O cientista inclinou a cabeça, encantado por conversar com uma mulher tão bem informada em relação às modernas teorias médicas.

A srta. Tarabotti prosseguiu:

— O dr. Snow sugere que a transmissão da cólera ocorre por ingestão de água contaminada. Como o senhor acha que se dá a transmissão sobrenatural?

— Continua sendo um mistério. Bem como as razões pelas quais alguns indivíduos respondem de forma positiva e outros não.

— Refere-se à condição do que hoje denominamos a presença ou ausência de excesso de alma?

— Exatamente. — Os olhos do cientista brilharam de entusiasmo. — A identificação do patógeno somente vai nos mostrar *o que* acarreta a metamorfose. Não vai nos revelar *por que* nem *como*. Tenho concentrado minhas pesquisas na hematologia, até agora, mas estou começando a achar que busquei o âmbito hipotético errado.

— Precisa descobrir quais as diferenças entre os que morrem e os que sobrevivem? — A srta. Tarabotti tamborilou no cabo de bronze de sua sombrinha.

— E qual é o estado do sobrevivente antes e depois da metamorfose. — O sr. MacDougall parou os cavalos, para que pudesse se virar de todo e fitar a srta. Tarabotti, cheio de entusiasmo. — Se a alma tem substância, se é um órgão ou parte de um órgão, que uns possuem e outros não: do coração, talvez, ou dos pulmões...

A srta. Tarabotti também se entusiasmou e completou a hipótese do cientista:

— Então, pode ser quantificada! — Seus olhos escuros cintilaram ante tal conjectura. O conceito era brilhante, mas exigia um estudo mais cuidadoso. Ela compreendeu, então, por que o sr. MacDougall não considerara adequado conversar sobre sua pesquisa durante o jantar da noite anterior. — Então, o senhor está dissecando cadáveres?

Ele anuiu, esquecendo-se dos brios da moça em meio à empolgação.

— Mas tem sido difícil encontrar lobisomens e vampiros mortos para fazer a comparação. Sobretudo nos Estados Unidos.

A moça estremeceu. Não precisava perguntar por quê. Todos sabiam que os norte-americanos queimavam vivo qualquer indivíduo acusado de ser sobrenatural, deixando apenas resquícios para o estudo dos cientistas.

— Está pensando em encontrar espécimes aqui e levá-los de volta?

O cientista assentiu.

— Espero que esse tipo de pesquisa seja considerado do interesse da ciência.

— Bom, seu discurso no Hypocras deve preparar o terreno, se o senhor levantar as questões de que estamos tratando. Na minha opinião, suas propostas são as melhores e mais modernas sobre o assunto. O senhor teria o meu voto de confiança, se me permitissem ingressar no clube.

O sr. MacDougall sorriu, satisfeito com o elogio, e começou a gostar mais da moça, que era inteligente o bastante não apenas para acompanhar

sua linha de raciocínio, mas também para perceber seu valor. Ele atiçou os cavalos para que partissem de novo e os conduziu até a margem da trilha.

— Já lhe disse que está encantadora hoje, srta. Tarabotti? — Ele parou a carruagem.

Claro que, depois daquele elogio, a srta. Tarabotti não conseguiria mais apontar as várias falhas da teoria dele. Sendo assim, preferiu passar a tratar de temas mais corriqueiros. O sr. MacDougall acionou a manivela da chaleira mecânica e começou a fazer chá. Nesse ínterim, ela usou o aparelho monocular para observação a longa distância da carruagem. Inclinou as lentes, enquanto falava sobre os deleites de um dia ensolarado e a beleza majestosa dos dirigíveis distantes que pairavam sobre o parque. Aproveitou para ajustá-las na direção do professor Lyall, que se protegera à sombra de uma árvore, e percebeu que ele colocara os lunóticos e a observava com eles. Ela deixou de lado, no mesmo instante, o instrumento óptico de ampliação, concentrando a atenção no acompanhante e no chá.

Quando a srta. Tarabotti sorveu a bebida com cuidado do caneco de metal, satisfeita ao notar que se tratava de um delicioso chá preto de Assam, o cientista acionou o pequeno motor hidráulico que ela vira na parte de trás do coche. Após uma série de rangidos, um enorme guarda-sol se estendeu e se desdobrou para sombrear a carruagem. A srta. Tarabotti fechou a diminuta sombrinha, fitando-a com uma estranha sensação de inadequação. Era um para-sol pequeno, mas excelente, e não merecia aquele olhar preconceituoso.

Eles passaram uma hora agradável na companhia um do outro, tomando chá e provando diferentes confeitos de uma caixa que o sr. MacDougall comprara especialmente para aquela ocasião. A srta. Tarabotti teve a sensação de que o tempo voara quando seu acompanhante fechou o guarda-sol e iniciou o percurso de volta para casa.

O cientista ajudou-a a descer da carruagem, na frente da escadaria da residência dos Loontwill, sentindo-se satisfeito com o sucesso do passeio, mas a srta. Tarabotti não o deixou acompanhá-la até a porta.

— Por favor, não tome a minha recusa como uma grosseria — explicou ela, com delicadeza. — Mas nem queira conhecer a minha família agora. Infelizmente, não está à altura do seu intelecto. — A srta. Tarabotti tinha a impressão de que a mãe e as irmãs tinham ido fazer compras, mas precisava de uma desculpa. Pela forma como ele a olhava, parecia querer se declarar e, nesse caso, o que ela faria?

O sr. MacDougall assentiu, sério.

— Entendo perfeitamente, cara srta. Tarabotti. A minha família também é assim. Posso visitá-la de novo?

A srta. Tarabotti não sorriu. Não seria correto ser reticente, se não tinha a menor intenção de corresponder às intenções dele.

— Pode, sim. Mas não amanhã, sr. MacDougall. Precisa preparar o seu discurso.

— E depois de amanhã? — Ele era persistente. — Assim poderei lhe contar como foi a inauguração.

Muito diretos, esses norte-americanos. Ela suspirou baixinho, mas anuiu, dando seu consentimento.

O sr. MacDougall retomou seu assento na carruagem, inclinou o chapéu e incitou os belos alazões a partir com tranquilidade.

A srta. Tarabotti fez de conta que acenava para ele da varanda. No entanto, assim que o cientista sumiu de vista, desceu de um jeito furtivo as escadas da frente e contornou a casa pela lateral.

— Você realmente me vigiou de perto. — Ela censurou o homem que a espreitava dali.

— Boa tarde, srta. Tarabotti — disse o indivíduo, com uma voz baixa e suave, mais branda que de costume, quase débil, mesmo para o professor Lyall.

A srta. Tarabotti franziu o cenho, preocupada. Tentou observar o semblante dele sob o chapéu ostentoso.

— Por que está trabalhando hoje, meu caro? Achei que Lorde Maccon requereria seus serviços em outra área.

O professor estava com uma aparência pálida e tensa, o que seria normal para um vampiro, mas não para um lobisomem. O rosto mostrava-se mais marcado pelas rugas e os olhos, injetados de sangue.

— Srta. Tarabotti, a lua cheia se aproxima. Sua senhoria tem que tomar o máximo de cuidado com quem escala para vigiá-la durante o dia. Os mais jovens não são muito estáveis nesta época do mês.

A srta. Tarabotti torceu o nariz.

— Agradeço a preocupação dele com o meu bem-estar. Mas pensei que outros no DAS não ficariam tão esgotados com o trabalho diurno. Que dia começa a lua cheia?

— Amanhã à noite.

Ela ficou séria.

— No mesmo horário do discurso do sr. MacDougall no Hypocras — comentou baixinho, para si mesma.

— Hein? — O professor parecia cansado demais para se importar.

A srta. Tarabotti agitou a mão.

— Não é nada de importante. É melhor ir para casa, professor, descansar um pouco. Está com a aparência péssima. Lorde Maccon não devia extenuá-lo dessa forma.

O Beta sorriu.

— Faz parte do meu trabalho.

— Ficar esgotado para me proteger?

— Para proteger os interesses dele.

A srta. Tarabotti fitou-o, horrorizada.

— Não creio que essa retificação corresponda à realidade.

O professor, que avistara a pomposa carruagem estacionada diante da residência dos Loontwill, não fez nenhum comentário.

Houve uma pausa.

— O que ele fez? — perguntou a jovem.

— Quem? — quis saber o outro, apesar de saber exatamente a quem ela se referia.

— O homem com quem o senhor topou de propósito.

— Hum. — O lobisomem se mostrou cauteloso. — Na verdade, o que me interessava era algo que ele tinha.

A srta. Tarabotti inclinou a cabeça e olhou para o professor, inquisidora.

— Desejo-lhe uma boa noite, srta. Tarabotti — disse ele.

A jovem o fitou, exasperada, e, em seguida, subiu as escadas da frente e entrou em casa.

★ ★ ★

A família de fato saíra, mas Floote a aguardava no saguão, com uma expressão preocupada, nada flootesca. A porta da sala de visitas estava aberta, o que indicava a presença de alguém. A srta. Tarabotti ficou surpresa. Os Loontwill não poderiam estar aguardando visitantes, caso contrário, não teriam deixado a residência.

— Quem está aí, Floote? — perguntou ela, brincando com o alfinete do chapéu.

O mordomo arqueou uma sobrancelha e olhou para a patroa.

A srta. Tarabotti engoliu em seco e, de repente, ficou nervosa. Tirou o chapéu e as luvas e os colocou na mesa do saguão.

Fez uma pausa na frente do espelho de moldura dourada, para arrumar o cabelo e se recompor. Aquele penteado deixara suas madeixas escuras meio soltas demais, para o dia, mas precisava esconder a marca da mordida, e o calor a impedira de usar um decote mais fechado. Ela ajeitou alguns cachos para cobrir melhor a mancha roxa. Viu o próprio reflexo: maxilar marcante, olhos escuros, expressão determinada. A srta. Tarabotti tocou no nariz. *O sr. MacDougall a acha adorável*, disse a si mesma.

Então, empertigou-se toda e entrou na sala de visitas.

Lorde Conall Maccon se virou. Estivera voltado para as cortinas de veludo fechadas da janela frontal, fitando-as como se pudesse enxergar através do tecido grosso. À luz tênue do recinto, seu olhar parecia acusador.

A srta. Tarabotti parou no limiar da porta. Sem dizer uma palavra, deu meia-volta, entrou e bateu a porta atrás de si.

Floote ficou olhando demoradamente para a porta fechada.

Do lado de fora, o fatigado professor Lyall tomou o rumo do escritório do DAS — precisava verificar alguns registros antes de ir se deitar. Com uma das mãos livres, apalpou algo saliente num dos vários bolsos do colete. Por quê, perguntou-se, um homem estaria perambulando pelo Hyde Park com uma seringa? Ele se virou uma vez, para olhar a residência dos Loontwill. Um sorriso repentino marcou seu rosto anguloso, quando ele constatou que a carruagem do Castelo de Woolsey aguardava nas cercanias. A insíg-

nia do coche se destacava ao sol vespertino: um escudo dividido em quatro partes, duas delas representando um castelo com a lua ao fundo, as outras mostrando uma noite estrelada sem luar. Ele ficou imaginando se o seu amo e senhor ia mesmo rastejar.

O Conde de Woolsey estava com um terno cor de chocolate, um plastrom de seda cor de caramelo, e um ar de indisfarçada impaciência. Quando a srta. Tarabotti entrou na sala de visitas, ele segurava as luvas de pelica com uma das mãos e as batia na outra, ritmadamente. O Alfa parou de imediato, mas a moça notou sua inquietação.

— Que bicho o mordeu? — perguntou ela, sem se dar ao trabalho de cumprimentá-lo. As formalidades eram inúteis com Lorde Maccon. Ela se posicionou no tapete amarelo-claro redondo, na frente dele, com as mãos nos quadris.

O conde reagiu com brusquidão.

— E a senhorita, onde é que esteve o dia inteiro?

A srta. Tarabotti quis ser evasiva.

— Saí.

O conde não recuou.

— Saiu com quem?

A moça arqueou as sobrancelhas. Como mais cedo ou mais tarde ele descobriria, por meio do professor Lyall, ela respondeu, maliciosa:

— Com um cientista jovem e simpático.

— O balofo com quem ficou matraqueando no jantar de ontem à noite? — Lorde Maccon olhou para ela, horrorizado.

A srta. Tarabotti o fitou, implacável. Mas, no fundo, regozijou-se. Ele tinha notado!

— Acontece que o sr. MacDougall tem teorias fascinantes sobre uma série de assuntos e está interessado na *minha* opinião. O que é mais do que posso dizer a respeito de certos cavalheiros que conheço. O dia estava lindo, o passeio foi maravilhoso *e* ele se revelou um grande companheiro de conversa. Uma atitude, sem dúvida, pouco familiar para o senhor.

Lorde Maccon ficou, de repente, desconfiado. Estreitou os olhos, que ficaram do tom de sua gravata.

— O que andou conversando com ele, srta. Tarabotti? Algo que eu deva saber?

Ele a questionava como se estivessem no DAS.

A srta. Tarabotti olhou ao redor, imaginando que a qualquer momento o professor Lyall surgiria com um caderno de anotações, uma lâmina de metal e uma pena de escrever. Ela deu um suspiro resignado. Era evidente que o conde só fora visitá-la por assuntos estritamente profissionais. Fora tola por alimentar esperanças, pensou, censurando-se. Então, perguntou-se o que esperava. Um pedido de desculpas? Da parte de Lorde Maccon! *Hã.* Sentou-se numa poltrona de vime do lado do sofá, tomando o cuidado de manter certa distância dele.

— O mais interessante foi o que *o cientista* andou *me* dizendo — comentou. — Ele acha que a condição sobrenatural é um tipo de doença.

Lorde Maccon, que era um lobisomem e "amaldiçoado", já ouvira aquilo antes. Cruzou os braços e se aproximou, ameaçador.

— Ah, por favor! — exclamou ela, dando um muxoxo —, sente-se.

O conde o fez.

A srta. Tarabotti prosseguiu.

— O sr. MacDougall... *é* o nome dele, sabe? Sr. MacDougall. Pois bem, ele acha que o estado sobrenatural é causado por um patógeno transmitido pelo sangue, que afeta alguns seres humanos, mas não todos, pois uns possuem certas características físicas, outros não. De acordo com essa teoria, os homens têm mais probabilidade de ter essas características e, por isso, sobrevivem mais à metamorfose que as mulheres.

Lorde Maccon se recostou, e o frágil sofá rangeu sob seu peso. Ele resmungou, em sinal de desdém pela ideia do cientista.

— É claro que existe um problema crucial nas conjecturas dele — prosseguiu a srta. Tarabotti, ignorando o resmungo.

— A senhorita.

— Hum — assentiu ela. Não havia espaço na tese do sr. MacDougall para os que não possuíam nenhuma alma, mas que neutralizavam os que a tinham em excesso. O que ele *teria* pensado de uma preternatural? Concluiria que funcionava como um antídoto para a doença sobrenatural?

— Ainda assim, é uma ótima ideia, levando-se em conta o pouco que ele

sabe para desenvolver seu estudo. — Ela não precisou mencionar como admirava o homem que elaborara aquele conceito. Lorde Maccon viu o pensamento estampado em seu rosto.

— Então, deseje boa sorte para ele e suas falsas ilusões e deixe-o para lá — disse o conde, com raiva. Seus caninos começaram a aparecer e seus olhos ficaram mais amarelados.

A srta. Tarabotti deu de ombros.

— Parece interessado. É muito inteligente. Além de rico e bem relacionado, ao que parece. — *Ele me acha adorável.* Mas ela não o disse em voz alta. — Quem sou eu para me queixar de sua devoção ou para desencorajá-lo?

Lorde Maccon teve, então, motivo para se arrepender da conversa que travara com o professor Lyall na noite em que a srta. Tarabotti matara o vampiro. Ao que tudo indicava, ela *estava* pensando em se casar. E, pelo visto, encontrara um candidato, mesmo sendo meio italiana.

— Ele vai levá-la para os Estados Unidos; a senhorita, uma preternatural. Se é tão esperto quanto crê que ele seja, vai descobrir esse pequeno detalhe, mais cedo ou mais tarde.

A srta. Tarabotti riu.

— Ah, mas não estou pensando em casamento, milorde. Não sejamos precipitados. Gosto da companhia dele, pois quebra a monotonia do dia e tranquiliza a minha família.

Lorde Maccon ficou profundamente aliviado com aquele comentário singelo, mas irritou-se por sentir-se assim. Por que se importava tanto? Seus caninos se retraíram um pouco. Então, deu-se conta de que ela falara de *casamento* e de que ele, por experiência própria, sabia que ela era bastante moderna para uma solteirona.

— Por acaso está considerando ter uma relação não conjugal com ele? — Sua voz pareceu um rosnado.

— Ah, por favor! Isso, por um acaso, o deixaria incomodado?

O conde soltou fogo pelas ventas.

Então a srta. Tarabotti se conscientizou do que dizia e fazia. Estava sentada, conversando educadamente com Lorde Conall Maccon, Conde de Woolsey — de quem não gostava e com quem deveria estar irritada ao extremo — sobre seu relacionamento amoroso (ou a falta dele). É que sua presença a deixava bastante desnorteada.

Ela fechou os olhos e respirou fundo.

— Espere aí. Afinal de contas, nem deveria estar falando com o senhor! Depois da forma como se comportou comigo na noite passada, milorde! — A srta. Tarabotti se levantou e começou a andar de um lado para o outro, no pequeno recinto, com os olhos brilhando, ferozes. Apontou o dedo para ele, em tom acusador. — O senhor não é apenas um lobisomem, mas um libertino, isso sim! Aproveitou-se de mim naquela noite, Lorde Maccon. Admita! Não tenho a menor ideia do que o levou a agir — fez uma pausa, constrangida — da forma como agiu, na noite em que quase fui abduzida. Mas, desde então, tem deixado claro que reconsiderou o que fez. Se só achava que eu era uma — ela hesitou, tentando encontrar a palavra certa — distração passageira, deveria ter deixado isso claro depois. — Ela cruzou os braços e olhou para ele, com desprezo. — Por que não fez isso? Achou que eu não seria forte o suficiente para aceitar esse fato sem fazer um escândalo? Posso lhe garantir, milorde, que não tem ninguém mais acostumado com a rejeição do que eu. Achei muito indelicado da sua parte não dizer, na minha cara, que as liberdades que tomou não passaram de um impulso momentâneo insensato. Eu mereço *certo* respeito. Creio que nos conhecemos há tempo suficiente para tanto. — Com isso, perdeu o fôlego, sentiu os olhos se marejarem e, com relutância, percebeu que ia chorar.

Lorde Maccon começou a se enfurecer, por outro motivo.

— Então, já descobriu tudo, não é mesmo? E me diga, por favor, por que acha que eu repensaria o meu... como foi que o denominou? Impulso momentâneo insensato? — Ele falava com forte sotaque da Escócia. A srta. Tarabotti teria achado graça do fato de que, quanto mais zangado o conde ficava, mais puxava o "r" do jeito escocês. Mas estava brava demais para prestar atenção naquilo. Conteve as lágrimas.

Ela parou de andar de um lado para o outro e jogou as mãos para o alto.

— Não faço a menor ideia. Foi o senhor que começou e, depois, terminou tudo. Acabou me tratando ontem à noite praticamente como uma desconhecida, de quem não gostava. Aí, hoje, aparece na minha sala de

visitas. O senhor é que tem que *me* dizer o que passou por sua cabeça no jantar da noite passada. Tão certo como dois e dois são quatro, não tenho a menor noção de onde está querendo chegar, Lorde Maccon. Essa é a mais pura verdade.

O conde abriu a boca, mas fechou-a em seguida. Na verdade, ele tampouco sabia o que estava fazendo ali e não tinha como explicar sua atitude. Rastejar, sugerira o professor Lyall. Ele não sabia como agir daquela forma. Os Alfas não rastejavam, pois a arrogância fazia parte da lista de atribuições para o cargo. Embora ele tivesse conquistado a liderança da alcateia do Castelo de Woolsey há pouco tempo, sempre fora um Alfa.

Alexia não se contivera. Era muito difícil alguém deixar o Conde de Woolsey sem palavras. Ela se sentiu, a um só tempo, vitoriosa e confusa. Na noite anterior, tinha se revirado na cama, sem conseguir dormir, por causa do comportamento desdenhoso dele. Chegara até a pensar em procurar Ivy para lhe perguntar o que achava daquela atitude. Logo *Ivy*, entre todas as pessoas! Devia estar mesmo desesperada. Não obstante, ali estava o cerne de suas preocupações, sentado à sua frente, aparentemente à mercê de suas palavras.

Sincera do jeito que era, Alexia Tarabotti fora direto ao assunto. Naquele momento, fixou a atenção no tapete, pois, por mais que fosse corajosa, não conseguiria encarar aqueles olhos amarelados.

— Não tenho muita — ela fez uma pausa, lembrando-se das gravuras escandalosas nos livros de seu pai — experiência. Se fiz algo de errado, sabe — a moça gesticulou com uma das mãos, ainda mais constrangida àquela altura, mas disposta a desabafar de uma vez —, na hora dos beijos, deve perdoar minha ignorância. Eu...

A srta. Tarabotti perdeu o fio da meada, pois Lorde Maccon tinha se levantado do frágil sofá, que rangeu com o seu movimento, e começado a andar em sua direção, determinado. Impressionante como tinha uma presença marcante. Ela não estava habituada a se sentir tão pequena.

— Não foi esse o motivo... — murmurou o conde, com a voz rouca.

— Talvez — sugeriu a srta. Tarabotti, com as mãos levantadas à frente, na defensiva — tenha reavaliado tudo ao constatar como seria vil: o Conde de Woolsey com uma solteirona de vinte e seis anos?

— *Essa* é a sua verdadeira idade? — sussurrou, pelo visto sem muito interesse, aproximando-se mais dela. Ele se movia como uma fera faminta rondando a presa, os músculos fortes se contraindo sob o paletó marrom bem cortado, com toda a energia represada prestes a saltar sobre ela.

A moça retrocedeu, por pouco não tropeçando numa grande poltrona.

— Meu pai era italiano. Isso lhe veio à cabeça, de repente?

O conde foi se acercando, aos poucos, pronto para atacar se ela tentasse escapulir. Naquele momento, seus olhos estavam quase totalmente amarelos, com um halo alaranjado nas bordas. A srta. Tarabotti nunca notara como seus cílios eram negros e espessos.

— E eu venho da Escócia. Na sua opinião, qual a origem pior aos olhos da sociedade londrina?

A srta. Tarabotti tocou o nariz e pensou no tom de sua pele.

— Eu tenho... outros... defeitos. Talvez quando ponderou mais a respeito, eles se evidenciaram?

O conde chegou até ela e afastou a mão da moça com delicadeza do nariz. Com suavidade, juntou as duas mãos dela, envolvendo-as com a mão grande.

A srta. Tarabotti o encarou a poucos centímetros de distância. Mal ousava respirar, sem saber se ele *realmente* a devoraria ou não. Tentou desviar o olhar, mas era quase impossível. Os olhos do conde voltaram ao castanho-amarelado assim que ele a tocou — seus olhos humanos. Mas, daquela forma, ele ficou mais assustador, pois não havia uma máscara para esconder sua fome.

— Hum, milorde, eu não sou um produto alimentício. Sabe disso, não sabe?

Lorde Maccon se inclinou para frente.

Ela o acompanhou com o olhar até quase ficar vesga. Daquela distância, sentiu o cheiro de pasto e noites orvalhadas exalando daquele ser.

Essa não, pensou, *vai acontecer de novo.*

Lorde Maccon beijou a ponta de seu nariz. E nada mais.

Surpresa, ela recuou para, em seguida, abrir a boca carnuda, meio como um peixe.

— Hã?

Ele a atraiu de volta para si.

A voz dele pareceu baixa e cálida perto da maçã do rosto dela.

— Sua idade não faz a menor diferença. E que importância tem a sua solteirice? Por acaso sabe quantos anos eu tenho e há quanto tempo estou solteiro? — Ele beijou a testa dela. — E adoro a Itália. A região campestre é linda, e a comida, maravilhosa. — Deu-lhe outro beijo ali. — Além disso, a beleza perfeita me parece tediosa. Concorda comigo? — Ele beijou o nariz da moça mais uma vez.

A srta. Tarabotti não se conteve. Afastou-se e fitou-o.

— Obviamente.

O conde estremeceu.

— Touché.

A srta. Tarabotti não era do tipo que deixava o assunto morrer.

— Então, por quê?

Lorde Maccon acabou rastejando.

— Porque sou um velho lobo idiota, que tem passado tempo demais com a alcateia e de menos com o resto do mundo em geral.

Não chegava a ser uma justificativa, mas ela achou melhor parar por ali.

— É um pedido de desculpas? — perguntou, apenas para se certificar.

Aquilo pareceu miná-lo por completo. Em vez de dar uma resposta afirmativa, ele acariciou sua face com a mão livre, como se ela fosse um bichinho que precisava ser reconfortado. A srta. Tarabotti se perguntou o que ele pensava que ela era... um gatinho, talvez? Pelo que sabia, os bichanos não pareciam ter muita alma. Em geral, eram criaturinhas prosaicas e práticas. Seria bom para ela ser encarada como um gato.

— A lua cheia — disse Lorde Maccon, como se esclarecesse algo — está chegando. — Fez uma pausa. — Você entende?

Ela não tinha a menor noção de onde ele queria chegar.

— Ah...

Ele abaixou o tom de voz, quase envergonhado.

— Não consigo me controlar direito...

A srta. Tarabotti arregalou os olhos castanho-escuros e pestanejou, para esconder sua perplexidade. Era uma artimanha de Ivy.

Então, ele a beijou para valer. Embora não tivesse sido essa a intenção dela ao piscar para ele, ela nem pensou em se queixar das consequências. Ivy devia saber o que fazia.

Como da outra vez, ele começou devagar, tranquilizando-a com beijos suaves e intoxicantes. Sua boca estava inesperadamente fria. Lorde Maccon começou lhe mordiscando os lábios inferiores e, em seguida, fez o mesmo nos superiores. Era gostoso, porém enlouquecedor. O fenômeno da língua voltou a ocorrer. Só que, daquela vez, a srta. Tarabotti não se sobressaltou muito. Na verdade, achou até que tinha gostado. Só que, como acontecia no caso do caviar, achou que teria que provar mais de uma vez para ter certeza de que apreciava o sabor. Lorde Maccon parecia disposto a lhe fazer o favor. Também aparentava estar muito calmo e controlado. A jovem começou a se sentir oprimida dentro da sala de visitas atravancada. Aquela polarização a irritou.

O conde parou de mordiscá-la e voltou a lhe dar beijos demorados e suaves. A srta. Tarabotti, que nunca fora muito paciente, julgou-os insatisfatórios. Uma fonte de irritação. Ao que tudo indica, ela teria que tomar as rédeas da situação — ou da língua, no caso. Experimentou enfiá-la entre os lábios dele. Aquilo despertou uma série de reações positivas no homem. Ele aprofundou o beijo e, quase rude, pressionou a boca contra a dela.

Lorde Maccon mudou de posição, puxando-a mais para perto. Soltou as mãos da moça e meteu a dele nos cabelos dela, emaranhando os dedos nos cachos volumosos. A srta. Tarabotti tinha certeza, sem dar a mínima, de que estava desalinhando suas madeixas. Ele aproveitou a manobra para inclinar a cabeça dela e deixá-la no ângulo adequado aos seus desejos. Como eles pareciam requerer mais beijos, a srta. Tarabotti decidiu deixar o caminho livre.

Com a outra mão, o conde começou a acariciar lentamente as costas dela, de cima a baixo. *Sem sombra de dúvida um gato*, pensou, entorpecida. A srta. Tarabotti começava a ficar tonta. O frêmito estranho e prazeroso que, ao que tudo indica, sentia sempre que chegava perto de Lorde Maccon percorria seu corpo com intensidade alarmante.

O conde fez com que se virassem de lado, ali mesmo, onde estavam. Ela não entendeu por quê, mas quis colaborar, desde que ele não parasse de beijá-la. E Lorde Maccon não parou. Deu um jeito de se sentar com suavidade na poltrona, levando-a junto.

Embora a posição fosse bastante indecente, foi nela que a srta. Tarabotti se viu, inexplicavelmente, com as anquinhas suspensas, as várias camadas de saia retorcidas, sentada no colo de Lorde Maccon.

Ele parou de beijá-la, o que a decepcionou, mas, em seguida, começou a mordiscar seu pescoço, o que foi gratificante. Suspendeu um dos cachos que estavam soltos sobre o seu ombro. Deslizou os fios por entre os dedos e, depois, afastou a sedosa mecha para o lado.

A srta. Tarabotti, tensa de tanta expectativa, prendeu a respiração.

De repente, o conde parou e recuou. A poltrona, já sobrecarregada por ambos os ocupantes — nenhum dos dois de constituição delicada — oscilou perigosamente.

— Mas que diabo é isso? — bradou Lorde Maccon.

Ficara bravo tão rápido que a srta. Tarabotti apenas o encarou, sem palavras.

Ela deixou escapar o ar contido com um *ufff*. O coração batia acelerado em algum lugar próximo à garganta, a pele mostrava-se acalorada, retesada sobre os músculos, e ela se sentia úmida em partes do corpo que, com certeza, uma mulher solteira, de boa família, não devia se sentir.

Lorde Maccon fitava sua pele cor de café, que apresentava um hematoma horrível, na região entre o ombro e o pescoço, na forma e nas dimensões da mordida de um homem.

A srta. Tarabotti pestanejou, os olhos castanhos já recuperando o foco. Uma pequena ruga de preocupação surgiu na sua testa.

— Isso é uma marca de mordida, milorde — respondeu ela, satisfeita ao perceber que sua voz não fraquejara, apesar de estar mais profunda que o habitual.

Lorde Maccon se enraiveceu ainda mais.

— Quem a mordeu? — vociferou.

A srta. Tarabotti inclinou a cabeça para o lado, espantada.

— Você. — Então, foi brindada com a impressionante visão de um lobisomem Alfa totalmente envergonhado.

— Eu?

Ela arqueou as sobrancelhas.

— Eu.

Ela anuiu, com firmeza, apenas uma vez.

O conde passou a mão pelos cabelos, que àquela altura, já estavam revoltos. As mechas castanho-escuras tinham se armado em tufos espetados.

— Maldição! — exclamou. — Sou pior que um filhote no primeiro cio. Lamento, Alexia. Isso é por causa da lua e da insônia.

Ela assentiu, perguntando-se se deveria chamar sua atenção por ter deixado os modos de lado, tratando-a pelo nome. No entanto, aquilo lhe pareceu tolice, considerando o que tinham acabado de fazer.

— Sei. Hã. Isso o quê?

— O autocontrole.

Ela imaginou que, a certa altura do processo, entenderia o que ele queria dizer, mas aquela não parecia ser a hora apropriada.

— Que autocontrole?

— Exato!

A srta. Tarabotti estreitou os olhos e, então, disse algo muito ousado.

— Milorde poderia beijar a mancha roxa, para que melhore. — Bom, talvez, nem tão ousado assim para alguém tão intimamente acomodada no colo do conde. Afinal, ela lera livros suficientes do pai para saber bem o que pressionava suas partes íntimas com firmeza e vigor.

Lorde Maccon balançou a cabeça.

— Não acho que seja uma boa ideia.

— Por que não? — Constrangida com a própria ousadia, a srta. Tarabotti se contorceu, tentando se libertar.

O conde praguejou e fechou os olhos. Sua testa brilhava de suor.

A srta. Tarabotti tentou se soltar de novo.

Lorde Maccon deu um gemido, inclinou a cabeça na clavícula dela e, com ambas as mãos, segurou os quadris da moça para conter seu movimento.

A srta. Tarabotti sentiu uma curiosidade científica quanto ao aspecto físico. *Ele tinha aumentado ainda mais de tamanho lá embaixo? Qual seria a razão máxima de expansão?*, perguntou-se. Ela sorriu com certa malícia. Não lhe

ocorrera antes que poderia exercer alguma influência no ato. Decidiu na mesma hora que, sendo uma solteirona inveterada e avessa à satisfação da vontade do sr. MacDougall, teria que aproveitar aquela oportunidade única para testar algumas teorias arraigadas e muito interessantes.

— Lorde Maccon — murmurou, enquanto se contorcia de novo, apesar de ele segurá-la com firmeza.

Resfolegando, ele disse, com uma voz abafada:

— Acho que você não precisa mais me chamar pelo sobrenome, a essa altura.

— Hã? — disse a srta. Tarabotti.

— Hã, Conall — corrigiu Lorde Maccon.

— Conall — repetiu a moça, deixando de lado o último resquício de escrúpulo; não adiantava chorar sobre o leite derramado. Então, concentrou-se em acariciar os músculos das costas dele. Mãos que agarraram seu paletó e, sem a menor cerimônia, deram um jeito de se despojar dele, sem que ela se conscientizasse daquilo.

— Hum, Alexia? — Ele a encarou. Seria medo o que transparecia naqueles olhos cor de caramelo?

— Vou me aproveitar de você — disse ela e, sem lhe dar uma chance de responder, começou a soltar a gravata.

Capítulo 7

Revelações Acompanhadas de Iscas de Fígado

— Ah, não acho que seja uma boa ideia. — Lorde Maccon ofegava um pouco.

— Fique quieto, não me venha com essa, agora — alertou a srta. Tarabotti. — Foi você que começou tudo.

— E seria um desatino para todos os envolvidos se eu terminasse com isso — ressaltou ele. — Ou se você terminasse, por sinal. — Entretanto, o conde não fez nenhum esforço para tirá-la do colo. Em vez disso, parecia fascinado com o decote cavado do vestido dela, que se aprofundara bastante com a movimentação dos dois. Uma enorme mão explorava o babado de renda daquela área, de um lado para o outro. A srta. Tarabotti se perguntou se ele teria algum interesse especial em moda feminina.

Desatou o nó da gravata de Lorde Maccon, desabotoou o colete e, em seguida, a camisa.

— Você está usando roupa demais — reclamou ela.

O conde, que normalmente pensaria o mesmo, ficara grato, naquele momento, por todo aquele excesso. Talvez o tempo extra requerido para que ela desabotoasse sua roupa lhe desse tempo para recuperar o que lhe restava de autocontrole. Ele tinha certeza de que estava em algum lugar e de que só precisava encontrá-lo. Com muito sacrifício, desviou os olhos daqueles seios incríveis e se esforçou para pensar em temas abomináveis, como legumes cozidos demais e vinhos baratos.

A srta. Tarabotti conseguiu o que queria: abrira a roupa de Lorde Maccon para expor o tórax, os ombros e o pescoço. Parara de beijá-lo, por um momento. O conde considerou aquilo uma dádiva. Suspirou aliviado e olhou para a jovem. A expressão dela era mais de curiosidade do que qualquer outra coisa.

Então, a moça se inclinou para a frente e mordiscou a orelha dele.

Lorde Maccon se contorceu, deixando escapar um gemido, como o de um animal em sofrimento. Ela considerou seu experimento um sucesso absoluto. Pelo visto, o que era bom para as mulheres valia para os homens também.

A srta. Tarabotti deu continuidade à investigação: foi beijando o pescoço dele, indo até o mesmo lugar em que, no dela, ficara o hematoma. Ela o mordeu. Para valer. A srta. Tarabotti nunca fazia nada pela metade.

Lorde Maccon quase saltou da poltrona.

Ela continuou a mordê-lo, cravando os dentes em sua pele. Não queria sugar seu sangue, mas deixar marca e, como ele era um sobrenatural durão, tinha de usar força. As manchas que deixasse sumiriam assim que interrompessem o contato físico e ele não estivesse sob o domínio preternatural da srta. Tarabotti. O gosto dele era delicioso: salgado e carnudo — como molho. Ela parou de morder e lambeu com suavidade a mancha vermelha em forma de crescente que deixara.

— Maldição! — Lorde Maccon ofegava. — Temos que parar agora.

A srta. Tarabotti se aconchegou a ele.

— Por quê?

— Porque daqui a pouco não vou mais conseguir parar.

A jovem anuiu.

— Acho que é o mais sensato. — Soltou um suspiro. Tinha a sensação de ter passado toda uma vida sendo sensata.

No fim das contas, eles não precisaram tomar a decisão, por causa do alvoroço no saguão da casa.

— Por essa eu não esperava — declarou uma mulher, chocada.

Seguiram-se algumas desculpas sussurradas em palavras indecifráveis, que, na certa, partiram de Floote.

Então, a tal mulher voltou a falar.

— Na sala de visitas? Ah, ele está aqui para tratar de assuntos do DAS? Entendo. Claro que não... — A voz se dissipou.

Alguém bateu com força na porta da saleta.

A srta. Tarabotti se levantou depressa do colo de Lorde Maccon. Para sua surpresa, suas pernas pareciam estar sob controle. Com rapidez, ela ajeitou as anquinhas e se sacudiu para um lado e para o outro para que as saias voltassem ao lugar.

Na tentativa de ganhar tempo, Lorde Maccon só fechou os botões de cima da camisa e os de baixo do colete e do paletó. Não obstante, não conseguiu dar o nó da gravata plastrom, com tanta pressa.

— Venha cá, eu faço isso. — A srta. Tarabotti fez um gesto autoritário para ele e começou a ajeitar a gravata.

Enquanto ela se concentrava em dar o nó complicado, Lorde Maccon tentava, desajeitadamente, arrumar os cabelos dela. Seus dedos acabaram arranhando a marca da mordida no pescoço.

— Sinto muito — disse ele, pesaroso.

— Será que estou ouvindo um sincero pedido de desculpas? — perguntou a srta. Tarabotti e, então, sorriu, ainda manuseando sua gravata. — Não me importo com a mancha roxa, mas com o fato de não poder fazer uma igual. — A marca da mordida que a moça lhe dera, havia apenas alguns minutos, desaparecera por completo durante os poucos instantes em que os dois se separaram, para que ela ajeitasse o vestido. A srta. Tarabotti continuou a falar, porque nunca calava a boca quando devia. — Esses sentimentos que você desperta em mim, milorde, são muito indecentes. Deve parar de provocá-los de imediato.

Ele lhe deu uma olhadela para ver se falava sério, mas, sem conseguir avaliar se ela estava brincando, preferiu ficar quieto.

A srta. Tarabotti acabou de arrumar a gravata. O conde ajeitara o cabelo dela de maneira que, pelo menos, disfarçasse os sinais de seu rompante amoroso. A moça atravessou a sala para abrir as cortinas e olhar pela janela da frente, para ver quem poderia ter chegado.

As batidas na porta continuaram até que, por fim, ela foi escancarada.

O casal mais inusitado possível, a srta. Hisselpenny e o professor Lyall, entrou na sala.

A srta. Hisselpenny tagarelava sem parar. Viu a amiga no mesmo instante e foi correndo até ela, lembrando um porco-espinho agitado, com um chapéu espalhafatoso.

— Alexia, querida, sabia que tinha um lobisomem do DAS à espreita no saguão da sua casa? Quando cheguei para o chá, ele já confrontava o seu mordomo, da forma mais ameaçadora. Morri de medo que acabassem trocando socos. Por que um indivíduo daqueles estaria interessado em visitar você? E por que Floote estava tão decidido a mantê-lo longe? Por quê...? — Ela não terminou de falar, pois por fim avistara Lorde Maccon. Seu chapelão de camponesa, listrado, em tons de vermelho e branco, com uma pluma amarela de avestruz, oscilava em meio ao alvoroço.

Lorde Maccon encarava o segundo em comando.

— Randolph, está com péssima aparência. O que faz aqui? Eu mandei que fosse para casa.

O professor observou o desalinho do Alfa e se perguntou que barbaridade era aquela na gravata dele. Semicerrou os olhos e fitou a cabeleira solta da srta. Tarabotti. Depois de ser Beta de três líderes consecutivos de alcateias, podia ser qualquer coisa, menos indiscreto. Em vez de tecer comentários ou de responder à pergunta de Lorde Maccon, simplesmente se aproximou do conde e sussurrou algo, com rapidez, ao seu ouvido.

A srta. Hisselpenny, então, deu-se conta dos cabelos desgrenhados da amiga. Solícita, pediu que a srta. Tarabotti se sentasse ao seu lado no pequeno sofá.

— Está se sentindo bem? — Ela tirou as luvas e pôs as costas da mão na testa da outra. — Muito quente, minha querida. Será febre?

A srta. Tarabotti olhou de viés para Lorde Maccon.

— De certa maneira, sim.

O professor Lyall parou de sussurrar.

O conde enrubesceu. Ficara preocupado com o que acabara de ouvir.

— Eles fizeram o quê? *E alguma vez ele deixou de ficar bravo?*

Sussurros e mais sussurros.

— Pros quintos dos infernos! — exclamou o conde, com eloquência.

A srta. Hisselpenny ficou pasma.

A srta. Tarabotti, que começava a se acostumar com o estilo irreverente de Lorde Maccon, riu discretamente do semblante chocado da amiga.

Emitindo outra série de comentários criativos do tipo que geralmente se origina na sarjeta, o conde foi até o porta-chapéus, enfiou a cartola marrom na cabeça sem a menor cerimônia e saiu.

O professor balançou a cabeça e soltou um muxoxo.

— Imagine sair em público com a gravata daquele jeito.

O indivíduo com a peça em questão ressurgiu à soleira da porta.

— Tome conta dela, Randolph, vou mandar Haverbink substituí-lo assim que chegar ao escritório. Quando ele vier, para seu próprio bem, vá para casa e durma um pouco. A noite será longa.

— Está bem — disse o professor.

Lorde Maccon desapareceu de novo, e eles escutaram o barulho da carruagem do Castelo de Woolsey partindo, rua abaixo, em alta velocidade.

Alexia ficou se sentindo abandonada, desolada e, de certa forma, merecedora das olhadelas compassivas de Ivy. O que havia de errado com seus beijos, que faziam com que o Conde de Woolsey sentisse necessidade de se escafeder com tanta rapidez?

O professor Lyall, demonstrando estar pouco à vontade, tirou o chapéu e o sobretudo e os pendurou no porta-chapéus recém-desocupado pelo Lorde Imprecação. Em seguida, pôs-se a examinar o recinto. A srta. Tarabotti não conseguiu descobrir o que procurava, mas, o que quer que fosse, pelo visto não encontrou nada. Os Loontwill seguiam à risca o que a moda ditava em termos de estilo para salas de visita. O espaço, excessivamente mobiliado, tinha até um piano de armário, que nenhuma das mulheres da casa sabia tocar. Mostrava-se entulhado, no limite máximo da capacidade, de mesinhas decoradas com toalhas de renda, coleções de daguerreótipos, garrafas de vidro com miniaturas suspensas de dirigíveis, além de outros bibelôs. Enquanto dava prosseguimento à investigação, o professor procurava evitar qualquer exposição à luz solar. As pesadas cortinas de veludo, que encobriam a janela da frente, na moda desde que os grupos sobrenaturais adquiriram notoriedade séculos antes, deixavam

penetrar certa quantidade de luz na escuridão. O Beta tomava o máximo cuidado para não se expor.

A srta. Tarabotti concluiu que devia estar mesmo exausto para sentir aqueles efeitos nefastos. Os lobisomens mais velhos podiam passar dias em claro. Ele devia estar ultrapassando seus limites ou, então, padecia de algum mal.

As duas amigas observaram com discreta curiosidade enquanto o lobisomem refinado andava pelo recinto. Ele deu uma olhada atrás das aquarelas sem graça de Felicity e debaixo da infame poltrona. A srta. Tarabotti ficou constrangida ao pensar nela, e tentou afugentar os pensamentos do que ocorrera ali havia pouco. Ela fora mesmo tão ousada? Que vergonha.

Quando o silêncio se tornou insuportável, a moça sugeriu:

— Professor, por favor, sente-se. Parece não se aguentar mais de pé. Vai nos deixar tontas perambulando para lá e para cá desse jeito.

O professor Lyall deu uma risada sem graça, mas acatou a ordem. Sentou-se em uma pequena cadeira Chippendale, que puxou para o canto mais escuro da sala: um pequeno nicho ao lado do piano de armário.

— Podemos pedir chá? — perguntou a srta. Hisselpenny, cuja preocupação com a aparência doentia do professor e com o estado febril da amiga sobrepujara todo o senso de decoro.

A srta. Tarabotti ficou impressionada com a presença de espírito da srta. Hisselpenny.

— Que ótima ideia.

A srta. Hisselpenny foi até a porta para chamar Floote, que, num passe de mágica, apareceu sem ser chamado.

— A srta. Tarabotti não se sente muito bem, e esse cavalheiro aqui... — Ela gaguejou.

A preternatural ficou pasma com a própria falta de modos.

— Ivy! Não me diga que não foi apresentada? E eu aqui achando que já se conheciam. Chegaram na mesma hora.

A srta. Hisselpenny se dirigiu à amiga.

— Nós nos encontramos na varanda, mas não fomos apresentados. — Ela se virou para o mordomo. — Perdão, Floote. O que eu estava dizendo mesmo?

— Pediu chá? — sugeriu o todo articulado Floote. — Algo mais, senhorita?

Do sofá em que se encontrava, a srta. Tarabotti perguntou:

— Temos fígado em casa?

— Fígado, senhorita? Vou perguntar ao cozinheiro.

— Se tivermos, peça simplesmente que ele o pique e sirva cru. — A srta. Tarabotti procurou confirmar o pedido, olhando para o professor Lyall, e ele assentiu, agradecido.

Tanto a srta. Hisselpenny quanto Floote pareceram chocados, mas não havia nada que pudessem fazer para protestar contra o pedido da srta. Tarabotti. Afinal, na ausência dos pais, o comando da casa cabia a ela.

— E também sanduíches e geleia — ordenou a dona da casa, com firmeza. Ela se sentia melhor, pois Lorde Maccon deixara o recinto. Agora que se recompusera, a srta. Tarabotti voltara a sentir fome.

— Pois não, senhorita — disse Floote e saiu silenciosamente.

A dona da casa fez as devidas apresentações.

— Professor Lyall, essa é a srta. Ivy Hisselpenny, minha querida amiga. Ivy, esse é o professor Randolph Lyall, o segundo em comando de Lorde Maccon e assessor protocolar, pelo que sei.

O professor se levantou e fez uma mesura. A srta. Hisselpenny o cumprimentou da soleira da porta. Depois de cumprir as formalidades, os dois retornaram aos seus lugares.

— Professor, pode me dizer o que está acontecendo? Por que Lorde Maccon partiu assim, tão apressado? — A srta. Tarabotti se inclinou para a frente e o observou à meia-luz. Era difícil decifrar a expressão do Beta na penumbra, o que a deixava em grande desvantagem.

— Lamento, mas não tenho permissão para falar, srta. Tarabotti. São assuntos do DAS. — Ele se esquivou, sem o menor constrangimento. — Nada de preocupante, o conde resolverá tudo logo, logo.

A srta. Tarabotti se recostou no sofá. Distraidamente, pegou uma das almofadas com bordados de fitas cor-de-rosa e começou a brincar com um dos pompons.

— Então, eu gostaria de saber se posso lhe fazer uma pergunta sobre o protocolo da alcateia.

A srta. Hisselpenny arregalou os olhos e pegou o leque. Sempre que Alexia ficava com aquela expressão nos olhos, ia dizer algo chocante. Será que voltara a ler os livros do pai? A amiga estremeceu, só de pensar. Sabia que boa coisa não viria daqueles manuscritos censuráveis.

O professor, alarmado com a súbita mudança de assunto, olhou com inquietude para Alexia.

— Ah, então é algo secreto? — indagou a srta. Tarabotti. Nunca se podia saber ao certo, em se tratando dos grupos sobrenaturais. Ela sabia que protocolo e etiqueta de alcateia existiam, mas que, muitas vezes, eram absorvidos por meio do convívio social, nem sempre ensinados, tampouco comentados abertamente. A bem da verdade, os lobisomens se integravam mais à sociedade tradicional que os vampiros; ainda assim, não dava para saber, a menos que se fosse um lobisomem. Afinal de contas, suas tradições sempre foram mais antigas que as dos mortais.

O professor encolheu os ombros, com discrição.

— Nem sempre. Devo avisar, no entanto, que as normas da alcateia são, às vezes, um tanto cruas e nem sempre adequadas à presença de uma dama com o refinamento da srta. Hisselpenny.

A srta. Tarabotti deu um largo sorriso.

— Ao contrário de mim? — perguntou, deixando-o em situação difícil.

Ele não costumava dar o braço a torcer.

— Minha cara srta. Tarabotti, a senhorita é, acima de tudo, flexível.

A srta. Hisselpenny enrubesceu, abriu o leque e começou a abaná-lo para refrescar o rosto acalorado. O abano de seda chinesa, vermelho vivo, com fita amarela na borda, fora claramente escolhido para combinar com o chapéu de camponesa, de gosto mais que duvidoso. A srta. Tarabotti revirou os olhos. Será que o mau gosto da srta. Hisselpenny começara a contaminar *todos* os seus acessórios?

O leque pareceu dar à amiga um pouco de coragem.

— Por favor — insistiu ela —, não precisam se conter por minha causa.

A srta. Tarabotti deu um sorriso de aprovação e um tapinha no braço da amiga, antes de concentrar a atenção, outra vez, no semblante do professor Lyall, imerso na penumbra.

— Posso ir direto ao assunto, professor? Lorde Maccon tem se comportado de um jeito bastante desconcertante, nos últimos tempos. Anda — fez uma pausa, com delicadeza — me abordando de forma peculiar. Tudo começou, como o senhor sem dúvida percebeu, na rua, aquela noite.

— Ah, minha querida Alexia! — sussurrou a srta. Hisselpenny, realmente chocada. — Não me diga que alguém a *viu*!

A srta. Tarabotti não fez caso da preocupação da amiga.

— Pelo que sei, somente o professor Lyall aqui, e ele é a discrição em pessoa.

O Beta, embora envaidecido com o elogio dela, comentou:

— Sem querer ser grosseiro, srta. Tarabotti, mas qual aspecto do protocolo da alcateia lhe interessa...?

A srta. Tarabotti respirou fundo.

— Já chego lá. Quero que entenda, professor Lyall, que isso é meio constrangedor para mim. Precisa permitir que eu aborde o assunto de uma maneira indireta.

— Longe de mim exigir que *seja direta*, srta. Tarabotti — salientou o lobisomem, em um tom de voz que à preternatural pareceu beirar o sarcasmo.

— Bom, como eu ia dizendo... — prosseguiu ela, ressentida. — Ontem à noite, no banquete em que nós dois estávamos presentes, o comportamento de Lorde Maccon deixou claro que o que aconteceu na rua foi um... erro.

A srta. Hisselpenny soltou um leve suspiro, pasma.

— Oh — exclamou. — Como ele *pôde* fazer isso!

— Ivy — disse a srta. Tarabotti com a voz séria —, por favor, deixe-me acabar de contar o que aconteceu, antes de julgar mal Lorde Maccon. Afinal, eu é que deveria fazer isso. — Por algum motivo, não podia suportar a ideia de a amiga não apreciar o conde. Ela prosseguiu: — Hoje à tarde, eu deparei com ele aqui em casa ao chegar da rua, esperando por mim neste exato lugar. Pareceu ter mudado de opinião de novo. Estou ficando cada vez mais confusa. — A srta. Tarabotti encarou o acabado Beta. — E não gosto desta incerteza! — Ela deixou a almofada de lado.

— Ele pôs tudo a perder de novo? — perguntou o Beta.

Floote entrou com a bandeja de chá. Sem saber como servir o alimento de forma adequada, o mordomo colocara o fígado cru num pote de sorvete, de vidro lapidado. Pelo visto, o professor Lyall nem se importou com a forma em que as iscas foram apresentadas. Comeu com sofreguidão, mas educadamente, com uma colher de sorvete de cobre.

O mordomo serviu o chá e, em seguida, sumiu de vista outra vez.

A srta. Tarabotti por fim chegou ao cerne da questão.

— Por que Lorde Maccon me tratou com tanta arrogância ontem e com tanta atenção hoje? Existe algum tipo de ritual de alcateia em jogo? — Ela bebericou o chá para ocultar o nervosismo.

O professor comeu todas as iscas de fígado, colocou o pote vazio em cima do piano e olhou para a srta. Tarabotti.

— A senhorita diria que Lorde Maccon deixou claro seu interesse desde o início? — quis saber ele.

— Bom — começou a responder a srta. Tarabotti —, já nos conhecemos faz alguns anos. Antes do incidente da rua, eu diria que ele vinha agindo com apatia.

O professor Lyall deu uma risadinha.

— Isso porque *não* ouviu os comentários dele após esses encontros. Mas estou me referindo ao período mais recente.

A srta. Tarabotti deixou a xícara de lado e começou a gesticular enquanto falava. Um dos poucos maneirismos italianos que absorvera, apesar de mal ter conhecido o pai.

— Eu diria que sim — disse, agitando as mãos —, só que ele não foi taxativo. Sei que sou meio velha e sem graça para despertar o interesse por uma relação duradoura, ainda mais de um cavalheiro com o prestígio de Lorde Maccon, mas, se ele quisesse me ter como zeladora, não deveria ter me dito? E não seria impossível que... — a srta. Tarabotti encarou a srta. Hisselpenny, que não sabia nem que ela era preternatural, nem que aquela condição existia — ... que alguém tão sem criatividade como eu me tornasse uma zeladora? Nem sei o que pensar. Não acho que as liberdades que o conde anda tomando signifiquem que queira me fazer a corte. Sendo assim, quando ele me ignorou no banquete, cheguei à conclusão de que o incidente na rua não passara de um terrível engano.

O professor soltou outro suspiro.

— Ah, entendo. Como posso explicar de maneira delicada? Receio que o meu estimado Alfa venha pensando na senhorita com o lado instintivo, não lógico. Está agindo como faria com uma lobisomem Alfa.

A srta. Hisselpenny franziu o cenho.

— Isso é um elogio?

Ao perceber que o pote do professor estava vazio, a srta. Tarabotti lhe ofereceu uma xícara de chá.

O Beta sorveu o líquido com educação, arqueando a sobrancelha por detrás da borda da xícara.

— Para um macho Alfa? Claro que é. Para os demais, nem tanto. Mas há um motivo para isso.

— Prossiga — insistiu a srta. Tarabotti, com curiosidade.

Foi o que o professor fez.

— Como ele não reconheceu o interesse pela senhorita nem para si mesmo, seus instintos vieram à tona.

A srta. Tarabotti, que por um momento teve uma visão indecorosa de Lorde Maccon agindo por *instinto*, jogando-a por sobre o ombro e levando-a para algum lugar à noite, caiu em si e perguntou:

— E daí?

— Então, é questão de *autocontrole*? — indagou a srta. Hisselpenny à amiga, enquanto olhava para o professor, buscando seu apoio.

— É muito perspicaz, srta. Hisselpenny. — O Beta fitou a moça com receptividade calorosa, e ela enrubesceu, satisfeita.

A srta. Tarabotti sentiu que começava a entender.

— Durante o banquete, o conde esperava que *eu* tomasse a iniciativa? — Quase vociferou, chocada. — Mas estava flertando! Com a... a... tagarela da Wibbley!

O professor Lyall anuiu.

— Daquele jeito, tentava aumentar seu interesse, obrigando-a a fazer valer seus direitos, a mostrar que estava no páreo e a afirmar seu domínio. De preferência, tudo isso.

As duas amigas ficaram em silêncio, chocadas ante a ideia. A srta. Tarabotti, na verdade, estava mais estarrecida que escandalizada. Afinal, não *acabara* de descobrir, naquela sala de visitas, seu profundo interesse em equiparar a dinâmica macho e fêmea? Concluiu que, se conseguia morder o pescoço de Lorde Maccon e lamentar não ter deixado nenhuma marca duradoura, podia reivindicá-lo para si publicamente.

— No protocolo da alcateia, denominamos isso a Dança da Loba — explicou o Beta. — Perdoe-me por dizê-lo, mas a senhorita é Alfa *demais.*

— Eu não sou Alfa — protestou a jovem, levantando-se e começando a andar de um lado para o outro. Ficou claro para ela que havia uma lacuna na biblioteca do pai, que não lhe fornecera as sutilezas e os hábitos de acasalamento das alcateias.

O professor Lyall a encarou — mãos nos quadris, robusta e autoconfiante. Ele sorriu.

— Não há muitos lobisomens fêmeas, srta. Tarabotti. A Dança da Loba relaciona-se às ligações amorosas na alcateia: à escolha *da fêmea.*

A srta. Hisselpenny ficou em silêncio, horrorizada. Aquele conceito era totalmente alheio à sua formação.

A srta. Tarabotti ponderou sobre o assunto. Concluiu que gostava da ideia. Sempre admirara a posição de superioridade de que as rainhas desfrutavam na estrutura da colmeia. Não sabia que os lobisomens possuíam algo similar. *Será que as fêmeas Alfas sobrepujavam os machos também no quesito romance?*

— Por quê? — perguntou.

O Beta explicou:

— Porque é a fêmea que *escolhe*, já que são tão poucas e nós, machos, somos tantos. Não existe disputa no que diz respeito à fêmea autorizada. Os lobisomens raramente vivem mais que um ou dois séculos, por causa das lutas internas. As regras são rígidas e fiscalizadas pelo primeiro-ministro regional em pessoa. A escolha é exclusiva da loba e definida a cada passo da dança.

— Então, Lorde Maccon estava esperando que eu fosse até ele. — A srta. Tarabotti percebeu, pela primeira vez, como devia ser difícil para os povos sobrenaturais da velha guarda se adaptarem às normas em constante mudança do mundo dos mortais vitorianos. O conde demonstrara ter tudo sob controle, sempre. Nem passara pela cabeça da srta. Tarabotti que ele contrariara as normas na relação com ela.

— E o que me diz do comportamento dele hoje?

A srta. Hisselpenny quase se engasgou.

— O que foi que ele fez? — Apesar de horrorizada, sentiu um agradável calafrio.

A srta. Tarabotti prometeu lhe contar os detalhes mais tarde. Entretanto, achava que, daquela vez, não poderia contar tudo. A situação ultrapassara a capacidade emotiva da srta. Hisselpenny. Se só de olhar para aquela poltrona a preternatural ficava rubra, imagine como a querida amiga reagiria.

O professor Lyall tossiu. A srta. Tarabotti achou que o fez para conter uma risada.

— É possível que isso tenha ocorrido por culpa minha. Fui bastante severo ao lembrá-lo de que devia tratá-la como uma dama inglesa moderna e não como um lobisomem.

— Hum — disse a srta. Tarabotti, ainda de olho na poltrona —, talvez moderna até demais?

O Beta arqueou a sobrancelha, emergindo parcialmente das sombras.

— Alexia — disse a srta. Hisselpenny, com severidade —, vai ter que obrigar Lorde Maccon a deixar suas intenções claras. Se continuar com esse tipo de comportamento, vai acabar provocando um grande escândalo.

A jovem pensou na sua condição de preternatural e no pai, que tinha fama de ter sido um grande mulherengo antes de se casar. *Você não faz nem ideia*, ela quase disse.

A srta. Hisselpenny prosseguiu:

— Acho que uma atitude *desonrosa* estaria fora de cogitação, mas isso precisa ficar claro, sem dúvida... — Parecia aflita. — E se ele apenas estiver querendo lhe dar *carta branca*? — Ela encarou a amiga com os olhos grandes e solidários. Era inteligente o bastante para saber quais eram as perspectivas de Alexia, mesmo que não lhe agradasse reconhecer tal fato. Trocando em miúdos, os planos da amiga, por mais romântica que ela fosse, não podiam incluir um casamento com alguém do prestígio de Lorde Maccon.

A srta. Tarabotti sabia que a srta. Hisselpenny não quisera ser maldosa, mas, ainda assim, ficou magoada. Assentiu, com tristeza.

O professor Lyall, que se sensibilizou com os olhos entristecidos da jovem, salientou:

— Só posso imaginar que as intenções de milorde sejam as mais honrosas.

A srta. Tarabotti deu um sorriso, hesitante.

— É muita gentileza sua dizer isso, professor. Mas acho que estou diante de um dilema. Ou bem sigo as regras do protocolo da sua alcateia — fez uma pausa ao ver que a srta. Hisselpenny arregalava os olhos —, correndo o risco de arruinar a minha reputação e ser estigmatizada pela sociedade, ou bem desisto da ideia e mantenho a minha rotina.

A srta. Hisselpenny segurou a mão da amiga e a afagou, solidária. A srta. Tarabotti retribuiu o gesto e, depois, recomeçou a falar, como se quisesse se convencer. Afinal de contas, não tinha alma e era prática.

— Não posso dizer que levo uma vida difícil. Tenho boas condições financeiras e gozo de boa saúde. Talvez eu não seja muito útil para a minha família nem muito apreciada por ela, mas nunca passei por sofrimentos desnecessários. Além disso, conto com os meus livros. — Ela se calou, percebendo que beirava a autocomiseração.

O professor e a srta. Hisselpenny se entreolharam. Algo ocorrera entre eles. Talvez um pacto tácito com o propósito de... A amiga não sabia o quê. Porém, independentemente do que o futuro lhes reservava, a srta. Hisselpenny ficou feliz por ter o professor ao seu lado.

Floote apareceu à porta.

— Um senhor de nome Haverbink quer vê-la, srta. Tarabotti.

O sr. Haverbink entrou na sala de visitas e fechou a porta.

O Beta disse:

— Perdoe-me por não me levantar, Haverbink. Faz vários dias que não descanso.

— Não se preocupe, senhor, de forma alguma.

Era um homem bem corpulento, de aparência abrutalhada, originário das classes trabalhadoras. Se a linguagem rebuscada punha sua procedência em dúvida, sua constituição física a confirmava. Podia ser considerado um típico representante das famílias de camponeses que, quando os bois tombavam, exaustos, pegava o arado com as próprias mãos, atrelava-se a ele e terminava o cultivo.

A srta. Tarabotti e a srta. Hisselpenny nunca haviam visto tantos músculos juntos num só homem. O pescoço dele parecia um tronco de árvore. As duas damas ficaram bastante impressionadas.

O professor Lyall fez as devidas apresentações.

— Senhoritas, esse é o sr. Haverbink. Sr. Haverbink, essa é a srta. Hisselpenny e aquela, a srta. Tarabotti, sua protegida.

— Ah! — exclamou a srta. Hisselpenny. — É do DAS?

O indivíduo anuiu, com afabilidade.

— Sou, senhorita.

— Mas não é um... — A srta. Tarabotti não sabia dizer como descobrira. Talvez por ele parecer tão à vontade em plena luz do dia ou por se mostrar tão civilizado e mundano. Não apresentava os traços dramáticos tão comuns naqueles com excesso de alma.

— Um lobisomem? Não, senhorita. Como não tenho interesse em me tornar zelador, não creio que me tornarei um. Eu já enfrentei alguns no ringue de boxe, portanto, pode ficar despreocupada. Além do mais, o chefe não acredita que enfrentaremos problemas com essa espécie, muito menos durante o dia.

O Beta se levantou, com lentidão. Parecia alquebrado e envelhecido; o rosto normalmente vivaz mostrava-se inexpressivo e cansado.

O sr. Haverbink se dirigiu a ele, solícito.

— Perdão, senhor, mas Sua Senhoria me deu instruções claras de acompanhá-lo até a carruagem e despachá-lo de volta ao castelo. Ele está com tudo sob controle no escritório.

O professor Lyall, quase chegando à mais absoluta exaustão, caminhou a duras penas até a porta.

Pelo visto, o homenzarrão musculoso teria preferido simplesmente carregar o Beta até a rua e, dessa forma, aliviá-lo do sofrimento. Porém, demonstrando ter experiência com o grupo de sobrenaturais, ele respeitou o orgulho de seu superior e nem lhe ofereceu o braço.

Educado em quaisquer circunstâncias, o professor pegou o chapéu e o casaco, colocou-os e, da porta da sala, despediu-se com um aceno. A srta.

Tarabotti e a srta. Hisselpenny tiveram medo de que ele tropeçasse e caísse, mas o Beta se empertigou, saiu da residência e entrou na carruagem do Castelo de Woolsey, dando apenas umas cambaleadas, aqui e ali.

O sr. Haverbink o escoltou e, em seguida, retornou à sala de visitas.

— Estarei bem aqui na frente, perto daquele poste de luz, se precisar de mim, senhorita — disse ele à srta. Tarabotti. — Ficarei lá até o anoitecer e, depois, três vampiros vão se revezar durante a noite. Sua Senhoria não quer correr nenhum risco. Não depois do que acabou de acontecer.

Apesar de mortas de curiosidade, a srta. Hisselpenny e a srta. Tarabotti acharam melhor não bombardear o jovem de perguntas. Se o professor não lhes revelara o que levara o conde a sair tão repentinamente, aquele indivíduo tampouco o faria.

O sr. Haverbink fez uma profunda reverência, com os músculos se contraindo de alto a baixo nas costas, e saiu desajeitadamente do recinto.

A srta. Hisselpenny suspirou e abanou o leque.

— "Ah, vida campestre, que cenário me deste..." — citou ela.

A srta. Tarabotti deu uma risadinha.

— Ivy, você sabe mesmo ser maldosa. Muito bem!

Capítulo 8

Travessuras de Fundo de Quintal

A família Loontwill voltou das compras bastante satisfeita, com exceção do padrasto da srta. Tarabotti, que parecia mais pálido que antes, lembrando um soldado que acabara de voltar da guerra — de uma batalha perdida, com muitas baixas. Floote se aproximou do patrão e lhe entregou uma grande taça de conhaque. O dono da casa murmurou algo sobre a dedicação do empregado ser quase uma devoção e tomou a bebida de um só gole.

Ninguém ficou surpreso com a presença da srta. Tarabotti e da srta. Hisselpenny na saleta da frente. O sr. Loontwill cumprimentou-as brevemente, apenas para não ser indelicado, e foi para o escritório com um segundo copo de conhaque na mão, deixando instruções para não ser incomodado sob hipótese alguma.

As mulheres da família, bem mais tagarelas, saudaram a srta. Hisselpenny e insistiram em lhe mostrar todas as compras.

A srta. Tarabotti teve a presença de espírito de pedir mais chá a Floote. Pelo visto, aquela seria uma tarde longa.

Felicity pegou uma caixa de couro e abriu-a.

— Veja só isso. Não é simplesmente divina? Não queria ter uma igual? — Uma luva de gala três-quartos, de renda verde-musgo, com delicados botões de madrepérola nas laterais, fora embalada com imponência no estojo de veludo preto.

— É linda, sim — concordou a srta. Tarabotti, com sinceridade. — Mas você não tem um vestido para combinar, tem?

Felicity meneou as sobrancelhas, animada.

— Bem pensado, minha querida irmã, mas acontece que agora tenho. — Ela deu uma risada indecorosa.

A srta. Tarabotti entendeu por que o padrasto chegara pálido feito um defunto. Um traje de noite à altura daquelas luvas devia custar uma fortuna e, para completar, Evylin teria direito ao mesmo valor em compras que a irmã. Com efeito, provando aquela lei universal, Evylin exibiu com orgulho a própria luva de cetim azul-acinzentada, com bordado de flores em tom rosa na barra.

A srta. Hisselpenny ficou bastante impressionada com tanta pompa. Sua família não tinha condições financeiras que permitissem luxos como luvas bordadas e trajes de gala, comprados por puro capricho.

— Os vestidos ficam prontos na semana que vem — disse a sra. Loontwill, orgulhosa, como se as duas filhas tivessem feito uma grande proeza. — Esperamos que a tempo do Almack's. — Ela olhou para a amiga de Alexia com ar de superioridade. — Também vai, srta. Hisselpenny?

A srta. Tarabotti ficou ressentida com a mãe, que sabia muito bem que os Hisselpenny não tinham prestígio suficiente para participar de um evento tão ilustre.

— E como será seu vestido novo, mamãe? — perguntou ela, rispidamente. — Apropriado ou o de sempre: um vestido perfeito para uma mulher com metade de sua idade?

— Alexia! — exclamou a srta. Hisselpenny, chocada.

A sra. Loontwill olhou com frieza para a filha mais velha.

— Independentemente do que vou vestir, é óbvio que *você* não estará lá para vê-lo. — Ela se levantou. — Tampouco creio que poderá ir ao baile da duquesa amanhã à noite. — Depois de decretar o castigo, saiu do recinto.

Os olhos de Felicity transbordavam de satisfação.

— Você tem toda razão, claro. O vestido que ela escolheu tem um decote ousado, é cheio de babados *e* cor-de-rosa clarinho.

— Alexia, você não devia falar desse jeito com a sua mãe — censurou-a a srta. Hisselpenny.

— Se não com ela, então com quem? — a srta. Tarabotti resmungou baixinho.

— Também acho. E por que não? — indagou Evylin. — Ninguém mais tem essa coragem. Se a mamãe continuar a se comportar desse jeito, daqui a pouco vai reduzir nossas chances de sucesso. — Ela apontou para si mesma e Felicity. — E *nós* não pretendemos virar solteironas. Sem ofensas, minha querida irmã.

A srta. Tarabotti sorriu.

— De modo algum.

O mordomo chegou com o chá, e a srta. Tarabotti fez um gesto para ele.

— Floote, você poderia, por favor, enviar meu cartão para a tia Augustina? Para amanhã à noite.

Evylin e Felicity não se interessaram muito pelo assunto. Não tinham uma tia chamada Augustina, mas um encontro marcado em noite de lua cheia com uma pessoa com esse nome só podia ser com uma cartomante. Claro que a srta. Tarabotti providenciaria algum tipo de distração para si mesma, depois de ter sido inesperada e cruelmente confinada dentro de casa em virtude da ira da mãe.

A srta. Hisselpenny, porém, não era tão ingênua. Olhou para a amiga como se perguntasse o que estaria tramando.

A srta. Tarabotti limitou-se a sorrir, enigmática.

Floote assentiu, sério, e saiu para cumprir o que lhe fora pedido.

Felicity mudou de assunto.

— Vocês ficaram sabendo? Estão fazendo joias com aquele metal novo fantástico, *alu-mi-nínio* ou algo assim. Não perde o lustre como a prata. Só que custa muito caro, e papai não vai deixar a gente comprar nada do gênero. — Ela fez beicinho.

A irmã mais velha aguçou os ouvidos. Os pesquisadores vinham buscando com afinco novas formas de processar esse metal, descoberto havia uns vinte anos.

— *Alumínio* — corrigiu. — Tenho lido a respeito dele em várias publicações da Real Sociedade. Quer dizer que já foi lançado nas lojas de Londres? Que ótimo! Imaginem que é anticorrosivo, antimagnético e não etéreo.

— É o que mesmo? — Felicity mordiscou o lábio, confusa.

— Essa não — comentou Evylin. — Lá vem ela de novo, e ninguém vai poder impedir. Ai, ai, por que eu tinha que ter uma sabichona como irmã?

A srta. Hisselpenny se levantou.

— Senhoritas, me perdoem, mas eu preciso ir — disse ela.

A srta. Tarabotti e suas irmãs anuíram.

— Isso mesmo. É assim que nos sentimos também, quando ela dá uma de cientista — comentou Evylin, magoada.

— Só que a gente mora com ela, não temos escapatória — acrescentou Felicity.

A srta. Hisselpenny mostrou-se constrangida.

— Não, não é isso, é que eu tenho mesmo que ir para casa. Minha mãe me esperava de volta há meia hora.

A srta. Tarabotti acompanhou a amiga até a porta. Floote trouxe o afrontoso chapéu de camponesa, com listras de tons vermelho e branco, e a pluma amarela de avestruz, em toda a sua glória. Ela o amarrou, a contragosto, no queixo da amiga.

Quando as duas moças olharam para a rua, viram o sr. Haverbink andando de um lado para o outro. A srta. Tarabotti acenou. Educado, ele fez um cumprimento com a cabeça.

A srta. Hisselpenny abriu o guarda-sol com um estalido.

— Nunca teve a menor intenção de ir ao baile da duquesa amanhã à noite, não é verdade?

A amiga deu uma risada forçada.

— Você me pegou em flagrante.

— Alexia — a srta. Hisselpenny disse, com desconfiança. — Quem é essa tia Augustina?

A outra sorriu.

— Creio que você já chamou a pessoa em questão de "extravagante" e desaprovou nossa ligação.

A srta. Hisselpenny fechou os olhos, horrorizada. Tinha se confundido por causa da troca de gênero, mas aquele sempre fora o código utilizado entre a srta. Tarabotti e o mordomo, quando os Loontwill estavam por perto.

— Duas vezes em apenas uma semana! — exclamou, chocada. — As pessoas vão começar a fazer comentários. Acharão que está virando zangão. — Ela olhou a amiga, pensativa. Era uma mulher prática, elegante e escultural, que não correspondia ao tipo que, em geral, atraía os vampiros. — Não está pensando em se tornar zangão, está? É uma decisão muito drástica.

Aquela não foi a primeira vez que Alexia sentiu-se tentada a revelar à amiga sua verdadeira natureza. Não que não confiasse em Ivy; simplesmente receava que ela desse com a língua nos dentes, em algum momento inoportuno.

Em resposta, disse apenas:

— Você nem faz ideia do quanto isso é impossível. Não se preocupe. Ficarei bem.

Pelo visto, a srta. Hisselpenny não se tranquilizou. Apertou depressa a mão da amiga e, em seguida, saiu caminhando pela rua, sacudindo levemente a cabeça. A longa pluma amarela de avestruz oscilava de um lado para o outro, como o rabo de um gato bravo, num movimento que refletia sua censura.

Só a Ivy mesmo, pensou Alexia, *para fazer críticas de uma maneira tão delicada e descontraída.*

Ela entrou em casa, disposta a se submeter outra vez às meias-irmãs, e a aguentar a tarde de júbilo familiar.

A srta. Tarabotti acordou no meio da madrugada ao som de um tremendo tumulto. Parecia vir de algum lugar sob sua janela. Ela saiu da cama, vestiu uma peliça de musselina por cima da camisola e foi ver o que estava acontecendo.

Sua janela, que ficava em uma das alas menos elegantes da casa, dava para a entrada de serviço e para um beco onde os comerciantes faziam suas entregas.

A lua, que na noite seguinte estaria cheia, iluminou com um brilho prateado um grupo alvoroçado de formas humanas. Aparentemente, estavam trocando socos. A srta. Tarabotti ficou fascinada. Pareciam lutar de igual para igual, quase sem fazer barulho, o que dava um tom ameaçador

ao incidente. Ao que tudo indicava, ela acordara com o barulho provocado por uma lata de lixo que tombara; de resto, apenas o som de homens se digladiando e alguns gemidos abafados ressoavam.

A moça viu um indivíduo dar um golpe violento. Seu soco acertou em cheio o rosto do adversário. Foi uma pancada certeira, que devia ter nocauteado o outro homem. Porém, o oponente deu a volta e revidou, aproveitando o impulso da própria rotação. O som de alguém sendo esbofeteado ecoou pelo beco, com um barulho surdo e desagradável.

Somente um sobrenatural suportaria uma pancada daquelas sem se abalar. A srta. Tarabotti se recordou do professor Lyall dizendo que vampiros montariam guarda em sua casa naquela noite. Será que estava testemunhando uma luta entre eles? Apesar do perigo, ficou empolgada. Era raro ver uma cena daquelas, pois, apesar de os lobisomens viverem se atracando, os vampiros costumavam optar por outros tipos de confronto.

Ela se debruçou na janela, tentando ver melhor. Um dos homens se soltou e partiu em sua direção, olhando para o alto. Seus olhos inexpressivos encararam a srta. Tarabotti, e ela soube que não era um vampiro.

A jovem conteve um grito de horror e perdeu o interesse pela batalha que se travava abaixo. Já vira aquela face antes: era o homem do rosto de cera que tentara, em vão, raptá-la. À luz da lua, a pele dele mostrava um tom metálico opaco, como se fosse de estanho, tão flácida e sem vida que ela sentiu um calafrio de repugnância. Ainda trazia as letras gravadas na testa, meio esfumaçadas, VIXI. Ele a viu, com a camisola clara se destacando no interior da casa às escuras, e deu uma risada. Como antes, seu sorriso era diferente de tudo que ela já vira, uma abominável fenda escancarada e artificial, cheia de dentes perfeitamente quadrados, que ia de um lado ao outro da face, como um tomate rachado quando jogado na água fervente.

Ele partiu na sua direção. Embora três andares de tijolo a separassem dele, ela não se sentiu segura.

Outro homem conseguiu se desvencilhar do grupo que brigava e perseguiu o atacante. A srta. Tarabotti duvidou de que chegasse a tempo. O homem do rosto de cera se deslocava com grande agilidade, em movimentos rápidos, lembrando mais uma serpente aquática deslizando que um ser humano correndo.

No entanto, não restavam dúvidas de que o perseguidor da criatura era um vampiro. Ao observá-lo, a srta. Tarabotti percebeu que nunca tinha visto um deles correndo a toda a velocidade. Tinha uma fluidez graciosa, e as elegantes botas de cano alto provocavam apenas um ligeiro ruído quando tocavam os paralelepípedos.

O homem do rosto de cera alcançou a residência dos Loontwill e começou a galgar a parte lateral de tijolos. Sem dificuldade, como se fosse uma aranha, ele escalou a parede. Aquele rosto inexpressivo não desgrudava os olhos do alto, na direção da srta. Tarabotti. Era como se estivesse hipnotizado, fixado nela, e em nada mais. VIXI. A preternatural continuava a ler aquelas letras. VIXI.

Não quero morrer, pensou ela. *Ainda nem cheguei a brigar com Lorde Maccon por seu comportamento crasso no nosso último encontro.* Tomada de pânico, estava prestes a fechar as persianas, ciente de que seriam apenas uma proteção precária contra aquela criatura, quando o vampiro atacou.

Seu protetor sobrenatural deu um salto e se pendurou nas costas do homem do rosto de cera. Agarrou a cabeça do sujeito e puxou-a com força. Quer pelo peso adicional, quer pelo tranco que levou, ele caiu da parede. Ambos despencaram e se estabacaram no chão do beco, provocando um barulho horrendo de ossos quebrando. Mesmo depois da queda, nenhum dos dois falou nada, nem gritou. Os parceiros de ambos continuavam a travar uma batalha silenciosa por trás deles, sem se deterem para observar o ocorrido.

A srta. Tarabotti tinha certeza de que o homem do rosto de cera morrera. Ele caíra de uma altura equivalente a um andar, e somente os seres sobrenaturais sobreviveriam incólumes a um acidente daqueles. Como nenhum lobisomem ou vampiro jamais teria aquela aparência, a criatura era, obrigatoriamente, algum tipo de ser humano.

Ela presumira errado, pois o homem do rosto de cera se contorceu sobre o corpo caído do vampiro, ficou de pé de um salto e, então, virou-se, decidido, e rumou de novo à casa. E à srta. Tarabotti.

O vampiro ferido, porém não incapacitado, percebeu a intenção do homem e agarrou uma de suas pernas com punhos de ferro. O outro, em vez de tentar lutar com o inimigo, agiu de modo ilógico. Simplesmente

continuou a se mover aos arrancos em direção à moça, como uma criança mimada, que foi contrariada e não consegue pensar em mais nada. Pouco a pouco, foi arrastando o vampiro atrás de si. Quanto mais avançava, mais a srta. Tarabotti recuava, apesar de estar muito acima, em seu quarto, no terceiro andar.

Aquela situação parecia sem saída. Pelo visto, a luta no beco era travada entre iguais; não obstante, o homem do rosto de cera não conseguiria chegar à srta. Tarabotti com o vampiro agarrado à sua perna.

O barulho de passos carregados e o som agudo de um apito ressoaram em meio à noite silenciosa. Dois policiais surgiram, correndo na direção do beco. Sobre seus uniformes, cartucheiras com pregos de madeira e balas de prata cintilavam à luz da lua. Um deles empunhava uma balestra Adams, híbrida, equipada com uma estaca de madeira afiada e mortal. O outro portava um revólver Colt Lupis, com projéteis de prata — simplesmente o melhor dos Estados Unidos, o mais supersticioso dos países. Ao se dar conta da natureza dos participantes, ele guardou o Colt e pegou um bastão grande, de madeira.

Um dos homens que brigavam no beco gritou algo em latim. Em seguida, ele e o parceiro fugiram, deixando, ao que tudo indicava, apenas os agentes do DAS para trás. O perseguidor da srta. Tarabotti parou de avançar em direção à sua janela e, então, virou-se para o pobre vampiro caído no chão e golpeou seu rosto. Outro som de ossos partindo ecoou. Ainda assim, o vampiro não largou o outro. O homem do rosto de cera deu um passo atrás, apoiou todo o peso do corpo na perna presa, e, em seguida, com o pé solto, golpeou com toda a força os braços do sobrenatural. A moça ouviu outro estalido assustador. Com os dois pulsos quebrados, o vampiro foi obrigado a soltar a criatura. Depois de dar um último sorriso inexpressivo para a srta. Tarabotti, o homem do rosto de cera deu meia-volta e partiu em disparada, passando pelos policiais como se eles nem existissem. O que estava com a balestra fez um disparo certeiro, mas o projétil de madeira não causou nenhum dano ao homem.

O protetor da srta. Tarabotti se levantou, trôpego. Apesar de estar com o nariz quebrado e as mãos pendendo, desarticuladas, mostrou-se satisfeito ao olhar para cima e ver a jovem. A srta. Tarabotti manifestou sua solidariedade, lançando um olhar de comiseração para a maça do rosto e o queixo cobertos de sangue. Sabia que ele ficaria bom rápido, sobretudo se lhe dessem sangue fresco logo; não obstante, sentiu pesar por seu sofrimento momentâneo e, na certa, lancinante.

A srta. Tarabotti se deu conta de que um estranho, um vampiro, acabara de salvá-la de sabe-se lá que tipo de desgraça. Acabara de salvá-*la*, uma preternatural. Unindo as mãos e tocando os lábios com a ponta dos dedos, ela inclinou a cabeça, demonstrando sua silenciosa gratidão. Seu protetor assentiu em reconhecimento e, em seguida, fez um sinal para que a moça se recolhesse.

A srta. Tarabotti anuiu e recuou para a penumbra de seus aposentos.

— O que foi que houve aqui, companheiro? — Ela escutou um policial perguntar enquanto fechava as persianas, com firmeza.

— Acho que foi uma tentativa de arrombamento, senhor — respondeu o vampiro.

O agente soltou um suspiro.

— Bom, deixe-me ver seus documentos, por favor. — Então, dirigiu-se aos outros vampiros. — Façam o favor de mostrar os seus também, cavalheiros.

Depois de toda aquela comoção, a srta. Tarabotti sentiu dificuldade de conciliar o sono. Quando afinal conseguiu dormir, os seus sonhos foram povoados de vampiros com faces sem vida e pulsos quebrados, que não paravam de transformar uma série de Lordes Maccons em estátuas de cera tatuadas com a palavra VIXI.

A família da srta. Tarabotti estava reunida em peso e bastante exaltada, quando ela se levantou para tomar o café na manhã no dia seguinte. Em geral, aquela era a hora mais tranquila do dia, com o sr. Loontwill sendo o primeiro a acordar, Alexia, a segunda, e os demais, bem mais tarde. No entanto, em virtude da noite atribulada, ela saíra da cama por último. Deduziu que devia ser bastante tarde, pois, quando desceu as escadas, encontrou seus entes queridos reunidos no saguão da casa e não na copa.

A mãe se aproximou dela, torcendo as mãos e parecendo mais amalucada do que nunca.

— Arrume seu cabelo, Alexia, querida, ande, por favor. Depressa! Ele a está esperando faz mais de uma hora. Na saleta da frente. Claro que na parte da frente da casa, nenhum outro local serviria. Ele não quis que acordássemos você. Sabe-se lá por que deseja *vê-la*, quando ninguém mais quer. Espero que não sejam assuntos oficiais. Você não andou *aprontando*, andou, Alexia? — A sra. Loontwill parou de torcer as mãos e passou-as na cabeça, como se fossem borboletas agitadas.

— Ele comeu três frangos assados frios — comentou Felicity, chocada. — Três, em pleno café da manhã! — Falou como se não tivesse certeza do que a espantava mais, a quantidade ou a hora.

— E, ainda assim, não parece satisfeito — acrescentou Evylin, pasma, com os olhos azuis mais intensos e arregalados que o normal.

— Chegou cedo, o que não é de bom-tom, e nem quis conversar com o papai, que *queria* trocar ideias com ele. — Felicity estava impressionada.

A srta. Tarabotti deu uma olhadela no espelho do saguão e arrumou o cabelo com as pontas dos dedos. Daquela vez, tinha escondido as manchas roxas do pescoço com um xale estampado verde-azulado, que colocara sobre o vestido preto e prateado. A padronagem do xale destoava das pregas de padrão geométrico do vestido e encobria o elegante decote quadrado do corpete, mas nem tudo na vida era perfeito.

A jovem, que não vira nada de errado com seus cabelos, exceto pelo coque simples, que poderia estar um pouco fora de moda, dirigiu-se à sra. Loontwill.

— Mamãe, por favor, fique calma. Exatamente *quem* está me esperando na saleta?

A mãe ignorou a pergunta e arrastou a filha mais velha pelo corredor, como se ela fosse um cão pastor de pelo azul e Alexia, uma relutante ovelha negra.

A srta. Tarabotti abriu a porta da saleta e, quando a mãe e as irmãs tentaram entrar, fechou-a, com firmeza e sem cerimônia, na cara das três.

O Conde de Woolsey estava sentado no sofá mais afastado da janela, imerso em um silêncio pétreo, com as carcaças de três frangos nas bandejas de prata à sua frente.

Sem querer, a srta. Tarabotti sorriu para ele. É que parecia tão retraído, com todos aqueles frangos que, como sentinelas esqueletos, montavam guarda diante dele.

— Ah — disse o conde, erguendo uma das mãos, como se pedisse que ela parasse de rir. — Não é nada do que está pensando, srta. Tarabotti. Primeiro vamos tratar de assuntos profissionais.

A srta. Tarabotti teria ficado decepcionada, não fosse pelo "primeiro". Lembrou-se, também, do que o professor Lyall tinha dito. Ela teria de dar o próximo passo naquela dança deles. Então, em vez de ficar ofendida, semicerrou os olhos, guardou o sorriso para mais tarde e sentou-se próximo ao conde, mas não perto demais.

— Pois bem, então o que o traz à minha casa nesta manhã, milorde? Conseguiu provocar um rebuliço no lar dos Loontwill. — Ela inclinou a cabeça e se esforçou para manter uma postura educada e comedida.

— Hum, hã, lamento por isso. — Ele olhou, constrangido, para as carcaças de frango. — Sua família é um pouco, bom... — fez uma pausa, procurando a palavra certa, e deu a impressão de ter inventado, ele próprio um termo novo — ... tagarelesca, não é?

A srta. Tarabotti piscou para ele com seus olhos escuros.

— Percebeu? Imagine ter que conviver com ela o tempo todo.

— Algo que prefiro evitar. Embora isso evidencie a força de seu caráter — ressaltou ele, sorrindo de modo inesperado. Aquela expressão suavizou o semblante normalmente fechado.

A srta. Tarabotti perdeu o fôlego. Até aquele momento, nunca tinha considerado o conde um homem bonito. Mas quando ele sorria... Puxa vida, era difícil manter o controle com um sorriso daqueles. Ainda mais antes do café da manhã. Imaginou qual seria a implicação exata de dar *o primeiro passo*.

Ela tirou o xale estampado.

Lorde Maccon, que estava prestes a falar, fez uma pausa, pego de surpresa pelo decote cavado de suas vestes. Os intensos tons de preto e prateado do tecido realçavam o tom dourado da tez mediterrânea da moça.

— Essa roupa vai destacar ainda mais sua cor morena — dissera a sra. Loontwill à filha, quando ela encomendara o modelo. Mas Lorde Maccon gostava dela daquele jeito. Era incrivelmente exótico o contraste entre o vestido elegante e sua tonalidade de pele incomum.

— O dia está muito quente para esta época do ano, não acha? — comentou a srta. Tarabotti, deixando o xale de lado com um gesto que expôs ainda mais seu torso.

Lorde Maccon pigarreou e conseguiu retomar o fio da meada.

— Ontem à tarde, enquanto eu e você estávamos... cuidando de outros assuntos, alguém invadiu a central do DAS.

Ela ficou boquiaberta.

— Isso é um péssimo sinal. Alguém ficou ferido? Conseguiram deter os invasores? Levaram algo de valor?

O conde suspirou. A srta. Tarabotti sempre ia direto ao assunto. Ele respondeu a uma pergunta de cada vez.

— Não, ninguém ficou gravemente ferido. Levaram, na maior parte, arquivos de vampiros errantes e lobisomens solitários. Alguns relatórios detalhados de pesquisas também sumiram e... — Ele fez um trejeito com a boca, parecendo angustiado.

A srta. Tarabotti ficou mais preocupada com o semblante dele que com suas palavras. Nunca o vira com expressão tão atormentada.

— E...? — instigou ela, inclinando-se, com ansiedade.

— E os seus arquivos.

— Ah. — Ela se recostou.

— Lyall voltou para o escritório para verificar alguns detalhes, apesar de eu tê-lo mandado ir para casa, e encontrou todos os que estavam de serviço desacordados.

— Mas que horror! Como aconteceu isso?

— Bom, eles não tinham nenhum tipo de marca, mas dormiam profundamente. O professor inspecionou o recinto e viu que fora saqueado e que tinham roubado alguns registros. Só então ele me procurou aqui. Eu confirmei tudo o que ele disse, mas, quando cheguei ao escritório, todos já haviam acordado.

— Usaram clorofórmio? — perguntou a srta. Tarabotti.

O conde assentiu.

— Parece ter sido esse o caso. Ele me disse que um cheiro estranho pairava no ar. Devem ter usado uma grande quantidade. Poucos indivíduos têm acesso a um produto químico desses. Todos os meus agentes disponíveis estão investigando se algumas das instituições médicas e científicas mais conhecidas encomendou uma quantidade expressiva de clorofórmio nos últimos tempos; meus recursos, porém, ficam limitados na época da lua cheia.

A srta. Tarabotti ficou pensativa.

— Existem muitas organizações do gênero nos arredores de Londres hoje em dia, não é mesmo?

Lorde Maccon se virou para ela, os olhos cor de caramelo cheios de afeição.

— Está vendo como há motivos para nos preocuparmos mais com a sua segurança? Antes, podíamos supor que não tinham noção *do que* você era exatamente; achavam apenas que não passava de uma mortal bisbilhoteira. Agora sabem que é preternatural e que pode neutralizar os sobrenaturais. Eles vão querer dissecá-la para pesquisar isso.

O conde queria que a srta. Tarabotti tivesse noção da extensão do perigo que corria. Ela, porém, costumava ser pouco impressionável. Como aquela noite seria de lua cheia, nem ele nem sua matilha poderiam protegê-la. Lorde Maccon confiava nos outros agentes do DAS, até mesmo nos vampiros, mas esses não faziam parte da alcateia, e os lobisomens não tinham direito de escolha nesse caso. Confiança cega, só entre os membros da matilha. Mas nenhum licantropo podia ficar de guarda no período de lua cheia: tudo o que havia de humano em seu corpo desaparecia em apenas uma noite. Na verdade, nem o próprio conde devia estar circulando naquele momento. O certo era estar na segurança de sua casa, dormindo, aos cuidados dos zeladores. E não com Alexia Tarabotti, alguém por quem nutria desejos carnais extremamente possessivos, quer quisesse, quer não. Não era a troco de nada que casais de licantropos eram trancafiados juntos em uma cela durante a lua cheia. Todos os outros eram obrigados a fazer uma vigília solitária, na terrível e inexorável forma de bestas, mas a paixão podia ser canalizada para atividades mais prazerosas e um pouco menos violentas, desde que a fêmea fosse também amaldiçoada e capaz de sobreviver à experiência. *Qual seria a sensação,* imaginou ele, *de se expor à lua na forma humana e se manter assim por meio do toque de uma amante preternatural?* Devia ser uma experiência e tanto. Os instintos bestiais do conde, incitados pelo condenável decote da srta. Tarabotti, levaram-no a ter tais pensamentos.

Lorde Maccon pegou o xale estampado e o jogou no peito da moça.

— Ponha isso de novo — ordenou, irritado.

Em vez de a srta. Tarabotti se sentir ofendida, ela sorriu, tranquila, pegou o xale e colocou-o cuidadosamente atrás de si, fora do alcance dele.

Ela se virou e, com grande ousadia, segurou a grande mão do lobisomem entre as suas.

— Você está preocupado com a minha segurança, o que é muito amável de sua parte, mas os seus sentinelas foram muito eficientes ontem. Não tenho a menor dúvida de que serão igualmente competentes esta noite.

Ele anuiu. Não afastou a mão do contato hesitante da moça, mas virou-a para acariciá-la.

— Eles me informaram o ocorrido ao amanhecer.

A srta. Tarabotti estremeceu.

— Sabe quem ele é?

— Ele quem? — perguntou o conde, dando a impressão de ignorar o assunto. Distraído, ele afagou o pulso da srta. Tarabotti com os dedos, tentando reconfortá-la.

— O homem do rosto de cera — respondeu ela, com os olhos embaçados pela lembrança e pelo medo.

— Não. Não é humano, nem sobrenatural, tampouco preternatural — disse Lorde Maccon. — Um experimento médico que fugiu ao controle, talvez? É um ser que *contém* sangue.

A srta. Tarabotti ficou espantada.

— E como você pode saber desse detalhe?

Ele explicou:

— Lembra a luta na carruagem? Quando eles tentaram raptá-la? Eu o mordi. Não se recorda disso?

Ela assentiu, recordando-se de que apenas a cabeça do conde adquirira a forma de lobo, e que ele limpara o rosto ensanguentado na manga da camisa.

Lorde Maccon contraiu os lábios másculos, com repulsa.

— Aquela carne não era fresca.

A srta. Tarabotti sentiu um calafrio. *Não, não era fresca*. A ideia de o homem do rosto de cera e seus comparsas estarem com *suas* informações pessoais não lhe agradava. Sabia que o conde faria o possível para protegê-la. Não obstante, como o incidente da noite anterior deixara claro que seus inimigos misteriosos sabiam muito bem onde encontrá-la, nada tinha mudado de verdade com o furto dos documentos do DAS. Mas, considerando que o homem do rosto de cera e o homem sombrio, do lenço de clorofórmio, já sabiam que a srta. Tarabotti não tinha alma, ela se sentiu terrivelmente exposta.

— Sei que isso não vai lhe agradar — disse a moça —, mas resolvi ir visitar Lorde Akeldama hoje à noite, enquanto minha família estiver fora. Não se preocupe. Vou me certificar de que os seus agentes me acompanhem. Tenho certeza de que vou estar em total segurança na residência dele.

O Alfa deu um rosnado.

— Se não tem outro jeito...

— Ele é muito bem informado — ressaltou ela, tentando, de alguma forma, tranquilizá-lo.

Lorde Maccon não podia argumentar contra aquilo.

— Se quer saber, às vezes acho que sabe até demais.

A srta. Tarabotti tentou deixar bem clara a sua posição.

— Ele não está... *particularmente* interessado em mim.

— E por que haveria de estar? — questionou Lorde Maccon. — Você é uma preternatural, uma sem alma.

A srta. Tarabotti estremeceu, mas, por teimosia, foi em frente.

— Mas você está?

Fez-se uma pausa.

Lorde Maccon se sentiu ludibriado. Ele interrompeu as carícias, mas não soltou sua mão.

A srta. Tarabotti se perguntou se deveria insistir. O conde agia como se não tivesse pensado no assunto. Talvez não houvesse mesmo: o professor Lyall dissera que o Alfa agia por instinto. E *estavam* na lua cheia, uma péssima fase para os lobisomens e seus impulsos. *Será que era oportuno questionar os sentimentos dele em relação a ela naquela época do mês?* Mas, por outro lado, não seria aquela a melhor oportunidade de obter uma resposta sincera?

— Estou o quê? — O conde não estava facilitando nada para ela.

A srta. Tarabotti engoliu o orgulho, endireitou-se e perguntou:

— Interessado em mim?

Lorde Maccon ficou em silêncio por alguns instantes, avaliando seus sentimentos. Embora admitisse isso naquele momento específico, segurando sua mão delicada, com aquele aroma de baunilha e canela no ar, com o condenável decote à sua frente, sua mente estava com a clareza de uma sopa de ervilha repleta de pedaços de toicinho da ânsia; havia algo mais naquele caldo. O que quer que fosse, deixou-o irritado, pois só serviria para complicar sua vida tão bem estruturada, e aquele não era o momento de tratar do assunto.

— Tenho gastado muito tempo e energia, desde que nos conhecemos, tentando não gostar de você — admitiu ele, por fim. Mas não respondeu à pergunta da srta. Tarabotti.

— Em compensação, não gostar de *você* é relativamente fácil, sobretudo quando faz esse tipo de comentário! — exclamou a moça, tentando se desvencilhar do toque de sua mão.

O tiro saiu pela culatra. Lorde Maccon a levantou e a trouxe para perto de si, como se ela fosse leve feito uma pluma.

Em um piscar de olhos, a srta. Tarabotti se viu sentada bem perto dele, no pequeno sofá. A temperatura pareceu subir de verdade, como insinuara antes. Ela sentiu uma quentura do ombro à coxa, pelo contato íntimo com os músculos prodigiosos de Sua Senhoria. *Por que os lobisomens,* pensou, *tinham que ser tão musculosos?*

— Minha nossa!

— Estou achando bastante difícil tentar — admitiu Lorde Maccon, virando-se e acariciando seu rosto com uma das mãos — não gostar de você, constante e intimamente, por muito tempo.

A srta. Tarabotti sorriu. O cheiro de pasto a circundava, um aroma fresco que só o conde exalava.

Ele não a beijou, apenas tocou sua face, como se esperasse por algo.

— Você não pediu desculpas pelo seu comportamento — disse a srta. Tarabotti, apoiando a face na mão do lobisomem. Era melhor ele não levar vantagem, deixando-a inebriada. Ela se perguntou se teria coragem de virar o rosto para beijar os dedos dele.

— Hein? Desculpas? Por qual das minhas inúmeras transgressões? — Lorde Maccon estava fascinado pela tez suave do pescoço delas, logo abaixo da orelha. Gostava do jeito como prendia o cabelo, à moda antiga, todo puxado para trás, como o de uma governanta: facilitava o acesso.

— Você me ignorou por completo naquele banquete — respondeu a srta. Tarabotti, insistente. Ainda estava magoada e não permitiria que o conde se esquivasse sem se mostrar arrependido.

Lorde Maccon assentiu, contornando as sobrancelhas negras e arqueadas dela com a ponta do dedo.

— Mesmo assim, você passou a noite conversando, ao que parece, com alguém bem mais interessante do que eu, e ainda foi passear com o jovem cientista na manhã seguinte.

Ele parecia tão desolado que ela por pouco não começou a rir. Ainda assim, não fez pedido algum de desculpas, mas a srta. Tarabotti supôs que era o máximo que conseguiria de um Alfa. Ela o encarou.

— *Ele* está interessado em mim.

Lorde Maccon ficou lívido com a revelação.

— Sei muito bem disso — resmungou.

A preternatural soltou um suspiro. O mais estranho era que não tivera intenção de aborrecê-lo.

— Que atitude eu deveria adotar a essa altura? O que você, ou o protocolo de sua alcateia, gostaria que eu dissesse? — perguntou ela, por fim.

Que você me deseja, pensou ele, levado por seus instintos bestiais. *Que há um futuro, não muito distante no tempo e no espaço, em que estaremos juntos, numa cama bem grande.* Lorde Maccon tentou evitar aquela visão libidinosa e sua influência. *Maldita lua cheia*, pensou, quase trêmulo pelo esforço.

Ele recuperou o autocontrole a tempo de não avançar na moça. No entanto, com o arrefecimento de seu desejo, viu-se obrigado a lidar com as próprias emoções. Sentia um aperto na boca do estômago, uma sensação que não queria admitir. Ia além da necessidade, do desejo ou dos instintos bestiais que ele podia atribuir com tanta facilidade à condição de lobisomem.

Lyall sabia. Não comentara nada, mas percebera. *Quantos Alfas*, pensou Lorde Maccon, *ele testemunhara ficarem apaixonados?*

Lorde Maccon lançou um olhar canídeo para a única mulher com poderes de impedi-lo de se transformar novamente em lobo. Perguntou-se se o sentimento que nutria por ela tinha alguma ligação com aquilo — a singularidade daquela relação. Uma preternatural com um sobrenatural: seria possível essa união?

Você é minha, diziam os olhos do conde.

A srta. Tarabotti não entendeu aquele olhar. Tampouco o silêncio que o acompanhou.

Ela pigarreou, de súbito nervosa.

— A Dança da Loba. O que... preciso fazer agora? — indagou, citando o protocolo da alcateia para conquistar um pouco de credibilidade. Não sabia quais eram as normas, mas queria deixar claro que já entendia, em parte, o comportamento dele.

Lorde Maccon, ainda embasbacado por aquela revelação, encarou-a como se nunca a tivesse visto. Parou de afagar o rosto dela e, aparentando cansaço, esfregou a própria face com ambas as mãos, como se fosse uma criancinha.

— Pelo que vejo, o meu Beta andou conversando com você. — Ele observou a srta. Tarabotti por entre os dedos. — Bom, o professor Lyall me garantiu que cometi uma grave transgressão ao lidar com essa situação. Que você pode até ser uma Alfa, mas não uma licantropa. Ainda assim, devo ressaltar, sendo apropriado ou não, que gostei muito das nossas interações. — Ele olhou para a poltrona.

— Até do porco-espinho? — A srta. Tarabotti não tinha certeza do que estava acontecendo. *Será que ele acabara de revelar suas intenções? Será que não sentia nada além de atração física? Se fosse assim, será que ela deveria ter um caso com ele?* O conde não mencionara a palavra casamento nenhuma vez. Como os lobisomens eram criaturas sobrenaturais e quase mortas, não podiam ter filhos. Ao menos, era o que os livros de seu pai afirmavam. Por causa disso, raramente se casavam, sendo as profissionais da cama e as zeladoras suas alternativas preferidas. A srta. Tarabotti anteviu o próprio futuro. Não teria outra oportunidade como aquela e, além disso, havia maneiras de manter tudo na maior discrição. Pelo menos, era o que tinha lido. Apesar de que, em virtude da natureza possessiva do conde, mais cedo ou mais tarde, tudo viria à tona. *Para os diabos com a reputação*, pensou. *Na verdade, não tenho nenhum futuro promissor para pôr a perder. Eu estaria simplesmente seguindo os passos promíscuos do meu pai. Quem sabe Lorde Maccon não me levaria para um pequeno chalé em algum lugar no campo, com meus livros e uma cama grande e confortável?* Sentiria saudades de Ivy e de Lorde Akeldama e, claro, era obrigada a admitir, da família tola e da sociedade londrina, ainda mais tola. A srta. Tarabotti ficou confusa. *Será que valeria a pena?*

Lorde Maccon escolheu aquele exato momento para inclinar a cabeça da srta. Tarabotti para trás e beijá-la. Daquela vez, ele não se aproximou com suavidade, mas se atracou longamente com os seus lábios, seus dentes e sua língua, cheio de ardor.

Ela colou o corpo no dele, irritando-se, como ocorria sempre que o conde se aproximava dela, com a quantidade de roupa que separava suas mãos do peito dele. *Só existe uma resposta à pergunta: Valeria a pena, sim.*

A srta. Tarabotti sorriu enquanto o conde apertava a boca contra a sua. *Dança da Loba.* Ela recuou e encarou os olhos castanho-amarelados. Apreciava seu olhar faminto de predador. Condimentava o delicioso gosto salgado da pele dele, a sensação de risco.

— Pois bem, Lorde Maccon. Já que vamos levar adiante esse jogo, você gostaria de ser meu... — A srta. Tarabotti tentou encontrar a palavra certa. *Qual era a maneira adequada de se chamar um amante do sexo masculino?* Ela deu de ombros e sorriu. — Caso?

— *O que foi que disse?* — bradou Lorde Maccon, ultrajado.

— Oh. Algo errado? — indagou a srta. Tarabotti, desconcertada com aquela mudança repentina de humor. Não tinha tempo de redimir a gafe, pois o grito do conde chegara ao saguão, e a sra. Loontwill, que se roía de curiosidade, precipitou-se sala adentro.

A mãe topou com a filha entrelaçada com Lorde Maccon, o Conde de Woolsey, atrás de uma mesa, decorada com as carcaças de três frangos.

Capítulo 9

Um Problema do Tamanho de um Lobisomem

A sra. Loontwill fez o mesmo que qualquer mãe experiente faria, ao encontrar a filha solteira nos braços de um lobisomem da nobreza: teve um ataque, oportuno e ruidoso, de histeria.

Em consequência do escândalo considerável, os Loontwill acorreram em peso à saleta da frente, de todos os recintos que porventura ocupavam. Devem ter pensado que alguém morrera ou que a srta. Hisselpenny chegara com algum chapéu de extremo mau gosto. Em vez disso, toparam com uma cena romântica, porém improvável: Alexia nos braços do Conde de Woolsey.

Ela teria se levantado do sofá e se sentado a uma distância apropriada de Lorde Maccon, mas ele a cingiu pela cintura e não a deixou sair do lugar.

A srta. Tarabotti o fitou com grande irritação.

— O que você pensa que está fazendo, seu danado? Já nos metemos em confusões demais. A mamãe vai querer que se case comigo; espere só para ver — sussurrou ela, contrariada.

Lorde Maccon apenas disse:

— Agora fique quieta. Deixe que eu resolvo tudo. — Então, ele afagou o pescoço da moça com o nariz.

Aquilo deixou a sra. Loontwill ainda mais furiosa e pouco à vontade.

Felicity e Evylin pararam à soleira da porta, com os olhos escancarados, e começaram a dar risadinhas histéricas. Floote apareceu por trás das duas e preferiu se posicionar, com discrição, ao lado do porta-chapéus.

A sra. Loontwill continuou a gritar, mais surpresa do que ultrajada. O conde e *Alexia*? Quais seriam as consequências para o prestígio social da família?

A filha tentava se desvencilhar, com nervosismo, da tepidez do braço do conde. Sorrateiramente, tentou tirar os dedos dele de sua cintura, logo acima dos quadris. O braço do conde estava acomodado sobre suas anquinhas, o que era vergonhoso. Ele se limitou a lhe dar uma piscadela, como se estivesse achando todo o seu esforço divertido. Uma piscadela!

Ora, pensou ela, *faça-me o favor!*

O senhor Loontwill chegou à saleta desajeitadamente, com as mãos cheias de recibos de contas da casa que tratava de calcular. Ao deparar com Alexia e o conde, ele deixou os documentos caírem no chão e sibilou. Em seguida, inclinou-se para pegar a papelada, ganhando tempo para avaliar a situação. Claro que deveria desafiar Lorde Maccon para um duelo. Mas havia inúmeras implicações naquele tipo de situação; ele e o conde não podiam duelar, pois um deles era sobrenatural, o outro não. Sendo desafiante, o sr. Loontwill teria de encontrar um lobisomem que atuasse como seu defensor em uma luta contra Lorde Maccon. Mas nenhum de seu círculo de amizades enfrentaria o Alfa do Castelo de Woolsey. Em sua opinião, não encontraria um licantropo londrino disposto a aceitar aquela tarefa hercúlea, nem mesmo o primeiro-ministro regional. Por outro lado, sempre havia a possibilidade de *pedir* que o cavalheiro agisse de forma correta com sua enteada. Mas quem aceitaria Alexia, de livre e espontânea vontade, pelo resto da vida? Seria uma maldição pior que a mutação de um lobisomem. Não, com certeza Lorde Maccon precisaria ser obrigado a fazê-lo. A grande questão era saber se o conde poderia ser persuadido, sem uso de violência, a se casar com Alexia, ou se o máximo que o sr. Loontwill poderia esperar era que a enteada se tornasse uma das zeladoras do Conde de Woolsey.

A sra. Loontwill complicou a situação ainda mais, como era de esperar.

— Oh, Herbert — disse, em tom de súplica, para o marido —, você tem que *obrigá-lo* a se casar com ela! Chame o pároco agora mesmo! Olhe só para eles... estão... — disse, com nervosismo — ... trocando carícias!

— Por favor, Leticia, seja razoável. Nos dias de hoje, não há nada de mais em se tornar zeladora. — O sr. Loontwill levara em consideração os gastos contínuos com o sustento da enteada. Aquela situação poderia se tornar vantajosa para todos os envolvidos, com exceção de Alexia, cuja reputação seria comprometida.

A mãe da moça não concordou.

— Minha filha *não* é do tipo que se torna zeladora.

A srta. Tarabotti murmurou por entre os dentes:

— Você nem imagina o quanto está certa.

Lorde Maccon revirou os olhos.

A sra. Loontwill ignorou a filha.

— Ela é do tipo que se tornará *esposa*! — Não restava dúvida de que a mãe vislumbrava uma ascensão social.

A srta. Tarabotti se levantou do sofá para poder confrontar sua família. O conde foi obrigado a soltá-la, o que o deixou mais aborrecido que os ataques histéricos da sra. Loontwill ou a covardia do padrasto da moça.

— Ninguém vai *me* obrigar a me casar, mamãe. Tampouco vou sujeitar o conde a isso. Lorde Maccon não pediu a minha mão e não deixarei que ele assuma um compromisso sem querer.

A histeria da mãe da srta. Tarabotti passou. Um brilho de aço despontou em seus olhos azul-claros. Um fulgor que levou Lorde Maccon a questionar de quem a moça herdara a personalidade intransigente. Até então, tinha pensado que fora do falecido pai italiano. Mas, a partir daquele momento, já não tinha mais tanta certeza assim.

A sra. Loontwill disse com uma voz aguda e áspera:

— Sua rapariga atrevida! Essa era a atitude que deveria ter tomado para evitar que ele tomasse tantas liberdades.

A srta. Tarabotti não recuara.

— Não aconteceu nada de mais. Minha honra ainda está intacta.

A sra. Loontwill se aproximou e deu um tapa no rosto da filha mais velha. O estalo ecoou no recinto como um tiro de pistola.

— Não está em posição de contestar isso, moça!

Felicity e Evylin ficaram embasbacadas e pararam de rir. Ao lado da porta, Floote fez um gesto involuntário, apesar da pose de estátua.

Antes que qualquer olho humano pudesse perceber, Lorde Maccon surgiu ao lado da sra. Loontwill e segurou com força seu punho.

— Se eu fosse a senhora, não faria isso de novo, madame — avisou. Sua voz mostrou-se suave e baixa, e sua expressão, branda. Não obstante, a fúria de predador pairava no ar: fria, imparcial e mortal. A fúria que desejava morder e contava com dentes afiados. Ninguém conhecia aquele lado de Lorde Maccon, nem mesmo a srta. Tarabotti.

O sr. Loontwill teve a nítida impressão de que, independentemente de sua decisão, não seria mais responsável pela enteada. Percebeu também que a esposa corria risco de vida. O conde parecia zangado e faminto, e seus caninos despontavam no lábio inferior.

A srta. Tarabotti tocou o rosto acalorado, perguntando-se se o tapa desferido pela mãe deixara marcas. Ela encarou o conde.

— Lorde Maccon, solte minha mãe agora.

O conde olhou para ela sem enxergar. Seus olhos estavam completamente amarelos, não apenas a íris, mas a parte branca também, como os de um lobo. A srta. Tarabotti achava que lobisomens não podiam se transformar durante o dia, mas, tão perto da lua cheia, tudo era possível. Ou então se tratava de mais uma habilidade dos Alfas.

Ela deu um passo à frente para se colocar entre Lorde Maccon e sua mãe. Ele queria uma fêmea Alfa, não queria? Pois bem, teria uma para valer.

— Mamãe, eu não vou me casar com o conde contra a vontade dele. Se você ou o sr. Loontwill tentarem me obrigar, não participarei da cerimônia. Vão fazer papel de bobos perante os amigos e os parentes, e eu ficarei muda no altar.

Lorde Maccon a encarou com desprezo.

— E por que isso? O que há de errado comigo?

A sra. Loontwill caiu em si e voltou a falar.

— Quer dizer que o senhor *tem* intenção de levar esse casamento a sério?

Lorde Maccon olhou para ela como se tivesse ficado louca.

— Mas é lógico que sim.

— Vamos, então, deixar tudo bem claro — disse o sr. Loontwill. — O senhor quer se casar com a nossa Alexia, ainda que ela seja... bem... — Ele titubeou.

Felicity o socorreu.

— Velha.

E Evylin complementou.

— E sem graça.

— E morena — acrescentou Felicity.

O sr. Loontwill continuou a falar.

— E tão dona do próprio nariz.

A srta. Tarabotti anuiu.

— É exatamente esse meu ponto de vista! Não há possibilidade de ele *querer* se casar comigo. Não vou obrigá-lo a tomar essa decisão porque é um cavalheiro e acha que deve fazê-lo. É quase lua cheia, e a situação fugiu do controle. Ou devo dizer — ela franziu a testa — escapou das nossas *mãos*?

Lorde Maccon observou a família da srta. Tarabotti. Não era de surpreender que ela tivesse tão baixa autoestima, crescendo naquele ambiente.

Ele olhou para Felicity.

— E o que poderia me interessar em uma mocinha atrevida, recém-saída da escola? — Depois, encarou Evylin. — Talvez não tenhamos o mesmo conceito de beleza. Gosto muito da aparência da sua irmã. — Teve o cuidado de não mencionar o corpo da moça, ou seu cheiro, ou a maciez de seu cabelo, ou todas as outras características que achava tão irresistíveis. — Afinal de contas, quem vai viver com ela sou *eu*.

Quanto mais o conde considerava aquela possibilidade, mais ele gostava dela. Claro que sua imaginação estava cheia de imagens do que ele e Alexia poderiam fazer quando fossem morar juntos e iniciassem a vida de casados; não obstante, aquelas visões eróticas começaram a se misturar com outras: ela acordando ao seu lado, sentada diante dele à mesa de jantar, discutindo ciências e política, aconselhando-o nos casos controvertidos da alcateia e nas dificuldades do DAS. Sem dúvida alguma, seria útil em querelas e em maquinações sociais, desde que estivesse do seu lado. Mas tudo aquilo adviria do prazer do casamento com uma mulher como aquela. Com Alexia, tudo era imprevisível. Uma união cheia de surpresas e emoções era mais que qualquer um poderia desejar. E Lorde Maccon nunca fora do tipo que ansiara por uma vida pacata.

Ele disse para o sr. Loontwill:

— A personalidade da srta. Tarabotti é um de seus atrativos mais poderosos. Pode me imaginar com uma mocinha insignificante e arrogante, facilmente manipulável, que acataria todas as minhas decisões?

Lorde Maccon não estava se justificando perante a família da srta. Tarabotti, mas perante ela. Não queria, porém, que os Loontwill pensassem que estava sendo obrigado a fazer nada! Era Alfa o bastante para isso. Aquela ideia de casamento tinha partido *dele*, ora bolas. Não fazia diferença se o pensamento acabara de lhe ocorrer.

O sr. Loontwill não fez nenhum comentário. Isso, por ter concluído que o conde queria exatamente aquele tipo de esposa. Que homem não gostaria de uma assim?

Sem sombra de dúvida, Lorde Maccon e o sr. Loontwill eram frutos de árvores diferentes.

— Não daria certo para alguém com meu cargo e minha posição. Preciso de alguém de personalidade forte, que me apoie boa parte do tempo e tenha a presença de espírito necessária para me enfrentar, quando achar que estou errado.

— Algo que estou fazendo — interrompeu a srta. Tarabotti — neste exato momento. O senhor não está convencendo ninguém, Lorde Maccon. Muito menos a mim.

Ela ergueu a mão quando ele fez menção de protestar.

— Fomos flagrados em atitude comprometedora, e o senhor está tentando me proteger. — Teimosa, recusou-se a acreditar que os interesses e as intenções dele eram sinceros. Antes de serem surpreendidos pela família dela, sempre que se encontraram, ele nunca sequer pronunciara a palavra casamento. *Muito menos,* pensou ela, com tristeza, *a palavra amor.* — Agradeço *muito* a sua honradez, mas me recuso a admitir que seja coagido. Nem vão me obrigar a aceitar um casamento sem amor, baseado apenas em desejos carnais. — Ela o fitou. — Por favor, entenda minha posição.

Ele tocou o rosto da srta. Tarabotti e afagou a face que a mãe atingira, ignorando a família, que observava tudo.

— Entendo que lhe ensinaram, por um tempo longo demais, que não tinha valor.

A srta. Tarabotti sentiu uma vontade inexplicável de chorar. Afastou o rosto de seu afago.

Ele abaixou a mão. Era óbvio que o estrago estava feito e não poderia ser consertado com apenas algumas palavras numa manhã desastrosa.

— Escute, mamãe — disse a preternatural, gesticulando. — Não vou permitir que manipule essa situação. Ninguém precisa saber do que aconteceu aqui. Desde que vocês não deem com a língua nos dentes, pelo menos desta vez. — Ela lançou um olhar ferino para as irmãs. — Minha reputação ficará intacta, e Lorde Maccon continuará sendo um homem livre. E agora, com licença, estou com dor de cabeça.

Com isso, ela se valeu da dignidade que lhe restara e saiu da saleta. Recolheu-se ao andar de cima, à privacidade de seu toucador, e teve uma crise de choro efêmera, mas bem-vinda. A única pessoa a testemunhar aquele breve momento foi o solidário Floote, que deixou uma bandeja de chá em sua mesinha de cabeceira, com bombas de damasco saídas do forno do chefe, e ordenou aos criados que não a incomodassem.

Lorde Maccon foi deixado à mercê da família.

— Eu creio que, por enquanto, devemos seguir as instruções dela — sentenciou ele.

A sra. Loontwill permanecia irredutível e beligerante.

Lorde Maccon olhou-a, furioso.

— Não interfira, sra. Loontwill. Pelo que conheço de Alexia, o consentimento da senhora só serviria para afastá-la ainda mais de mim, mais que qualquer outra coisa.

A mãe de Alexia mostrou-se ultrajada, mas, como se tratava do Conde de Woolsey, preferiu recuar.

Então, Lorde Maccon se dirigiu ao sr. Loontwill.

— Quero deixar claro, meu prezado senhor, que as minhas intenções são as mais nobres possíveis. Quem está resistindo é a senhorita, que deve ter a liberdade de tomar as próprias decisões. Também não quero que ela seja coagida. E os senhores não devem se intrometer. — Ele parou à porta da saleta para pegar o chapéu e o casaco, e mostrou os dentes para as irmãs da srta. Tarabotti. — E, senhoritas, mantenham a boca fechada. A reputação de sua irmã está em jogo, e não tenham

dúvidas de que qualquer problema teria grande impacto na de vocês. Eu estou levando esse assunto muito a sério. Bom dia a todos. — E, sem mais, deixou o recinto.

— Por essa eu não esperava — disse a sra. Loontwill, deixando-se cair no sofá. — Ainda não sei se gostaria de ter um homem desses como genro.

— Ele é muito poderoso, querida, quanto a isso não tenho dúvidas, e é um homem de posses — salientou o sr. Loontwill, tentando encontrar algum consolo naquela situação desconcertante.

— Mas tão grosseiro! — insistiu a esposa. — E tudo isso depois de comer três dos meus melhores frangos! — Ela apontou, desanimada, para as carcaças em questão, lembranças ostensivas de que, independentemente do que acabara de acontecer ali, ela saíra como perdedora. Os frangos começavam a atrair moscas. A sra. Loontwill puxou o cordão da campainha para que Floote viesse tirar os pratos, irritada com o mordomo por ele não ter se antecipado.

— Bem, uma coisa é certa. Alexia com certeza não irá à festa da duquesa. Mesmo que ainda não a tivesse proibido, seu comportamento de hoje foi decisivo. Com ou sem a comemoração da lua cheia, ela pode muito bem ficar em casa e refletir por muito tempo sobre as suas inúmeras transgressões!

O sr. Loontwill deu um tapinha solidário na mão da esposa.

— Está certo, querida.

Não houve nada de "certo" no que tangia àquele assunto. A srta. Tarabotti, sabendo que a família era propensa ao drama, ficara no quarto a maior parte do dia e recusara-se a descer para se despedir deles quando saíram para a festa. Divertindo-se com toda aquela atribulação, as duas irmãs ficaram tagarelando, do outro lado da porta fechada do quarto, em solidariedade a ela, e prometeram se inteirarem das fofocas mais recentes. A srta. Tarabotti teria ficado mais tranquila se elas tivessem prometido não tecer, elas próprias, um mexerico. A sra. Loontwill se recusou a falar com ela, algo que não incomodou Alexia nem um pouco. Por fim, a casa ficou em silêncio. A preternatural soltou um suspiro de alívio. Às vezes, sua família podia ser muito cansativa.

Ela pôs a cabeça para fora da porta do quarto e chamou:

— Floote?

O mordomo apareceu de imediato.

— Pois não, senhorita?

— Pegue um veículo de aluguel, por favor, Floote. Eu vou sair.

— Tem certeza de que seria sensato, senhorita?

— "Para serem sensatas de verdade, as pessoas nem deveriam sair do próprio quarto" — citou.

Floote lhe lançou um olhar cético, mas desceu as escadas e foi providenciar uma carruagem.

A srta. Tarabotti chamou a criada e tratou de experimentar uma de suas roupas de noite mais versáteis. Era de tafetá cor de marfim, com mangas pequenas e bufantes, decote discreto, faixa plissada em tom framboesa e barra de renda dourado-clara. Na verdade, já o *usara* nas duas últimas estações e devia tê-lo remodelado antes, mas era confortável e lhe caía muito bem. Ela encarava o vestido como um velho amigo e, como sabia que a deixava elegante, tinha o costume de optar por ele em momentos de tensão. Lorde Akeldama apreciava a suntuosidade, mas a preternatural estava esgotada e sem ânimo de usar o luxuoso vestido de seda cor de ferrugem; não naquela noite. Arrumou alguns cachos de cabelo por cima do ombro, ainda marcado, puxando outras mechas para cima e prendendo-as com seus palitos de cabelo favoritos, um de prata e um de madeira. O restante das madeixas prendeu numa trança com fita cor de marfim, que realçava sua negra cabeleira.

Quando ficou pronta, a srta. Tarabotti olhou pela janela e viu que já escurecera. Naquele horário, todos ficavam abrigados em Londres, antes que a lua apontasse no céu. Os povos sobrenaturais chamavam aquela hora do dia de lusco-foco: o tempo exato de que precisavam para trancafiar lobisomens, antes que a lua surgisse e os levasse a se transformar em monstros enlouquecidos e incontroláveis.

Floote lançou outro olhar contrariado à srta. Tarabotti, ao ajudá-la a entrar no veículo de aluguel. Não aprovava sua saída numa noite como aquela. Tinha certeza de que aprontaria algo. Claro que tendia a achar que ela tramava algo *sempre* que a perdia de vista. Mas sair bem na lua cheia não parecia sensato.

A srta. Tarabotti franziu o cenho, ciente do que se passava na mente do mordomo, apesar do semblante impassível dele. Em seguida, deu um breve sorriso. Tinha de admitir a possibilidade de ele ter razão.

— Tome cuidado, senhorita — preveniu-a Floote com seriedade, e sem muita esperança. Afinal de contas, fora mordomo do pai dela antes e vira o que acontecera com Alessandro. Os Tarabotti tendiam a ser voluntariosos e problemáticos.

— Ah, Floote, pare de agir desse jeito paternal. Não cai bem num homem de sua idade e profissão. Só me ausentarei por algumas horas e estarei em total segurança. Dê uma olhada. — Ela apontou para a lateral da casa, atrás do mordomo, onde duas figuras se destacavam nas sombras da noite, como morcegos. Eles se aproximaram com leveza sobrenatural, ficando a poucos metros do coche da srta. Tarabotti, prontos para segui-la.

Floote não pareceu mais tranquilo. Soltou um muxoxo de desdém nada mordomesco e bateu a porta do veículo, com firmeza.

Como eram vampiros, os agentes do DAS que vigiavam a srta. Tarabotti não precisavam de carruagem. Claro que teriam preferido usar um coche, pois sair correndo atrás de um transporte público não era lá muito condigno com a mística sobrenatural. No entanto, a atividade não lhes provocava cansaço físico. E foi o que a srta. Tarabotti os obrigou a fazer, dando ordens para que o condutor partisse, antes que eles tivessem oportunidade de encontrar a própria condução.

A pequena carruagem da srta. Tarabotti seguiu caminho em meio à multidão, que celebrava a festa da lua, parando na frente de uma das moradias mais arrojadas de Londres, a residência urbana de Lorde Akeldama.

O vampiro janota esperava à porta, quando ela desceu do coche.

— Alexia, a mais *doce* dos docinhos, que *ótimo* passar a noite de lua cheia na sua companhia ambrosíaca! Quem poderia ansiar por *algo* melhor na vida?

A srta. Tarabotti sorriu com os galanteios exagerados, sabendo muito bem que Lorde Akeldama teria preferido a ópera, o teatro, a festa da duquesa ou até mesmo o covil das prostitutas de sangue, em West End, onde estaria se empanturrando até ver estrelas, a ficar com ela. Os vampiros adoravam farrear na lua cheia.

Após pagar o cocheiro, a srta. Tarabotti subiu a escadaria da frente.

— Lorde Akeldama, é um prazer desfrutar de sua companhia de novo. Estou felicíssima por me receber assim, tão em cima da hora. Tenho muito o que conversar.

Lorde Akeldama mostrou-se satisfeito. A única coisa que o faria ficar em casa, na noite de lua cheia, seria uma notícia fresca. Na verdade, o que o levara a mudar seus planos fora o pensamento de que, se a srta. Tarabotti o contatara para obter alguma informação, então, estava a par de algo muito importante também. O vampiro esfregou as mãos brancas e elegantes, empolgado. Informações: razão de viver. Bem, e moda, claro.

Lorde Akeldama usava um traje de gala naquela noite. Seu paletó era de veludo cor de ameixa, deslumbrante, e o colete, de cetim xadrez, em tons de verde espuma de mar e roxo. Os calções à altura dos joelhos, na cor lavanda, combinavam perfeitamente, e um enorme broche de ouro e ametista prendia a gravata plastrom formal, com laço triplo, de linho. Usava cartola do mesmo material e cor do terno, e as botas de cano longo brilhavam, de tão polidas. A srta. Tarabotti não tinha certeza se ele estava assim, tão pomposo, por ter a intenção de sair depois daquele encontro, por considerá-la de fato importante ou por ter o hábito de sempre se vestir como atração circense nas noites de lua cheia. Qualquer que fosse a opção, ela se sentiu desarrumada e austera com o vestido fora de moda e os sapatos despojados. Por sorte, não iriam para a cidade juntos. Um par tão destoante acabaria virando troça das pessoas de bom gosto!

Lorde Akeldama a escoltou, solícito, até os últimos degraus da escada. Fez uma pausa na varanda e olhou por sobre o ombro, para observar o coche da srta. Tarabotti, mas o veículo não estava mais ali.

— Suas sombras vão ter de ficar fora dos meus domínios, meu *docinho de coco.* Você conhece as regras territoriais dos vampiros, não conhece, minha *pombinha*? Nem mesmo a *sua* segurança nem os cargos *deles* no DAS podem sobrepujar essas normas. Estão acima da lei por serem fruto de instinto.

A preternatural olhou para ele, espantada.

— Se julgar necessário, milorde, claro que se manterão fora de seu território.

— Bem, minha *belezura*, mesmo que não saiba ao que estou me referindo, tenho certeza de que *eles* sabem. — Ele semicerrou os olhos, observando a rua.

A srta. Tarabotti não conseguiu discernir o que atraíra a atenção de seu anfitrião, mas sabia que não estavam sozinhos: dois vampiros cuidavam de sua segurança, com imobilidade sobrenatural, observando-os. Ela examinou o amigo.

Por um instante, pensou ter visto seus olhos reluzirem de verdade, uma centelha de aviso, uma faísca de proteção de sua propriedade. Perguntou-se se aquele olhar seria o equivalente às urinadas de cães para delimitar seus territórios. A expressão de Lorde Akeldama dizia: "Fiquem longe daqui. É meu." Então, qual seria a atitude dos lobisomens? Lorde Maccon tinha dado a entender que eram menos territoriais que os vampiros, mas ainda assim... Que as alcateias costumavam ficar em certas regiões geográficas não restava dúvida. A srta. Tarabotti deu de ombros. No fim das contas, eles eram lobos, ao menos boa parte do tempo, e o olfato parecia ser de extrema importância para eles. Deviam urinar da mesma forma. A visão de Lorde Maccon erguendo uma das pernas para delimitar os domínios do Castelo de Woolsey pareceu tão absurda, que a srta. Tarabotti teve de se conter para não soltar uma ruidosa gargalhada. Guardou aquela imagem para, no futuro, escolher um momento bem inconveniente para questionar o conde a esse respeito.

Sombras surgiram do outro lado da rua, contrastando com a iluminação tremeluzente da área, tomando a forma de dois homens. Eles cumprimentaram Lorde Akeldama, tirando os chapéus, mas o vampiro apenas torceu o nariz. Em seguida, sumiram de vista, de novo.

Lorde Akeldama pegou a mão da srta. Tarabotti e, com todo carinho, acomodou-a em seu braço, conduzindo-a para dentro da fabulosa casa.

— Venha comigo, minha *caríssima* jovem. — Seus olhos voltaram ao normal, como se nunca tivessem cintilado, e ele tornou a agir com a costumeira amabilidade.

O vampiro meneou a cabeça quando o mordomo fechou a porta da frente às costas dos dois.

— São apenas um pouco melhores do que os zangões, os jovens da colmeia. Não têm nem tempo de pensar por si sós! Primeiro, obedecem à rainha, depois, ao DAS, passando a flor da idade seguindo uma ordem após a outra, como soldados manipulados. Por outro lado, é uma vida descomplicada para os fracos de espírito. — Ele falou em um tom de voz rancoroso, mas a srta. Tarabotti captou nela um resquício de tristeza. Lorde Akeldama estava com o olhar distante, como se tivesse voltado a uma época remota e bem menos complicada.

— Foi por isso que se tornou errante? Cansou de receber ordens? — perguntou a srta. Tarabotti.

— O que foi que disse, *xuxuzinho*? — Lorde Akeldama se sacudiu e pestanejou, como se tivesse acabado de acordar de um sono profundo. — Ordens? Não, o rompimento aconteceu por questões bem mais labirínticas. Tudo começou quando as fivelas douradas voltaram à moda, apenas para terem o grande desgosto de se verem de fora do páreo disputado pelas polainas e perneiras, e depois disso foram caindo no ostracismo. Acho que o momento crucial foi quando certas pessoas, que devem permanecer anônimas, desaprovaram o meu colete de seda fúcsia, listrado. Eu adorava aquele colete. Foi naquela hora que eu finquei o pé, e não tenho vergonha de lhe contar isso! — Para demonstrar sua mágoa, ele bateu o sapato de salto alto, ornado com prata e pérolas, com firmeza no chão. — *Ninguém* vai me dizer o que eu posso ou não vestir! — Ele apanhou um leque de renda que estava na mesa do saguão e abanou-se de forma vigorosa.

Claro que estava mudando o rumo da conversa, mas a srta. Tarabotti não se importou e reagiu à angústia do vampiro com um murmúrio esquivo de solidariedade.

— Mil perdões, minha *cacatua fofa* — pediu ele, simulando grande emoção. — *Por favor*, considere as minhas divagações como as de um alienado. É que me sinto pouco à vontade com dois indivíduos fora da *minha* linhagem nas cercanias da *minha* casa, entende? A sensação é a de ter uns calafrios desagradáveis percorrendo meu corpo sem parar. Parece que há algo errado no *universo* quando o território da pessoa é invadido. Eu *posso* aguentar, mas não *gosto*. Deixa-me irritado e indisposto.

Lorde Akeldama pôs o leque de lado. Um rapaz bem-apessoado se aproximou dele com uma oportuna compressa refrescante, drapeada de forma artística numa bandeja de prata.

— Ah, *obrigado*, Biffy. Sempre *tão* atencioso. — Biffy deu uma piscada e se retirou. Apesar de sua graça e leveza, sua musculatura era impressionante. *Seria um acrobata?*, pensou a srta. Tarabotti. Lorde Akeldama observou, com apreciação, enquanto o jovem se afastava. — Claro que eu não devia ter nenhum favorito... — Ele soltou um suspiro e se virou para a moça. — Mas, agora, vamos tratar de assuntos mais importantes! Como a sua *incrível* pessoa. A que devo o *prazer* incomparável de sua companhia esta noite?

A srta. Tarabotti procurou evitar dar respostas diretas. Em vez disso, concentrou-se no interior da casa. Nunca entrara ali antes, e ficou boquiaberta. Tudo no mais alto estilo, levando-se em conta o que estava em voga um século antes. Lorde Akeldama era dono de uma fortuna considerável e não tinha medo de ostentá-la. Não havia nada em sua residência que fosse de qualidade inferior, falso ou de imitação, apenas ostentoso em último grau. Os tapetes não eram persas, mas retratavam imagens de pastores seduzindo pastorinhas, sob um céu de azul intenso. Ali seriam nuvens brancas e fofas? Sim. O teto abobadado do saguão de entrada tinha afrescos como os da Capela Sistina, só que os de Lorde Akeldama retratavam querubins atrevidos, em atividades pérfidas. A srta. Tarabotti enrubesceu. Todo tipo de atividade pérfida. Mais que depressa, parou de observá-lo. Pequenas colunas gregas decoravam o ambiente, servindo de base para estátuas de mármore de deuses nus, do sexo masculino, que, sem sombra de dúvida, eram peças genuínas da Grécia Antiga.

O vampiro a acompanhou até a sala de visitas. Ali não havia mistura de estilos, mas uma referência ao tempo anterior à Revolução Francesa. Os móveis eram todos brancos ou dourados, com estofamento creme, bordado a ouro e ornado com franjas e borlas. Várias camadas de cortinas de veludo dourado cobriam as janelas, e o tapete felpudo mostrava mais uma cena campestre. Ali só havia dois toques de modernidade. Em primeiro lugar, o ambiente bem iluminado por inúmeras lâmpadas a gás, dando a impressão de que os candelabros rebuscados apenas decoravam o ambiente. Em segundo, um tubo dourado com várias articulações, coloca-do na cornija da lareira. A srta. Tarabotti achou que devia ser alguma obra de arte moderna. *Quanto gasto!*, pensou.

Acomodou-se numa poltrona majestosa e tirou o chapéu e as luvas. Lorde Akeldama se sentou à sua frente. Pegou o dispositivo de cristal com diapasões, tocou-o com o dedo para ativar o som dissonante e colocou-o na mesa.

A srta. Tarabotti se surpreendeu por ele tomar aquela precaução na própria residência. Então, concluiu que ninguém poderia se preocupar mais com escutas que um bisbilhoteiro inveterado como ele.

— E então, o que achou da minha humilde morada?

Apesar de toda a pompa e o esplendor, o recinto parecia ser bastante usado. Havia vários chapéus e luvas aqui e acolá, folhas de papel com anotações por todos os cantos e uma caixa de rapé largada. Um gato re-chonchudo e malhado se alojara perto da lareira e se apossara de uma al-mofada felpuda demais, de borlas chamuscadas. Um piano grande, vistoso e bem espanado destacava-se num dos cantos, com algumas partituras jogadas em cima. Decerto muito mais usado que o que ficava na saleta da frente dos Loontwill.

— É admirável e aconchegante — respondeu ela.

O vampiro deu uma risada.

— Assim diz quem visitou a colmeia de Westminster.

— Que também tem um estilo bastante, hum, rococó — comentou a moça, tentando não insinuar que achara tudo meio ultrapassado.

Lorde Akeldama bateu palmas, satisfeito.

— Não é mesmo? Acho que nunca saí, de verdade, daquela era. Uma época *tão* esplêndida para se viver, quando os homens, *por fim e de fato*, passaram a usar brilho, laços e veludo à vontade.

Houve um burburinho do outro lado da porta da sala de visitas, que, depois de tornar-se mais fraco, irrompeu numa risada estridente.

Lorde Akeldama sorriu, afetuoso. Suas presas ficaram visíveis à intensa luz.

— São os danados dos meus zangõezinhos! — Ele meneou a cabeça. — Ah, como é bela a juventude.

Eles não foram perturbados pelo que quer que ocorrera no saguão. Ao que tudo indicava, uma porta fechada na casa de Lorde Akeldama queria mesmo dizer "mantenha distância". No entanto, a srta. Tarabotti logo descobriu que havia uma algazarra constante no saguão da casa de seu amigo vampiro.

Ela supôs que aquele tipo de ambiente devia ser o mesmo que o de um clube de cavalheiros. Sabia que não existia nenhuma fêmea entre os zangões de Lorde Akeldama. Mesmo que ele tivesse começado a mudar de gosto, não teria como apresentar uma fêmea à Condessa Nadasdy para que fosse transformada. Nenhuma rainha levaria a efeito, de bom grado, a transformação de uma fêmea da casa de um errante: a possibilidade de que se tornasse uma rainha renegada era remota, mas não podia ser ignorada. A condessa, na certa, só mordia os zangões de Lorde Akeldama a duras penas, para garantir o aumento da população. A não ser, evidentemente, que Lorde Akeldama estivesse associado a outra colmeia. A srta. Tarabotti não quis perguntar. Considerou que não seria pertinente.

O vampiro se recostou e começou a brincar com o broche de ametista do plastrom, empinando o dedo mínimo.

— E então, minha *cativante* belezura, conte-me como foi sua visita à colmeia!

A srta. Tarabotti lhe contou o que ocorrera, da forma mais sucinta possível, fazendo uma análise pessoal dos personagens implicados.

Lorde Akeldama pareceu concordar com a avaliação da moça.

— Lorde Ambrose, pode desconsiderar: embora seja o animal de estimação preferido da rainha, tem o cérebro de uma galinha, apesar da incrível beleza. *Quanto* desperdício! — Ele deu um muxoxo e balançou a cabeça loura, com tristeza. — Já o Duque de Hematol é um indivíduo traiçoeiro e, a título de comparação, o membro mais perigoso do círculo íntimo de Westminster.

A preternatural pensou no vampiro banal que tanto a lembrara do professor Lyall, e assentiu.

— Ele me deu mesmo essa impressão.

Lorde Akeldama deixou escapar uma gargalhada.

— Coitado do Bertie, ele se esforça tanto para *não* deixar transparecer nada!

A srta. Tarabotti arqueou as sobrancelhas.

— E é por isso mesmo que acaba se revelando.

— Só que, sem querer ofendê-la, meu *narciso*, você é um pouquinho *insignificante* para atrair a atenção dele. O duque só se interessa em tentar dominar o mundo e outros *absurdos* do gênero. Quando alguém guia os padrões do *universo* social, não vai perder tempo com uma preternatural solteirona.

A moça compreendeu muito bem o que ele quis dizer e não se sentiu nem um pouco ofendida.

O vampiro prosseguiu.

— Mas veja, meu *tesouro*, que em se tratando de suas circunstâncias *pessoais*, creio que deveria ser mais cautelosa com o dr. Caedes. Tem mais mobilidade que a condessa e se interessa por... Como eu poderia dizer? — Parou de brincar com o broche e passou a tamborilar na ametista. — Por *minúcias*. Sabia que é um entusiasta das invenções modernas?

— A coleção exposta no saguão da residência da rainha é dele?

Lorde Akeldama anuiu.

— Ele se dedica a isso e também investe e coleciona zangões com ideias afins. Além disso, não é de todo *são*, no sentido diurno da palavra.

— Em comparação com que outro sentido? — A srta. Tarabotti ficou confusa. Sanidade era sempre sanidade, não era?

— Ah — Lorde Akeldama fez uma pausa. — É que nós, vampiros, temos uma visão mais ampla do conceito de mente sã. — Ele agitou os dedos no ar. — Depois dos dois primeiros séculos, o indivíduo perde um pouco a clareza moral.

— Entendo — disse ela, apesar de não ter compreendido nada.

Alguém bateu à porta, com suavidade.

O vampiro silenciou o dispositivo interruptor de som.

— Entre! — exclamou com voz cantada.

A porta se abriu, revelando um bando de rapazes sorridentes, liderados pelo que Lorde Akeldama chamara antes de Biffy. Todos bem-apessoados, charmosos e bem-humorados. Entraram no recinto, ruidosos.

— Vamos sair para comemorar a lua cheia, milorde — disse Biffy, segurando a cartola.

O vampiro assentiu.

— Minhas instruções são as de sempre, meus queridos rapazes.

Biffy e os outros jovens concordaram, sempre sorrindo, com muita naturalidade. Todos se vestiam de modo apurado: nobres dândis, que eram bem aceitos em todos os eventos, embora nunca fossem notados. A srta. Tarabotti concluiu que todos os homens da residência de Lorde Akeldama sempre seriam, no mínimo, de uma elegância extrema, de uma aparência impecável e, em consequência, de uma invisibilidade patente. Alguns tinham aderido ao seu estilo mais exagerado; a maioria, porém, podia ser considerada uma versão mais sutil de seu senhor. A moça teve a sensação de que já conhecia alguns deles, mas não saberia dizer onde ou quando os vira antes. Eles sabiam *muito bem* como agir conforme o esperado.

Biffy olhou para a srta. Tarabotti, com hesitação, antes de fazer uma pergunta a Lorde Akeldama.

— Deseja algo específico esta noite, milorde?

O vampiro virou o pulso no ar.

— Estou com um jogo *importante* em andamento, meus *queridos*, e dependo da costumeira habilidade de vocês para jogar.

Os rapazes deram vivas, aparentando ter consumido o champanhe de Lorde Akeldama e, em seguida, partiram.

Biffy fez uma pausa à soleira da porta, demonstrando mais apreensão que alegria.

— Tem certeza de que ficará bem sem a nossa companhia, milorde? Posso ficar, se quiser. — Algo em seu olhar dizia que ele faria aquilo de bom grado, independentemente de seu interesse pelo bem-estar do seu mestre.

Lorde Akeldama se levantou e se aproximou dele, de um jeito afetado. Deu-lhe uma beijoca no rosto, para se mostrar e, em seguida, afagou a face do rapaz, com as costas da mão, já sem afetação.

— Tenho que saber com quem estou jogando. — Não usou muita ênfase ao falar: nenhuma entonação exagerada, nenhum vocativo cômico. Falou com a voz neutra e firme da autoridade. Pareceu velho e cansado.

Biffy olhou para o bico da bota reluzente.

— Está bem, milorde.

A srta. Tarabotti se sentiu pouco à vontade, como se tivesse compartilhado de um momento íntimo no quarto. Ficou com o rosto corado de vergonha e desviou o olhar, aparentando ter tido um interesse repentino pelo piano.

Biffy colocou a cartola na cabeça, acenou uma vez e foi embora.

Lorde Akeldama fechou a porta com delicadeza e voltou ao seu lugar ao lado da srta. Tarabotti.

Com grande ousadia, ela pôs a mão no braço dele. As presas do vampiro se retraíram. O lado humano da criatura, embotado pelo tempo, veio à tona com seu toque. Os vampiros a chamavam de *sugadora de almas*, mas, na verdade, em momentos como aquele, ela se aproximava da verdadeira essência de Lorde Akeldama.

— Eles vão ficar bem — disse a srta. Tarabotti, tentando tranquilizá-lo.

— Suponho que tudo vai depender *do que* os meus rapazes vão encontrar pelo caminho e da importância que *poderiam ter* para alguém. — Seu tom era muito paternal.

— Até agora, nenhum zangão desapareceu — ressaltou a preternatural, lembrando-se da criada francesa, que se refugiara na colmeia de Westminster depois do sumiço de seu mestre errante.

— Essa informação é *oficial*? Ou soube disso na fonte? — indagou o vampiro, dando um tapinha na mão da moça, agradecido.

A srta. Tarabotti tinha ciência de que ele se referia aos registros do DAS. Como não sabia nada do acontecido, explicou-se:

— Eu e Lorde Maccon *não* estamos nos falando, agora.

— *Ora bolas,* e por que não? É tão mais divertido quando estão em sintonia. — Lorde Akeldama testemunhara muitos atritos entre a srta. Tarabotti e o conde, mas nunca antes eles tinham deixado de se falar. Aquilo poderia tornar inútil o contato dos dois.

— Minha mãe quer que ele se case comigo. E ele aceitou! — exclamou a srta. Tarabotti, como se aquilo explicasse tudo.

Lorde Akeldama levou a mão à boca, estarrecido, retomando seu velho jeito frívolo de ser. Observou o semblante da preternatural, tentando confirmar a veracidade de suas palavras. Ao perceber que ela falara a verdade,

jogou a cabeça para trás e soltou uma gargalhada pouco característica para um vampiro.

— Quer dizer que ele finalmente está dando o braço a torcer? — Rindo ainda mais, o vampiro tirou um grande lenço roxo e perfumado de um dos bolsos do colete, para secar os olhos marejados. — Poxa, o que será que o primeiro-ministro regional vai achar dessa união? Preternatural com sobrenatural! É um acontecimento sem precedentes em meu tempo de existência. E Lorde Maccon *já* tendo tanto poder. As colmeias vão ficar indignadas. E o potentado também. Ha!

— Espere um momento — pediu a srta. Tarabotti. — Eu recusei.

— Você fez *o quê?* — Então Lorde Akeldama ficou chocado de verdade. — Após se insinuar para ele por tantos anos! Isso é *pura* crueldade, meu *botão de rosa*. Como *pôde* fazer isso? Ele não passa de um lobisomem, e eles podem ser emotivos *ao extremo*, entende? São *muito* sensíveis no que diz respeito a essas questões. Você pode causar um dano irreparável!

A srta. Tarabotti franziu o cenho ao ouvir aquela crítica tão pungente. Seu amigo não deveria estar do seu lado? Ela nem levara em conta o quanto era perturbador para um vampiro ter que elogiar um lobisomem.

O vampiro em questão deu continuidade à admoestação.

— O que há de *errado* com ele? É um pouco rude, sei disso, mas é uma criatura jovem e *robusta*, certo? *E*, de acordo com os boatos, muito bem-dotado, com vários outros... atributos.

A preternatural soltou o amigo e cruzou os braços.

— Não queria obrigá-lo a se casar comigo só porque fomos pegos em flagrante delito.

— Foram pegos... *em quê?* Isso está ficando cada vez mais interessante! Eu *exijo* saber de todos os detalhes! — Lorde Akeldama parecia estar na expectativa de desfrutar da apetitosa experiência por osmose.

Outro burburinho, dos que eram frequentes naquela residência, teve lugar no saguão. Naquele momento, porém, os dois estavam tão envolvidos nos mexericos da srta. Tarabotti, que nenhum deles se lembrou de que a casa deveria estar vazia naquela hora.

Alguém escancarou a porta da sala de visitas.

— Aqui! — disse o homem à entrada. O sujeito não estava bem-vestido e, evidentemente, não era um dos moradores da esplêndida residência de Lorde Akeldama.

O dono da casa e sua visitante se levantaram. A srta. Tarabotti agarrou sua sombrinha e segurou-a com firmeza, com ambas as mãos. Lorde Akeldama estendeu a mão para pegar a obra de arte com o tubo dourado na cornija. Ele pressionou, com força, um botão oculto no centro do objeto e duas lâminas curvas, em forma de gancho, surgiram em cada uma das extremidades do tubo, encaixando-se com um clique. Uma era feita de madeira de lei afiada e a outra, de prata maciça. Não se tratava de arte, no fim das contas.

— Onde foram parar os zangões que deviam estar na minha proprie-dade? — perguntou Lorde Akeldama.

— Isso não importa agora — disse a srta. Tarabotti. — Onde estão os meus vampiros sentinelas?

O homem à porta não respondia àquelas perguntas. Parecia não estar escutando nada. Não fez menção de se aproximar, e ficou ali parado, blo-queando a única rota de fuga dos dois.

— Há uma fêmea com ele — gritou o sujeito para alguém no saguão.

— Traga os dois, então — disse o outro, com voz penetrante. Em seguida, eles conversaram por meio de frases complexas em latim. Os ter-mos que empregaram extrapolavam o parco conhecimento da srta. Tara-botti e, além do mais, eles falaram com um estranho sotaque antigo, que tornava o diálogo ainda mais indecifrável.

Lorde Akeldama ficou tenso. Era óbvio que entendera o que fora dito ou, ao menos, quais eram as implicações.

— *Não.* Não é possível — sussurrou.

A srta. Tarabotti teve a impressão de que, se ele já não possuísse a alvura de um vampiro, teria ficado ainda mais lívido. Seus reflexos sobrenaturais pareciam paralisados por alguma terrível constatação.

O estranho que estava à porta sumiu, e uma figura por demais familiar tomou seu lugar: um indivíduo de rosto paralisado, de cera.

Capítulo 10

Em Prol da Comunidade Britânica

O algoz da srta. Tarabotti segurava um frasco de vidro marrom.

Ela ficou sem ação por alguns instantes, ao se dar conta de que a repulsiva criatura parecia não ter unhas.

Fechando a porta atrás de si, com firmeza, o homem do rosto de cera avançou na direção da srta. Tarabotti e de Lorde Akeldama, destampou o frasco e foi derramando seu conteúdo pelo recinto, à medida que andava. Agia com todo o cuidado, como se fosse uma dama de honra conscienciosa jogando pétalas na frente da noiva.

Vapores invisíveis começaram a exalar do líquido espargido e um estranho odor invadiu o ar. Àquela altura, a srta. Tarabotti conhecia muito bem o cheiro: terebintina.

A preternatural tapou o nariz com uma das mãos e, com a outra, manteve a sombrinha em posição de ataque. Ouviu um baque abafado quando Lorde Akeldama se estatelou no chão e sua arma de tubos dourados caiu de lado, sem ter sido utilizada. Claro que, apesar da abundância de informações, ele não se inteirara do informe médico mais recente, que explicava a aplicação, o uso e o cheiro do clorofórmio. Ou, então, os vampiros eram mais suscetíveis à droga que os preternaturais.

A srta. Tarabotti começou a ficar tonta, sem saber por quanto tempo mais aguentaria prender a respiração. Lutou contra aquela sensação o máximo que pôde e, em seguida, disparou em direção à porta do recinto, em busca de ar fresco.

O homem do rosto de cera, que parecia imune aos efeitos dos vapores, pôs-se à sua frente para evitar que saísse. Ela se recordou da rapidez com que ele se movera na noite anterior. Seria sobrenatural? Talvez não, se o clorofórmio não o afetava. Mas, com certeza, era mais veloz que ela. A srta. Tarabotti lamentou não ter abordado mais cedo o tema desse seu perseguidor, durante a conversa com Lorde Akeldama. Ela *quisera* lhe perguntar. Só que agora era... tarde demais.

Ela lhe deu um golpe com a sombrinha. O cabo de cobre e a ponteira de prata acertaram o crânio do homem, mas ele permaneceu inabalável.

A jovem o atingiu de novo, abaixo do ombro. A criatura afastou a sombrinha com o braço.

A srta. Tarabotti ficou atônita. Tinha batido nele com *muita* força. Mas não houve nenhum som de osso quebrando quando a ponteira, reforçada como uma cápsula de bala, atingiu o seu algoz.

O homem do rosto de cera exibiu o pior sorriso, mostrando aquelas formas medonhas que se passavam por dentes.

Tarde demais, a srta. Tarabotti percebeu que havia inalado o gás, sem querer. Ela se amaldiçoou por ter sido tão idiota. Porém, não adiantava nada se recriminar. O cheiro adocicado do clorofórmio invadiu sua boca, penetrou o nariz, a garganta e, em seguida, os pulmões. *Maldição!,* pensou, empregando um dos impropérios favoritos de Lorde Maccon.

Acertou o homem do rosto de cera uma última vez, mais por teimosia. Sabia que não faria diferença. Seus lábios começaram a formigar, e o mundo, a girar ao seu redor. Oscilou perigosamente e estendeu a mão livre para a frente, tateando em busca do homem, recorrendo à condição de preternatural como último recurso. Sua mão tocou na têmpora terrivelmente flácida, logo abaixo do V de VIXI. A pele dele era fria e áspera. Nada aconteceu com o contato. Ele não se transformou em ser humano normal, não voltou à vida, nem virou sugador de almas. Com certeza, não era sobrenatural. *Ali estava*, concluiu a srta. Tarabotti, *um verdadeiro monstro.*

— Mas — sussurrou ela — eu é que sou sem alma...

Então, deixou a sombrinha cair e mergulhou na escuridão.

★ ★ ★

Lorde Maccon chegou a casa em cima da hora. Sua carruagem acabara de trilhar o longo caminho de paralelepípedos do Castelo de Woolsey, enquanto o sol se punha por trás das imensas árvores, que delimitavam a parte oeste de sua extensa propriedade.

Ela ficava a uma distância considerável de Londres: afastada o suficiente para a alcateia desfrutar de liberdade, mas perto o bastante para usufruir das distrações da cidade. O Castelo de Woolsey não era uma fortaleza impenetrável, como seu nome daria a entender, e sim uma mansão senhorial adaptada, com vários andares e uma quantidade excessiva de arcobotantes. Seu atributo mais importante, em se tratando de lobisomens, era seu calabouço grande e sólido, projetado para acomodar muitos indivíduos. O proprietário original tinha fama de ser libertino e adepto dos contrafortes. Quanto aos arcabouços, não se sabia o motivo, mas eram muito amplos. O grande número de aposentos privativos, no andar logo acima da masmorra, também foi considerado de crucial importância pela alcateia. O Castelo de Woolsey precisava abrigar um número considerável de residentes: lobisomens, zeladores e criados.

Lorde Maccon já desceu da carruagem sentindo um forte formigamento e uma compulsão carnívora, sensações desencadeadas em excesso pela lua cheia. Podia sentir o cheiro de sangue da presa no sereno da noite, e a vontade irresistível de sair à caça, mutilar e matar aumentava com a aproximação da lua.

Seus zeladores o aguardavam, formando um grupo tenso à porta do castelo.

— O senhor quase ultrapassou o prazo, milorde — protestou Rumpet, o chefe dos mordomos, pegando a capa do Alfa.

Lorde Maccon soltou um resmungo, enquanto pendurava o chapéu e as luvas num suntuoso porta-chapéus do saguão.

Ele olhou de soslaio para o grupo ali reunido, procurando por Tunstell, seu criado pessoal e chefe dos zeladores do castelo. Ao localizar o ruivo desengonçado, o conde grunhiu.

— Tunstell, reporte-se a mim, seu brutamontes.

Tunstell se aproximou de um salto e fez uma reverência. Quando sorria, covinhas se formavam no rosto sardento.

— Toda a alcateia já está reunida e trancafiada, senhor. Sua cela está pronta. Acho melhor descer agora.

— Lá vem você com seu achismo. O que foi que eu lhe disse?

Tunstell limitou-se a dar um largo sorriso.

Lorde Maccon exibiu os pulsos.

— Medidas preventivas, Tunstell.

O sorriso animado do criado esmaeceu.

— Tem certeza de que isso é necessário, senhor?

O conde sentiu que os ossos começavam a se fraturar.

— Mas que diabos, Tunstell, está questionando minhas ordens? — Com uma pequena porção da mente ainda raciocinando, ele se entristeceu com aquele lapso. Gostava muito do rapaz, mas sempre que o julgava pronto para a mordida ele se comportava como um imbecil. Pelo visto, tinha alma em abundância, mas será que era *sensato* o bastante para se tornar sobrenatural? O protocolo da alcateia tinha de ser seguido à risca. Se o ruivo sobrevivesse à transformação e continuasse a desdenhar dos regulamentos, o que seria da segurança de *todos*?

Rumpet foi ajudá-lo. Não era zelador, nem queria passar pela metamorfose, mas executava seu trabalho com eficiência. Exercia o papel de mordomo da alcateia fazia muito tempo e tinha, no mínimo, o dobro da idade de qualquer um dos zeladores presentes no saguão. Em geral, mostrava-se mais competente que todos eles juntos.

Atores, pensou Lorde Maccon, exasperado. Havia um lado negativo em se servir daquela profissão em particular, pois os atores em questão nem sempre eram sagazes.

O mordomo ofereceu uma bandeja de cobre com um par de algemas de ferro.

— Por gentileza, sr. Tunstell — disse.

O ruivo tinha as próprias algemas, como todo zelador. Soltou um suspiro, resignado, retirou-as da bandeja e fechou-as, com um estalo, nos pulsos do mestre.

Lorde Maccon deixou escapar um suspiro de alívio.

— Rápido — insistiu, com pronúncia indistinta, em virtude da transformação que já modificava sua mandíbula, tornando a fala humana

impossível. A dor também se intensificava cada vez mais, com a horrível agonia de ossos sendo repuxados. Lorde Maccon, em todos os seus longos anos de vida, ainda não se acostumara com aquilo.

A protoalcateia de zeladores cercou-o e levou-o, às pressas, escada abaixo, até o calabouço. O conde percebeu, aliviado, que alguns mais precavidos usavam armaduras e portavam armas. Todos usavam alfinetes de gravata afiados, de prata. Outros traziam, também, facas de prata embainhadas na cintura. Estes ficavam mais atrás do grupo, mantendo certa distância, para o caso de precisarem intervir com as armas brancas.

A masmorra do Castelo de Woolsey estava repleta de ocupantes resmungões. Se os filhotes da alcateia de Lorde Maccon ficavam suscetíveis à transformação muitas noites antes da lua cheia, que dirá no seu ápice. Aqueles estavam ali havia vários dias. O restante chegara logo após o crepúsculo, naquela noite. Só Lorde Maccon tinha força suficiente para ficar fora do confinamento, depois do anoitecer.

O professor Lyall estava sentado com elegância em um banco de três pés, no canto da cela, usando apenas os ridículos lunóticos, enquanto lia o jornal da tarde. Lutava para desacelerar a mutação. A maioria dos membros da alcateia simplesmente se deixava levar, mas o professor resistia ao máximo, testando sua força de vontade ante a inexorável lua. Pelas pesadas barras de ferro da cela do Beta, o conde viu que a coluna vertebral do professor se curvara para a frente de modo anormal e que seus pelos haviam crescido demais, deixando sua aparência pouco aceitável para qualquer ocasião mais formal, exceto ler o jornal da tarde na privacidade da própria... jaula.

O Beta fitou o Alfa por um longo tempo, com seus olhos amarelados, por sobre a armação dos óculos.

Lorde Maccon, com as mãos algemadas à frente, ignorou o Beta de modo flagrante. Supôs que, se a mandíbula do professor não tivesse se modificado a ponto de impossibilitar a fala humana, ele já teria feito algum comentário constrangedor sobre a srta. Tarabotti.

O conde prosseguiu pelo corredor. Os encarcerados se acomodavam ao vê-lo passar, pois cada lobo se tranquilizava instintivamente ao ver o Alfa e sentir seu cheiro. Vários dobraram as pernas da frente, em uma espécie de reverência, ao passo que outros rolaram no chão, mostrando as barrigas. Mesmo no transe da lua cheia, reconheciam seu domínio. Nenhum deles sequer ousava sugerir um desafio. O Alfa não aceitaria desobediência, muito menos naquela noite, e todos sabiam disso.

Lorde Maccon entrou na própria cela. Era a maior de todas e também a mais sólida, sem nada, exceto por correntes e ferrolhos. Nada podia ser considerado seguro, quando ele se transformava. Não se via nem um banco, nem um periódico, apenas pedra, ferro e vazio. Ele soltou um suspiro profundo.

Seus zeladores fecharam com força a porta de ferro e a trancaram com três ferrolhos. Posicionaram-se ao lado de fora, só que do outro lado do corredor, longe do seu alcance. Pelo menos naquele quesito, seguiram suas ordens sem contestar.

A lua se elevou no horizonte. Os lobos mais jovens começaram a uivar.

Lorde Maccon sentiu os ossos se fraturarem e se recomporem de novo. Sua pele esticou para depois encolher, os tendões se realinharam e seu cabelo se alastrou e se transformou em pelo. Seu olfato aguçou-se. Sentiu um leve cheiro familiar, em uma brisa proveniente do castelo, logo acima.

Os membros mais velhos da alcateia, ainda meio humanos, completaram a mutação com ele. Rosnados e lamentos invadiram a noite, conforme os resquícios do dia desapareciam. O corpo sempre resistia à amaldiçoada metamorfose, tornando a dor ainda mais excruciante. Com o corpo material mantendo-se coeso apenas pelos resquícios de suas almas, a lucidez se transformava em frenesi. Os lobisomens gritavam, enlouquecidos pela maldição, pedindo para morrer.

Quem quer que ouvisse aqueles uivos tremeria de medo, independentemente de ser vampiro, fantasma, humano ou animal. Algo que, no final das contas, não importava muito, pois qualquer lobisomem liberado das correntes matava de forma indiscriminada. Na noite de lua cheia, a lua sangrenta, não se tratava de escolha nem de necessidade. Apenas acontecia.

No entanto, quando Lorde Maccon levantou o focinho e começou a uivar, seu lamento não foi um grito desvairado de fúria. O tom baixo da

voz do Alfa era desolador. Pois ele acabara de distinguir o odor que pairava no ar. Tarde demais para dizer algo na língua dos seres humanos. Tarde demais para alertar os zeladores.

Conall Maccon, o Conde de Woolsey, recostou-se nas barras da cela, os últimos vestígios de seu lado humano gritando, não para matar, não para escapar, mas para proteger.

Tarde demais.

Pois aquela brisa trazia, com cada vez mais intensidade, o cheiro de terebintina.

Na placa à porta do Clube Hypocras lia-se PROTEGO RES PUBLICA, gravado em mármore branco italiano. A srta. Tarabotti, amordaçada, amarrada, imobilizada e carregada por dois homens (um segurando-a pelos ombros, o outro, pelos pés) lera as palavras de cabeça para baixo. Estava com uma terrível enxaqueca e precisou de alguns momentos para traduzir a frase, em virtude dos nauseantes efeitos colaterais da exposição ao clorofórmio.

Por fim, deduziu o significado: *proteger a comunidade britânica.*

Hum, pensou. *Não me convenceu. Eu com certeza não me sinto protegida.*

Havia também algo parecido com um emblema, em ambos os lados da frase. Um símbolo ou algum tipo de invertebrado? Seria um polvo de bronze?

Por incrível que parecesse, a srta. Tarabotti não ficara surpresa por ter sido levada para o Clube Hypocras. Lembrou-se de Felicity lendo o anúncio do *Post* dando detalhes sobre "a abertura de um inovador estabelecimento comercial para atender aos cavalheiros com apreço pela ciência". Claro, concluiu, agora que tudo passara a fazer sentido. Afinal de contas, fora no baile da duquesa, bem ao lado do novo clube, que ela matara aquele primeiro vampiro misterioso, que começara tudo. Aquilo completava o processo. E, com todo o clorofórmio usado, tinha que haver algum cientista envolvido.

Será que Lorde Maccon descobrira o mesmo que ela?, pensou. *Será que suspeitava apenas dos membros do clube ou da Real Sociedade também?* A srta. Tarabotti duvidou de que o conde, apesar de suspeitar de tudo e de todos, fosse tão longe.

Seus captores a carregaram até um pequeno compartimento, que, em vez de porta, tinha uma grade de arame sanfonado. Ela conseguiu virar a cabeça apenas o suficiente para ver Lorde Akeldama, com sua figura em tons de violeta, sendo tratado com igual falta de respeito: estava pendurado nas costas de alguém, como um pedaço de carne, sendo metido no pequeno recinto junto com ela.

Bem, raciocinou a preternatural, *ao menos ainda estamos juntos.*

O homem do rosto de cera, que infelizmente continuava com eles, não se envolvera diretamente no transporte de Tarabotti/Akeldama. Fechou a porta gradeada, acionando uma espécie de dispositivo com uma polia, instalado numa das paredes do recinto. Algo inusitado aconteceu. O compartimento inteiro começou a se deslocar para baixo, com lentidão, levando todos. Era como uma queda lenta, e o estômago da srta. Tarabotti, já sensibilizado pelo efeito do clorofórmio, não apreciou aquela experiência.

Ela começou a vomitar e a engasgar.

— Essa daqui não gostou da cabine de ascensão — comentou o homem que segurava seus pés, dando uma risada sarcástica e sacudindo a moça com grosseria.

Um dos outros resmungou, concordando.

Pelas grades, a atônita srta. Tarabotti viu o primeiro andar do clube desaparecer, dando lugar aos alicerces do prédio; em seguida, um novo teto apareceu e, por fim, a mobília e o piso de um ambiente subterrâneo. Foi uma experiência notável.

A cabine minúscula parou, deixando o estômago da moça embrulhado. Os lacaios transportadores de carga humana abriram a grade, retiraram-na, junto com Lorde Akeldama, e os depuseram lado a lado num tapete oriental luxuoso, no meio de uma sala de recepção de tamanho considerável. Um dos indivíduos, por precaução, resolveu se sentar nas pernas de Lorde Akeldama, apesar de ele ainda estar desacordado. Pelo visto, não achavam que a srta. Tarabotti merecia o mesmo tipo de consideração.

Um homem, sentado numa confortável poltrona de couro com tachas prateadas, pitando um grande cachimbo de marfim, levantou-se com a chegada dos prisioneiros e se aproximou para observá-los.

— Belo trabalho, cavalheiros! — Ele mordeu o cachimbo e esfregou as mãos, entusiasmado. — De acordo com os registros do DAS, Akeldama é um dos vampiros mais velhos de Londres. Depois de uma das rainhas, deve ter o sangue mais potente a ser analisado. Como estamos agora no meio de um procedimento de sanguinidade-transversa, é melhor deixá-lo de reserva, por enquanto. E o que temos aqui? — Ele concentrou a atenção na srta. Tarabotti.

Havia algo de familiar em seu semblante, apesar de estar quase todo ensombrecido. Sua silhueta também parecia familiar. Era o sujeito da carruagem! A srta. Tarabotti quase se esquecera dele, em virtude dos terríveis encontros recentes com o monstruoso homem do rosto de cera.

Mas, pelo visto, ele não se esquecera dela.

— Vejam só, quem poderia imaginar? Essa aí está sempre dando as caras, não é mesmo? — Ele deu uma baforada no cachimbo, pensativo. — Primeiro, visitou a colmeia de Westminster, depois, foi encontrada na companhia augusta do espécime Akeldama. Onde se encaixa nesta história?

— Ainda não sabemos, senhor. Temos que consultar os registros. Não é vampira: não tem presas, nem o esquema de segurança de uma rainha. Não obstante, dois vampiros sentinelas a estavam seguindo.

— Ah, sim, e...?

— Nós os eliminamos, claro. Deviam ser agentes do DAS; é difícil saber nos dias de hoje. O que devemos fazer nesse ínterim?

O homem deu algumas baforadas.

— Vamos deixá-la de reserva também. Se não chegarmos a nenhuma conclusão quanto ao seu papel na nossa pesquisa, teremos que obrigá-la a falar. Fazer isso com uma dama é falta de tato, mas não restam dúvidas de que ela confraterniza com o inimigo e, às vezes, alguns sacrifícios têm que ser feitos.

Os participantes daquele joguinho deixaram a srta. Tarabotti confusa. Não pareciam saber quem ou, mais precisamente, *o que* ela era. Não obstante, esses perseguidores tinham, fazia pouco, mandado o homem do rosto de cera até sua casa. A não ser que houvesse dois homens de cera em Londres e ambos estivessem atrás dela. A srta. Tarabotti sentiu um calafrio ante a ideia. Deviam ter visto seu endereço nos registros do DAS. Mas não pareciam conhecê-la, como se achassem que se tratava de duas pessoas distintas: a que sempre interferia nos planos deles e a srta. Alexia Tarabotti, a preternatural dos registros do DAS.

Então, ocorreu-lhe que, por questão de segurança, o DAS não mantinha arquivos com retratos. Apenas senhas, anotações e uma breve descrição de detalhes constavam de sua ficha, em geral codificadas. Seus captores não tinham conhecimento algum da srta. Tarabotti e não sabiam nada a respeito de sua aparência. Exceto pelo homem do rosto de cera, que vira seu rosto na janela do quarto. Perguntou-se por que ele não teria revelado seu segredo.

Sua pergunta ficou sem resposta. Os grandalhões a ergueram, seguindo a ordem do homem sombrio, e a levaram para fora da sala de recepção, depois de Lorde Akeldama.

— E, agora, cadê o meu tesouro? — Ela ouviu o homem sombrio perguntar, conforme saíam. — Ah, aqui está ele! E como se comportou neste passeio? Bem? Claro que sim, querido. — Ele, então, começou a falar em latim.

A srta. Tarabotti foi carregada por um longo corredor estreito, pintado de branco, com uma série de portas, semelhantes às de uma instituição. A iluminação era feita com lamparinas a óleo de cerâmica branca, que ficavam em cima de pequenos pedestais de mármore, colocados entre uma porta e outra. Tudo parecia fazer parte de algum tipo de ritual, como se aquele fosse um antigo lugar de adoração. Estranhamente, as maçanetas das portas tinham sido forjadas no formato de polvos e, olhando mais de perto, as lamparinas também.

A srta. Tarabotti foi conduzida por uma longa escada, para outro corredor com mais portas e lamparinas, idêntico ao primeiro.

— Onde vamos deixá-los? — indagou um dos homens. — O espaço diminuiu desde que *vampirizamos* as operações, por assim dizer.

Os outros três riram cruelmente, ao ouvir a piada macabra.

— Vamos deixá-los na última cela. Não faz muita diferença se ficarem juntos; os médicos vão levar Akeldama em breve para o processamento. Fazia muito tempo que os jalecos cinza queriam pôr as mãos nele.

Um dos indivíduos lambeu os beiços cheios.

— Eu acho que vamos ganhar uma bonificação gorda por esta empreitada.

Os outros concordaram, entre murmúrios.

Chegaram à última cela do corredor e um deles puxou para o lado a parte central da maçaneta de cobre em forma de polvo, revelando o buraco de uma fechadura. Depois de abrir a porta, eles largaram com brusquidão a srta. Tarabotti e Lorde Akeldama, deitado de costas, dentro da cela. A lateral do corpo dela bateu com força no piso, e a preternatural tentou não gritar de dor. Os homens fecharam a porta, e ela os ouviu conversando, enquanto se afastavam.

— Serão bons para os experimentos, né?

— Sei não.

— Que diferença faz? O que importa é o pagamento.

— É verdade.

— Quer saber? Acho que...

Então suas vozes foram esvaecendo a distância.

A srta. Tarabotti ficou lá deitada, de olhos arregalados, examinando a câmara que passara a ocupar. Suas pupilas precisaram de algum tempo para se adaptar ao escuro, pois não havia lamparinas a óleo, nem qualquer outra fonte de iluminação. Não existiam grades, apenas uma porta inteiriça, sem maçaneta na parte interna. Aquilo mais parecia um armário que uma cela. Mas ela sabia, por instinto, que *era* uma prisão. Não havia janelas, mobília, tapetes, nem qualquer adorno — somente ela e Lorde Akeldama.

Ela ouviu alguém pigarrear.

Com grande dificuldade, pois estava com os braços e as pernas amarrados e a flexibilidade comprometida pelo corpete e as anquinhas, malditos fossem, a preternatural se contorceu e conseguiu sair da posição em que estava deitada para ficar de lado, dando de cara com Lorde Akeldama.

O vampiro, de olhos abertos, encarava-a com atenção. Era como se tentasse se comunicar com a força do olhar.

A srta. Tarabotti não sabia conversar com os olhos.

Lorde Akeldama começou a se arrastar até ela. Conseguiu se contorcer pelo chão, parecendo uma serpente roxa. O veludo de seu magnífico terno era liso o bastante para ajudá-lo em seu movimento. Por fim, ele a alcançou. Ficou se sacudindo e gesticulou com as mãos atadas, até a srta. Tarabotti se dar conta do que ele queria.

A moça virou-se para trás e pressionou a cabeça contra a mão dele. O vampiro conseguiu soltar, com a ponta dos dedos, a mordaça que lhe tapava a boca. Mas, infelizmente, suas mãos e braços estavam imobilizados com algemas de aço, tal qual os de Lorde Akeldama. Nem mesmo um vampiro conseguiria quebrar aquelas argolas.

Com grande dificuldade, eles conseguiram inverter as posições de maneira que a srta. Tarabotti soltasse a mordaça de Lorde Akeldama. Então, puderam por fim se comunicar.

— Que tremendo infortúnio — disse o vampiro. — Creio que aqueles cafajestes acabaram de *arruinar* um dos meus melhores ternos. *Muito* desagradável isso. Tinha *especial* apreço por ele. Sinto muito tê-la envolvido nisto, minha querida, quase tanto quanto lamento pelo meu terno.

— Ora, não diga tolices. Ainda estou com a cabeça rodando por causa do maldito clorofórmio, não quero que me aborreça — protestou a srta. Tarabotti. — Seria um grande erro culpá-lo por toda esta situação.

— Mas eles estavam atrás de mim. — Em meio à escuridão, Lorde Akeldama pareceu, de fato, culpado. Mas poderia ter sido o efeito das sombras.

— Também estariam me procurando, se soubessem o meu nome — insistiu a moça. — Então, não se fala mais nisto.

O vampiro anuiu.

— Bom, minha *florzinha,* temos que *manter* o seu nome em sigilo pelo maior tempo possível.

A srta. Tarabotti sorriu.

— Não vai ser muito difícil para você, pois nunca usa o meu nome quando se dirige a mim.

Lorde Akeldama deu uma risada.

— Tem toda razão.

A srta. Tarabotti franziu o cenho.

— Talvez não precisemos de subterfúgios. O homem do rosto de cera já sabe. Ele me viu na carruagem, quando eu saía da colmeia de Westminster *e,* além disso, na minha janela, na noite em que foram raptar uma conhecida preternatural. Vai somar dois e dois e deduzir que sou a mesma pessoa.

— Impossível, minha *gota de orvalho* — assegurou o vampiro, confiante.

A srta. Tarabotti mudou de posição, tentando aliviar a dor nas mãos atadas.

— E como pode ter tanta certeza? — perguntou, surpresa com seu tom de voz confiante.

— O homem do rosto de cera, como você o chama, não pode contar *nada* para ninguém. Ele não tem voz, *minha tulipa, nenhuma* voz — respondeu Lorde Akeldama.

A srta. Tarabotti semicerrou os olhos ao encará-lo.

— Sabe o que ele é? Conte para mim, então! Não é sobrenatural, disso eu sei.

— *Aquela coisa*, não *ele*, meu vaga-lume. E sei sim, o que *aquela coisa* é. — Lorde Akeldama mostrou-se reticente, algo que fazia quando brincava com o alfinete da gravata. Como os braços estavam amarrados para trás e o broche tinha sido removido, não pôde fazer mais nada para dar ênfase à expressão, exceto um beicinho.

— E então? — A srta. Tarabotti estava morrendo de curiosidade.

— *Homunculus simulacrum* — revelou o vampiro.

A preternatural o encarou, sem compreender.

Ele suspirou.

— Um *lusus naturae*, entende?

A srta. Tarabotti achou que ele estava brincando e olhou para ele, zangada.

Ele prosseguiu:

— Uma criatura sintética fabricada pela ciência, um homem artificial alquímico...

A srta. Tarabotti puxou pela memória e, de repente, recordou uma palavra que lera, havia muito tempo, num texto religioso da biblioteca do pai.

— Um autômato?

— Isso mesmo! Já existiam antes.

A moça ficou de queixo caído. Pensava que aquelas criaturas fossem mitológicas, como os unicórnios: anomalias de natureza lendária. Aquilo atiçou a curiosidade do seu lado científico.

— Mas do que é feito? Como funciona? Parece tão vivo!

Lorde Akeldama tomou a palavra, de novo.

— Move-se, é animado e ativo, sim. Mas, minha querida campânula, *vivo* não está.

— Como assim?

— Sabe lá que experimento *vil* envolveu sua criação... um esqueleto metálico, talvez, algum tipo de máquina a vapor ou etereomagnética. Talvez tenha as engrenagens de um relógio. Não sou engenheiro para responder a essa pergunta.

— Mas por que alguém ia querer construir uma criatura dessas?

— *Está pedindo* que *eu* explique as ações de um cientista? Não sei nem o que dizer, minha pétala de petúnia. Aquele seu colega lá parecia ser o criado perfeito: incansável e leal até as últimas consequências. Obviamente, é de supor que as ordens devam ser *muito* precisas. — Ele teria continuado, mas a srta. Tarabotti o interrompeu.

— Está certo, está certo. E como se faz para matá-lo? — Ela foi direto ao cerne da questão. Gostava, de verdade, de Lorde Akeldama, mas ele tendia à verborragia.

O vampirou a fitou, com ar de reprovação.

— Ora, não seja *tão* precipitada, minha querida. Tudo ao seu tempo.

— Muito fácil para você dizer isso — resmungou a srta. Tarabotti. — É um vampiro; tem todo o tempo do mundo.

— Pelo visto, não. Acho que não preciso lembrá-la, minha cara, de que aqueles homens vão voltar para *me* buscar. Logo, logo. Ao menos, foi o que disseram.

— Você estava consciente o tempo todo. — Por alguma razão, a preternatural não se surpreendeu.

— Despertei na carruagem, a caminho daqui. Fingi estar desacordado, pois não me pareceu vantajoso chamar atenção para o meu estado de alerta. Assim, poderia tentar obter algumas informações. Infelizmente, não consegui descobrir *nada* de importante. — Aqueles — ele fez uma pausa, como se procurasse o termo certo para descrever seus raptores — *degenerados* não passam de lacaios. Apenas cumprem ordens, sem saber por que as recebem. Não são diferentes do autômato. Não estavam interessados em tratar desse assunto, *seja lá qual for*. Mas, minha margaridinha...

A srta. Tarabotti o interrompeu de novo.

— Por favor, Lorde Akeldama, não quero ser impertinente, mas e quanto ao *homunculus simulacrum*?

— Tem razão, minha querida. Se vão me levar em breve, você precisa de toda informação possível. Pelo pouco que sei, não é possível matar um autômato. Como se faria para *matar* algo que não está *vivo*? Entretanto, é possível deixar o *homunculus simulacrum* inanimado.

A preternatural, que desenvolvera tendências homicidas pouco femininas em relação ao repulsivo homem do rosto de cera, perguntou, ansiosa:

— Como?

— Em geral, essas criaturas são ativadas e controladas por meio de uma palavra ou frase. Se alguém descobrir um jeito de desativar a tal palavra ou frase, vai conseguir desligar o *homunculus simulacrum*, como se fosse um boneco mecânico.

— Uma palavra como VIXI? — sugeriu ela.

— É possível que sim. Você a viu em algum lugar?

— Está escrita no meio da testa dele, com uma espécie de pó preto — explicou a srta. Tarabotti.

— Limalha de ferro magnetizada, suponho, associada ao comando do motor interno do autômato, possivelmente através de uma conexão etérea. Você precisa tentar desativar.

— Desativar o quê?

— O VIXI.

— Ah. — A srta. Tarabotti fingiu que tinha entendido. — Simples assim?

Na escuridão da isolada cela, Lorde Akeldama sorriu para ela.

— Agora, você está de brincadeira *comigo*, meu docinho. Lamento não saber mais a respeito. Nunca precisei lidar pessoalmente com um *homunculus simulacrum*. A alquimia jamais foi o meu forte.

A preternatural perguntou-se qual *seria* o forte dele, mas, em vez disso, indagou:

— O que mais acha que estão tramando neste clube? Além da montagem de um autômato?

O vampiro deu de ombros, apesar dos braços atados às costas.

— O que quer que estejam aprontando, tem a ver, sem dúvida, com experimentos envolvendo vampiros e talvez até com metamorfoses *forçadas*. Estou começando a suspeitar que aquele errante que você matou, quando foi mesmo, uma semana atrás?, não chegou a ser *realmente* metamorfoseado, mas fabricado como algum tipo de cópia.

— Também estão raptando lobisomens solitários. O professor Lyall descobriu isso recentemente — contou a srta. Tarabotti.

— Sério? Eu não sabia. — Lorde Akeldama demonstrou estar mais decepcionado com as próprias habilidades que surpreso com a notícia. — Acho que faz sentido; devem estar trabalhando com os dois lados da vida sobrenatural. Mas tenho certeza de que nem *esses* cientistas descobriram um meio de dissecar ou replicar fantasmas. A pergunta que não quer calar é: o que farão conosco no final?

A srta. Tarabotti sentiu um calafrio ao se lembrar de que a Condessa Nadasdy lhe dissera que os novos vampiros raramente sobreviviam mais que alguns dias.

— O que quer que seja, não deve ser nada agradável.

— Não — concordou Lorde Akeldama, com a voz baixa. — Não deve mesmo. — Ficou quieto por um bom tempo e, depois, indagou, com gravidade: — Minha querida criança, posso lhe perguntar algo muito sério?

Ela arqueou uma sobrancelha.

— Não sei. Pode? Não achei que fosse capaz de falar sério, milorde.

— Ah, sim, é uma suposição que tive o cuidado de cultivar. — O vampiro pigarreou. — Deixe-me tentar, então, ao menos desta vez. Acho que tenho poucas chances de sobreviver a este nosso infortúnio. Mas, se isso acontecer, gostaria de lhe pedir um favor.

A srta. Tarabotti ficou sem saber o que dizer. Foi pega de surpresa ao se dar conta de como a sua vida seria triste sem a presença dele. Também impressionou-se com a forma serena com que ele encarava o fim iminente. Imaginou que, depois de tantos séculos, a morte não seria mais algo a temer.

Ele prosseguiu:

— Faz muito, muito tempo que não vejo o sol. Será que você poderia me acordar mais cedo, um pouquinho antes do anoitecer, com um toque, para que eu pudesse ver o ocaso?

A srta. Tarabotti ficou comovida com aquele pedido. Seria uma empreitada perigosa, pois ela não poderia perder o contato físico com ele, nem por um instante. O vampiro precisava confiar nela cegamente. Se o contato fosse interrompido, ele morreria na hora.

— Tem certeza disso?

Ele deu um suspiro de reconhecimento, como se aquilo fosse uma bênção.

— Certeza absoluta.

Naquele exato momento, alguém escancarou a porta da cela. Um dos lacaios entrou e, sem a menor cerimônia, pôs-se a carregar Lorde Akeldama num dos ombros avantajados.

— Jura? — perguntou o vampiro, pendurado de cabeça para baixo.

— Juro — respondeu a srta. Tarabotti, esperando sobreviver para cumprir a promessa solene.

O sujeito deixou o recinto com Lorde Akeldama. Bateu e trancou a porta ao sair. A preternatural foi deixada sozinha no escuro, sem mais nada além da companhia dos próprios pensamentos. Estava furiosa consigo mesma, pois queria ter perguntado sobre os polvos de cobre espalhados por toda parte.

Capítulo 11

Em Meio às Máquinas

Sem ter o que fazer, a srta. Tarabotti começou a mover as mãos e os pés para ativar a circulação nas partes presas pelas algemas. Ficou ali, por um tempo que pareceu uma eternidade, apenas se mexendo. Achou que tinha sido esquecida, pois ninguém aparecia para vê-la, nem para saber se estava viva ou morta. Sentia-se bastante desconfortável, pois os corpetes, as anquinhas e todos os apetrechos dos trajes de uma dama não tinham sido feitos para que ela ficasse deitada no chão duro, amarrada. Ela virou de lado, suspirou e fixou os olhos no teto, tentando desviar o pensamento de Lorde Maccon, seu dilema do momento, e de Lorde Akeldama, que estava em perigo. Acabou pensando no complicado bordado do trabalho manual mais recente de sua mãe. Aquilo, por si só, era mais torturante que qualquer ato de seus captores.

No fim das contas, foi salva dos próprios pensamentos masoquistas pelo som de pessoas conversando, do lado de fora de sua cela, no corredor. As duas vozes lhe pareceram vagamente familiares. Quando se aproximaram o bastante, a srta. Tarabotti percebeu que a interlocução mais parecia uma visita guiada de museu.

— Claro que deve saber que, para se eliminar a ameaça sobrenatural, é preciso entender esses seres primeiro. A pesquisa mais importante do professor Sneezewort mostrou que... Ah, nesta cela, temos outro vampiro errante: um magnífico exemplar de *Homo sanguis,* mas ainda muito jovem para a exsanguinação. Infelizmente, tanto sua procedência quanto sua colmeia de

origem são desconhecidas. Essas são as consequências de termos de recorrer a espécimes errantes. Mas veja que, aqui na Inglaterra, os membros da colmeia são muito conhecidos do público e bem protegidos. Tem sido difícil obrigar este aqui a falar. Foi trazido da França, sabe, e não anda muito bem da cabeça desde então. Ao que tudo indica, são muitas as implicações de se tirar um vampiro da área em que se encontrava: tremedeiras, desorientação e demência, entre outros. Ainda não determinamos qual seria a distância exata, tampouco sabemos se os corpos hídricos são fatores-chave ou não; mas esse promete ser um campo de pesquisa fascinante. Um dos nossos investigadores mais jovens e entusiasmados está fazendo um trabalho interessante usando este espécime como sua principal fonte de pesquisa. Ele vem tentando nos convencer a fazer uma expedição pelo Canal da Mancha até os confins da Europa Oriental. Creio que quer coletar espécimes russos, só que, por enquanto, não queremos chamar atenção. Tenho certeza de que entende o que quero dizer. Além disso, temos que pensar nos custos.

Uma segunda voz masculina tomou a palavra, com entonação monótona.

— Isso tudo é fascinante. Eu já tinha ouvido falar do aspecto territorial da psicologia vampiresca. Porém, não sabia dos efeitos psicológicos. Gostaria muito de ler a pesquisa quando for publicada. E qual é a pérola que vocês mantêm na última cela?

— Bom, ali estava Lorde Akeldama, um dos vampiros mais velhos de Londres. Sua captura esta noite foi um grande feito. Mas, como ele foi levado para a câmara de exsanguinação, temos apenas nossa hóspede misteriosa no recinto.

— Misteriosa? — O indivíduo deu a impressão de ter ficado intrigado.

A srta. Tarabotti ainda não conseguira determinar por que sua voz lhe parecia tão familiar.

— Isso mesmo — prosseguiu o outro —, uma solteirona de boa estirpe que insiste em aparecer nas nossas investigações. Como passou dos limites, resolvemos trazê-la também.

— Vocês trancafiaram uma *dama*? — indagou o segundo homem, chocado.

— Infelizmente, ela não nos deixou escolha. Foi consequência de sua bisbilhotice. Essa moça é um verdadeiro enigma. — O sujeito pareceu a um só tempo irritado e empolgado. — Gostaria de vê-la? Talvez possa esclarecer algo. Afinal de contas, está abordando a questão sobrenatural de uma perspectiva bastante original, e sua opinião seria importante.

O outro aparentou ter ficado extremamente lisonjeado.

— Ficaria muito feliz em contribuir. É muita gentileza sua.

A srta. Tarabotti se sentia cada vez mais frustrada por não conseguir identificar a voz do homem. Aquele sotaque. De onde era? Felizmente (ou, a bem da verdade, infelizmente), ela não precisou ponderar a respeito por muito mais tempo.

A porta do cubículo em que estava trancafiada se abriu.

A srta. Tarabotti pestanejou e, sem querer, retraiu-se por causa da luz ofuscante do corredor.

Alguém suspirou.

— Vejam só, a srta. Tarabotti!

A moça semicerrou os olhos lacrimejantes e observou as duas figuras iluminadas por trás. Após algum tempo, sua vista se adaptou à luz oscilante das lamparinas a óleo. Ela se contorceu, tentando achar uma posição mais elegante no chão. Não teve muito sucesso e continuou lá deitada de bruços desajeitadamente, algemada. Mas conseguiu um ângulo um pouco melhor, que lhe permitiu ter uma visão mais clara de seus visitantes.

Um deles acabou se revelando o homem sombrio e, pela primeira vez, desde que a srta. Tarabotti tivera o desprazer de conhecê-lo, seu rosto não estava imerso em sombras. Era ele que estava fazendo o papel de guia. Poder finalmente ver sua fisionomia foi uma experiência desagradável. A srta. Tarabotti imaginara que fosse horrível e maligna. Mas seu semblante era bastante comum, com suíças grandes e grisalhas, papada e olhos de tom azul-claro. Pensara que tivesse, ao menos, uma enorme cicatriz. Não obstante, lá estava seu grande e sinistro adversário, um sujeito medíocre, para sua decepção.

O outro era rechonchudo, com óculos e entradas na testa. A srta. Tarabotti conhecia aquele semblante.

— Boa noite, sr. MacDougall — cumprimentou-o. Embora estivesse de bruços, não podia ser indelicada. — É um prazer vê-lo de novo.

O jovem cientista deixou escapar um grito de surpresa, aproximou-se na hora e ajoelhou-se, solícito, perto dela. Com gentileza,

ajudou-a a se sentar, pedindo desculpas por ter de segurá-la com tanta falta de delicadeza.

A srta. Tarabotti não se importou nem um pouco, pois, assim que se sentou, sentiu-se muito mais digna. Ficou satisfeita, também, por saber que o sr. MacDougall não participara de seu rapto. Tal atitude a teria magoado profundamente, pois gostava do rapaz e não queria vê-lo com maus olhos. Não teve a menor dúvida de que sua surpresa e seu interesse foram genuínos. Talvez conseguisse até tirar proveito de sua presença.

A preternatural se deu conta, então, do estado do seu penteado e ficou mortificada. Seus captores tinham, obviamente, tirado a fita e os dois palitos de cabelo mortais, o de madeira e o outro de prata. Sem os prendedores, cachos negros e pesados lhe caíam pelas costas, largados. De um jeito patético, ela ergueu o ombro e se curvou para o lado, tentando tirar uma mecha do rosto, sem se dar conta de como parecia atraente e exótica com o cabelo solto contrastando com os traços marcantes, a boca carnuda e a pele morena.

Uma típica italiana, pensou o sr. MacDougall ao deixar de lado, por um momento, sua preocupação com o bem-estar da moça. Ficou sinceramente apreensivo. Também se sentiu culpado, pois, se tinham metido a srta. Tarabotti naquele caos, devia ser por causa dele. Não fora ele que encorajara seu interesse pelo sobrenatural durante o passeio que fizeram? Logo ela, uma dama de boa estirpe! O que lhe passara pela cabeça para falar tão descuidadamente a respeito de pesquisas científicas? Uma mulher do calibre da srta. Tarabotti não se contentaria em deixar aquelas questões de lado, se ficara de fato curiosa. *Devia* ser por sua causa que ela estava encarcerada.

— O senhor conhece essa dama? — indagou o homem sombrio, pegando o cachimbo e uma pequena bolsa de fumo de veludo. Havia um polvo bordado com fios dourados sobre o veludo marrom.

O sr. MacDougall ergueu os olhos do ponto em que estava ajoelhado.

— Claro que conheço. Essa é a srta. Alexia Tarabotti — disse ele, zangado, antes que a moça pudesse interrompê-lo.

Puxa vida, pensou a srta. Tarabotti filosoficamente, *tiraram o coelho da cartola*.

O sr. MacDougall continuou a falar, e um rubor marcou seu rosto pálido e rechonchudo, enquanto uma gota brilhante de suor escorria por sua testa.

— Tratar uma dama dessa categoria de maneira tão vil! — esbravejou ele. — É ultrajante, não apenas para a reputação do clube, como também para os profissionais da ciência em geral. Temos que tirar as algemas dela agora. Devia se envergonhar.

Como era mesmo a expressão?, pensou a srta. Tarabotti. *Ah, sim: "Escanda-loso feito um norte-americano." Bom, de um jeito ou de outro, eles tinham conquista-do a independência, e não fora com cortesia.*

O homem de suíças encheu o bojo do cachimbo e foi até o corredor por um instante para acendê-lo em uma das lamparinas.

— Por que esse nome me parece familiar? — Ele voltou e deu umas baforadas, soltando uma fumaça com aroma de baunilha no ar. — Claro, os registros do DAS! Está me dizendo que essa *é* Alexia Tarabotti? — Tirou o cachimbo da boca e apontou o longo cabo de marfim para ela, enfati-zando a pergunta.

— A única que conheci até o presente momento no seu país — respondeu o sr. MacDougall com extrema grosseria, até mesmo para um norte-americano.

— Evidente. — O homem sombrio somou dois e dois, por fim. — Isso explica tudo: o envolvimento dela com o DAS, a ida à colmeia e a ligação com Lorde Akeldama! — Encarou, severamente, a srta. Tarabotti. — A senhorita nos causou muitos problemas. — Em seguida virou-se para o sr. MacDougall. — Sabe *o que* ela é?

— Além de uma dama algemada? Isso não deveria ter acontecido, sr. Siemons, passe-me as chaves agora!

A srta. Tarabotti ficou impressionada com a insistência do sr. Mac-Dougall. Não imaginara que ele fosse tão nobre e tivesse tanta firmeza de caráter.

— Ah, sim, claro — disse o sr. Siemons. Afinal o homem sombrio tinha um nome. Ele se inclinou para fora da porta e deu um grito no corredor. Em seguida, voltou à cela e se inclinou para a srta. Tarabotti. Segurou o rosto dela com brutalidade, virando-o em direção à luz do corredor. Continuou fumando o cachimbo, soltando a fumaça nos olhos dela.

A moça tossiu de maneira ostensiva.

O sr. MacDougall estava cada vez mais chocado.

— Ora, vamos, sr. Siemons, que tratamento brutal!

— É impressionante — prosseguiu o sr. Siemons. — Ela parece absolutamente normal. Ninguém diria, só de olhar para ela, não é verdade?

O sr. MacDougall por fim controlou seus instintos cavalheirescos e deixou que o lado científico de seu cérebro participasse da conversa. Com um misto de hesitação e pavor na voz, ele perguntou:

— E por que ela não haveria de parecer normal?

O sr. Siemons parou de jogar a fumaça no rosto da srta. Tarabotti, soprando-a, em vez disso, na face do cientista norte-americano.

— Essa jovem é *preternatural*: *Homo exanimus*. Estamos procurando por ela desde que soubemos que havia uma aqui em Londres. O que ocorreu, devo dizer, logo depois que descobrimos que existiam preternaturais. A existência de gente como ela parece bastante lógica se levarmos em conta a teoria do contrapeso. Fico surpreso por não termos pensado nisso antes. Claro que tínhamos ciência de certas lendas do círculo de sobrenaturais, segundo as quais criaturas perigosas tinham nascido para caçá-*los*. Os lobisomens têm os quebradores de maldição; os vampiros, os sugadores de almas; e os fantasmas, os exorcistas. Mas não sabíamos que todos tinham a mesma constituição e que isso era um fato científico e não um mito. São bastante incomuns, como se pode constatar. Essa srta. Tarabotti é uma besta bastante rara.

O sr. MacDougall ficou perplexo.

— Uma *o quê*?

O sr. Siemons nem se preocupou com o assombro do outro; a bem da verdade, deu a impressão de ter se empolgado — uma mudança de humor repentina que a srta. Tarabotti não julgou muito normal.

— Uma preternatural! — Ele sorriu, enquanto gesticulava a esmo com o cachimbo. — Que fantástico! Temos muito o que descobrir sobre ela.

A srta. Tarabotti disse:

— Foi *o senhor* que roubou os registros do DAS.

O sr. Siemons balançou a cabeça.

— Não, minha cara, nós liberamos documentos importantes e depois os guardamos em segurança para evitar que perigosos elementos da sociedade se identificassem, de modo fraudulento, como indivíduos normais. Com essa iniciativa, vamos poder avaliar o grau de periculosidade e confirmar a identidade dos que estão facilitando a conspiração sobrenatural.

— Ela é um deles? — indagou o sr. MacDougall, ainda surpreso por saber da condição sobrenatural da srta. Tarabotti. Ele se afastou de supetão, deixando a moça sem apoio, em sua posição sentada. Felizmente, ela não caiu de costas.

Ao que parecia, a moça lhe provocara repulsa. Ela se lembrou da história do irmão dele, que se transformara em vampiro. *Quanto do que dissera era verdade?*

O sr. Siemons deu um tapinha nas costas do sr. MacDougall, satisfeito.

— Não, não, não, meu bom homem. Muito pelo contrário! Ela é o antídoto para os sobrenaturais. Se é que você consegue imaginar um organismo vivo inteiro como antídoto. Agora que essa jovem está em nossas mãos, as oportunidades de pesquisa são infindáveis! Imagine só quanto poderemos realizar. São inúmeras as possibilidades. — Ele estava muito comunicativo. Seus olhos, de um azul-claro…, brilhavam com excessivo entusiasmo científico.

A srta. Tarabotti sentiu um calafrio ao pensar no que um estudo daqueles poderia implicar.

O sr. MacDougall ficou pensativo e, em seguida, levantou-se e puxou o companheiro até o corredor, onde conversaram em voz baixa.

Durante a ausência dos dois, a srta. Tarabotti tentou freneticamente se livrar das algemas. Teve a impressão de que não gostaria nem um pouco do que eles pretendiam fazer com ela naquele lugar horripilante. Mas não conseguia nem se manter ereta.

Ela ouviu o sr. Siemons dizer:

— É uma excelente ideia e não vai fazer mal. Se ela é inteligente como o senhor afirma, pode até se dar conta dos méritos do nosso trabalho. Seria com certeza inovador empregar um participante voluntário.

Foi então que ocorreu uma mudança milagrosa na situação desesperadora da srta. Tarabotti. Quando deu por si, estava sendo carregada por dois lacaios subservientes. Eles a levaram para o andar de cima, até o luxuoso

recinto da sala de estar, com tapetes orientais caros e mobília pomposa. Tiraram as algemas e a acompanharam até um pequeno toucador para que pudesse se lavar e se recompor. Seu vestido de tafetá marfim estava em petição de miséria: uma das mangas bufantes e alguns dos laços dourados tinham rasgado e havia manchas em vários lugares. A srta. Tarabotti ficou aborrecida, pois, apesar de estar fora de moda, gostava de usá-lo. Soltou um suspiro e fez o que pôde para desamassar a roupa, enquanto observava o cômodo com curiosidade.

Ali não havia como escapar, mas ela encontrou um pedaço de fita para prender os cabelos desgrenhados e um espelho em que pôde contemplar a aparência deplorável. A moldura era toda cinzelada em madeira dourada, mais adequada à casa de Lorde Akeldama que a um ambiente moderno. Os entalhes representavam polvos de tentáculos interligados. A srta. Tarabotti começou a achar a onipresença daquele animal meio sinistra. Quebrou um pedaço do espelho, com o maior cuidado, usando o cabo de marfim da escova de cabelo que lhe ofereceram. Então, enrolou o caco afiado com um lenço e o meteu na parte da frente do corpete, sob o vestido, por medida de segurança.

Sentindo-se um pouco mais revigorada, deixou o toucador, sendo escoltada outra vez à área da recepção, onde ficava a poltrona de couro marrom. Ali, uma xícara de chá quente e uma proposta interessante a aguardavam.

O sr. MacDougall fez as devidas apresentações.

— Srta. Tarabotti, esse é o sr. Siemons. Sr. Siemons, essa é a srta. Alexia Tarabotti.

— Encantado — disse o fumante de cachimbo, fazendo uma mesura para a srta. Tarabotti, como se não tivesse acabado de raptá-la e encarcerá-la por diversas horas, e cometido prováveis atrocidades com um dos seus amigos mais queridos.

A preternatural decidiu participar do jogo, qualquer que fosse, ao menos até saber quais eram as regras. Ela sempre supunha que, mais cedo ou mais tarde, assumiria o controle da situação. Apenas um homem, desde que a srta. Tarabotti se entendia por gente, tinha conseguido superá-la em confrontos verbais, mas Lorde Maccon se valera de táticas desleais, não verbais. Ao pensar nele, a moça examinou o recinto, perguntando-se se os seus captores não tinham trazido sua sombrinha quando a abduziram.

— Deixe-me ir direto ao assunto, srta. Tarabotti — disse seu carcereiro. A moça sabia muito bem que, apesar de terem soltado suas amarras, ela ainda não estava livre.

O homem se sentou na cadeira de braços de couro e fez um gesto para que ela fizesse o mesmo à sua frente, numa poltrona vermelha reclinável.

Ela obedeceu.

— Por favor, sr. Siemons. A objetividade é uma qualidade admirável nos sequestradores — parou para pensar — e nos cientistas. — Precisava ser honesta, e de fato lera vários artigos científicos que tergiversavam e enchiam linguiça. Uma tese bem estruturada era muito importante.

O sr. Siemons prosseguiu.

A srta. Tarabotti bebericou seu chá e percebeu que até mesmo as tachinhas prateadas da poltrona de couro tinham o formato de polvo. Francamente, por que aquela obsessão por invertebrados?

Enquanto o sr. Siemons falava, o sr. MacDougall se preocupava em deixar a srta. Tarabotti à vontade. Queria uma almofada? Um pouco mais de açúcar? Outra xícara de chá? Estava com frio? Seus pulsos tinham ficado machucados por causa das amarras?

Por fim, o sr. Siemons começou a acompanhar a movimentação do rapaz e, com um olhar penetrante, fez com que parasse.

— Gostaríamos muito de estudá-la — explicou à srta. Tarabotti. — E queríamos fazê-lo com a sua cooperação. Seria muito mais fácil e civilizado para todos os envolvidos se participasse de bom grado dos procedimentos. — Ele se recostou, deixando entrever uma estranha avidez no olhar.

A srta. Tarabotti ficou perplexa.

— Entenda — disse ela, afinal — que tenho uma série de perguntas. Como o senhor quer que eu participe voluntária ou involuntariamente pode optar por não responder a elas.

O homem deu uma risada.

— Sou um cientista, srta. Tarabotti. Sei dar valor a uma mente curiosa.

A srta. Tarabotti arqueou as sobrancelhas.

— Por que quer me estudar? O que espera obter com isso? E quais serão as implicações dessas pesquisas?

Ele sorriu.

— Todas boas perguntas, mas nenhuma muito perspicaz em essência. Evidentemente, queremos estudá-la porque é preternatural. E, mesmo que a senhorita e o DAS tenham uma boa noção do que isso signifique, sabemos muito pouco a respeito e ansiamos por entender essa condição. Nossa maior expectativa é compreender o conjunto de fatores que a tornam capaz de neutralizar os sobrenaturais. Se conseguirmos apurar e potencializar essa função, que arma potente não se tornaria! — Ele esfregou as mãos, com alegria. — Além do mais, seria um prazer vê-la em ação.

— E quanto aos estudos propriamente ditos? — A srta. Tarabotti estava ficando cada vez mais apreensiva, apesar de se orgulhar de sua habilidade para não deixar transparecer nada.

— Creio que o sr. MacDougall já lhe falou de suas teorias, não?

A srta. Tarabotti se recordou do passeio daquela manhã. Parecia ter acontecido muito tempo atrás, em outra época e com uma pessoa diferente. Não obstante, lembrava-se bem da conversa, pois fora muito interessante.

— Acho que fez alguns comentários relacionados a respeito disso — respondeu, com cautela. — Lembro-me de algo, dentro das possibilidades da minha mente feminina, claro. Detestava agir daquele modo, mas sempre era bom fazer com que o inimigo subestimasse sua inteligência.

O sr. MacDougall olhou para ela, chocado.

Com toda sutileza possível, a moça piscou para ele.

Ele deu a impressão de que ia desmaiar, mas sentou-se numa cadeira, demonstrando que deixaria a preternatural lidar com a situação como bem entendesse.

A ideia de que ele podia, no fim das contas, ser um bom marido, ocorreu à srta. Tarabotti, mas, em seguida, ela percebeu que, se passasse a vida inteira com um homem de caráter tão fraco, com certeza se tornaria uma verdadeira tirana.

Então, comentou, fingindo timidez e incompreensão:

— Ele acredita que a condição sobrenatural pode ser transmitida pelo sangue, ou se tratar de um tipo de doença, ou ser uma espécie de órgão que os que podem se tornar sobrenaturais têm, diferentemente das outras pessoas.

O dr. Siemons sorriu com ar de superioridade ao ouvir a explicação. A srta. Tarabotti sentiu uma vontade nada feminina de tirar aquela expressão presunçosa do rosto gorducho na base do tapa. Com aquela papada, a bolacha estalaria que seria uma beleza. Em vez disso, apressou-se em tomar um gole de chá.

— O que a senhorita disse quase corresponde à verdade — retrucou ele. — Nós do Clube Hypocras consideramos as teorias dele interessantes, mas, na verdade, acreditamos que a metamorfose ocorra em consequência da transmissão de energia, uma espécie de eletricidade. Existe ainda uma pequena minoria que a relaciona à etereomagnética. Já ouviu falar em eletricidade, srta. Tarabotti?

Claro que sim, seu imbecil, foi o que a srta. Tarabotti pensou em dizer. Em vez disso, ela respondeu:

— Acho que li algo a respeito. Por que crê que essa seja a resposta?

— Porque todo sobrenatural reage à luz: os lobisomens, à lua, e os vampiros, ao sol. Estamos começando a desenvolver a teoria de que a luz não passa, na verdade, de uma forma de energia; portanto, acreditamos que os dois fatos podem estar relacionados.

O sr. MacDougall se inclinou para a frente e meteu-se na conversa, já que o assunto se voltara mais para seu campo de ação.

— Alguns sugerem que uma teoria não exclui a outra. Quando terminei a palestra, hoje à noite, houve um debate a respeito da possível geração de energia durante a transfusão de sangue, ou sobre órgãos cuja função seria processar a energia gerada pela luz. Em outras palavras, as duas hipóteses podem se complementar.

A srta. Tarabotti ficou interessada, mesmo a contragosto.

— E é essa capacidade de processar a energia elétrica que o senhor acredita estar relacionada à alma?

Os dois cientistas anuíram.

— E onde é que eu entro nesta história?

Os dois homens se entreolharam.

Afinal, o sr. Siemons disse:

— Isso é o que queremos descobrir. Será que a senhorita, de alguma forma, inibe essa energia? Sabemos que certos materiais não são condutores de energia. Será que os preternaturais são os equivalentes vivos de um sistema de aterramento?

Que ótimo, pensou a srta. Tarabotti, *agora passei de sugadora de almas a aterramento elétrico. Os epítetos estão ficando cada vez mais agradáveis.*

— E de que forma, exatamente, o senhor pretende descobrir isso?

Ela não esperava que dissessem que pretendiam dissecá-la. Embora supusesse que o sr. Siemons, ao menos, apreciasse aquela possibilidade.

— Talvez fosse melhor se lhe mostrássemos nosso equipamento experimental, para que possa ter uma ideia de como conduzimos a pesquisa — sugeriu o sr. Siemons.

O sr. MacDougall ficou pálido ao ouvir aquilo.

— Tem certeza de que é uma boa ideia, senhor? É uma dama de boa estirpe, afinal de contas. Talvez seja um pouco demais para ela.

O sr. Siemons examinou a srta. Tarabotti.

— Ah, creio que ela é bastante forte. Além do mais, isso poderia... incentivá-la a... participar de bom grado.

O sr. MacDougall empalideceu ainda mais.

— Pela madrugada! — murmurou ele, franzindo o cenho. Ajeitou os óculos, nervoso.

— Vamos, vamos, meu caro — disse o sr. Siemons, com jovialidade. — Também não é tão ruim assim! Temos uma preternatural para estudar. O mundo da ciência vai agradecer. Nós estamos prestes a concluir nossa missão.

A srta. Tarabotti estreitou os olhos ao encarar o homem.

— E qual *exatamente* é a sua missão, sr. Siemons?

— Ora, proteger a Comunidade Britânica, claro.

A preternatural fez a pergunta óbvia.

— Contra quem?

— A ameaça sobrenatural, contra o que mais poderia ser? Nós, ingleses, autorizamos os vampiros e os lobisomens a circularem livremente entre nós, desde o mandato do Rei Henrique, sem saber direito o que *são* de verdade. Trata-se de predadores. Por milhares de anos, eles se alimentaram de nós e nos atacaram. É verdade que com sua contribuição para o nosso desenvolvimento bélico pudemos construir um império, mas a que custo? — Seu entusiasmo aumentou, adquirindo o tom delirante de um fanático. — Eles se infiltraram no governo e no sistema de defesa, mas não fazem o menor esforço para defender os interesses das espécies totalmente humanas. Só se preocupam em cuidar dos próprios interesses! Acreditamos que seu objetivo seja, na verdade, dominar o mundo. Nossa meta é agilizar as investigações para proteger o país do ataque dos sobrenaturais e nos infiltrarmos entre eles. É uma missão muito delicada e bastante complexa, que requer o esforço concentrado de toda a nossa associação. Nosso principal objetivo científico é a formação de uma base sólida de conhecimento, que, em seu devido tempo, levará a um esforço conjunto da nação para o extermínio deles em larga escala!

Genocídio de sobrenaturais, pensou a srta. Tarabotti, ficando lívida.

— Meu Deus, vocês não são templários do papa, são? — Ela olhou ao redor, procurando por símbolos religiosos. Será que *aquele* era o significado dos polvos?

Os dois homens sorriram.

— Aqueles fanáticos — comentou o homem do cachimbo. — Claro que não. Se bem que algumas táticas deles demonstraram ser bem úteis em nossas expedições de coleta de exemplares. E, é lógico, descobrimos há pouco tempo que os templários empregaram preternaturais no passado, como agentes secretos. Tínhamos pensado que tais rumores fossem apenas manobras eclesiásticas, para enfatizar a supremacia da fé em relação às habilidades do demônio. Hoje sabemos que havia implicações científicas. Eles possuem informações importantes que, uma vez em nossas mãos, hão de nos levar, no mínimo, à compreensão da fisiologia dos preternaturais. Mas, respondendo à sua pergunta, não, nós do Clube Hypocras temos uma orientação puramente científica.

— Apesar de terem, sim, um projeto político — ressaltou a srta. Tarabotti, esquecendo-se da tática de passar a falsa ideia de inépcia,

assombrada por aquele tamanho desprezo pelos princípios da objetividade científica.

— Na verdade, srta. Tarabotti, eu diria que temos um objetivo nobre — disse o sr. Siemons. Entretanto, seu sorriso não diferia muito do de um fanático religioso. — Mantemos a liberdade dos que de fato importam.

A moça ficou confusa.

— Então, por que continuam produzindo exemplares novos? Qual o motivo dos experimentos?

O sr. Siemons explicou:

— Conhecer o inimigo, srta. Tarabotti. Para eliminar os sobrenaturais, precisamos analisá-los primeiro. Claro que, agora que temos a senhorita, as vivissecções podem se tornar desnecessárias. Temos a possibilidade de nos concentrar no desvendamento da natureza e da capacidade de reprodução dos preternaturais.

Os dois homens conduziram a srta. Tarabotti pelo labirinto — que parecia interminável — de laboratórios brancos daquele pavoroso clube. Todos continham algum tipo de maquinário complexo. A maioria parecia movida a vapor. Havia grandes bombas de fole, com enormes engrenagens e bobinas para facilitar o movimento de alto a baixo, além de motores reluzentes, menores que caixas de chapéus, com curvas orgânicas em excesso, que, de certa forma, eram mais assustadoras que os dispositivos maiores. Todos, independentemente do tamanho, ostentavam um polvo de cobre, gravado em algum lugar do revestimento. O contraste entre máquina e animal invertebrado era meio sinistro.

O vapor produzido pelos aparelhos mecânicos tinha descolorido as paredes e os tetos dos laboratórios, fazendo com que o papel de parede branco estufasse, formando bolhas amareladas. O vazamento de óleo das engrenagens formara filetes escuros e viscosos, que escorriam pelo chão. A srta. Tarabotti não quis nem pensar nas outras manchas cor de ferrugem que viu aqui e ali.

O sr. Siemons descreveu, com orgulho, a função de cada máquina, como se contasse os feitos dos filhos favoritos.

Apesar de a srta. Tarabotti ter escutado gemidos ofegantes e sons metálicos abafados em recintos vizinhos, não viu nenhuma máquina em funcionamento.

Ela também ouviu gritos.

A princípio, o uivo foi tão agudo que a preternatural supôs ter sido provocado por alguma engrenagem. A moça não soube dizer exatamente *quando* percebeu que o som vinha de uma garganta humana, mas, quando se deu conta de sua origem, sentiu-se tão mal que chegou a cambalear. Nenhuma máquina seria capaz de reproduzir um guincho tão agudo e agonizante, como o de um animal sendo abatido. A srta. Tarabotti se apoiou em uma parede do corredor, a pele pegajosa, e engoliu a bile amarga que seu estômago secretara, em comiseração. Nunca antes ouvira aquele som de puro sofrimento.

Passou a encarar aquelas máquinas de um jeito novo e terrível quando percebeu o que podiam fazer com um corpo físico.

O sr. MacDougall se preocupou com sua palidez repentina.

— Não está passando bem, srta. Tarabotti?

A srta. Tarabotti o encarou, com os olhos arregalados.

— Tudo aqui é fruto da loucura. Não se deu conta disso?

O sr. Siemons aproximou-se dela, com a grande papada.

— Quer dizer então que a senhorita não vai colaborar com a nossa pesquisa?

Outro grito agudo ecoou. A srta. Tarabotti conseguiu distinguir a voz de Lorde Akeldama.

O sr. Siemons empinou o rosto e lambeu os lábios, como se saboreasse algo.

A moça sentiu um calafrio. Havia um quê de sadismo no olhar dele. Só então entendeu o que estava por trás de tudo.

— Que diferença faz, se *esse* é o meu destino, de um jeito ou de outro? — indagou Alexia.

— Bom, facilitaria tudo, de modo geral, se participasse de bom grado.

E a troco de quê, pensou a srta. Tarabotti, *eu facilitaria tudo para o senhor?* Ela fez uma careta e perguntou:

— O que devo fazer, então?

O sr. Siemons sorriu, como se tivesse acabado de ganhar um jogo.

— Precisamos observar e avaliar a extensão de suas habilidades preternaturais. Só realizaremos experiências sistemáticas se for constatado que seu poder de sugar almas e neutralizar maldições é genuíno.

A moça deu de ombros.

— Então, traga um vampiro até aqui. Só preciso tocá-lo.

— Sério? Impressionante. Pele com pele, ou o toque através das roupas funciona também?

— Na maior parte das vezes, através das roupas. Também tenho o hábito de usar luvas, como toda mulher respeitável. Mas não cheguei a estudar esse pormenor.

O sr. Siemons meneou a cabeça, como se precisasse desanuviá-la.

— Pesquisaremos isso depois. Estava pensando em algo mais concludente. Afinal, hoje é noite de lua cheia. E, por acaso, acabamos de receber um grande carregamento de exemplares de lobisomens completamente transformados. Gostaria de ver se a senhorita consegue reverter tamanha mudança.

O sr. MacDougall mostrou-se temeroso.

— Isso pode ser perigoso, se as habilidades dela forem falsas ou superestimadas.

O homem sombrio deu um largo sorriso.

— O que faria parte do teste, não é mesmo? — Ele se virou para a srta. Tarabotti. — De quanto tempo precisa, em geral, para neutralizar um sobrenatural?

A srta. Tarabotti mentiu com naturalidade, sem hesitar.

— Ah, em geral, não mais que uma hora.

O cientista, que não tinha noção da rapidez de raciocínio da moça, teve de acreditar nela. Olhou para os dois valentões, que acompanharam o grupo durante todo o circuito.

— Podem levá-la.

O sr. MacDougall protestou, em vão.

A srta. Tarabotti, que deixou de ser visitante e voltou a ser prisioneira, foi conduzida de volta à área de confinamento, do outro lado das instalações do clube, sem a menor cerimônia.

Os grandalhões seguiram para outro corredor, diferente do que abrigara a srta. Tarabotti e Lorde Akeldama antes. Ao contrário do que ocorrera quando foram levados para lá, rosnados e uivos reverberavam. De quando em vez, ouvia-se uma vibração intensa, como se um corpanzil tivesse se jogado contra uma porta.

— Ah — comentou o sr. Siemons —, pelo que vejo, já acordaram.

— Pelo visto, o clorofórmio é mais eficaz nos lobisomens que nos vampiros, mas seu efeito também é menos duradouro — relatou um rapaz de jaleco cinza, que parecera surgir do nada, com um caderno de anotações de couro na mão. Usava uma daquelas geringonças monoculares com lentes, os lunóticos, que pareciam menos ridículas nele que no professor Lyall.

— Em qual cela *ele* está?

O homem apontou para uma das portas com o caderno de anotações. Uma das únicas em que não havia qualquer barulho, imersa em um silêncio ameaçador.

— Na número cinco.

O sr. Siemons anuiu.

— Parece ser o mais forte e, portanto, o que mais resistirá à retransformação. Jogue-a lá dentro com ele. Volto para conferir os resultados daqui a uma hora. — Com isso, ele os deixou.

O sr. MacDougall protestou, com veemência. Chegou até a enfrentar os dois grandalhões, tentando impedir o inevitável. Ele subiu muito no conceito da srta. Tarabotti quanto ao quesito firmeza de caráter. Mas a atitude dele de nada adiantou. Os dois lacaios, de constituição física avantajada, simplesmente empurraram o cientista gorducho, sem o menor esforço.

— Ela não vai sobreviver. Não com um totalmente transformado! Ainda mais se precisar de tanto tempo para neutralizá-los! — O sr. MacDougall continuava a protestar.

Apesar de saber da abrangência e da rapidez de seu dom, a srta. Tarabotti também ficou preocupada. Nunca transformara um lobisomem furioso antes, muito menos um totalmente enlouquecido pela lua cheia. Tinha quase certeza de que ele a morderia, pelo menos uma vez, antes que seu toque surtisse efeito. Ainda assim, se conseguisse sobreviver, com que tipo de homem ela ficaria confinada?

Em geral, os lobisomens eram fortes, mesmo sem os atributos sobrenaturais. Um homem assim poderia machucá-la muito, fosse ela preternatural ou não.

A srta. Tarabotti nem teve tempo de ponderar a respeito da precariedade de seu futuro, pois logo foi jogada dentro de uma cela agourenta e silenciosa. Tão silenciosa, na verdade, que ela ouviu quando bateram e aferrolharam a porta.

Capítulo 12

Somente Lobisomens

O lobisomem atacou.

A srta. Tarabotti, cujos olhos ainda não haviam se adaptado à escuridão da cela, só percebeu o monstro como uma sombra volumosa, vindo em sua direção, com uma velocidade sobrenatural. Ela se jogou para o lado no último instante. As barbatanas de seu corpete estalaram de modo alarmante quando ela saltou para evitar a fera. Cambaleou ao aterrissar e quase caiu de joelhos.

O lobo bateu com força contra a porta, bem perto de onde a preternatural estava antes, e deslizou pelo chão, desengonçado, formando um emaranhado de pernas e rabo.

A srta. Tarabotti recuou, com as mãos estendidas diante do corpo em uma posição de defesa instintiva, mas totalmente ineficaz. Não tinha vergonha de admitir que estava morta de medo. O lobisomem era enorme, e ela começava a achar que o que *poderia* fazer como preternatural talvez não fosse rápido o bastante para anular o que *ele* seria capaz de fazer primeiro.

A criatura se levantou, sacudindo-se toda como um cachorro molhado. Sua peliça era longa, lustrosa e sedosa, com uma variação de cor difícil de distinguir na cela escura. Ele se preparou para atacar de novo, com os poderosos músculos retesados e a saliva escorrendo pelo canto da mandíbula em um filete prateado.

O lobisomem deu um salto para a frente, em mais uma explosão de velocidade, mas se contorceu antes de atingir sua presa e recuou no meio do pulo.

Daquela vez, poderia ter matado a moça com facilidade. Não restava a menor dúvida de que as presas dele perfurariam a jugular dela. Escapara do primeiro ataque por pura sorte. Ela não estava em forma nem para enfrentar um lobo comum, quanto mais um lobisomem. Era verdade que tinha o hábito de fazer longas caminhadas e de participar de caçadas, mas não se podia dizer que fizesse o tipo esportista.

O lobisomem, em aparente estado de confusão, começou a dar voltas em um canto da cela, depois no outro, esquivando-se da srta. Tarabotti e farejando o ar. Soltou um pequeno gemido de frustração, afastando-se da moça, enquanto balançava a cabeça peluda de um lado para o outro, em profunda agonia. Seus olhos amarelos brilharam ligeiramente no recinto escuro, e ele pareceu mais atormentado que faminto.

A srta. Tarabotti observou, assombrada, enquanto o lobo travava uma luta consigo mesmo, andando de um lado para o outro, por alguns minutos. Sua trégua, porém, não demorou muito. Logo ficou claro que o que o impedia de atacar estava sendo superado por seu instinto bestial. A boca da fera se escancarou com um rosnado sedento de sangue, e ele contraiu os músculos para saltar em cima dela de novo.

Naquele momento, a srta. Tarabotti não teve a menor dúvida de que não sairia incólume. Nunca tinha visto tantos dentes afiados de uma só vez.

O lobisomem atacou.

A srta. Tarabotti pôde distinguir sua forma com mais nitidez, com a visão já adaptada ao escuro. Ainda assim, só conseguiu se conscientizar de uma grande massa, com fúria assassina, rumando para sua garganta. Queria desesperadamente correr, mas não tinha para onde ir.

Recorrendo ao bom-senso, a srta. Tarabotti deu um passo em direção ao monstro para, em seguida, desviar-se um pouco e, no mesmo embalo, inclinar-se para o lado, o máximo que seu corpete permitia, batendo contra as costelas dele e interrompendo seu ataque. Embora se tratasse de um lobo grande, a srta. Tarabotti não era nenhum peso leve e conseguiu acertá-lo de lado, fazendo-o perder o equilíbrio. Os dois tombaram ao mesmo tempo, em meio a um emaranhado de saias, arames de anquinhas, pelos e presas.

Ela agarrou com os braços e as pernas — tanto quanto sua roupa íntima permitia — o imenso corpo peludo do lobo e segurou-o com todas as forças.

Com imenso alívio, sentiu a pelagem do lobisomem desaparecer e seus ossos se reestruturarem sob seus dedos. O barulho de músculos, tendões e cartilagens se rompendo era repulsivo, como o de uma vaca sendo abatida, mas, para ela, o que sentiu na pele foi ainda pior. A sensação do pelo sumindo por causa de seu toque, retraindo-se de qualquer ponto de contato com o corpo dela, e dos ossos com consistência fluida, transmutando a sua própria natureza dentro da carne, a assombraria por vários meses. Então, por fim, ela sentiu o toque de uma pele cálida e de músculos rígidos, totalmente humanos.

A srta. Tarabotti respirou fundo, abalada, e só pelo odor não teve a menor dúvida de quem estava cingindo, pois sentiu o cheiro de pasto e de noites orvalhadas. Sem perceber, começou a alisar a pele dele, aliviada. Mas, então, deu-se conta de um detalhe.

— Ora, Lorde Maccon, está totalmente nu! — exclamou a srta. Tarabotti. Sentiu-se ultrajada por essa afronta mais recente, dentre as inúmeras que sofrera numa única noite.

O Conde de Woolsey estava mesmo totalmente nu. Não pareceu ter ficado constrangido por causa disso. A srta. Tarabotti, no entanto, sentiu necessidade de fechar os olhos e pensar em algo corriqueiro, como por exemplo, sopa de aspargos. Enroscada nele como estava, com a cabeça pressionada contra o ombro sólido, era obrigada a encarar algo desnudo e arredondado abaixo, cheio como a lua, mas bem diferente do corpo celeste que provocava a transformação dos lobisomens, e parecia estar transformando aspectos da própria anatomia dela, nos quais ela nem queria pensar. Era uma sensação que subia à cabeça — ou descia para outras partes do corpo?

Ao menos, raciocinou a moça, *ele não está mais tentando me matar.*

— Bom, srta. Tarabotti — admitiu o conde —, sinto ter de lhe informar, mas a nudez é algo natural, sobretudo no caso dos lobisomens. Para completar, devo lhe pedir que *não* me solte. — Lorde Maccon estava ofegante, com um estranho tom de voz, baixo, rouco e hesitante.

Com o tórax pressionado contra o dele, a srta. Tarabotti sentiu os batimentos acelerados do seu coração. Uma série de perguntas estranhas lhe passou pela mente. *Estaria assim exaurido por tê-la atacado ou por causa da metamorfose? O que aconteceria se virasse lobisomem, usando traje de gala? As roupas rasgariam? Devia sair muito caro! E por que era socialmente aceitável que os lobisomens no estado de lobo andassem nus, e não outras pessoas?*

Em vez disso, ela perguntou:

— Está com frio?

Lorde Maccon riu.

— Pragmática como sempre, srta. Tarabotti. Embora esteja meio gelado aqui, estou bem, pelo menos por enquanto.

A srta. Tarabotti observou as pernas nuas, longas e fortes, sem acreditar.

— Acho que poderia lhe emprestar minha anágua.

Ele deu uma risada.

— Não creio que ficaria muito digno.

Pela primeira vez, a srta. Tarabotti recuou para observar o rosto dele.

— Eu quis dizer que você poderia colocá-la sobre o corpo como um cobertor, não vesti-la, seu bobo! — Ela corou bastante, mas, por causa de sua tez escura, sabia que não daria para notar. — Além disso, continuar exposto desse jeito tampouco pode ser considerado digno.

— Ah, entendo. Obrigado pela gentileza, mas... — Lorde Maccon foi parando de falar, distraindo-se com algo bem mais interessante. — Hum, e onde é que estamos, exatamente?

— Somos convidados do Clube Hypocras. O novo estabelecimento científico que abriu há pouco tempo, ao lado da residência urbana dos Snodgrove. — A srta. Tarabotti não fez nenhuma pausa, evitando que ele a interrompesse, e prosseguiu depressa. Por um lado, porque queria lhe contar tudo antes que se esquecesse de algo importante e, por outro, porque sua grande proximidade a estava deixando nervosa. — São estes cientistas que estão por trás do desaparecimento dos sobrenaturais, como suponho que, a esta altura, já deva saber. Você mesmo se tornou um deles. Eles têm um esquema e tanto aqui. Estamos agora nas instalações subterrâneas, às quais se chega apenas por meio de uma geringonça chamada cabine de ascensão. E há quartos e mais quartos de maquinaria esquisita, movida a corrente elétrica e a vapor, do outro lado do corredor. Eles conectaram Lorde Akeldama a uma máquina de exsanguinação, e ouvi os gritos mais terríveis. Creio que foi ele. Conall... — e ela o disse com bastante gravidade — ... acho que o estão torturando até a morte.

Os olhos grandes e escuros da srta. Tarabotti ficaram marejados.

Lorde Maccon nunca a vira chorar antes. Isso o deixou bastante abalado. Ele ficou furioso ao se dar conta de que algo entristecia *sua* corajosa Alexia. Queria matar alguém, e, daquela vez, não por ser lobisomem. Até porque, como ela o segurava com firmeza, mostrava-se tão humano quanto possível.

A srta. Tarabotti fez uma pausa para recobrar o fôlego, e Lorde Maccon perguntou, na tentativa de dar um basta aos pensamentos tristes dela e aos homicidas dele:

— Tudo bem, todas as informações são importantes, mas por que *você* está aqui?

— Ah, eles me colocaram aqui, junto com você, para investigar meu dom de preternatural — respondeu, como se fosse óbvio. — Estão com os arquivos do DAS a meu respeito, os que foram roubados, e queriam averiguar se os dados eram verdadeiros.

Ele se mostrou envergonhado.

— Lamento muito por isso. Ainda não sei como conseguiram violar meu sistema de segurança. Mas, o que quis dizer foi, como chegou aqui, ao clube?

A srta. Tarabotti tentou encontrar o ponto menos constrangedor possível para apoiar as mãos. Por fim, concluiu que a parte central das costas dele era o mais seguro. Sentiu o desejo mais irracional de acariciar a coluna dele com as pontas dos dedos, de cima a baixo. Resistiu à tentação e continuou:

— Tecnicamente, creio que queriam Lorde Akeldama, algo a ver com a idade avançada dele. Ao que tudo indica, esse fato faz diferença nos experimentos deles. Eu estava jantando com ele. Avisei para você que ia fazer isso, está lembrado? Eles espalharam clorofórmio por toda a casa dele e me trouxeram junto simplesmente porque eu estava lá. Só perceberam quem eu era porque o sr. MacDougall entrou na minha cela

e me viu. Disse o meu nome, daí o outro sujeito, chamado Siemons, recordou-se de tê-lo lido nos arquivos do DAS. Ah! E você precisa saber, eles têm um autômato. — A srta. Tarabotti ficou tensa ao se lembrar daquele monstrengo de cera asqueroso.

Lorde Maccon percorreu as costas dela com as mãos grandes, num afago reconfortante. A srta. Tarabotti aproveitou o gesto para afrouxar um pouco o próprio aperto. A tentação de iniciar as próprias carícias quase a sobrepujava.

Ele interpretou a forma relaxada como o segurava da forma errada.

— Não, não me solte — pediu, ajeitando as mãos para puxá-la, se é que era possível, para mais perto, apertando-a ainda mais contra o seu corpo nu. Em seguida, disse, em relação ao comentário dela: — Tínhamos imaginado mesmo que era um autômato. Embora eu nunca tivesse visto um com sangue na parte interna. Deve ser um modelo moderno. Talvez até tenha um período de validade limitado. Vou lhe contar, os feitos da ciência têm sido fenomenais, nos últimos tempos. — Ele balançou a cabeça. Os cabelos dele roçaram na maçã do rosto da srta. Tarabotti. Havia um misto de admiração e desgosto em sua voz.

— Sabia que era um autômato e não me contou? — Ela se irritou, por um lado, por não ter sido informada daquilo e, por outro, por sentir o quão sedosos eram os cabelos de Lorde Maccon. Assim como a pele dele, por sinal. A srta. Tarabotti desejou estar com luvas, pois desistira e passara a traçar círculos, com os dedos, nas costas dele.

— Não vejo que diferença teria feito você saber disso. Tenho certeza de que continuaria a se comportar com imprudência — disse o lobisomem com brusquidão, sem se incomodar com a carícia dela. Na verdade, embora estivessem discutindo, ele começara a acariciar o pescoço dela com o nariz, entre as frases.

— Ah, sim, entendo. E será que posso salientar que *você*, também, foi capturado? O que, por acaso, não foi também consequência do *seu* comportamento imprudente?

Lorde Maccon se mostrou preocupado.

— Muito pelo contrário, na verdade. Foi o resultado de padrões de comportamento nada imprudentes e bastante previsíveis. Eles sabiam exatamente onde me encontrar e a que horas eu voltaria para casa na noite de lua cheia. Usaram clorofórmio na alcateia inteira. Malditos! Se levarmos em conta a grande quantidade dessa substância que usaram, o Clube Hypocras deve ter uma participação majoritária numa empresa de clorofórmio. — Ele inclinou a cabeça e ficou prestando atenção nos barulhos. — A julgar pelos uivos, parece que trouxeram toda a alcateia. Espero que os zeladores tenham escapado.

— Os cientistas não parecem interessados em zangões nem zeladores, só nos tipos preter e sobrenaturais — assegurou a srta. Tarabotti, em tom reconfortante. — Pelo visto, acreditam que devem proteger a comunidade da tal ameaça misteriosa representada por você e por outros da sua espécie. Para fazer isso, estão tentando *compreender* os sobrenaturais, e é por isso que vêm conduzindo diversos experimentos terríveis.

Lorde Maccon parou de afagá-la no pescoço, ergueu a cabeça e perguntou, contrariado:

— São *templários*?

— Nada tão ligado assim à Igreja. Puras investigações científicas, só que desvirtuadas, pelo que vi até agora. E uma obsessão por polvos. — A srta. Tarabotti ficou triste, ciente da resposta antes mesmo de fazer a pergunta. — Acha que a Real Sociedade está envolvida?

Ele deu de ombros.

Ela sentiu o movimento por todo o corpo, apesar das camadas de roupa.

— Acredito que devam estar. Embora ache que seja difícil provar. E na certa há outros envolvidos, pois a qualidade da maquinaria e dos equipamentos dá a entender que houve um investimento financeiro considerável, da parte de diversos benfeitores desconhecidos. Não chega a surpreender, sabe? Os seres humanos normais tem razão de suspeitar da existência de projetos políticos dos sobrenaturais. Somos, basicamente, imortais, e é bem possível que nossos objetivos não só difiram como divirjam dos das pessoas comuns. No fim das contas, os mortais continuam equivalendo a comida.

A srta. Tarabotti parou de afagá-lo e semicerrou os olhos, fingindo estar desconfiada.

— Será que me aliei ao lado errado desta luta?

Na verdade, ela não tinha a menor dúvida. Afinal, jamais escutara gritos de dor e tortura nos escritórios do DAS. Até mesmo a Condessa Nadasdy e a colmeia aparentavam ser mais civilizados que o sr. Siemons e suas máquinas.

— Depende. — Lorde Maccon continuava nos braços dela, submisso. Na noite de lua cheia, na forma de ser humano, ele dependia do dom da srta. Tarabotti e de sua boa vontade para manter a sanidade. Não era lá muito bom para um Alfa. Todas as escolhas ficavam a cargo dela, inclusive aquela. — Já decidiu qual prefere?

— Eles pediram mesmo que eu colaborasse — informou-lhe, com timidez. Estava gostando de levar vantagem em relação a ele.

O conde pareceu preocupado.

— E...?

A srta. Tarabotti nem chegara a considerar a proposta do sr. Siemons. Não obstante, Lorde Maccon a observava como se ela tivesse ficado na dúvida. Como a preternatural poderia explicar ao conde que, a par de tudo o mais — inclusive suas constantes discussões —, *ele* contava com sua total lealdade? Não poderia, não sem ter de admitir, para si e para o conde, por que pensava assim.

— Digamos apenas que prefiro os seus métodos.

Lorde Maccon ficou imóvel. Seus belos olhos castanho-amarelados brilharam.

É mesmo? Quais?

A srta. Tarabotti beliscou-o por causa daquela indireta descarada. Podia fazê-lo em qualquer parte, pois o conde era uma tela exposta para beliscões.

— Ai! — protestou ele, com expressão de dor. — Por que isso?

— Posso lembrar que corre grande perigo? Consegui para nós, no máximo, uma hora de tolerância.

— E como diabos fez isso? — quis saber ele, esfregando o local que ela acabara de beliscar.

A srta. Tarabotti sorriu.

— Por sorte, seus arquivos a meu respeito não incluíam tudo. Simplesmente disse para o sr. Siemons que meus poderes preternaturais demoravam uma hora para se ativar.

— E eles a jogaram nesta cela assim mesmo? — Ele não ficou nem um pouco satisfeito com aquela informação.

— Não acabei de dizer que preferia os seus métodos? Agora sabe por quê. — A preternatural se mexeu, pouco à vontade. Estava ficando com câimbra num dos ombros. O tronco do conde era grande demais para ser cingido por um longo período, sobretudo quando estavam num assoalho rígido. Não que a srta. Tarabotti estivesse prestes a reclamar, muito pelo contrário.

O evidente desconforto dela levou-o a perguntar, com seriedade:

— Não a machuquei, machuquei?

A srta. Tarabotti inclinou a cabeça e arqueou uma sobrancelha.

— Sabe, quando a ataquei há pouco, na forma de lobo? Nós, lobisomens, não nos recordamos muito do que ocorre durante a lua cheia. Tudo fica no âmbito instintivo, o que é constrangedor.

Ela lhe deu uns tapinhas reconfortantes.

— Acho que percebeu, apesar disso, que fui eu que você quase matou.

— Senti o seu cheiro — admitiu o conde, com rispidez. — Ele desencadeou vários instintos diferentes. *Realmente* me lembro de ter ficado bastante confuso, mas não de muito além disso.

— Que tipos de instintos diferentes? — quis saber a srta. Tarabotti, maliciosa. Sabia que ingressava em terreno perigoso, mas, por algum motivo, não conseguiu resistir à tentação de encorajá-lo. Queria ouvi-lo explicitá-los. Ela se perguntou em que momento se tornara tão assanhada. *Bom*, pensou, *tinha de herdar algo do lado materno da família.*

— Hum. Do tipo reprodutivo.

O conde começou a mordiscar o pescoço dela, totalmente concentrado.

A srta. Tarabotti sentiu as entranhas revirarem. Lutando contra a vontade de mordiscá-lo também, ela beliscou-o, com mais força, daquela vez.

— Ai! Pare com isso! — Lorde Maccon interrompeu o que fazia e olhou para ela, bravo. Era engraçado ver aquela expressão de dignidade ferida no rosto de um homem grande e tão perigoso, mesmo quando ele estava nu.

A preternatural salientou, de forma pragmática:

— Não há tempo para essas brincadeiras. Precisamos encontrar uma forma de escapar daqui. Temos que salvar Lorde Akeldama e fechar de qualquer forma este maldito clube. Suas intenções amorosas não fazem parte do projeto atual.

— E elas podem vir a fazer, num futuro próximo? — perguntou Lorde Maccon mansamente, mudando de posição de forma a que ela se desse conta de que as mordiscadas tinham afetado tanto a parte externa dele quanto a interna dela. A srta. Tarabotti ficou, por um lado, chocada, por outro, intrigada com a ideia de que o conde estava desnudo e de que ela poderia *ver* como ele era. Já vira esboços de homens nus, claro, por questões técnicas. Perguntava-se se os lobisomens seriam mais avantajados anatomicamente em certas áreas. É evidente que, como o estava tocando, esses traços sobrenaturais deveriam ser anulados, mas, em nome da curiosidade científica, ela afastou um palmo a parte inferior do corpo e deu uma espiada embaixo. Foi impedida pelo tecido das próprias saias, embolado entre os dois.

Achando que ela se movia para se afastar e não por curiosidade, o conde a puxou de volta para si, possessivo. Meteu uma perna entre as dela, tentando tirar as diversas saias e anáguas do caminho.

A srta. Tarabotti deixou escapar um suspiro angustiado.

Lorde Maccon voltou a mordiscá-la e, em seguida, a beijá-la ao longo de todo o pescoço, o que provocou frêmitos incrivelmente revigorantes nos flancos, no pcito e na região mais abaixo. Eram quase incômodos, como se a pele coçasse por detrás. Ademais, por ele estar nu, a srta. Tarabotti ia aprendendo cada vez mais a respeito da veracidade de alguns daqueles desenhos. Não obstante, os livros do pai não haviam feito jus, de todo, à realidade.

O conde meteu uma das mãos em seus cabelos.

Foi em vão o esforço de amarrá-lo, pensou a srta. Tarabotti, conforme ele afrouxava o laço feito a duras penas.

Lorde Maccon puxou as mechas negras, inclinando a cabeça dela para trás de forma a expor mais o pescoço para seus dentes e seus lábios.

A srta. Tarabotti chegou à conclusão de que havia algo terrivelmente erótico em estar vestida, com um homem nu pressionando-a, dos seios aos pés.

Como não conseguira ver como era a parte da frente do conde, decidira tentar a segunda melhor opção, que era levar a mão até lá para tocá-lo. Ela não sabia ao certo se aquela era o tipo de atitude que uma jovem devia tomar em semelhante situação, apesar de não restarem dúvidas de que a maioria delas não se meteria numa assim. *Bom, já que estou aqui...* Ela decidiu ir em frente. Sempre gostou de agarrar as oportunidades. E, então, agarrou-o.

O conde, junto com certa parte de sua anatomia segurada com firmeza por ela, estremeceu violentamente.

A preternatural soltou-o.

— Opa. Eu não deveria? — Nem terminou de falar, humilhada.

Ele apressou-se em reconfortá-la.

— Imagine, deveria sim. É só que foi inesperado. — O Alfa pressionou-se contra ela, receptivo.

Constrangida, porém mais curiosa que nunca, claro que por motivos científicos, a srta. Tarabotti continuou a exploração, com mais suavidade, daquela vez. A pele dele naquela área era muito macia, e havia pelos na base. Ele deixou escapar os gemidos mais deliciosos sob o toque hesitante dela. A moça ficou cada vez mais intrigada e também preocupada com a logística requerida pela continuidade da ação.

— Hã, Lorde Maccon? — indagou, por fim, num sussurro cauteloso.

O conde riu.

— Não tem escolha a esta altura, Alexia. Tem que me chamar simplesmente de Conall.

A preternatural engoliu em seco. Ele sentiu o movimento sob os lábios.

— Conall, não estamos indo longe demais, dadas as circunstâncias?

Lorde Maccon inclinou a cabeça dela para trás, de maneira que pudesse olhá-la nos olhos.

— Para que está tagarelando agora, sua fêmea impossível? — Os olhos castanho-amarelados dele mostravam-se vidrados de emoção, e a respiração, entrecortada. A srta. Tarabotti ficou chocada ao descobrir que sua própria respiração estava longe de relaxada.

A moça ficou matutando, tentando encontrar as palavras certas.

— Bom, não deveríamos estar numa cama, para este tipo de atividade? Além do mais, eles devem voltar a qualquer momento.

— Eles? Quem? — Era óbvio que não estava acompanhando a conversa.

— Os cientistas.

O conde deu uma risada abafada.

— Ah, sim. Não queremos que eles aprendam muito sobre as relações entre espécies diferentes agora, queremos? — O Alfa estendeu a mão livre e puxou a dela, impedindo-a de continuar sua pesquisa.

A srta. Tarabotti ficou um pouco desapontada — até ele levar a mão dela aos lábios e beijá-la.

— Não quero me precipitar agora. Você é inexplicavelmente tentadora.

Ela anuiu, batendo com suavidade na cabeça dele.

— O sentimento é mútuo, milorde. Para não dizer inesperado.

O conde pareceu tomar o que a srta. Tarabotti dissera como encorajamento, pois rolou de maneira que ela ficasse sob ele, que se mostrou imponente em cima da moça.

A preternatural deu um gritinho diante daquela mudança súbita de posição. Não sabia ao certo se deveria se sentir agradecida ou ficar furiosa pelo fato de a moda feminina requerer tantas camadas de tecido, pois naquele momento a srta. Tarabotti tinha certeza de que só elas impediam um contato mais íntimo ou a relação sexual.

— Lorde Maccon... disse ela na sua voz mais digna e grave de solteirona.

— Conall — corrigiu o Alfa. Em seguida, ele se inclinou para trás e suas mãos puseram-se a caminho dos seios dela.

— Conall! Este *não* é o momento!

O conde ignorou-a e perguntou:

— Como é que solto este maldito vestido?

O vestido de tafetá da srta. Tarabotti era fechado por uma série de diminutos botões de madrepérola, que ia de alto a baixo nas costas. Embora ela não lhe tivesse dito, Lorde Maccon acabou descobrindo esse detalhe e começou a desabotoá-los com uma rapidez que indicava sua grande habilidade na arte da retirada de trajes femininos. A moça teria ficado desapontada se não achasse melhor que um dos dois soubesse o que fazia em termos de fornicação. Além disso, não podia esperar que um cavalheiro de mais de duzentos anos houvesse se mantido casto.

Momentos depois, o conde já desabotoara botões suficientes para abaixar o vestido até a altura do decote, expondo a parte superior dos seios no ponto em que se destacavam sobre o corpete. Ele se inclinou e começou a beijá-los, somente para parar, recuando de súbito, e perguntar, com a voz rouca de desejo contido:

— Que diabo é isso?

Ela se apoiou nos cotovelos e olhou para baixo, tentando ver o que interrompera o inoportuno, mas infelizmente prazeroso arrebatamento de sua pessoa. Mas, dada sua natureza volumosa no quesito seios, não conseguiu distinguir o que chamara a atenção dele no corpete.

Lorde Maccon pegou um fragmento de espelho envolto num lenço e mostrou-o para a srta. Tarabotti.

— Ah, eu tinha me esquecido disso. Peguei no vestiário, quando os cientistas me deixaram sozinha, por uns instantes. Achei que poderia ser útil.

O conde lançou-lhe um olhar longo, pensativo e levemente amoroso.

— Bem pensado, minha querida. É nestes momentos que realmente gostaria que fizesse parte do rol do DAS.

A srta. Tarabotti observou-o, mais constrangida com o elogio e a consideração do que se sentira com as carícias prévias.

— Então, qual é o plano?

— *Nós* não vamos conceber um plano — salientou ele, colocando com cuidado o fragmento de espelho no chão perto de ambos, longe de vista da porta.

Ela riu diante daquela atitude protetora boba.

— Não seja ridículo. Não pode nem esperar fazer muito esta noite, sem a minha ajuda. É lua cheia, está lembrado?

O conde que, por incrível que parecesse, se esquecera da lua, ficou momentaneamente chocado ante a perspectiva de, por causa de sua distração, perder o contato com a moça. Só a habilidade preternatural dela o manteria são naquelas circunstâncias. Ele contemplou os dois depressa, para se certificar de que continuavam a manter firme contato

físico. O corpo de Lorde Maccon lembrou-lhe de que, sim, *firme* era a palavra-chave.

O Alfa tentou se concentrar nas ações futuras não amorosas.

— Bem, neste caso, você deve se manter à margem o máximo possível. Nada daquelas táticas de combatente de que tanto gosta. Para nos tirar daqui, é possível que eu recorra à violência. Nesse caso, você terá que se aferrar a mim e ficar fora do caminho. Captou, moçoila?

A srta. Tarabotti quase ficava brava, entrava na defensiva e deixava bem claro que era hábil o bastante para se esquivar de socos, ainda mais quando não contava com sua sombrinha de cobre para se defender, mas, em vez disso, quis saber, sem conseguir conter o sorriso:

— Você acabou de perguntar se eu, *moçoila, captei*?

Ele pareceu constrangido com o uso dos termos regionais e sussurrou algo sobre a Escócia, por entre os dentes.

— Perguntou sim! Virei moçoila e captei! — Ela deu um largo sorriso, sem poder evitar. Gostava muito quando o sotaque da região montanhosa da Escócia vinha à tona. Àquela altura, era o segundo ato favorito que ele realizava com a língua. A srta. Tarabotti se apoiou nos cotovelos e lhe deu um beijo suave no rosto. Quase involuntariamente, Lorde Maccon moveu a própria boca na direção dos lábios dela, transformando-o num beijo bem mais profundo.

Quando a moça por fim recostou a cabeça, ambos estavam ofegantes de novo.

— Temos que parar — insistiu. — Corremos perigo, está lembrado? Sabe, ruína e tragédia? Calamidade logo do outro lado dessa porta. — Ela apontou para a área atrás dele. — A qualquer momento, cientistas perversos podem entrar de supetão.

— Mais um motivo para aproveitar a oportunidade — insistiu o conde, inclinando-se e pressionando a parte inferior do corpo contra ela.

A srta. Tarabotti pressionou o peito dele com ambas as mãos, na defensiva, tentando impedi-lo de beijá-la. Ela amaldiçoou o destino por traçar a sua vida de tal forma que, quando ela por fim conseguiu tocar no tronco nu de Lorde Maccon, não havia tempo de apreciá-lo.

Ele mordiscou o lóbulo de sua orelha.

— Considere isso como uma espécie de prelúdio da nossa lua de mel.

A preternatural não soube ao certo que parte daquela frase específica era mais ofensiva — o fato de ele supor que haveria uma lua de mel ou de presumir que ocorreria no chão duro de uma cela sombria.

— Francamente, Lorde Maccon! — exclamou, empurrando-o com mais força.

— Essa, não. Vai querer começar tudo de novo?

— De onde você fica tirando essa ideia de que deveríamos nos casar?

O conde revirou os olhos de tom castanho-amarelado e fez um gesto veemente, indicando o corpo nu.

— Posso lhe assegurar, srta. Tarabotti, que não ajo dessa forma com uma mulher como a senhorita sem pensar em casamento no futuro próximo. Posso ser lobisomem e escocês, mas, apesar do que leu a respeito de ambos, não somos canalhas!

— Não quero obrigá-lo a fazer nada — ressaltou Alexia.

Segurando-a com uma das mãos, o Alfa saiu de cima do corpo deitado dela e se sentou. Apesar de ter mantido contato para evitar a transformação, a maior parte de seu físico ficara, então, separada dela.

Diante dos olhos de Alexia, que tinham se adaptado por completo ao interior escuro da cela, descortinou-se uma vista de nu frontal completo. Os esboços nos livros do pai tinham sido bem mais sutis do que ela imaginara.

— Olhe, nós precisamos discutir essa sua ideia tola — disse ele, deixando escapar um suspiro.

— Qual? — perguntou a preternatural com a voz rouca, observando-o com olhos arregalados.

— De que não vai se casar comigo.

— Temos que tratar disso aqui e agora? — prosseguiu Alexia, sem se dar conta do que dizia. — E por que a ideia é tola?

— Bom, ao menos contamos com certa privacidade. — Ele deu de ombros. O gesto movimentou todos os músculos do peito e da barriga.

— Hum... Hum... mas não podemos esperar até eu estar em casa e você, hum, vestido?

Lorde Maccon percebeu que levava vantagem em relação a ela e quis tirar proveito disso.

— Por acaso acha que a sua família vai nos dar privacidade? Minha alcateia com certeza não dará. Estão loucos para conhecê-la desde que voltei com seu aroma. Sem falar de Lyall e seus mexericos.

— O professor Lyall é chegado a fofocas? — A preternatural parou de olhar para o corpo e fitou o rosto dele.

— Como uma velha futriqueira.

— E o que ele lhes contou?

— Que a alcateia está prestes a ter uma fêmea Alfa. Eu não vou desistir, viu? — disse o conde com a maior tranquilidade.

— Achei que era eu que devia tomar a iniciativa. Não é assim que funciona? — A moça pareceu confusa.

Lorde Maccon deu um sorriso malicioso.

— Até certo ponto. Digamos apenas que já deixou claras suas preferências.

— Pensei que me achava totalmente impossível.

Ele continuou a sorrir, divertido.

— Com toda certeza.

O estômago da srta. Tarabotti se revirou, e ela sentiu a súbita necessidade de agarrá-lo e se esfregar nele. O conde nu era uma coisa, mas nu, com aquele sorrisinho travesso dele, era devastador.

— Pensei que era mandona demais.

— Vou lhe dar uma alcateia inteira para que dê ordens. Precisam de disciplina. Ando meio relaxado, por causa da idade.

A srta. Tarabotti duvidava muito disso.

— Pensei que considerava minha família impossível.

— Não vou me casar com ela — salientou o conde, começando a se aproximar dela, sentindo a sua determinação fraquejar.

A moça não sabia ao certo se o que ele dissera podia ser considerado positivo. Claro que aquela visão tão inquietante mostrava-se ofuscante, pois ele se inclinava na sua direção com aquela expressão no rosto, que dizia que os beijos reiniciariam naquele instante. Ela se perguntou como fora parar naquela posição totalmente indefensável.

— Mas sou alta e morena, e tenho nariz e outras partes grandes. — A srta. Tarabotti fez um gesto débil em direção ao quadril e aos seios.

— Hum — concordou plenamente Lorde Maccon —, com toda certeza. — O Alfa achou interessante ela não ter mencionado os fatores que o haviam preocupado desde o início: a idade dele (avançada) e o estado dela (preternatural). Mas não a ajudaria a protestar dando-lhe mais munição para refutar seus avanços. Os dois poderiam conversar a respeito das preocupações dele depois, de preferência após o casamento, isto é, se — e ele fez uma careta mental — conseguissem sobreviver àquela situação difícil e chegar ao altar.

Por fim, a srta. Tarabotti chegou, meio constrangida, ao que realmente a incomodava. Olhou para a mão livre como se achasse a palma fascinante.

— Você não me ama.

— Ah — exclamou o Alfa, parecendo satisfeito —, e quem foi que disse? Você nunca me perguntou. Não deveria considerar o que *eu* penso?

— Bom — apressou-se ela em dizer, sem saber o que falar. — Nunca perguntei mesmo.

— E então? — perguntou Lorde Maccon, arqueando a sobrancelha.

A preternatural mordiscou o lábio, os dentes brancos roendo a boca inchada. Então, ergueu a pálpebra trêmula e olhou com preocupação para o conde, que já estava perto demais dela, de novo.

Naturalmente, como o destino é imprevisível, foi naquele exato momento que a porta da cela abriu.

Parada à entrada estava uma figura à contraluz, batendo palmas devagar, mas com evidente ar de aprovação.

Capítulo 13

A Última Cela

Rápido como um raio, que indicava sua agilidade como ser humano antes mesmo de ter virado lobisomem, Lorde Maccon mudou de posição, contornando a srta. Tarabotti de modo a ficar de costas para o intruso e protegê-la com o próprio corpo. Quando o fez, Alexia notou que ele pegou o fragmento de espelho do chão perto de si. Segurava-o entre os dois, fora do alcance da visão do sr. Siemons.

— Bom, srta. Tarabotti — disse o cientista —, faz mesmo um excelente trabalho. Nunca pensei em ver um lobisomem Alfa na forma humana em plena noite de lua cheia.

A preternatural sentou-se, erguendo o corpete do vestido com a maior discrição possível. A parte de trás estava toda desabotoada. Ela olhou furiosa para Lorde Maccon, que retribuiu o olhar sem o menor sinal de arrependimento.

— Sr. Siemons — disse ela, apenas.

Quando o cientista entrou na cela, a srta. Tarabotti viu que, atrás dele, havia pelo menos seis homens de diversos tamanhos, a maioria do tipo grandalhão. Era evidente que ele não queria correr riscos, caso as habilidades dela de preternatural não passassem de uma farsa supersticiosa. Porém, como não viu ali nenhum lobisomem, fitou as costas do conde com uma expressão sem dúvida alguma clínica.

— A mente dele volta a adquirir o raciocínio humano, da mesma forma que o corpo volta à forma humana, ou ele continua essencialmente lobo, por dentro? — quis saber o cientista.

A srta. Tarabotti notou a intenção de Lorde Maccon ao vê-lo semicerrar os olhos e mudar a maneira de segurar o fragmento. De costas para a porta, ele não vira a grande comitiva do sr. Siemons. Ela meneou a cabeça, de forma quase imperceptível, para o conde, que, dando-se conta da insinuação, relaxou um pouco.

O cientista aproximou-se mais. Inclinando-se sobre os dois, que estavam no chão, ele agarrou a cabeça do Alfa para empurrá-la para trás e observar seu rosto. Com um toque de humor malicioso, ele rosnou alto e fez menção de abocanhá-lo, como se ainda fosse lobo. O sr. Siemons retrocedeu, depressa.

Olhou para Alexia.

— De fato, bastante impressionante. Teremos que estudar a fundo seu dom, e há diversos exames... — Não chegou a terminar a frase. — Tem certeza de que não posso convencê-la a lutar por nossa causa: justiça e segurança? Agora que vivenciou o verdadeiro terror de um ataque de lobisomem, é obrigada a reconhecer que essas criaturas são, sem sombra de dúvida, perigosas! Não passam de uma praga para a raça humana. Nossa pesquisa permitirá a prevenção dela em todo o império e nos protegerá contra essa ameaça. Com seu potencial, poderíamos estabelecer novas táticas de neutralização. Não vê como seria valiosa para nós? Só faríamos algumas avaliações físicas de vez em quando.

A srta. Tarabotti ficou sem saber o que dizer. Sentiu a um só tempo repulsa e temor ante o jeito incrivelmente hábil de falar do homem. Pois lá estava ela, lado a lado com um lobisomem, um homem considerado uma aberração por aquele raptor e torturador, mas que, sem se surpreender, ela compreendeu que amava.

— Obrigada pela oferta amável... — começou a dizer a preternatural.

O cientista interrompeu-a.

— Sua colaboração seria muito importante, embora desnecessária, srta. Tarabotti. Entenda, faremos o que for preciso.

— Então, agirei de acordo com os meus princípios, não com os seus — retrucou ela, com firmeza. — O conceito que faz de mim deve ser, logicamente, tão deturpado quanto o que faz dele. — A srta. Tarabotti apontou o queixo na direção de Lorde Maccon. Ele a fitava com atenção,

como se procurasse fazer com que se calasse. Mas a língua dela sempre a sobrepujava, tagarela do jeito que era. — Não estou nem um pouco disposta a participar de bom grado dos seus experimentos cruéis.

O sr. Siemons deu um sorrisinho tenso e meio psicopático. Em seguida, virou-se e gritou algo em latim.

Seguiu-se um breve silêncio.

Houve um burburinho entre os cientistas e os capangas reunidos à entrada, e então o autômato os empurrou para o lado, a fim de entrar na cela.

Embora Lorde Maccon tivesse visto a repulsa no olhar de Alexia, não se virou para descobrir o que a provocara. Com determinação, continuou de costas para o cientista e sua comitiva, mantendo o tronco nu voltado para a porta. Fora ficando cada vez mais tenso à medida que a srta. Tarabotti e o sr. Siemons trocavam farpas.

A preternatural sentia a contrariedade dele vibrar em cada ponto de contato entre os seus corpos. Podia vê-la nos músculos rígidos sob a pele exposta. Ele quase tremia, como um cachorro forçando a coleira.

A srta. Tarabotti sentiu que Lorde Maccon entraria em ação instantes antes de ele o fazer.

Num movimento suave, o conde se virou e atacou com o fragmento de espelho. Mas o sr. Siemons, que vira a expressão da preternatural, recuou, ficando fora de alcance.

Ao mesmo tempo, o autômato se aproximou de um lado, dirigindo-se para Alexia.

Pego no meio do caminho e tolhido pelo contato físico que precisava manter com ela, o conde não conseguiu se virar com a rapidez necessária para atacar o autômato.

Os movimentos da moça não estavam tão restringidos. Assim que a criatura diabólica se aproximou dela, gritou e atacou-a, certa de que morreria se aquela repulsiva imitação de gente tocasse nela.

Apesar da aversão da preternatural, o autômato agarrou-a pelas axilas, com as mãos gélidas e sem unhas, e ergueu-a à força. O monstro era incrivelmente forte. A srta. Tarabotti chutou-o e, apesar de tê-lo atingido com o salto da bota, o golpe não surtira o menor efeito na criatura.

O autômato jogou-a, ainda se debatendo e gritando feito uma louca, por sobre o ombro de cera.

Lorde Maccon girou na direção dela, mas, com a sua arremetida e o ataque do autômato, o contato entre eles foi cortado. A srta. Tarabotti, carregada de cabeça para baixo, notou a expressão de pânico do conde pelo emaranhado de seus cabelos e, em seguida, o brilho de algo cortante. Em meio ao último pensamento consciente, o conde jogara o fragmento de espelho na parte inferior das costas do autômato, logo abaixo do local em que a moça estava.

— Ele está se transformando! — gritou o sr. Siemons, recuando depressa, para sair da cela. O autômato o seguiu, carregando Alexia. — Neutralizem-no! Rápido! — Os capangas entraram no recinto.

A preternatural chegou até a ficar com certa pena, pois eles não faziam ideia de quão ligeira seria a mudança. Ela afirmara que levaria uma hora para o lobisomem adquirir a forma humana. Aqueles sujeitos deviam ter suposto que esse mesmo período seria necessário para ele voltar à forma de lobo. A srta. Tarabotti torcia para que essa situação desse algum tipo de vantagem a Lorde Maccon. De um jeito ou de outro, seria uma faca de dois gumes, pois seu instinto animal o dominaria por completo, pondo a todos, inclusive a ela, em perigo.

Enquanto eles avançavam apressados pelo corredor, a srta. Tarabotti ouviu um rosnado portentoso, o som lúgubre de algo sendo esmigalhado e, então, gritos de pavor. Como aqueles urros eram bem mais apavorantes que os dela, a preternatural parou de gritar feito uma alma penada e se concentrou em tentar fazer com que o autômato a soltasse. Desferiu pontapés a esmo e contorceu-se com vigor animalesco. Infelizmente, o humanoide a cingia pela cintura com punhos de ferro. Como ela não fazia ideia de que era feita aquela monstruosidade, concluiu que os punhos *podiam* ser mesmo de ferro.

Qualquer que fosse a superestrutura do esqueleto do *homunculus simulacrum*, era coberta por uma camada de substância carnosa. A srta. Tarabotti acabou parando de se debater, o que a estava fazendo desperdiçar energia, e fitou, irritada, o fragmento de espelho grudado nas costas dele. Uma pequena quantidade de líquido viscoso e escuro escorria do ponto em que

o objeto penetrara. A um tempo horrorizada e fascinada, ela percebeu que Lorde Maccon tinha razão. O ser estava cheio de sangue — velho, escuro, passado. *Será que tudo tinha a ver com sangue, no que dizia respeito a esses cientistas?*, perguntou-se a preternatural. E, então: *Por que o conde se esforçara tanto para ferir o autômato?* Ocorreu-lhe: *Ele precisa de um rastro para seguir. Isso aqui não é suficiente*, pensou. *Não está sangrando o bastante para pingar no chão.*

Tentando não ponderar a respeito do que faria, tentou alcançar o espelho preso à carne com o fluido viscoso do autômato. Cortou a parte posterior do próprio antebraço com a ponta exposta do fragmento. Seu sangue, vermelho vivo, saudável e puro, jorrou rápido, escorrendo em gotículas perfeitas no piso atapetado. Ela se perguntou se até seu sangue cheiraria a canela e baunilha para Lorde Maccon.

Ninguém notou. O autômato, seguindo o mestre, carregou-a pela sala de recepção do clube, rumo à zona das maquinarias. Eles passaram pelos ambientes que a srta. Tarabotti visitara durante a turnê pelas dependências do Hypocras e seguiram em frente, rumo a partes que ela não recebera permissão de ver antes. Fora naquela área que a preternatural escutara os gritos terríveis.

Então, chegaram à última cela, no final do corredor. A srta. Tarabotti conseguiu se virar o bastante para ler um pequeno pedaço de papel preso à lateral da porta. Dizia, em bela caligrafia de tinta preta, com desenhos de polvos nas laterais: CÂMARA DE EXSANGUINAÇÃO.

Como a preternatural estava pendurada, não conseguiu ver a parte interna do local, até o sr. Siemons dar instruções naquele latim indecifrável dele, e o autômato colocá-la no chão. Ela se afastou da criatura dando uns saltinhos desajeitados, como uma gazela não muito ágil. Sem se deixar intimidar, o autômato agarrou os braços dela e puxou-a com força para si, mantendo-a imobilizada.

A srta. Tarabotti enrijeceu o corpo, enojada. Apesar de o monstro ter acabado de carregá-la por todo o clube, fazia com que estremecesse de puro pavor só de tocá-la.

Engolindo bile, ela respirou fundo e tentou se acalmar. Chegando a uma espécie de zona de equilíbrio, balançou a cabeça para tirar os cabelos do rosto e olhou ao redor.

Na câmara havia seis macas de ferro, do mesmo formato e tamanho, fixadas no chão, instaladas em pares, formando três grupos de duas. Em cada uma delas, que eram do tamanho de um homem alto, via-se um monte de imobilizadores, de diversos materiais. Dois cientistas jovens, de jalecos cinza e lunóticos, perambulavam atarantados. Carregavam blocos de anotações com capa de couro, nos quais escreviam observações com bastões de grafite envoltos em couro de carneiro. Havia também um senhor mais velho, mais ou menos da idade do sr. Siemons. Ele usava um terno de tweed, a pior escolha possível, com uma gravata plastrom amarrada com tamanho descuido, que chegava a ser um pecado tão grande quanto suas ações. Também usava lunóticos, mas de um tipo maior e mais intrincado do que a srta. Tarabotti estava acostumada a ver. Todos os três pararam para observá-los quando entraram, os olhos imensos por causa das lentes ópticas. Então, voltaram a se mover por entre os corpos inertes de dois homens deitados num par de plataformas. Um deles tinha sido amarrado com corda de sisal, o outro...

A srta. Tarabotti gritou, horrorizada e angustiada. O outro usava um extravagante paletó de veludo cor de ameixa, manchado de sangue, bem como um colete de veludo de tom verde-espuma de mar e xale roxo, rasgado em vários lugares. Também fora amarrado com corda e, além disso, crucificado, tendo tanto as mãos quanto os pés presos com estacas de madeira. Estas estavam atadas à plataforma em que ele estava, e a moça não conseguiu perceber se o sujeito não se mexia por causa da dor ou porque já não podia mesmo se mover.

A moça lutou por se desvencilhar e correr para acudir o amigo, mas o autômato a retinha com força. Recobrando a razão só no último momento, ela se deu conta de que, provavelmente, fora melhor assim. Se tivesse tocado em Lorde Akeldama com o vampiro em tal estado de depauperação, seu dom preternatural poderia ter provocado sua morte imediata. Só a força sobrenatural dele o mantinha vivo — se é que ainda *vivia*.

— Seus... seus... — disse ela com nervosismo, voltando-se para o sr. Siemons, buscando uma palavra terrível o bastante para descrever aqueles supostos cientistas — ... *filisteus*! O que foi que fizeram com ele?

Lorde Akeldama não só fora amarrado e pregado na plataforma, como também conectado a uma daquelas máquinas diabólicas. Uma das mangas do belo paletó dele fora cortada, junto com a camisa de seda que usava embaixo, e se via um longo tubo de metal saindo da pele, na parte superior do braço. Era óbvio que o segundo homem não era sobrenatural, pois sua pele mostrava-se bronzeada, e as maçãs do rosto, rosadas. Mas ele também estava deitado tão imóvel quanto se estivesse morto.

— Ainda falta muito, Cecil? — perguntou o sr. Siemons a um dos cientistas de jaleco cinza, ignorando a srta. Tarabotti por completo.

— Quase terminamos. Tudo indica que o senhor tinha razão quanto à idade. Pelo visto, este procedimento está indo bem melhor que os anteriores.

— E a aplicação de corrente elétrica? — O sr. Siemons coçou as próprias costeletas.

O sujeito olhou para as anotações, girando o botão lateral dos lunóticos para ajustar o foco.

— Daqui a uma hora, senhor, daqui a uma hora.

O sr. Siemons esfregou as mãos, com satisfação.

— Ótimo, ótimo. Não vou perturbar o dr. Neebs, pois parece estar totalmente concentrado. Sei o quanto se envolve no trabalho.

— Estamos tentando diminuir a intensidade do choque, senhor. O dr. Neebs acha que isso aumentará o tempo de sobrevivência do recipiente — explicou o segundo cientista jovem, parando de fitar as alavancas grandes, que manuseava na parte lateral da máquina.

— Ideia fascinante. Conduta muito interessante. Prossigam, por favor, prossigam. Não parem por minha causa. Só estou trazendo um novo espécime. — Ele se virou e fez um gesto em direção a Alexia.

— Está certo, senhor. Vou continuar, então — avisou o primeiro cientista, voltando a se concentrar no que fazia antes, sem sequer dar uma olhada na preternatural.

A srta. Tarabotti olhou o sr. Siemons nos olhos.

— Estou começando a entender — disse ela, em um tom de voz baixo e hostil — quem é o monstro. Nem os vampiros nem os lobisomens conseguiriam se afastar tanto da natureza quanto o senhor, que está profanando a criação, não apenas com isto — apontou grosseiramente com o polegar para o autômato, que a segurava com força —, mas com aquilo — indicou a máquina com os tubos de metal, do tipo de sucção, que penetravam vorazmente no interior do corpo do seu querido amigo. O aparelho medonho parecia estar tirando todo o líquido dele, mais sedento de sangue que qualquer vampiro. — O senhor é que é a aberração.

O sr. Siemons deu um passo à frente e lhe deu um tapa na cara. O som, um estalo alto, levou o dr. Neebs a erguer os olhos do trabalho. Mas ninguém fez comentário algum e os três cientistas retomaram de imediato as atividades.

A srta. Tarabotti recuou, apoiando-se nas costas gélidas e imóveis do autômato. Na mesma hora, fez um movimento brusco para afastar-se dele, contendo lágrimas de frustração. Quando sua visão ficou menos turva, viu que o sr. Siemons dava outra vez o sorrisinho tenso e psicopático.

— Protocolo, srta. Tarabotti — disse ele. Então, fez um comentário em latim.

O autômato levou a preternatural até um dos demais pares de macas. Um dos cientistas jovens parou o que fazia e foi amarrá-la, enquanto a criatura a mantinha imobilizada. O sr. Siemons ajudou a prender os tornozelos e os pulsos dela, apertando com tanta força as cordas que a srta. Tarabotti teve certeza de que perderia a circulação nas extremidades. Na plataforma havia algemas enormes, feitas de metal maciço, que pareciam de ferro, revestidas de prata, e mais daquelas estacas horrendas; não obstante, era óbvio que eles não achavam que ela precisava de medidas tão drásticas.

— Traga um novo receptor-cobaia — ordenou o sr. Siemons, assim que a preternatural fora presa. O rapaz de jaleco cinza assentiu, colocou o bloco de anotações de couro numa estante pequena, tirou os lunóticos e saiu da câmara.

O autômato se posicionou diante da porta fechada, uma sentinela calada, com rosto de cera.

A srta. Tarabotti virou a cabeça para o lado. Viu Lorde Akeldama à sua esquerda, ainda deitado em silêncio, sem se mover, na plataforma. Ao que tudo indicava, o cientista mais velho, o dr. Neebs, terminara a tarefa. Naquele momento, conectava outra máquina à dos diversos tubos. Aquele novo dispositivo era algum tipo de aparelho com engrenagens e rodas

dentadas. E em seu núcleo havia uma jarra de vidro, com lâminas de metal nas laterais.

O outro cientista de jaleco cinza foi até ele e começou a girar com precisão uma manivela fixada na máquina.

Por fim, fez-se um estalo ruidoso e um feixe trepidante, com luz incrivelmente branca, percorreu o tubo conectado ao braço de Lorde Akeldama, penetrando em seu corpo. O vampiro se sacudiu e se contorceu, puxando sem querer as estacas de madeira fincadas em seus pés e em suas mãos. Seus olhos abriram-se de supetão e ele deu um grito intenso de dor.

O jovem cientista, ainda manuseando a manivela com uma das mãos, puxou uma pequena alavanca com a outra, e o feixe de luz se deslocou na máquina de exsanguinação, passando a percorrer o tubo conectado ao receptor-cobaia aparentemente comatoso na plataforma ao lado de Lorde Akeldama.

Os olhos desse homem se abriram e ele também se convulsionou e gritou. O cientista parou de mover a manivela, e a corrente elétrica — o que a srta. Tarabotti supunha que era — cessou. Ignorando o vampiro, que voltara a ficar imóvel, de olhos fechados, parecendo pequeno, encovado e muito velho, o sr. Siemons, o dr. Neebs e o jovem cientista foram depressa até o sujeito ao lado de Lorde Akeldama. O dr. Neebs tomou-lhe o pulso e, em seguida, ergueu as pálpebras, àquela altura, fechadas, para examinar as pupilas, fitando-as com os lunóticos. O homem estava imóvel.

Então, de repente, o sujeito começou a choramingar como uma criança no final de uma birra — sem lágrimas e apenas uns poucos e breves soluços. Pelo visto, todos os músculos do corpo dele retesaram-se, os ossos enrijeceram e os olhos quase saltaram das órbitas. Os três cientistas afastaram-se, mas continuaram a observá-lo com atenção.

— Ah, já começou — comentou o sr. Siemons, satisfeito.

— Isso mesmo — concordou o dr. Neebs, unindo as mãos e esfregando-as. — Perfeito!

O jovem de jaleco cinza escrevinhava com sofreguidão no bloco de couro.

— Um resultado muito mais rápido e eficaz, dr. Neebs. Um progresso louvável. Farei um relatório muito favorável — afirmou o sr. Siemons, dando um largo sorriso e umedecendo os lábios.

O dr. Neebs sorriu, radiante.

— Muito obrigado, sr. Siemons. Entretanto, ainda estou preocupado com a intensidade da corrente. Gostaria de poder conduzir a transferência de alma com mais precisão.

O sr. Siemons observou Lorde Akeldama.

— Acha que ainda restou alguma?

— É difícil dizer com uma cobaia tão velha — esquivou-se o dr. Neebs —, mas talvez...

Ele foi interrompido por uma batida forte na porta.

— Sou eu, senhor! — exclamou um sujeito.

— *Expositus* — disse o sr. Siemons.

O autômato se virou rigidamente e abriu a porta.

Então, o outro cientista jovem entrou acompanhado do sr. MacDougall. Ambos carregavam o corpo de um homem, firmemente enfaixado em uma longa tira de linho, parecendo uma perfeita múmia egípcia antiga.

Ao ver Alexia presa na própria maca, o sr. MacDougall largou seu lado do corpo e correu até ela.

— Boa noite, sr. MacDougall — cumprimentou a preternatural, com educação. — Devo dizer que não vejo com bons olhos seus amigos aqui. O comportamento deles é — fez uma pausa delicada — vergonhoso.

— Srta. Tarabotti, lamento muitíssimo. — O norte-americano entrelaçou as mãos e apertou-as com força, movendo-se ansioso ao lado dela. — Se soubesse *o que* a senhorita era quando nos conhecemos, eu poderia ter evitado isto. Teria tomado as devidas precauções. Teria... — Ele cobriu a boca com as mãos rechonchudas e balançou a cabeça, por demais irrequieto.

A srta. Tarabotti tentou esboçar um sorriso. *Pobre coitado*, pensou. *Deve ser difícil ser tão fraco o tempo todo.*

— Pois bem, sr. MacDougall — o sr. Siemons interrompeu o tête-à-tête. — Sabe o que está em jogo aqui. Essa jovem se recusa a cooperar de livre e espontânea vontade. Então, que assim seja. O senhor pode ficar para observar, porém deve se comportar e não interferir no procedimento.

— Mas, senhor — protestou o norte-americano —, não seria melhor testar a extensão do dom dela antes? Fazer algumas observações, formular uma hipótese, seguir o método científico? Sabemos pouquíssimo a respeito do suposto estado preternatural. Não seria melhor prosseguir com extrema cautela? Se ela for tão extraordinária quanto o senhor diz, não pode correr riscos desnecessários no que tange ao bem-estar dela.

O sr. Siemons ergueu a mão de forma autoritária.

— Só faremos um procedimento de transferência preliminar. Os vampiros chamam o tipo dela de "desalmado". Se nossos prognósticos estiverem corretos, ela não vai requerer o tratamento de choque para ser reanimada. Não tem alma, não é mesmo?

— Mas e se a *minha* teoria estiver correta, e não a sua? — O sr. Mac-Dougall mostrou-se bastante exaltado. As mãos dele tremiam, e um brilho de suor cobria-lhe a fronte.

O sr. Siemons deu um sorriso malicioso.

— Vamos torcer, para o bem dela, que não esteja. — Ele se virou e deu instruções aos comparsas. — Preparem a moça para a exsanguinação. Vamos analisar a verdadeira extensão do dom dessa mulher. Dr. Neebs, já terminou seu trabalho com aquela cobaia?

O dr. Neebs assentiu.

— Por enquanto. Cecil, por favor, continue a monitorar o progresso. Quero que me avise de imediato quando ocorrer protuberância dental. — Ele se pôs a remexer por ali, desconectando as duas máquinas uma da outra e, depois, de Lorde Akeldama e de seu companheiro de sofrimento. Puxou com brusquidão os tubos dos respectivos braços. A srta. Tarabotti ficou transtornada ao ver que a abertura escancarada na carne do vampiro não começou a cicatrizar de imediato.

Então, não pôde mais se preocupar com Lorde Akeldama, pois eles empurraram a máquina na direção dela. O dr. Neebs se aproximou do braço de Alexia com uma faca que parecia afiadíssima. Rasgou a manga do vestido da moça e apalpou com os dedos a parte central do braço, à cata de uma veia. O sr. MacDougall ficou sussurrando palavras incoerentes, angustiado, mas durante todo o tempo nada fez para ajudá-la. Na verdade, recuou, pusilânime, virando a cabeça como se receasse observar. A srta. Tarabotti lutava inutilmente contra os artefatos imobilizadores.

O dr. Neebs ajustou o foco dos lunóticos e posicionou a faca.

Um tremendo baque ecoou na câmara.

Algo grande, pesado e furioso golpeou o lado externo da porta, com força o bastante para fazer o autômato, parado diante dela, trepidar.

— Que diabo é isso? — perguntou o dr. Neebs, parando com a faca apoiada na pele dela.

A porta reverberou de novo.

— Vai aguentar — disse o sr. Siemons, confiante.

Mas, com o terceiro baque forte, a porta começou a partir.

O dr. Neebs ergueu a faca que usaria na srta. Tarabotti e adotou uma posição defensiva. Um dos jovens cientistas começou a gritar. O outro pôs-se a buscar, depressa, em meio à parafernália científica espalhada por ali, algum tipo de objeto que pudesse usar como arma.

— Cecil, acalme-se! — gritou o sr. Siemons. — A porta vai aguentar. — Pelo visto, ele tentava se convencer, tanto quanto os outros.

— Sr. MacDougall — chamou a srta. Tarabotti baixinho, em meio ao tumulto —, será que o senhor poderia me soltar?

Ele a olhou como se não tivesse compreendido o que ela dissera.

A porta cedeu e um rombo se abriu na madeira. Por entre as lascas, via-se um lobisomem enorme. O pelo em seu focinho mostrava-se emaranhado e cheio de sangue. Filetes de saliva rosada escorriam pelos dentes brancos, longos e afiados. No restante do corpo observava-se uma pelagem de tons preto, dourado e castanho. Nos olhos, que se voltaram para Alexia, não havia o menor vestígio de humanidade.

Lorde Maccon devia pesar uns noventa quilos. A preternatural sabia, àquela altura por experiência própria, que boa parte daquele peso era puro músculo. O que resultava num lobisomem imenso e fortíssimo. E ele estava enraivecido, faminto e sob o efeito da insanidade provocada pela lua cheia.

O lobisomem entrou na câmara de exsanguinação em um frenesi feroz de presas e garras, e começou a despedaçar tudo sem a menor cerimônia. Incluindo os cientistas. De repente, gritos, sangue e pânico espalhavam-se por toda parte.

A srta. Tarabotti desviou o máximo possível o rosto, encolhendo-se ante o terror de tudo aquilo. Tentou convencer o sr. MacDougall de novo.

— Por favor, solte-me. Posso fazer com que ele pare.

Porém o norte-americano se posicionara no canto mais longínquo da câmara, tremendo de medo, os olhos fixos no lobo enfurecido.

— Já chega! — exclamou a preternatural, frustrada. — Solte-me agora, seu tolo! — Suas palavras ásperas pareceram penetrar no temor que ele sentia. Como se em transe, o norte-americano começou a manusear atabalhoadamente seus imobilizadores, libertando as mãos dela por tempo suficiente para ela se sentar e soltar as cordas dos próprios tornozelos. Em seguida, a moça girou até a borda da plataforma.

Uma torrente de termos em latim ressoou mais alto que os ruídos da matança, e o autômato pôs-se em ação.

Quando a srta. Tarabotti por fim conseguiu ficar de pé — foram necessários alguns momentos para o sangue voltar a circular nas partes inferiores —, o autômato e o lobisomem lutavam corpo a corpo à entrada. O que restara do dr. Neebs e dos dois cientistas jovens estava estraçalhado no chão, boiando em pequenas poças de sangue, fragmentos de lunóticos e entranhas.

A preternatural teve de se esforçar muito para não passar mal nem desmaiar. O cheiro da carnificina era, de fato, pavoroso — carne fresca e cobre derretido.

O sr. Siemons continuava ileso e, enquanto seu monstrengo lutava com o sobrenatural, ele se virou para buscar a srta. Tarabotti.

Pegou a longa faca cirúrgica do dr. Neebs e avançou para ela com rapidez surpreendente para um sujeito gorducho. Antes que a preternatural pudesse reagir, ele já a agarrara e encostara a faca no seu pescoço.

— Não se mova, srta. Tarabotti. O senhor também, sr. MacDougall. Fique onde está.

O lobisomem estava com a mandíbula enorme na garganta do autômato e, pelo visto, esforçava-se para decapitá-lo. No entanto, fazia-o em vão, pois o esqueleto do autômato era feito de uma substância resistente demais até mesmo para a bocarra do sobrenatural. A cabeça dele continuava presa. Vacilante, mas continuava. O sangue viscoso e enegrecido da criatura jorrou das feridas profundas de seu pescoço, indo parar no focinho do lobisomem. Este espirrou e soltou-o.

O sr. Siemons começou a se dirigir lentamente à porta, que estava quase bloqueada pelos monstros em combate. Empurrando a srta. Tarabotti à frente, com a faca ao seu pescoço, tentou passar por trás do lobisomem.

A cabeça gigantesca do sobrenatural virou-se para eles, e o lobisomem arreganhou os dentes num rosnado de advertência.

O cientista saltou para trás, cortando as primeiras camadas de pele na garganta de Alexia. Ela gritou, apavorada.

O lobisomem farejou o ar, estreitando os olhos amarelados e brilhantes. Voltou a atenção por completo à preternatural e ao sr. Siemons.

O autômato atacou-o por trás, agarrando o seu pescoço, e tentou enforcá-lo.

— Nofa, eftou morto de fome! — alguém ceceou. Totalmente esquecida, a metade humana do experimento de Lorde Akeldama ficou de pé, em sua plataforma. Apresentava presas longas e bem desenvolvidas e examinava o ambiente com um único interesse. Enquanto avaliava o local, descartou o vampiro, o lobisomem e o autômato, mas fitou longamente, com interesse, a srta. Tarabotti e o sr. Siemons, até se concentrar na refeição mais acessível da área: o sr. MacDougall.

O norte-americano, encolhido no canto, deu um berro quando o vampiro recém-criado pulou por cima de Lorde Akeldama e percorreu o espaço que os separava com rapidez e habilidade sobrenaturais.

A srta. Tarabotti não teve tempo de observar mais, pois sua atenção estava concentrada na entrada. Ouviu o sr. MacDougall dar outro grito e, em seguida, os baques surdos da luta.

O lobisomem tentava se livrar do autômato em suas costas. Mas a criatura mantinha as mãos em seu pescoço peludo num laço mortal, e não arredava um milímetro dali. Com Lorde Maccon momentaneamente distraído, a porta arrebentada ficara livre, e o sr. Siemons obrigou de novo Alexia a caminhar para lá.

A preternatural desejou, pela centésima vez naquela noite, estar com a sua valiosa sombrinha. Como não contava com ela, optou pela alternativa mais apropriada, que foi dar uma cotovelada na barriga do cientista, ao mesmo tempo em que lhe pisoteava o pé com o salto da bota.

Urrando de dor e surpresa, o sr. Siemons soltou-a.

A srta. Tarabotti se virou com um grito triunfal, mas o lobisomem passou a prestar atenção neles, atraído pelo alarde.

Pensando sobretudo na própria segurança, o cientista considerou a srta. Tarabotti um risco grande demais e saiu da câmara, chamando aos berros os outros companheiros, enquanto corria apressadamente pelo corredor.

O autômato continuava lutando, as mãos apertando com mais força o pescoço malhado do lobo.

A srta. Tarabotti ficou sem saber o que fazer. Lorde Maccon sem dúvida alguma tinha mais chances de combater o autômato na forma de lobisomem. Mas, chiando por causa da falta de ar, ele rumava na direção *dela*, ignorando o autômato, que continuava a tentar estrangulá-lo. A preternatural não podia deixar que a tocasse, se quisesse que ele sobrevivesse.

— Apague a palavra, minha querida *tulipa* — disse uma voz rouca.

A srta. Tarabotti se virou e viu o vampiro deitado. Lorde Akeldama, ainda pálido e, pelo visto, cheio de dor, inclinara a cabeça do ponto em que se encontrava. Observava a luta selvagem com olhos vidrados.

A preternatural soltou um suspiro de alívio. Ele estava vivo! Mas não entendeu o que o amigo queria que ela fizesse.

— A palavra — repetiu Lorde Akeldama, a voz desgastada pelo sofrimento — na testa do *homunculus simulacrum*. Apague-a. — E voltou a cair, exausto.

A srta. Tarabotti foi se aproximando furtivamente pela lateral, posicionando-se. Então, estremecendo por causa da repugnância que sentia, estendeu a mão e esfregou-a na fronte do rosto de cera da criatura. Só conseguiu apagar a parte final da palavra, de maneira que VIXI se tornou VIX.

Foi o suficiente para que os efeitos se fizessem sentir. O autômato retesou-se e afrouxou as mãos o bastante para que o lobisomem pudesse tirá-lo das costas. Continuava a se mover, mas com aparente dificuldade.

O lobisomem, então, fixou os olhos amarelados em Alexia.

Mas, antes que pudesse pular em cima dela, ela avançou, destemida, e envolveu com ambas as mãos o pescoço peludo.

A mudança era um pouco menos horrenda da segunda vez. Ou, talvez, a preternatural estivesse se acostumando com ela. O pelo dele se retraiu no ponto em que a srta. Tarabotti o tocara, e pele, carne e ossos voltaram a se formar, de maneira que, em poucos momentos, a moça segurava, de novo, o corpo nu de Lorde Maccon.

Ele tossia e cuspia.

— Esse monstrengo autômato tem um gosto horrível — declarou o conde, limpando a face com as costas da mão. O que só serviu para espalhar o líquido avermelhado pelo queixo e a maçã do rosto.

A srta. Tarabotti absteve-se de observar que ele andara lanchando cientistas e limpou o rosto dele com a saia do vestido. Seu traje já não poderia ser recuperado, de qualquer forma.

Os olhos castanho-amarelados fitaram-na. A preternatural percebeu, aliviada, que se mostravam vivazes e sem nenhuma ferocidade ou fome.

— Não está ferida, está? — quis saber Lorde Maccon. Um das mãos grandes ergueu-se e começou a checar seu rosto e a ir descendo, devagar. Parou quando sentiu o corte no pescoço dela.

Embora ele a tocasse, seus olhos voltaram a adquirir, por um instante, o tom amarelado selvagem.

— Vou acabar com aquele desgraçado — disse o Alfa em voz baixa, com fúria contida. — Ainda arranco os ossos dele pelas narinas, um por um.

A srta. Tarabotti fez Lorde Maccon se calar, impaciente.

— O corte não é tão profundo assim. — Mas ela se apoiou nele e deixou escapar um suspiro abalado, que a preternatural nem se dera conta de estar retendo.

A mão dele, trêmula de raiva, continuou a avaliar, com suavidade, os ferimentos da moça. Percorreu delicadamente os hematomas na pele exposta da parte superior de seu torso, indo até o corte no ombro dela.

— Os nórdicos tinham razão: nada como esfolar o sujeito por trás e comer o coração dele — comentou.

— Não precisa ser tão repulsivo assim — censurou o objeto de seu interesse. — Além do mais, fui eu mesma que me cortei.

— O quê?!

Ela deu de ombros, com indiferença.

— Você precisava de um rastro para seguir.

— Sua tolinha.

— Deu certo, não deu?

O toque dele se tornou insistente, por um instante. Puxando-a ao encontro do corpanzil nu, ele a beijou com brusquidão, uma mistura tão erótica quanto desesperada de dentes e língua. Beijou-a como se precisasse dela para sobreviver. Foi insuportavelmente íntimo. Pior que permitir que alguém visse os tornozelos da pessoa. A srta. Tarabotti apoiou-se nele, abrindo a boca com sofreguidão.

— Olhem, eu *odeio* mesmo ter de interromper, meus pequenos enamorados, mas será que poderiam aproveitar a oportunidade para me soltar? — perguntou uma voz suave, interrompendo-os. — E sua ação aqui ainda não terminou.

Lorde Maccon ergueu o rosto e olhou ao redor, pestanejando como se tivesse acabado de acordar de um sonho: metade pesadelo, metade fantasia erótica.

A srta. Tarabotti mudou de posição, de maneira a que seu único ponto de contato fosse a sua mão, acomodada na enorme mão dele. Ainda havia contato suficiente para que ela se sentisse reconfortada e exercesse sua preternaturalidade com eficácia.

Lorde Akeldama continuava deitado em sua plataforma. No espaço entre ele e o local em que a srta. Tarabotti fora amarrada, o sr. MacDougall continuava a lutar com o vampiro recém-criado.

— Minha nossa! — exclamou a preternatural, surpresa. — Ele ainda está vivo! — Ninguém sabia, nem mesmo ela, se se referia ao sr. MacDougall ou à criatura fabricada. Pareciam lutar de igual para igual, o vampiro, ainda não acostumado com as novas habilidades e a força, e o norte-americano, mais forte do que o esperado, em meio ao desespero e ao pânico.

— Bom, meu amor — prosseguiu a moça, com incrível ousadia, para o conde —, então, vamos?

Lorde Maccon chegou a dar alguns passos, mas então parou bruscamente e olhou para Alexia.

— E sou?

— O quê? — Ela o espiou por entre os cabelos emaranhados, simulando surpresa. De forma alguma facilitaria a vida dele.

— Seu amor?

— Bom, você é lobisomem e escocês, e, embora esteja nu e coberto de sangue, *continuo* segurando a sua mão.

Ele deixou escapar um suspiro de alívio.

— Está certo. Resolvido, então.

Os dois se dirigiram até o local em que o sr. MacDougall e o vampiro lutavam. A srta. Tarabotti não sabia se podia de fato transformar dois sobrenaturais de uma vez, mas estava disposta a tentar.

— Perdão — disse ela, agarrando o ombro do vampiro. Surpreso, o sujeito se virou na direção daquela nova ameaça. Só que as suas presas já se retraíam.

A srta. Tarabotti sorriu para ele, e Lorde Maccon já o segurava pela orelha, como um garotinho travesso, antes que o homem fizesse qualquer movimento agressivo na direção dela.

— Veja bem — começou a dizer o conde —, mesmo os vampiros recém-criados só podem escolher vítimas dispostas. — Ele soltou a orelha e deu um soco violento no queixo do homem. O golpe de boxe profissional nocauteou o sujeito.

— Vai durar? — quis saber Alexia, referindo-se ao vampiro caído. Como já não o tocava, ele deveria se recuperar logo.

— Por alguns minutos — respondeu Lorde Maccon, no tom de voz de oficial do DAS.

O sr. MacDougall, sangrando só um pouco na série de furos na lateral do pescoço, pestanejou para os seus salvadores.

— Amarre-o, está bem? Seja um bom rapaz. Só posso usar uma das mãos, entende? — disse o conde ao norte-americano, entregando-lhe a corda tirada de uma das plataformas.

— Quem é o senhor? — quis saber o sr. MacDougall, olhando para o conde de alto a baixo e, em seguida, concentrando-se nas mãos unidas dele e Alexia. Ao menos, foi nisso que a moça supôs que ele concentrou a atenção.

A srta. Tarabotti declarou:

— Sr. MacDougall, suas perguntas terão de esperar.

O norte-americano anuiu, obediente, e começou a amarrar o vampiro.

— Meu amor. — Ela fitou Lorde Maccon. Apesar de ter sido bem mais fácil pronunciar aquelas palavras da segunda vez, a moça ainda se sentiu ousada. — Por que não solta Lorde Akeldama? Melhor eu não tocá-lo, já que ele está tão fragilizado.

O conde evitou comentar que, com ela chamando-o de "meu amor", estaria disposto a fazer o que quer que pedisse.

Os dois foram até a plataforma do vampiro.

— Olá, princesa — disse Lorde Maccon ao vampiro. — Meteu-se numa tremenda enrascada desta vez, hein?

Lorde Akeldama olhou-o de alto a baixo.

— Meu *doce* jovem pelado, olhe *quem* fala, não é? Não que *eu* me importe, claro.

O conde enrubesceu tanto que até o pescoço e os ombros ficaram vermelhos. A srta. Tarabotti achou uma graça.

Sem dizer mais nada, Lorde Maccon desamarrou Lorde Akeldama e, com a maior delicadeza possível, tirou os pés e as mãos dele das estacas. O vampiro ficou deitado, em silêncio, por um longo tempo, após o conde ter terminado.

A srta. Tarabotti ficou preocupada. As feridas deviam estar cicatrizando, mas, em vez disso, os orifícios grandes e abertos continuavam do mesmo jeito. Não havia nem sangue escorrendo delas.

— Minha *querida* — disse o vampiro, por fim, examinando o conde com um olhar esgotado, porém apreciativo —, que tremendo banquete. Nunca fui muito chegado a lobisomens, mas ele é *muito* bem-dotado, não é mesmo?

A srta. Tarabotti lançou-lhe um olhar malicioso.

— Essas guloseimas já tem dona — disse, em tom de advertência.

— Seres humanos — comentou Lorde Akeldama, dando uma risadinha. — Tão possessivos. — Em seguida se moveu, debilmente.

— Você não está bem — disse o conde.

— Isso mesmo, Lorde Óbvio.

A srta. Tarabotti examinou as lesões do vampiro, tomando o cuidado de não o tocar. Ansiava por abraçar o amigo e consolá-lo, mas qualquer contato com ela, e ele com certeza morreria. Já estava perto o bastante da morte, e voltar à forma humana acabaria com o vampiro, sem dúvida alguma.

— Você está sem sangue — disse a preternatural.

— Estou — concordou o vampiro. — Foi tudo para ele. — Indicou com o queixo o local em que o recém-criado estava deitado, aos cuidados do sr. MacDougall.

— Que tal se você recebesse uma doação minha? — sugeriu o conde, sem muita certeza. — Será que isso daria certo? O que quero dizer é: quão humano o toque preternatural me deixa?

O vampiro balançou a cabeça debilmente.

— Acho que não o bastante para que eu me alimente de você. Pode ser que dê certo, mas também posso matá-lo.

De repente, o conde fez um movimento brusco para trás, levando a srta. Tarabotti consigo. Duas mãos tinham agarrado seu pescoço, apertando-o com força. Naqueles dedos não se viam unhas.

O autômato se arrastara pelo chão, devagar e sempre, e tentava concluir a última ordem que recebera: matar Lorde Maccon. Daquela vez, com ele na forma humana, tinha grande chance de sucesso.

Capítulo 14

Interferência Real

orde Maccon, asfixiado, tentava recobrar o fôlego, enquanto empurrava a criatura repulsiva com uma das mãos. A srta. Tarabotti atacou o autômato com o braço que estava livre. Mas nada do que faziam parecia aliviar a pressão do monstrengo na garganta do conde. A moça estava prestes a soltar a mão de Lorde Maccon e recuar, supondo que ele conseguiria se libertar ao tomar a forma de lobo, quando Lorde Akeldama se levantou, trôpego, da plataforma em que se encontrava.

O vampiro puxou um lenço imaculadamente branco de um dos bolsos do colete e, jogando-se sobre o autômato, removeu o restante da palavra gravada, que continuava em sua testa.

A monstruosidade largou Lorde Maccon e desabou no chão.

Então, algo inesperado aconteceu. Sua pele começou a derreter, em filetes, como mel aquecido. Um sangue preto, mesclado com uma espécie de matéria escura granulosa, começou a jorrar com lentidão e a se misturar com a substância da pele, revelando um esqueleto mecânico. Dali a pouco, tudo o que restava da criatura era uma estrutura metálica coberta de trajes surrados, em meio a uma poça viscosa de sangue velho, cera e minúsculas partículas negras. Pelo visto, os órgãos internos não passavam de engrenagens e mecanismos de relógios.

A srta. Tarabotti, que ficara concentrada naquela mescla fascinante, voltou a si ao ouvir a voz de Lorde Maccon.

— Opa, cuidado aí! — exclamou ele, tentando apoiar Lorde Akeldama com a mão livre.

O vampiro também cambaleava, tendo esgotado toda a energia que lhe restava ao passar o lenço fatal. Com uma das mãos segurando Alexia, Lorde Maccon apenas amortizou um pouco a queda do vampiro com a outra mão, sem conseguir detê-lo de todo. Lorde Akeldama caiu estatelado no chão, formando um patético amontoado de veludo cor de ameixa.

A preternatural se inclinou sobre ele, tomando o cuidado de não o tocar. Por milagre, continuava vivo.

— Mas por quê? — balbuciou ela, enquanto observava o autômato, ou o que *restara* dele. — Por que funcionou desta vez?

— Porque você só tinha apagado o *I*? — sugeriu Lorde Maccon, olhando pensativo para a poça de resíduos do *homunculus simulacrum*.

A srta. Tarabotti assentiu.

— Então, o VIXI, *estar vivo*, virou apenas VIX, *com dificuldade*. Portanto, a criatura ainda se movimentava, mas com grande esforço. Para destruí-la mesmo, era necessário apagar a palavra e a substância particulada de ativação por completo, interrompendo, assim, a conexão etereomagnética.

— Bom — disse a moça, bufando de raiva —, como eu podia ter adivinhado? Esse foi o meu primeiro autômato.

— E, ainda assim, fez um *excelente* trabalho, *minha pérola*, levando-se em conta o contato breve que tiveram — comentou Lorde Akeldama com ternura, do ponto em que estava, de olhos fechados e de bruços. Não seria daquela vez que sucumbiria ao Grande Colapso, embora pelo seu estado se tivesse a impressão de que estava prestes a fazê-lo.

Então, eles ouviram uma grande algazarra e muita gritaria, vindas do corredor atrás de onde estavam.

— Mas, que diabos, o que é que falta acontecer agora? — perguntou Lorde Maccon, ficando de pé e levando a srta. Tarabotti consigo.

Um grupo de rapazes impecavelmente vestidos invadiu a câmara, levando a figura amarrada do sr. Siemons. Eles deixaram escapar um grito coletivo ao deparar com Lorde Akeldama estatelado no chão. Vários foram até ele, pondo-se a acariciá-lo e a lhe dirigir palavras afetuosas, num excesso de zelo.

— São os zangões de Lorde Akeldama — explicou a srta. Tarabotti ao conde.

— Eu nunca imaginaria isso — retrucou Lorde Maccon, sarcástico.

— De onde eles saíram? — indagou a moça.

Um dos jovens, que a preternatural se lembrava de ter visto antes — havia apenas algumas horas? —, deduziu com rapidez qual seria a cura para a indisposição de seu mestre. Afastou os outros dândis, tirou seu paletó de gala, de seda azul, enrolou a manga da camisa e ofereceu o braço ao vampiro desestabilizado. Os olhos de Lorde Akeldama se abriram devagar.

— Ah, meu valoroso Biffy. Não deixe que eu sorva por tempo demais só o seu sangue.

Biffy se inclinou para a frente e beijou a testa de Lorde Akeldama, como se ele fosse uma criancinha.

— Claro que não, milorde. — Com delicadeza, levou o pulso aos lábios pálidos do vampiro.

Lorde Akeldama suspirou de alívio e mordeu-o.

Biffy era a um só tempo forte e inteligente, de maneira que, no momento certo, interrompeu o processo de alimentação do vampiro, tirando o pulso. Em seguida, mandou um dos outros zangões tomar seu lugar. Lorde Akeldama, sedento como estava em consequência dos abusos que sofrera, poderia facilmente inutilizar, de maneira irreversível, um único doador. Felizmente, nenhum dos zangões era tolo a ponto de correr o risco de se tornar sua única refeição. O segundo rapaz retirou-se para dar lugar a um terceiro, que depois foi substituído por um quarto. Àquela altura, os ferimentos de Lorde Akeldama começaram a cicatrizar, e o tom de sua pele passou de um cinza assustador ao costumeiro branco-porcelana.

— Contem-me tudo, meus queridos — ordenou Lorde Akeldama, assim que se recuperou.

— A nossa breve incursão investigativa nos eventos da alta sociedade rendeu muito mais frutos do que o esperado, trazendo resultados depressa, milorde — relatou Biffy, prontamente. — Quando voltamos para casa e não o encontramos, decidimos agir, baseando-nos nas últimas informações que obtivéramos, ou seja, os rumores que indicavam atividades suspeitas e iluminação de tom branco e forte de madrugada no recém-inaugurado clube de cientistas, perto da residência urbana do Duque de Snodgrove. — O rapaz prosseguiu, enrolando um lenço bordado cor de salmão no pulso e dando um nó com os dentes. — Creio que agimos bem. Não que duvidássemos de sua capacidade de lidar com a situação, senhor — acrescentou, respeitoso, a Lorde Maccon, sem o sarcasmo que a situação poderia suscitar, já que o Alfa ainda estava nu em pelo. — Devo admitir que o dispositivo de transporte do compartimento móvel nos deu certo trabalho, mas, no fim das contas, conseguimos ativá-lo. Precisamos instalar um desses na residência urbana, milorde.

— Vou pensar no assunto — disse Lorde Akeldama.

— Vocês agiram bem. — A srta. Tarabotti elogiou os dândis. Achava importante fazer elogios quando merecidos.

Biffy desenrolou a manga e tornou a vestir o paletó cobrindo os ombros largos e musculosos. Afinal, havia uma dama no recinto, ainda que os cabelos dela estivessem escandalosamente soltos e desgrenhados.

— Preciso que alguém vá ao DAS para convocar alguns agentes e trazê-los até aqui para que cuidem dos procedimentos necessários — pediu Lorde Maccon. Então, olhou ao redor, fazendo uma avaliação: três cientistas mortos, um novo vampiro, o sr. Siemons todo amarrado, o sr. MacDougall falando de forma incoerente, um corpo semelhante a uma múmia, programado para receber o sangue de Alexia, e os restos de um autômato. O local parecia um campo de batalha. O conde estremeceu ao pensar na quantidade de relatórios que aquilo tudo requereria. As três mortes que ele mesmo causara não lhe dariam trabalho. Afinal de contas, *era* o notívago-chefe, e tinha permissão de matar em nome da rainha e do país. Mas preparar a documentação a respeito daquela criatura não seria nada fácil; seriam necessários no mínimo oito formulários, e talvez alguns mais, de que nem se lembrava. Soltou um suspiro. — Quem assumir essa missão terá que dizer aos agentes do DAS que precisamos de uma faxina imediata para limpar esta bagunça. Eles têm de descobrir se há algum fantasma rondando nas cercanias e, se houver, recrutá-lo para vasculhar as câmaras secretas. Tudo isso é um pesadelo logístico.

A srta. Tarabotti acariciou a mão dele, solidária. Distraído, Lorde Maccon levou a mão da moça aos lábios e beijou o lado interno de seu pulso.

Biffy fez sinal para um dos outros zangões. O rapaz deu um sorriso ansioso, pôs depressa a cartola na cabeça e saiu andando de um jeito afetado. A srta. Tarabotti desejou ter aquela mesma energia. Começou a sentir todo o peso daquela noite. Os músculos doloridos e os pontos lesionados — as feridas das cordas nos pulsos, o talho na garganta, o corte no braço — começaram a latejar.

— Para encerrar esta operação por completo, precisaremos convocar o potentado — disse Lorde Maccon a Biffy. — Entre os zangões de seu mestre existe algum com capacidade e hierarquia suficientes para ter acesso ao Conselho Paralelo sem ser questionado? Ou precisarei assumir essa incumbência?

Biffy olhou o conde de cima a baixo, de um jeito apreciativo, porém cortês.

— Desse jeito, senhor? Bom, tenho certeza de que encontrará muitas portas abertas, mas não a do potentado.

Lorde Maccon, que parecia se esquecer de vez em quando de que estava nu em pelo, suspirou. A srta. Tarabotti concluiu, satisfeita, que ele devia ter o hábito de perambular pelos aposentos privados daquele jeito. A ideia de casamento começou a lhe apetecer cada vez mais, apesar de suspeitar que, a longo prazo, aquele hábito poderia se revelar perturbador.

O imperturbável Biffy continuou a caçoar da aparência do Alfa.

— Pelo que sabemos, o potentado tem outras inclinações. A não ser que esteja com a rainha, claro, caso em que o senhor terá livre acesso. — Fez uma pausa significativa. — Todos sabem que a rainha tem uma queda por escoceses — observou, meneando as sobrancelhas de modo sugestivo.

— O que está insinuando? — perguntou Alexia, totalmente chocada, pela primeira vez naquela noite. — Não me diga que aqueles rumores sobre o sr. Brown eram verdadeiros?

Biffy começou a perder a cerimônia.

— Cada detalhe, minha cara. Sabe do que fiquei sabendo outro dia? Que...

— E então? — interrompeu Lorde Maccon.

O zangão caiu em si e apontou para o rapaz que enchia Lorde Akeldama de atenções: um loiro frágil e afeminado, de nariz aristocrático e brocados de tom amarelo-manteiga da cabeça aos pés.

— Está vendo aquele canarinho ali? É o Visconde Trizdale, acredite se quiser. Ei, Tizzy, venha cá. Tenho uma missão para você.

O dândi de amarelo se aproximou, todo empertigado.

— Nosso mestre não parece estar muito bem, Biffy. Para falar a verdade, acho que está muito doente — comentou ele.

Biffy deu um tapinha no ombro amarelo do outro, tranquilizando-o.

— Não esquente essa sua linda cabecinha. Lorde Akeldama vai ficar novo em folha. Bom, Lorde Maccon tem uma tarefa para você. Algo que não vai demorar muito. Ele quer que vá até o velho Buckingham e dê um jeito de trazer o potentado até aqui. Está precisando de um respaldo político, se é que me entende, e o primeiro-ministro regional não vai lá ser muito útil hoje, com a lua cheia e coisa e tal, ah, ah. Então, vamos, ande logo!

O jovem visconde lançou outro olhar preocupado para Lorde Akeldama e se retirou.

— Por acaso o Duque de Trizdale sabe que seu filho único é zangão? — perguntou Alexia, fitando Biffy.

Ele fez um trejeito com a boca, cauteloso.

— Não exatamente.

— Ah — disse a moça, pensativa —, quanta novidade numa só noite!

Outro dândi surgiu e ofereceu uma das sobrecasacas, longa e cinza, usadas pelos cientistas mais jovens no clube.

Lorde Maccon resmungou um *obrigado* e vestiu-a. Era tão grandalhão que a peça ficou escandalosamente curta sem as calças, mas pelo menos cobriu as principais partes.

A srta. Tarabotti ficou meio desapontada.

Pelo visto, Biffy também.

— Mas, Eustace, por que fez isso? — perguntou ele ao zangão.

— Já estava ficando constrangedor — respondeu Eustace, sem se desculpar.

O Alfa os interrompeu, dando uma série de ordens que foram acatadas, com apenas uma leve afetação, pelos cavalheiros ali reunidos. No entanto, o grupo tentou dar um jeito de fazer com que Lorde Maccon se inclinasse. Um brilho no olhar do conde deixou transparecer que ele sabia o que tentavam aprontar e que levava tudo na brincadeira.

Uns saíram para vasculhar as instalações à procura de outros cientistas; quando deparavam com algum, pegavam-no e trancafiavam-no numa das mesmas celas outrora reservadas aos vampiros. Embora os rapazes de Lorde Akeldama *parecessem* delicados, todos lutavam boxe no Whites e pelo menos uma meia dúzia deles usava roupas desenhadas especialmente para *disfarçar* a musculatura. Seguindo as instruções de Lorde Maccon, mantiveram a alcateia dele encarcerada. Não havia razão para testar mais que o necessário as habilidades de Alexia. Já os vampiros libertados do cativeiro foram convidados a permanecer no local e a colaborar com os relatórios do DAS. Alguns ficaram, mas a maioria sentiu a necessidade premente de retornar aos seus territórios ou às vielas de sangue para se alimentar. Outros percorreram o clube, rastreando e matando, com requintes de crueldade, os derradeiros cientistas, que, até então, tinham se considerado sortudos por haverem escapado dos dândis de Akeldama.

— Maldição — disse Lorde Maccon ao ficar sabendo do ocorrido. — Isso vai gerar ainda mais papelada, e bem na noite em que Lyall está ausente. Que droga!

— Eu vou ajudar — anunciou Alexia, animada.

— Ah, vai, é? Eu sabia que ia aproveitar a primeira oportunidade para tentar se meter no meu trabalho, sua mulher impossível.

Àquela altura, a preternatural já sabia muito bem lidar com as queixas dele. Olhou ao redor: como todos pareciam devidamente ocupados, aproximou-se e mordiscou o pescoço do conde com delicadeza.

Lorde Maccon sobressaltou-se um pouco e pôs a mão na frente da sobrecasaca. A barra da roupa se elevou um pouco.

— Pare com isso!

— Eu sou muito eficiente — insistiu Alexia, murmurando no ouvido dele. — Você tem que aproveitar minhas habilidades. Ou, então, vou procurar outras formas de me divertir.

Ele resmungou.

— Está bom, então. Pode ajudar com a documentação.

A moça relaxou.

— Foi tão duro assim?

Ele arqueou as sobrancelhas e afastou a mão protetora, revelando parcialmente o resultado da provocação dela.

A srta. Tarabotti pigarreou.

— Foi tão difícil assim? — perguntou de novo, reformulando a pergunta.

— Seja como for, creio que vai saber lidar com a papelada bem melhor do que eu — admitiu ele, com relutância.

Por um instante, a preternatural recordou-se com desagrado da bagunça do escritório, quando o visitara da última vez.

— Sem dúvida alguma, sou bem mais organizada.

— Você e Lyall vão me exaurir, não vão? — resmungou o conde, parecendo desgastado.

Dali em diante a operação de limpeza prosseguiu com incrível rapidez. A srta. Tarabotti começava a entender por que Lorde Akeldama sempre parecia estar a par de tudo. Seus rapazes eram eficientíssimos. Conseguiam estar em todos os lugares ao mesmo tempo. A srta. Tarabotti se perguntou em quantas ocasiões no passado vira um jovem almofadinha, à primeira vista ébrio ou bobalhão demais, observando tudo.

Quando os cinco agentes do DAS chegaram — dois vampiros, dois seres humanos e um fantasma —, tudo já estava praticamente em ordem. O clube já havia sido vasculhado, o depoimento dos vampiros, tomado, os prisioneiros e lobisomens, encarcerados, e alguém conseguira até encontrar uns calções de tamanho incorreto para Lorde Maccon. Indo muito além do mero senso de dever, Biffy aproveitou três molas de metal desgarradas de uma das máquinas do dr. Neebs e penteou o cabelo de Alexia, criando uma linda versão do penteado mais recente de Paris.

Lorde Akeldama, que se sentara em uma das plataformas e observava com olhos de pai orgulhoso o trabalho de seus rapazes, elogiou Biffy.

— Ótimo trabalho, meu *querido.* — Então, disse para Alexia: — Está vendo, meu pequeno marshmallow, você *tem de* contratar uma boa criada francesa.

O sr. Siemons foi levado à prisão por dois agentes do DAS. A srta. Tarabotti enfatizou para Lorde Maccon, com gravidade, que ele não deveria ir ver o cientista quando ela não estivesse mais por perto.

— A justiça tem que seguir seu curso — insistiu ela. — Se vai trabalhar para o DAS e apoiar o sistema, tem de seguir a lei o tempo todo, e não apenas quando for conveniente.

Com os olhos cravados no filete de sangue coagulado na base do pescoço dela, ele tentou dissuadi-la.

— Só uma visitinha rápida, para um ligeiro desmembramento?

Ela o encarou com seriedade.

— Não.

Os outros agentes do DAS e uma competente equipe de limpeza perambulavam pelo recinto, fazendo anotações e levando documentos para o conde assinar. No início, ficaram chocados ao depararem com ele em sua forma humana, mas, quando se deram conta da quantidade de trabalho que os aguardava no Clube Hypocras, ficaram gratos por Lorde Maccon estar ali, apto e disponível.

A srta. Tarabotti procurou ajudar, mas suas pálpebras começaram a pesar, e ela passou a se apoiar cada vez mais no dorso de Lorde Maccon. Finalmente, o conde transferiu a operação para a sala de entrada do clube, e os dois se sentaram no sofá vermelho que havia lá. Alguém preparou um pouco de chá. Lorde Akeldama sentou-se com pompa na poltrona de couro marrom tacheado. Apesar da falta de decoro, a srta. Tarabotti logo se aconchegou no sofá, com a cabeça apoiada nas coxas rígidas de Lorde Maccon, ressonando de leve.

Enquanto dava ordens e assinava formulários, o conde acariciava a cabeça da moça, ignorando os protestos de Biffy, que não queria que ele desmanchasse o novo penteado.

★ ★ ★

A srta. Tarabotti, que sonhou com polvos de cobre, dormiu durante o resto da noite. Não acordou quando o potentado chegou e foi embora, nem tomou conhecimento da discussão dele com Lorde Maccon, cujos resmungos de irritação diante da obtusidade do político só fizeram com que a moça mergulhasse ainda mais no mundo dos sonhos. Tampouco despertou para ver Lorde Maccon confrontar o dr. Caedes a respeito do que seria feito com a parafernália e os registros de pesquisas do Clube Hypocras. Ainda dormia quando Lorde Akeldama e seus rapazes partiram, o sol despontou, os lobisomens foram soltos — já nas formas humanas — e Lorde Maccon relatou o ocorrido para a alcateia.

A srta. Tarabotti continuou a ressonar quando o conde a colocou com delicadeza nos braços do professor Lyall e o Beta a carregou por entre os jornalistas recém-chegados, com o rosto e, portanto, a identidade, ocultos sob um dos onipresentes lenços de renda de Lorde Akeldama.

Entretanto, não continuou dormindo quando a mãe começou a berrar assim que ela chegou à residência urbana dos Loontwill. A sra. Loontwill os aguardava na sala da frente. E *não* parecia satisfeita.

— Onde esteve a noite toda, mocinha? — indagou a mãe, com o tom sepulcral de alguém profundamente ultrajado.

Felicity e Evylin apareceram à entrada, ainda de camisola, com casacos de pele e ar assustado. Ao perceberem a presença do professor Lyall, as duas deram gritinhos alarmados e voltaram correndo aos seus aposentos para se vestir, irritadas com a perspectiva de perder qualquer parte da cena dramática que se desenrolaria no andar de baixo, por causa da quebra de decoro.

A srta. Tarabotti olhou para a mãe, ainda sonolenta.

— Hã... — Não conseguia raciocinar. *Saí para visitar um vampiro, fui raptada por cientistas, atacada por um lobisomem e, em seguida, passei o resto da noite de mãos dadas com um aristocrata nu.* — Hã... — repetiu.

— Ela estava com o Conde de Woolsey — respondeu o professor Lyall, com firmeza, usando um tom de voz que não dava margem a réplicas, como se encerrasse o assunto.

A sra. Loontwill ignorou-o por completo e avançou, dando a entender que bateria na filha.

— Alexia! Sua rapariga atrevida!

O professor girou o corpo de modo a que sua protegida, ainda em seus braços, ficasse fora do alcance da mulher, e olhou para a mãe da moça, furioso.

A sra. Loontwill descarregou a fúria no Beta, como um poodle raivoso.

— Pois saiba, meu jovem, que nenhuma filha minha passa a noite inteira fora de casa com um cavalheiro, sem antes estar muito bem casada com ele! Seja o sujeito *conde* ou não! Vocês lobisomens podem até ter outras regras a esse respeito, mas *estamos* no século XIX e não aceitamos tamanha afronta. Portanto, sou obrigada a pedir que meu marido desafie seu Alfa agora!

O professor arqueou uma das sobrancelhas, de modo refinado.

— Ele pode até tentar, mas não acho que seja uma boa ideia. Se não me falha a memória, Lorde Maccon nunca perdeu uma luta. — Ele fixou os olhos em Alexia. — A não ser para a srta. Tarabotti, é claro.

A moça sorriu para ele.

— Pode me colocar no chão agora, professor. Já estou bem desperta e posso ficar de pé. A mamãe consegue fazer essa proeza, é como um balde de água fria.

O Beta obedeceu.

A srta. Tarabotti percebeu que não chegara a falar a verdade. Seu corpo todo doía muito, e seus pés pareciam não querer obedecer a ela. Ela se inclinou pesadamente para o lado.

O professor Lyall tentou segurá-la, mas não conseguiu.

Com a eficiência fenomenal de um bom mordomo, Floote surgiu ao seu lado e segurou seu braço, evitando que caísse.

— Obrigada, Floote — disse ela, amparando-se nele, agradecida.

Felicity e Evylin, ambas usando apropriados vestidos diurnos de algodão, ressurgiram e se acomodaram no mesmo instante no sofá, antes que as mandassem sair dali.

A srta. Tarabotti olhou ao redor e sentiu falta de um membro da família.

— *Cadê* o senhor Loontwill?

— Isso não é da sua conta, mocinha. O que foi que aconteceu? Exijo uma explicação agora mesmo — insistiu a mãe, apontando o dedo para a filha.

Naquele exato momento, alguém bateu à porta com urgência. Floote deixou a srta. Tarabotti a cargo do professor e foi atender ao visitante. O Beta levou a moça até a poltrona. Ela se sentou com um sorriso nostálgico.

— *Não* estamos em casa! — gritou a sra. Loontwill para Floote. — Seja quem for!

— Está em casa para mim, senhora — disse uma voz extremamente autoritária.

A Rainha da Inglaterra entrou na sala: uma mulher delicada, de meia-idade, porém muito conservada.

Floote entrou logo a seguir e disse, com a voz embargada, de um jeito que a srta. Tarabotti nunca imaginara testemunhar em seu imperturbável mordomo:

— Sua Majestade, a Rainha Vitória, deseja falar com a srta. Tarabotti.

A sra. Loontwill desmaiou.

A srta. Tarabotti achou que fora a atitude mais sensata que a mãe tomara em muito, muito tempo. Floote abriu um frasco de sais aromáticos e fez menção de ir reanimá-la, mas a filha fez que não com a cabeça. Então, a preternatural tentou se levantar e fazer uma reverência, mas a rainha ergueu a mão.

— Sem formalidades, srta. Tarabotti. Disseram-me que teve uma noite deveras peculiar — disse ela.

A srta. Tarabotti assentiu em silêncio e fez um gesto educado, solicitando que a rainha se sentasse. Sentiu-se envergonhada com a mobília gasta da saleta de visitas de sua família. No entanto, Sua Majestade não pareceu notar; acomodou-se numa cadeira de mogno perto da srta. Tarabotti e virou-a de lado, ficando de costas para a desfalecida sra. Loontwill.

A preternatural olhou para as irmãs. Ambas estavam boquiabertas e agitadas, como peixes fora d'água.

— Por favor, Felicity e Evylin, saiam, agora — ordenou sumariamente.

O professor escoltou as duas para fora do recinto e também teria saído, se a rainha não tivesse dito:

— Fique, professor. Sua opinião pode ser necessária.

Floote saiu, com uma expressão que indicava que manteria longe os ouvidos curiosos, menos os seus.

A soberana fitou a srta. Tarabotti por um longo tempo.

— A senhorita é bem diferente do que eu imaginava — disse, por fim.

A srta. Tarabotti absteve-se de dizer "a senhora também". Em vez disso, perguntou:

— Vossa Majestade esperava encontrar algo em especial?

— Minha cara, é uma das poucas preternaturais a viver em solo britânico. Nós autorizamos a imigração de seu pai muitos anos atrás. Fomos informados de seu nascimento. Desde então acompanhamos seu desenvolvimento. Até pensamos em interceder quando toda essa balela com Lorde Maccon começou a complicar tudo. Essa história já está se desenrolando há tempo demais. Suponho que se casará com ele?

A srta. Tarabotti anuiu, em silêncio.

— Muito bem, estamos de acordo. — Ela acenou com a cabeça, como se, de alguma forma, tivesse influenciado aquela decisão.

— Mas nem todos estão de acordo — comentou o professor Lyall.

A rainha deu uma risada desdenhosa.

— O que conta de verdade é a *nossa* opinião, não é mesmo? O potentado e o primeiro-ministro regional são leais conselheiros, porém nada além disso: conselheiros. Nenhum registro judicial em nosso império, nem no anterior, proíbe por completo a união entre sobrenaturais e preternaturais. É verdade que, conforme o potentado nos informou, a tradição da colmeia proíbe essa união e que o folclore dos lobisomens a desaconselha, mas queremos que essa questão seja resolvida de uma vez por todas. Não podemos nos dar ao luxo de deixar nosso melhor agente do DAS distraído e, além do mais, precisamos arranjar um bom partido para essa senhorita.

— Mas por quê? — perguntou Alexia, confusa ao perceber que sua solteirice preocupava a Rainha da Inglaterra.

— Ah, sim. Já ouviu falar do Conselho Paralelo? — A nobre se recostou na cadeira, o máximo possível para uma rainha, ou seja, relaxando apenas um pouco os ombros.

A srta. Tarabotti assentiu.

— O potentado atua como vosso consultor oficial em relação aos vampiros, e o primeiro-ministro regional faz o mesmo em relação aos lobisomens. Dizem que boa parte de vossa sagacidade política é fruto dos conselhos do potentado e que vossa perícia militar advém do primeiro-ministro regional.

— Srta. Tarabotti — advertiu o professor.

A rainha mostrou-se mais divertida que ofendida com o comentário. Até deixou de lado, por alguns instantes, o "nós" da realeza.

— Bom, suponho que meus inimigos tenham de responsabilizar outros por meus feitos. Aqueles dois são indivíduos imprescindíveis, quando não estão discutindo entre si. Mas há uma terceira posição, que está vaga desde antes de meu nascimento. O de um conselheiro que atue como mediador entre os outros dois.

A moça franziu o cenho.

— Um fantasma?

— Não, não. Já temos vários vagueando no Palácio de Buckingham; quase não nos dão sossego. Com certeza não queremos um deles num cargo oficial. Eles nem conseguem manter a solidez por muito tempo. Não, na verdade precisamos de um muhjah.

A srta. Tarabotti ficou confusa.

A rainha explicou:

— De acordo com a tradição, o terceiro membro do Conselho Paralelo é um preternatural, o muhjah. Seu pai rejeitou o cargo. — Ela suspirou. — Esses italianos... E, agora, como não há uma quantidade suficiente de indivíduos da sua espécie para que ocorra uma eleição, será feita uma indicação. Seja como for, a votação é apenas uma formalidade, até mesmo para os cargos de primeiro-ministro regional e potentado. Ao menos, tem sido assim no meu reinado.

— Ninguém quer assumir a função — comentou o professor Lyall, diplomático.

A rainha lhe lançou um olhar reprovador.

Ele se inclinou para a frente e se justificou:

— É um cargo político. Implica inúmeras discussões, documentações e consultas constantes a livros. Não tem nada a ver com o DAS, entende?

Os olhos da srta. Tarabotti brilharam de entusiasmo.

— Parece ótimo. — Ainda assim, estava desconfiada. — Mas por que eu? O que poderia oferecer diante de duas pessoas tão experientes?

A rainha, que não tinha o hábito de ser questionada, dirigiu o olhar ao professor.

— Eu avisei que ela era difícil.

— Além de resolver os impasses, nosso muhjah é o único dos três membros do conselho com verdadeira mobilidade. O potentado fica restrito a um pequeno território, como a maioria dos vampiros, e não exerce a função durante o dia. O primeiro-ministro regional tem mais mobilidade, mas não pode viajar de dirigível e fica incapacitado nos dias de lua cheia. Mantemos contato com o DAS para compensar esses lapsos do Conselho Paralelo, mas daríamos preferência a um muhjah dedicado aos interesses da Coroa e com acesso direto ao nosso governo.

— Então o trabalho *vai* requerer alguma ação? — A srta. Tarabotti ficou ainda mais intrigada.

— Ai, ai, ai! — murmurou o Beta. — Acho que Lorde Maccon não entendeu bem esse aspecto do cargo.

— O muhjah é a voz da era moderna. Temos plena confiança no potentado e no primeiro-ministro regional, mas suas formas de pensar são antiquadas e intransigentes. Precisamos equilibrar a balança com alguém que esteja a par das novas descobertas científicas, sem falar dos interesses e temores dos mortais. Suspeitamos que esse Clube Hypocras é apenas o início de algo muito mais perturbador. Preocupa-nos o fato de os agentes do DAS não terem desvendado tudo há mais tempo. A senhorita se mostrou uma investigadora competente, além de deveras culta. Como Lady Maccon, também passará a ter o prestígio necessário para se infiltrar nas camadas mais altas da sociedade.

A srta. Tarabotti trocou olhares com o professor Lyall e com a rainha. O Beta pareceu preocupado, o que a ajudou a decidir.

— Pois bem, aceito.

A soberana aquiesceu, satisfeita.

— Bem que seu futuro marido avisou que a senhorita gostaria da posição. Que maravilha! Nós nos reunimos duas vezes por semana, nas quintas e nos sábados à noite, a não ser que surja algum tipo de crise, caso em que a senhorita deve ficar de prontidão. Deverá se reportar única e exclusivamente à Coroa. Contamos com a sua presença uma semana após seu casamento. Então, por favor, vamos logo com isso.

A srta. Tarabotti deu uma risadinha e olhou para o professor Lyall, por sob os cílios.

— Conall está de acordo?

O lobisomem sorriu.

— Ele a indicou para o cargo meses atrás, desde a primeira vez em que você interferiu numa das investigações dele; sabia que o DAS não teria permissão de contratá-la. Obviamente, não sabia que o muhjah se incumbia de investigações de campo em nome da rainha.

— Claro que, no início, nós nos opusemos à indicação — disse a rainha. — Não podíamos permitir que uma jovem solteira assumisse sozinha um cargo de tanto poder. Isso simplesmente *não* era possível. — Fez uma expressão quase travessa e baixou o tom de voz. — Cá entre nós, minha querida, acreditamos que o Alfa de Woolsey pensa que, quando a senhorita se tornar muhjah, não se intrometerá nos assuntos dele.

A srta. Tarabotti levou a mão à boca, bastante constrangida. Imagine a Rainha da Inglaterra considerá-la intrometida!

O professor Lyall cruzou os braços e comentou:

— Perdoe-me, Vossa Majestade, mas creio que ele quer apresentar a srta. Tarabotti ao primeiro-ministro regional e ver o circo pegar fogo.

A Rainha Vitória sorriu.

— Esses dois nunca se deram muito bem — disse ela.

O professor assentiu.

— Os dois são Alfas demais.

De súbito, a srta. Tarabotti pareceu preocupada.

— Não é por isso que ele vai se casar comigo, é? Para que eu possa me tornar muhjah? — Um resquício da velha insegurança voltara a se manifestar.

— Não seja ridícula — repreendeu-a a rainha. — Ele está louco pela senhorita há meses, desde que espetou as partes baixas dele com um porco-espinho. Esse vaivém está deixando a todos atordoados. Ainda bem que a situação está se resolvendo. O seu casamento será *o* evento social da estação. Metade dos convidados comparecerá apenas para se certificar de que os senhores consumarão o fato. E isso é mais que suficiente, em nossa opinião.

Aquela foi uma das primeiras vezes e, também das últimas, na vida de Alexia, em que ela ficou totalmente sem palavras.

A rainha se levantou.

— Está certo, tudo resolvido, então. Estamos deveras satisfeitos. E agora, sugerimos que vá se deitar, mocinha. Parece exausta. — E, assim, deixou a residência.

— Ela é tão baixinha — disse a srta. Tarabotti ao professor Lyall, após a saída da rainha.

— Alexia — disse uma voz trêmula do outro lado da sala. — O que *está* acontecendo?

A preternatural suspirou e esforçou-se para ficar de pé, andando vacilante até a mãe confusa. Toda a raiva da sra. Loontwill se dissipara quando ela acordara e vira a filha conversando com a Rainha da Inglaterra.

— Por que a rainha estava aqui? Por que conversavam sobre o Conselho Paralelo? O que é um muhjah? — A sra. Loontwill estava bastante desnorteada. Parecia ter perdido totalmente o controle da situação.

Eu, pensou a moça, satisfeita. *Eu serei o muhjah. E vou me divertir muito.* Em voz alta, disse apenas o que faria sua mãe se calar:

— Não se preocupe com mais nada, mamãe. Eu vou me casar com Lorde Maccon.

Deu certo. A sra. Loontwill ficou muda. Seu estado emocional passou rapidamente da conturbação à euforia.

— Você o fisgou! — Ela exultava de satisfação.

Felicity e Evylin entraram de novo na sala, de olhos arregalados. Pela primeira vez na vida, encararam a irmã mais velha sem desdém.

Ao se dar conta da presença das outras duas filhas, a sra. Loontwill acrescentou depressa:

— Não que eu aprove os métodos que você usou para conquistá-lo, é claro. Imagine, passar a noite toda fora de casa. Mas ainda bem que fez isso! — E, então, acrescentou: — Meninas, sua irmã vai se *casar* com Lorde Maccon.

Felicity e Evylin ficaram ainda mais chocadas, mas se recobraram depressa.

— Mas, mamãe, o que é que a rainha estava fazendo aqui? — indagou Evylin.

— Isso não interessa agora, Evy — respondeu Felicity, impaciente. — A questão mais importante é: que vestido vai usar no casamento, Alexia? Você fica péssima de branco.

Os jornais vespertinos publicaram boa parte das notícias com razoável precisão. Os nomes da srta. Tarabotti e de Lorde Akeldama não foram citados, e a finalidade exata dos experimentos tampouco foi revelada, enfatizando-se apenas a natureza abominável e ilegal daqueles atos.

As reportagens deixaram a população de Londres em polvorosa. A Real Sociedade logo apressou-se em negar qualquer associação com o Clube Hypocras, mas o DAS deu início a uma série interminável de operações secretas. Vários outros cientistas, alguns bastante renomados, viram-se de súbito sem verbas para suas pesquisas, tendo que fugir ou sendo presos. Nenhuma explicação chegou a ser dada a respeito dos polvos.

O Clube Hypocras foi fechado em caráter permanente, arrestado e posto à venda. Acabou sendo comprado por um casal jovem e amável, de East Duddage, que prosperara com a fabricação de penicos. Para a Duquesa de Snodgrove, toda aquela situação não passara de uma comédia grotesca, concebida com o único propósito de abalar seu prestígio social. Como os novos vizinhos, gentis ou não, vinham de Duddage e eram *comerciantes*, ela teve um ataque histérico tão violento que seu marido, pensando no bem-estar de todos, transferiu-a de imediato para a propriedade campestre em Berkshire e, depois, vendeu a residência urbana da família.

Quanto a Alexia, o pior daquele evento sórdido foi o fato de os agentes do DAS nunca terem conseguido recuperar sua sombrinha de bronze, apesar de haverem vasculhado de alto a baixo tanto as instalações do clube quanto a residência de Lorde Akeldama.

— Puxa vida — queixara-se certa noite, ao lado de Lorde Maccon, quando passeavam pelo majestoso Hyde Park. — Eu gostava tanto daquela sombrinha.

Uma carruagem de aristocratas viúvas passou por eles. Algumas acenaram na direção de ambos. Lorde Maccon tocou o chapéu, em cumprimento.

A alta sociedade acabara aceitando, embora a contragosto, que um dos solteirões mais cobiçados ficasse fora do páreo para se casar com uma solteirona desconhecida. Alguns até tentaram, tal como se viu pelos acenos, aproximar-se da srta. Tarabotti com ofertas cautelosas de amizade. Seu prestígio aumentou ainda mais entre os membros da aristocracia quando ela impôs respeito e ignorou por completo esse tipo de bajulação. Estava claro que a futura Lady Maccon era tão admirável quanto o noivo.

O conde segurava a moça pelo braço, de um jeito reconfortante.

— Vou mandar fazer cem daquelas sombrinhas para você, uma para cada vestido.

A srta. Tarabotti arqueou as sobrancelhas.

— Sabe que têm ponteiras de prata, não?

— Bom, como você vai enfrentar o primeiro-ministro regional várias vezes por semana, acho que um pouco de prata poderá lhe ser útil. Embora eu não acredite que ele lhe traga problemas.

A preternatural, que ainda não tivera oportunidade de ser apresentada aos outros membros do Conselho Paralelo, o que só ocorreria depois do casamento, dirigiu um olhar curioso a Lorde Maccon.

— Ele é mesmo tão pusilânime assim?

— Que nada. Simplesmente pouco preparado.

— Para quê?

— Para você, meu amor — respondeu o conde, neutralizando o insulto com o termo carinhoso.

A srta. Tarabotti soltou um resmungo tão encantador, que Lorde Maccon teve que lhe dar um beijo ali mesmo, no meio do Hyde Park, o que a enfureceu ainda mais, fato que, por sua vez, levou o conde a beijá-la mais e mais. Um círculo vicioso se formou.

Claro que o sr. MacDougall ficara com a sombrinha de bronze. Assim que a investigação sobre o Hypocras fora concluída, o pobre-coitado também fora esquecido por todos, inclusive por Alexia. Ele levara o para-sol para os Estados Unidos, como lembrança. Ficara mesmo de coração partido ao ler o anúncio do noivado da srta. Tarabotti no *Gazette*. Voltara à sua mansão em Massachusetts e se dedicara, com renovado entusiasmo científico e muito mais cautela, à medição da alma humana. Muitos anos depois, casou-se com uma mulher extremamente dominadora e se deixou comandar, de bom grado, até o fim de seus dias.

Epílogo

A srta. Alexia Tarabotti não se vestiu de branco no dia de seu casamento. Felicity tinha toda razão ao dizer que aquela cor não combinava com seu tom de pele, mas, além disso, ela concluíra que, após ter visto seu noivo nu em pelo e coberto de sangue, não poderia mais se considerar tão casta para usar branco.

Então, escolheu marfim: um luxuoso vestido confeccionado na França, escolhido e desenhado sob a supervisão de Lorde Akeldama, seguindo a última tendência de corte mais simples e mangas compridas. O modelo, justo na parte de cima, destacava suas curvas com perfeição. O corpete, com decote retangular bastante pronunciado — o que agradou a Lorde Maccon —, era fechado na parte de trás: cobria a nuca e formava uma meia gola, que envolvia a garganta, inspirada em alguma túnica exótica dos tempos do barroco rococó. Um deslumbrante broche de opala fora colocado à altura do pescoço, criando um estilo que ficara no auge da moda por quase três semanas inteiras.

A srta. Tarabotti não revelou a ninguém que aquele modelo fora uma adaptação de última hora que se tornara imprescindível, já que, dois dias antes do casamento, o conde passara um longo tempo com ela, a sós, na sala de jantar. Como de costume, as manchas roxas que *ela* deixou *nele* desapareceram no instante em que se separaram. Ela suspirou, nem um pouco triste. *Francamente, pela ênfase que ele dava ao pescoço dela, parecia até que era vampiro.*

Biffy fez o penteado da noiva para o evento memorável. Ele fora cedido à srta. Tarabotti durante os preparativos para as bodas. O rapaz tinha um conhecimento fenomenal de quem *precisava* ser convidado, quem *deveria* ser convidado, como elaborar os convites, que flores encomendar e assim por diante. Como dama de honra, Ivy Hisselpenny se esforçou ao máximo, mas, ainda assim, a coitada sentiu-se meio atordoada com os detalhes. Biffy deu um jeito de mantê-la bem longe de incumbências que exigissem qualquer conhecimento da moda, de forma que, no final, tudo ficasse encantador e combinasse. Até mesmo Ivy.

A cerimônia foi realizada após o crepúsculo, numa noite de quarto minguante, para que todos pudessem comparecer. Quase *todos* deram o ar de sua graça: a rainha, Lorde Akeldama, com o *séquito completo* de seus zangões, e a nata da sociedade londrina. Os ausentes mais notáveis foram os vampiros, que nem tinham se dado ao trabalho de declinar o convite com educação, tratando o casal com desdém.

— Eles têm bons motivos para objetar — opinara Lorde Akeldama.

— E você não?

— Ah, eu tenho os meus também, mas confio em você, minha pequena inovadora. E gosto de mudanças. — Ele não dissera mais nada, apesar de a srta. Tarabotti ainda ter lhe feito mais perguntas.

A colmeia de Westminster foi a única exceção ao esnobismo dos vampiros em geral. A Condessa Nadasdy mandou Lorde Ambrose, que, embora coagido, compareceu à cerimônia. E também enviou um presente inesperado para Alexia, que chegou na tarde de seu casamento, quando ela se vestia.

— Eu não disse que ela querria se livrrar de mim? — comentou Angelique com um sorriso autodepreciativo.

A noiva ficou meio surpresa.

— Está procurando outro trabalho? Comigo?

A moça de olhos cor de violeta deu de ombros, com indiferença tipicamente francesa.

— Meu mestrre acabou sendo morrto pelos cientistas. Melhorr serr camarreirra que arrumadeirra.

— E quanto à sua condição de zangão?

Angelique foi evasiva.

— Semprrre há a posição de zeladorrra, não é mesmo?

— Pois bem, então, seja bem-vinda — disse Alexia. Era óbvio que a francesa devia ser uma espiã, mas a preternatural concluiu que seria melhor estar ciente disso e tê-la por perto que levar a colmeia a ações mais drásticas. No entanto, ela ficou um pouco preocupada. Por que os vampiros estariam se dando a esse trabalho?

Angelique começou a prestar serviço de imediato, ajudando Biffy a prender os cachos do penteado e fazendo uma ressalva quanto à flor colocada acima da orelha direita da noiva.

Ambos protestaram quando a srta. Tarabotti se levantou, antes de ficar pronta, e dispensou os dois.

— Preciso visitar uma pessoa — informou. Já estavam no final da tarde: o sol ainda se encontrava no horizonte e havia muito a fazer antes do grande evento daquela noite.

— Mas logo agora? — reclamou Biffy. — Esta é a noite do seu casamento!

— E mal acabamos de fazerr o seu penteado!

A srta. Tarabotti se deu conta de que aqueles dois formavam uma dupla e tanto. Mas ela também era teimosa. Deu instruções para que eles aprontassem o vestido e pediu que não se preocupassem, pois voltaria dali a uma hora.

— O casamento não vai acontecer sem a minha presença, não é mesmo? Tenho que me encontrar com um amigo, quando ainda tiver sol.

Pegou a carruagem dos Loontwill sem pedir autorização e foi até a imponente residência urbana de Lorde Akeldama. Entrou pela porta da frente, passando por vários dos zangões, aproximou-se do vampiro e tocou-o para que despertasse de seu sono diurno sepulcral.

Já na forma humana, ele pestanejou, meio atordoado.

— Está quase na hora de o sol se pôr — disse Alexia, com um leve sorriso e a mão no ombro do amigo. — Venha comigo.

Ela segurou com firmeza a mão do vampiro, que trajava apenas um roupão, e o conduziu pela esplendorosa moradia rumo ao terraço, onde ainda se viam resquícios da luz solar.

A moça encostou o rosto no ombro dele e os dois ficaram ali, em silêncio, contemplando o poente na cidade.

Lorde Akeldama se controlou para não dizer à noiva que ela se atrasaria para o próprio casamento.

A srta. Tarabotti teve de se conter para não comentar que ele estava chorando.

Ela concluiu que aquela fora uma excelente forma de encerrar sua carreira de solteirona.

Lorde Akeldama também chorou na cerimônia, realizada na Abadia de Westminster. Bom, ele era mesmo meio chorão. E a sra. Loontwill se comoveu. A srta. Tarabotti, impassível, concluiu que as lágrimas da mãe se deviam mais à perda do mordomo que à da filha. Floote pedira demissão e se mudara, juntamente com todo o acervo de livros do pai de Alexia, para o Castelo de Woolsey, naquela mesma manhã. Ambos já estavam muito bem acomodados.

O casamento foi aclamado como uma obra-prima da engenharia social e da beleza física. Ainda mais porque, como dama de honra, a srta. Hisselpenny não pôde escolher o próprio chapéu. A cerimônia transcorreu sem maiores surpresas e, quando deu por si, a srta. Tarabotti viu que se tornara Lady Maccon.

Mais tarde, todos se reuniram no Hyde Park, algo bastante inusitado — ocorre que, em virtude da participação dos lobisomens, as exceções se faziam necessárias. E, sem sombra de dúvidas, havia um grande número deles presente. Não apenas a alcateia de Lorde Maccon, como também todos os lobos solitários, outras alcateias e zeladores das cercanias prestigiaram o acontecimento.

Felizmente, havia carne para todos. A alimentação foi a única etapa dos preparativos para as bodas que contou com a participação genuína de Alexia. Por isso, as mesas postas para a festa naquela área do parque vergaram sob o peso de tanta comida. Havia galantinas de galinha-d'angola com língua picada flutuando em aspic, decoradas com penas feitas de cascas de maçãs embebidas em suco de limão. Oito pombos ao molho de trufas, aninhados em tortas salgadas como guarnição, cuja apresentação triunfal

fora seguida de seu desaparecimento triunfal. Foram servidos guisados de ostras, filés de hadoque ao molho de anchova e linguados grelhados com compota de pêssego. Tendo percebido a predileção de Lorde Maccon por aves, o cozinheiro dos Loontwill incluíra no cardápio tortas de galinhola, faisões assados ao molho de manteiga com ervilhas e aipo, e duas tetrazes. Foram preparados dois lombos de boi, um quarto dianteiro de carneiro regado ao vinho tinto e costeletas de cordeiro com hortelã fresca e fava — todos servidos malpassados. Como acompanhamento, havia salada de lagosta, ovos com espinafre, fritada de legumes e batatas assadas. Além do enorme bolo de noiva e das pilhas de bolinhos de nozes para os convidados levarem para casa, serviram tortas de ruibarbo, compota de cerejas, uvas roxas e morangos frescos, molheiras com creme de nata e pudins de ameixa. Os pratos foram considerados um sucesso total e muitas visitas com almoço ao Castelo de Woolsey passaram a ser organizadas depois que a srta. Tarabotti assumiu a supervisão da cozinha.

A srta. Hisselpenny usou a cerimônia como pretexto para flertar com qualquer membro do sexo masculino que tivesse duas pernas e, em alguns casos, até quatro. Perfeitamente compreensível, até a srta. Tarabotti vê-la ficar de olho no repulsivo Lorde Ambrose. Então, a recente Lady Maccon apontou o dedo para o professor Lyall, com altivez, e mandou-o dar um jeito naquela situação.

O Beta, depois de murmurar algo sobre "mulheres recém-casadas já terem muito com que se preocupar para meter o nariz onde não deviam", fez o que lhe foi ordenado. Insinuou-se discretamente na conversa entre a srta. Hisselpenny e Lorde Ambrose e, em seguida, tirou a amiga da srta. Tarabotti para dançar uma valsa, sem que os dois se dessem conta de sua tática. Depois, conduziu a moça para o outro lado do gramado, que estava servindo como pista de dança, e apresentou-a a Tunstell, o zelador ruivo de Lorde Maccon.

Tunstell olhou para Ivy.

Ivy olhou para Tunstell.

O professor percebeu, satisfeito, que ambos tinham expressões idênticas, o mesmo ar tapado.

— Tunstell — instruiu o Beta —, convide a jovem para dançar.

— A srta. gostaria, hã, de dançar, hã, srta. Hisselpenny? — O rapaz, em geral, tão loquaz, tartamudeou ao fazer o pedido.

— Ah — respondeu a moça. — Ah, sim, claro.

O professor, já deixado de lado, balançou a cabeça para si mesmo. Daí, tomou a direção de Lorde Akeldama e Lorde Ambrose, que pareciam discutir de forma acalorada sobre o estilo de coletes.

— E então, esposa? — perguntou o marido de Alexia, dançando com ela no gramado.

— Pois não, marido?

— Você acha que já podemos sair oficialmente daqui?

A srta. Tarabotti olhou ao redor, preocupada. De repente, todos pareceram deixar a pista de dança; uma nova música começou a tocar.

— Hum, não sei, acho que ainda não.

Os dois pararam e olharam ao redor.

— Isso não fazia parte do esquema da cerimônia — comentou ela, com irritação. — Biffy, o que está acontecendo? — gritou.

De onde estava, ocupado com alguma outra tarefa, Biffy deu de ombros e balançou a cabeça.

Os zeladores tinha começado aquela confusão. Formaram um círculo grande em torno de Lorde Maccon e a srta. Tarabotti e, aos poucos, foram afastando os convidados que estavam por perto. A noiva percebeu que Ivy, a traidora, também os ajudava.

Lorde Maccon levou a mão à testa.

— Por Deus, será que eles vão mesmo fazer isso? Seguir a velha tradição? — Ele parou de falar com o início dos uivos. — Ai, ai, vão, sim. Bom, querida, é melhor ir começando a se acostumar com isso.

Os lobos irromperam no centro do círculo, como uma enxurrada de pelos. Sob a lua minguante, não havia raiva nem sede de sangue em seus movimentos. Muito pelo contrário, o movimento mais parecia uma dança, linda e espontânea. O grupo era formado não apenas pela alcateia do Castelo de Woolsey como também por todos os lobisomens convidados. Os cerca de trinta espécimes dançaram, saltaram e ganiram, formando um círculo em volta dos recém-casados.

A srta. Tarabotti se sentiu relaxada, parada ali, no meio daquela agitação estonteante. O movimento circular dos lobos se estreitou cada vez mais, até que todos ficaram bem próximos a ela, com o hálito quente de predadores e os pelos macios. Então, um dos lobos parou bem próximo a Lorde Maccon — uma criatura magra, cor de areia e raposina —, o professor Lyall.

Dando uma piscada para Alexia, o Beta jogou a cabeça para trás e soltou um ganido longo e agudo.

Todos os lobos ficaram imóveis e, em seguida, agiram da forma mais organizada e educada. Formaram um círculo impecável e, um a um, vieram para a frente. À medida que cada um deles ficava diante dos noivos, curvava a cabeça entre as patas dianteiras, mostrando o cangote, em uma reverência rápida e divertida.

— Eles estão lhe prestando uma homenagem? — perguntou a srta. Tarabotti ao marido.

Ele sorriu.

— Claro que não. Por que haveriam de se preocupar comigo?

— Ah — respondeu Alexia, percebendo que a homenagem era para ela. — Eu devo *fazer* algo?

Conall beijou seu rosto.

— Você está perfeita assim mesmo.

O último a se aproximar foi o professor Lyall. Sua reverência foi, por algum motivo, a mais elegante e mais contida de todas.

Ao concluí-la, ele uivou de novo, e todos entraram em ação: circundaram três vezes o casal e desapareceram em meio à escuridão.

Depois disso, tudo passou a ser anticlimático, de maneira que, assim que permitido pelo decoro, o marido da srta. Tarabotti a levou à carruagem que os esperava, para pegar a estrada que saía de Londres rumo ao Castelo de Woolsey.

Alguns dos lobisomens voltaram, ainda na forma de lobos, para acompanhar a carruagem, correndo ao lado dela.

Assim que saiu da cidade, Lorde Maccon colocou a cabeça para fora da janela do coche e, sem a menor cerimônia, ordenou um "podem se mandar".

— Eu dei folga para a alcateia esta noite — informou a Alexia, reacomodando-se e fechando a janela em seguida.

Sua esposa lhe lançou um olhar malicioso.

— Ah, está bem. Eu disse para eles que se aparecessem com aquelas caras peludas no Castelo de Woolsey nos próximos três dias, eu mesmo me encarregaria de estripá-los.

A srta. Tarabotti sorriu.

— Puxa vida, e onde é que eles vão ficar?

— Lyall mencionou algo sobre invadir a residência urbana de Lorde Akeldama. — Conall mostrou-se animado.

A srta. Tarabotti deu uma risada.

— Eu queria ser uma mosquinha para saber o que vai acontecer lá!

O marido se virou para ela e, sem mais delongas, começou a soltar o broche que prendia seu lindo vestido no pescoço.

— Que intrigante o modelo desse vestido — comentou ele, sem muito interesse.

— Melhor dizendo, que modelo oportuno — ressaltou a esposa, quando seu pescoço ficou à mostra, expondo as marcas nítidas de mordidas amorosas por toda a nuca. Lorde Maccon beijou-as de novo, possessivo.

— O que está tramando? — perguntou Alexia, enquanto ele beijava com suavidade as manchas roxas. Distraiu-se com a deliciosa sensação pinicante provocada pelo contato dele, mas percebeu na hora quando suas mãos deslizaram por trás de seu corpete e começaram a abrir a fileira de botões.

— Pensei que, a essa altura, já fosse óbvio — respondeu ele, com um sorriso. Abriu a parte de cima do vestido dela e se concentrou em desamarrar seu espartilho. Os lábios dele desceram por seu pescoço, mergulhando na região do decote.

— Conall — murmurou Alexia, atordoada, quase deixando de lado as objeções, quando seus mamilos se enrijeceram, despertando novas e deliciosas sensações. — Estamos numa *carruagem* em movimento! Por que sempre escolhe lugares pouco apropriados para as atividades amorosas?

— Hum, não se preocupe — comentou ele, fazendo de conta que não compreendera seus protestos. — Pedi que o cocheiro pegasse o caminho mais longo. — Ele a ajudou a se levantar, tirando-lhe o vestido, as saias e o corpete, com extrema rapidez.

A srta. Tarabotti, apenas de combinação, meias de seda e sapatos, cruzou os braços na frente dos seios, com timidez.

Seu marido passou as grandes mãos calejadas pela barra da veste, acariciando a pele macia da parte superior das coxas. Em seguida, ergueu o tecido para apertar as nádegas dela, antes de tirar e deixar de lado o último bastião de sua dignidade deteriorada.

A srta. Tarabotti percebeu que, até aquele momento, nunca havia visto fome de verdade em seu olhar. Estavam em pleno contato físico, um sobrenatural e uma preternatural e, ainda assim, os olhos dele adquiriram um tom amarelo, como o dos lobos. Ele olhou para a esposa, que estava apenas de meias de seda e botas com botões de marfim, como se quisesse devorá-la viva.

— Você está querendo se vingar de mim, não está? — indagou, em tom acusador, tentando acalmá-lo um pouco. Toda aquela intensidade a estava assustando. Afinal de contas, era uma atividade relativamente nova para ela.

O conde parou e a encarou, o tom amarelado mostrando-se surpreso.

— Me vingar de quê?

— Daquela situação no Clube Hypocras quando você estava nu e eu não.

Ele a puxou para perto de si. Ela não entendeu como seu marido conseguira dar conta de si mesmo e dela, mas, de alguma forma, abrira a frente da calça. Todo o resto permanecia coberto.

— Tenho que admitir que esse pensamento me passou pela cabeça, sim. Agora, sente-se.

— Onde, aí?

— Isso, aqui.

A srta. Tarabotti pareceu hesitar. No entanto, era óbvio que no relacionamento deles haveria alguns aspectos em que ela não poderia levar a melhor. Aquele era um exemplo típico. A carruagem, de modo um tanto oportuno, chacoalhou de leve para um lado e ela foi lançada para a frente. Conall segurou-a e guiou-a rumo ao seu colo em um movimento suave.

Por um momento, naquela posição, ele não fez mais nenhum avanço; em vez disso, passou a se concentrar nos seios fartos da esposa, primeiro beijando-os, depois mordiscando-os e mordendo-os, levando a srta. Tarabotti a se contorcer de tal forma a permitir um início de penetração, quer quisesse, quer não.

— Francamente — insistiu ela, ofegante —, esse local é muito inconveniente para uma atividade dessas.

Bem naquela hora, a carruagem deu uma guinada, por causa de um buraco na estrada, pondo fim a todas as suas objeções. O movimento fez com que ela se encaixasse nele, com o traseiro desnudo apoiado no tecido da calça. Lorde Maccon gemeu, extasiado.

A srta. Tarabotti arfou e se contraiu.

— Ai! — Ela se inclinou para a frente e mordeu o ombro do conde, como revanche, com força o bastante para que sangrasse. — Isso doeu.

Ele não reclamou da mordida e se mostrou preocupado.

— Ainda está doendo?

A carruagem deu outro solavanco. Daquela vez, a srta. Tarabotti suspirou. Ela sentiu uma estranha sensação latejante nas partes íntimas.

— Vou interpretar isso como um não — disse o marido, que começou a se mover, acompanhando o sacolejar do coche.

Depois disso, só houve transpiração e gemidos, além de uma sensação pulsante, à qual, a srta. Tarabotti concluiu, após um segundo de profunda deliberação, ela não era nem um pouco avessa. Tudo culminou com uma segunda pulsação intrigante, que surgiu exatamente na região em que ele havia penetrado. Logo depois, o marido deu um longo gemido e se recostou nas almofadas da carruagem, levando a mulher abraçada junto consigo.

— Oh — comentou Alexia, fascinada —, ele encolhe de novo. Os livros não mencionam essa ocorrência.

O conde sorriu.

— Você precisa me mostrar esses seus livros.

— Hum, não se preocupe — comentou ele, fazendo de conta que não compreendera seus protestos. — Pedi que o cocheiro pegasse o caminho mais longo. — Ele a ajudou a se levantar, tirando-lhe o vestido, as saias e o corpete, com extrema rapidez.

A srta. Tarabotti, apenas de combinação, meias de seda e sapatos, cruzou os braços na frente dos seios, com timidez.

Seu marido passou as grandes mãos calejadas pela barra da veste, acariciando a pele macia da parte superior das coxas. Em seguida, ergueu o tecido para apertar as nádegas dela, antes de tirar e deixar de lado o último bastião de sua dignidade deteriorada.

A srta. Tarabotti percebeu que, até aquele momento, nunca havia visto fome de verdade em seu olhar. Estavam em pleno contato físico, um sobrenatural e uma preternatural e, ainda assim, os olhos dele adquiriram um tom amarelo, como o dos lobos. Ele olhou para a esposa, que estava apenas de meias de seda e botas com botões de marfim, como se quisesse devorá-la viva.

— Você está querendo se vingar de mim, não está? — indagou, em tom acusador, tentando acalmá-lo um pouco. Toda aquela intensidade a estava assustando. Afinal de contas, era uma atividade relativamente nova para ela.

O conde parou e a encarou, o tom amarelado mostrando-se surpreso.

— Me vingar de quê?

— Daquela situação no Clube Hypocras quando você estava nu e eu não.

Ele a puxou para perto de si. Ela não entendeu como seu marido conseguira dar conta de si mesmo e dela, mas, de alguma forma, abrira a frente da calça. Todo o resto permanecia coberto.

— Tenho que admitir que esse pensamento me passou pela cabeça, sim. Agora, sente-se.

— Onde, aí?

— Isso, aqui.

A srta. Tarabotti pareceu hesitar. No entanto, era óbvio que no relacionamento deles haveria alguns aspectos em que ela não poderia levar a melhor. Aquele era um exemplo típico. A carruagem, de modo um tanto oportuno, chacoalhou de leve para um lado e ela foi lançada para a frente. Conall segurou-a e guiou-a rumo ao seu colo em um movimento suave.

Por um momento, naquela posição, ele não fez mais nenhum avanço; em vez disso, passou a se concentrar nos seios fartos da esposa, primeiro beijando-os, depois mordiscando-os e mordendo-os, levando a srta. Tarabotti a se contorcer de tal forma a permitir um início de penetração, quer quisesse, quer não.

— Francamente — insistiu ela, ofegante —, esse local é muito inconveniente para uma atividade dessas.

Bem naquela hora, a carruagem deu uma guinada, por causa de um buraco na estrada, pondo fim a todas as suas objeções. O movimento fez com que ela se encaixasse nele, com o traseiro desnudo apoiado no tecido da calça. Lorde Maccon gemeu, extasiado.

A srta. Tarabotti arfou e se contraiu.

— Ai! — Ela se inclinou para a frente e mordeu o ombro do conde, como revanche, com força o bastante para que sangrasse. — Isso doeu.

Ele não reclamou da mordida e se mostrou preocupado.

— Ainda está doendo?

A carruagem deu outro solavanco. Daquela vez, a srta. Tarabotti suspirou. Ela sentiu uma estranha sensação latejante nas partes íntimas.

— Vou interpretar isso como um não — disse o marido, que começou a se mover, acompanhando o sacolejar do coche.

Depois disso, só houve transpiração e gemidos, além de uma sensação pulsante, à qual, a srta. Tarabotti concluiu, após um segundo de profunda deliberação, ela não era nem um pouco avessa. Tudo culminou com uma segunda pulsação intrigante, que surgiu exatamente na região em que ele havia penetrado. Logo depois, o marido deu um longo gemido e se recostou nas almofadas da carruagem, levando a mulher abraçada junto consigo.

— Oh — comentou Alexia, fascinada —, ele encolhe de novo. Os livros não mencionam essa ocorrência.

O conde sorriu.

— Você precisa me mostrar esses seus livros.

Ela se inclinou e se aninhou em cima do plastrom dele, satisfeita por estar com um homem forte o bastante para acomodá-la sobre si, sem dificuldades.

— Os livros do meu pai — corrigiu.

— Ouvi dizer que ele tinha uma reputação peculiar.

— Hum, pela biblioteca dele, dá para imaginar. — A srta. Tarabotti fechou os olhos e relaxou junto ao marido. Então, algo lhe ocorreu e ela se empertigou, dando-lhe um golpe de punho fechado sobre o colete.

— Ai — disse o marido sofrido. — Por que ficou brava agora?

— Essa sua atitude é mesmo *típica*! — exclamou.

— Qual?

— Você encarou como um desafio, não foi? Eu ter interrompido você enquanto me seduzia lá no Clube Hypocras.

Lorde Maccon deu um sorriso lupino, apesar de seus olhos terem voltado à cor humana normal, castanho-amarelada.

— Mas é claro que sim.

Ela franziu a testa, imaginando qual seria a melhor forma de lidar com aquela situação. Então, voltou-se para ele de novo e começou a soltar o plastrom e a tirar o paletó, o colete e a camisa.

— Bem, e agora?

— Hein?

— Continuo afirmando que a carruagem é um lugar totalmente inapropriado para as atividades conjugais. Não vai querer provar que eu estou errada de novo, vai?

— Está me desafiando, Lady Maccon? — indagou o conde, fingindo-se irritado, mas já se levantando para facilitar a retirada das roupas.

A srta. Tarabotti sorriu ao ver o torso nu e, em seguida, olhou-o nos olhos de novo. O amarelo voltara.

— O tempo todo.

Entrevista

Sempre soube que queria ser escritora?
Na verdade, ainda não estou totalmente convencida de que sou uma. Tenho a sensação de ter deparado com a arte literária sem querer. Não estou reclamando, longe de mim, só fui pega de surpresa.

O que gosta de fazer em seu tempo livre, quando não está escrevendo?
Adoro tomar chá. Embora, pensando bem, também o faça quando estou escrevendo. Verdade seja dita: passo a maior parte do tempo comendo, lendo, dormindo e respirando (em geral, nessa ordem e, com frequência, ao mesmo tempo).

O que ou quem consideraria como suas maiores influências?
Jane Austen, P. G. Wodehouse, Gerald Durrell, uma mãe britânica expatriada, obcecada por chá, anos de estudo de história e uma vida inteira assistindo aos dramas de época da BBC foram fundamentais para a criação de Alexia.

Alma? *é uma mescla incrível, que alterna história, romance e o mundo sobrenatural. Onde buscou inspiração para escrever o livro?*
Sabia que queria escrever urban fantasy, mas havia algo que eu nunca tinha conseguido entender no gênero: se os imortais estivessem perambulando por todos os cantos, não deveriam estar fazendo isso há muito tempo? Daí surgiu uma teoria: e se todas as guinadas estranhas e inexplicáveis da história tivessem resultado da interferência dos sobrenaturais? Então, eu me perguntei, qual seria o fenômeno histórico mais bizarro de todos? Resposta: o Império Britânico. Claro que uma ilhazinha só poderia ter conquistado metade do mundo conhecido com ajuda sobrenatural. Não restam dúvidas de que o absurdo comportamento vitoriano e a moda ridícula foram ditados pelos vampiros. E as normas das Forças Armadas britânicas com certeza seguiram os preceitos da dinâmica das alcateias. Logicamente, assim que comecei a escrever sobre um mundo com

anquinhas e cartolas, romance e comédia tiveram de fazer parte da história. Imagine só, anquinhas! Então, acrescentei a ciência do século XIX ao caldo e percebi que, se os vitorianos tivessem estudado vampiros e lobisomens (o que teriam feito, se soubessem da existência deles) e desenvolvido armas para lutar contra eles, a tecnologia teria evoluído de outra forma. Adicionei uma boa pitada de steampunk e, quando dei por mim, estava usando mais subgêneros que a srta. Hisselpenny desfilando seus chapéus cafonas! Mas, por outro lado, chapéus nunca são demais.

Você tem algum personagem favorito? Se sim, por quê?
Fico em dúvida entre o professor Lyall e Floote. Tenho uma queda por cavalheiros competentes e eficientes, de índole introvertida e temperamento calmo.

Quais serão as próximas aventuras de Alexia?
Só posso dizer que ela sempre quis viajar em um dirigível...

Por fim, se você tivesse a oportunidade de tomar chá com Lorde Maccon, a srta. Tarabotti ou Lorde Akeldama, quem escolheria e por quê?
Ah, sem dúvida alguma com Lorde Akeldama. Eu e Alexia nunca nos daríamos bem — somos parecidas demais —, e Lorde Maccon não é lá muito bem-educado. Lorde Akeldama pode ser extravagante, mas sabe levar uma boa conversa e é cultíssimo.

Papel: pólen soft 70g
Tipo: Bembo
www.editoravalentina.com.br